TIME IN

AFRICA

非洲岁月

温宪 ◎ 著

当代世界出版社
THE CONTEMPORARY WORLD PRESS

▲ 1995 年 11 月 18 日，作者在约翰内斯堡就南非与中国建交前景采访曼德拉总统。

1996 年 3 月 1 日，南非总统曼德拉在比勒陀利亚总统官邸内为作者所著《黑人骄子曼德拉》(当代世界出版社出版) 一书题词："致温宪：向一位杰出的新闻工作者致意并致最良好的祝愿。曼德拉 1996 年 3 月 1 日"。 ▶

黑人骄子曼德拉

To Wen Xian,.
Compliments & best
wishes to an outstand-
ing journalist.

Mandela

当代世界出版社
1995·北京

1·3·96

▼ 1996 年 11 月 27 日下午，南非总统曼德拉在约翰内斯堡官邸内宣布南非将同中国建立正式外交关系。

◀ 1996 年 11 月 27 日，曼德拉宣布南非将与中国正式建交后，愉快地与作者合影留念。作者是在现场进行采访的唯一来自中国的新闻记者。

▼ 1997 年 10 月 3 日下午，作者对南非废除种族隔离制度前的最后一任白人总统德克勒克进行专访后与其合影。

1996 年 2 月 27 日，作者在罗本岛监狱曾经关押曼德拉的 B 区 5 号牢房内采访。作者是第一位赴罗本岛监狱采访的中国记者。

▼ 1996 年 2 月 9 日，作者在开普敦圣乔治大教堂内与南非大主教图图合影。

◀ 1995 年 11 月 7 日，南非总统曼德拉与作者妻子何小燕合影。

◀ 1997 年暑假期间，不到 9 岁的温勃（作者之子）在南非与祖鲁族大酋长合影。

◀ 1993 年 2 月 21 日，作者在南非反种族隔离国际声援大会上采访赞比亚前总统卡翁达。

1993 年 7 月，作者在处于内战中 ▶
的莫桑比克采访。

▼ 1997 年 3 月 27 日，作者在扎伊尔［现刚果（金）］东部阿米西难民营采访。

▲ 1993 年 5 月 5 日，作者采访津巴布韦总统穆加贝。

▼ 1996 年 4 月 18 日，作者在坦赞铁路零千米处。　　▼ 2021 年 7 月，作者采访"七一勋章"获得者刘贵今大使。

目｜录 Contents

第二编　走进战场

第三编　难忘津巴

第四编　浪迹天涯

前 | 言 | Preface

2019 年 4 月 9 日，中国非洲研究院成立。

对于中国非洲研究院的成立，中国国家主席习近平亲致贺信。习近平主席指出，当今世界正面临百年未有之大变局，中国作为最大的发展中国家，非洲作为发展中国家最集中的大陆，双方人民友谊源远流长，新形势下，中非深化传统友谊，密切交流合作，促进文明互鉴，不仅造福中非人民，而且将为世界和平与发展事业作出更大贡献。习近平主席希望中国非洲研究院汇聚中非学术智库资源，增进中非人民相互了解和友谊，为中非和中非同其他各方的合作集思广益、建言献策，为促进中非关系发展、构建人类命运共同体贡献力量。

2020 年，是中非合作论坛创立 20 周年。作为中国与非洲国家之间在南南合作范畴内的集体对话机制，中非合作论坛的宗旨是平等互利、平等磋商、增进了解、扩大共识、加强友谊、促进合作。

在习近平主席的贺信和中非合作论坛的宗旨中，都有"增进中非人民相互了解和友谊"之意。作为 20 世纪 90 年代初便踏入非洲大陆，曾为增进中非人民相互了解、认识和友谊奋力的新闻记者，我见证了中非关系的发展，也为因此所做出的工作感到自豪。

2020 年 10 月 20 日，在中国非洲研究院焕章厅内，我有幸受聘担任中国非洲研究院特约研究员。

真实、客观的新闻报道是历史研究不可或缺的素材。自 20 世纪 90 年代初至今，非洲国家发生了很大变化，中非关系的发展也有了质的飞跃。世间万物的发展变化都有其历史进程，我所亲历、记录的非洲岁月也因此有一定历史价值。

我是怀着一腔热血前往非洲大陆的。在此之前，我并非没有纠结，但我战胜了纠结，也因此成就了一份至今不悔的独特人生经历。1991 年 8 月 7 日挥就的《行前抒怀》真实地记录了这一心路历程。

昨日注销了户口，今晨再次打点了行装，准备阶段就此告一段落。

窗外蝉声阵阵，依然是一个高温闷热的天气。据说津巴布韦绝不会有这样热的天气。

喝一口掉了把儿的瓷杯中的花茶，望着那张床席、那只蓬蓬（儿子的昵称）的爱物"猫猫"（儿子喜欢的一只毛毛熊玩具）及屋中的一切，这都将化为温馨的回忆，在南半球角落中的寂寞时节时时泛起。

不过是一个恍似一团矛盾体的人，有时自我矛盾得连自己都难为情。3 年来这种步步退却、不断否定自己的矛盾过程，是更加成熟、现实的标志，抑或是软弱的妥协、苟且的随遇而安？

或许两种说法都成立。人本来就是矛盾的，两种说法不过是从两个方向对同一个过程的判断。不管怎样，3 年后的今天，内心深处的好胜心气已逐渐让位于现实的安排——再一次感叹人经常是主宰不了自己的人生轨迹的。

我还记得那个飘洒着大雨的下午，在原来那间小屋内，我借着酒力，用文字梳理着结束 3 年研究生学习生活后即将回到老地方且不知去向的心情。那时萦绕于脑际的是这样一幅画面：面对层层浊沫、阵阵涛浪的莫测的大海，一个人硬着头皮游向前去……

在大海中游了（又游了！）3 年，收获是多了一个小生命，经历了一场风波，出入了几次中南海、钓鱼台，跑了一个亚运会，逼迫自己去弄懂安哥拉内战、南非的争斗、黎巴嫩的战乱……

如果这些也算收获的话，你满意吗？比起周围著书立说、满腹经纶的人，我时时自惭形秽。但我的心绪大体上是平静的——我基本上是时时在努力着的，是尽力的，尽管鲁迅、钱钟书等高峰于我而言，仍是可望而不可即。

这颇有些阿Q，酷似一种自我安慰的心理平衡术。但我近年来愈发感到需要这种精神慰藉术，否则很可能活不下去。拍案而起的痛快，自尊、好胜的本性常让位于韬光养晦的忍让。活得真累，是吗？是！但怎样才不累呢？

我愈来愈理解了老、庄，理解了陶渊明等人，理解了"隐身衣"之说，理解了杰克·伦敦、海明威乃至三毛的自杀，理解了托尔斯泰的出走，理解了中外大地上那香火缭绕的庙宇、教堂，理解了那虚无的"上帝"……

我或许什么也没理解……

有人说，中国现在不需要引人颓唐的老、庄，需要的是一种积极进取的精神。我自认为还不算颓唐，也还有些积极进取的精神。

我将走入非洲，那块令许多人摇头，常常是饥饿、疾病、动乱代名词的土地。我将目睹维多利亚大瀑布的壮观、津巴布韦的神秘、乞力马扎罗山的白雪、好望角的波浪……谁能说这不是一次难得的人生阅历和机会？异域风情的吸引力或许不亚于那些繁华的都市。

我将力争到那块大陆的最南端，用一只秃笔尽力勾勒出它的容貌，这里也许潜伏着众多机遇，对吃国际新闻报道这碗饭的人来说，谁又能说这不是诱人的魅力？

我将尽可能地沉下去，到部落、到荒漠、到大洋、到峰巅，到我能够去的一切地方。去寻找、去思索、去描述，谁能说这不是一个令刚烈汉子兴奋的挑战？

我将会很忙、很忙。迄今，我不理解为何有人会在驻外记者的任上连连摇头"没意思"。他（她）们把握住了自己所能抓住的机会了吗？

也许，事实将轰毁我的梦想；也许，这不过是又一次令人不屑的天真。但我以这样一种精神状态迎接未来的生活，毕竟强于哭丧着脸去拥抱那巨大的未知数。

我知道我并非步入天堂，而是在迈向炼狱。我将经历心理和生理上的各种磨难。琐屑的烦恼，愤愤的不平，屈辱的忍让，痛苦的误解都在那里等待着、嘲弄着它们的新对手。寂寞的折磨、无助的牵挂、失态的盛怒都在那里备好了燃烧的干柴。几年后等待着我的也许是另一场风雨，是另一番耿耿不能忘怀的痛苦、恼怒和长时间的冷冰冰、灰蒙蒙……

我还是我，我又不是我；我变了，我又没有变。

面对着花冠和荆棘，我带着同样的微笑走来了，走来了；面对着机遇和陷阱并存的岁月，我迈着毫不犹豫的步伐走来了，走来了……

走吧！昂然、坦然地向前走吧！

走吧！怀着眷恋和期待，携着温馨与苦涩，要像条汉子，向前走吧！

走吧！"不要因小失大""要初战必胜"，记住这些，向前走吧！

我相信我会成功；我具备成功者的素质，现在眼前的是一个机会，就看你的了！

我又不那么绝对自信，我会遇到挫折、失意，但我将掸掸身上的尘土，继续向前走。

人生或许是没有意义的。如有意义，也许就在于它是一个不断奋斗的进程。奋斗，奋斗，奋斗是人生一场悲壮的活剧。悲壮的活剧才感人；奋斗的人生才值得一活：西西弗式的无意义但悲壮的奋斗和努力。

或许是一种神示。18 年前离开行伍时那曾给很多战友留下印象的壮语，今日想来竟十分贴切：

有志男儿四海为家不曾恋；

除奋斗无生路只有勇向前。

我是这样下的决心，也是这样身体力行。我 20 世纪 90 年代在非洲大陆的闯荡与游历，被一位来自台湾、定居南非的冯姓同行誉为大侠般的"One Man Show"（独角戏）。不少早期研究非洲的中国学者均称当时是从我的报道中获得相关信息。一晃 30 余年已经逝去，所有的亲历已沉淀成为历史。在本书中，我收录了有关曼德拉宣布南非将与中国建交活动的独家全记录等资料。真实的历史一定会留下有意义的教诲。我自信这一份记录是真实、值得珍惜的第一手资料。

本书初稿成于 2005 年，此次收录了 2021 年 8 月成稿的对"七一勋章"获得者刘贵今大使专访等内容，使得本书内容更为充实。

"后记"记述了 2005 年初稿时的真实心绪，此次一并保留。

感谢当代世界出版社的支持与厚爱。仅此一举，便足见他们是在以扎扎实实的努力践行着汇聚资源、集思广益、建言献策，为促进中非关系发展、构建人类命运共同体贡献力量的承诺。

温　宪

2022 年 1 月 25 日（时值农历小年）于京东一隅

第一编

风雨南非

当整个国际社会以欣喜的目光注视非洲大陆最南端那个国家之际，南非人民正在创造崭新的历史：在经过 342 年最残酷的种族压迫和无数次血与火的抗争之后，占南非人口大多数的黑人终于在这个国家有史以来首次全民大选中行使了自己的政治权利。世界上最后一个顽固坚持的种族隔离社会制度，最终被扔进历史垃圾堆，这无疑是 20 世纪最重大的历史事件之一。

南非：从炼狱走向新生[1]

一

南非是当今世界唯一通过立法、司法和行政手段实行种族隔离制度的国家。这种赤裸裸的种族压迫起源于 17 世纪中叶欧洲白人的殖民扩张。

1488 年，葡萄牙航海家迪亚士发现了绕过好望角通往东方的航路，在此之后来往于这条航线的船只越来越多。百余年之后，极力向东方扩张的荷属东印度公司决定在好望角建立一个为过往船只提供新鲜食品和淡水的落脚点。1652 年 4 月 6 日，约 90 名荷兰移民在海军军官范里贝克的带领下在好望角北部的桌湾登陆，成为在南非定居的第一批白人。1795 年，英国殖民者在开普登陆，并于 1806 年夺占开普殖民地。这以后又有许多在本国难以容身的欧洲移民陆续涌入南非。这些早期白人移民大量掠夺早已在那里生活的黑人土地。伴随着对土著黑人的征伐劫掠，他们逐渐形成

---

〔1〕 载《人民日报》1994 年 5 月 2 日第 7 版。

了一个联系紧密的社会群体。从一开始便进行种族征服和压迫的西方殖民者有着根深蒂固的"白人至上"思想。

1910年5月，英国在那里建立了"南非邦联"后，白人种族主义统治逐渐法律化。1948年，国民党政府上台后，先后制定了300多条法律法令，急剧强化了种族隔离制度。作为种族隔离制度的重要法律支柱，《人口登记法》使黑人自降生之日起便打上了终生屈辱的种族烙印；《土地法》和《集团居住法》等将不同肤色的人限定在不同区域内生活，迫使占人口约76%的黑人集居在占全国土地不到13%的"土著人保留地"上，又进而在这些土地上炮制了10个"黑人家园"；《通行证法》《禁止异族通婚法》等名目繁多的法律更是从社会生活的各个方面实行种族隔离。黑人与白人不能同学、同居、通婚及同享各类公共设施……

在3个多世纪的漫长岁月中，南非白人政权不断强化这种以肤色决定贵贱的种族主义制度。黑人处处受歧视、被隔离、遭迫害、被镇压和遭屠杀。他们不仅被剥夺了一切政治权利、丧失了人的尊严，而且遭受着严酷的经济剥削。这一最不人道的国家制度造成了极为血腥的种族冲突，成为南非最尖锐的社会矛盾。

二

1962年10月，遭逮捕入狱的黑人领袖曼德拉在法庭辩护时呼出了被压迫者的心声："种族隔离制度是不道德、不公正、不能容忍的。我们的良心激励我们必须抗议它、反对它、努力改变它。"
为争得应有的平等和自由，从不甘于受奴役的南非黑人进行了长
期可歌可泣的反抗斗争。

　　早期白人殖民者在向南非腹地扩张过程中，曾多次遇到当地黑
人有组织的大规模抵抗。20 世纪初，黑人的反抗斗争逐渐从反对
殖民扩张转变为争取合法权利的解放运动，其重要标志是 1912 年
1 月成立的"南非土著人国民大会"（1923 年改名为"南非非洲人
国民大会"，简称"非国大"）。在曼德拉等人的推动下，非国大
于 1949 年通过了"民族自决""反对任何形式的白人统治"等更
为积极的纲领和策略，并组织了"蔑视不公正法"等反对种族歧
视的群众运动。1955 年 6 月 26 日，非国大与"印度人大会"等组
织共同召开了约有 3000 名各种族代表参加的"人民大会"，在会
议通过的《自由宪章》中，南非人民第一次比较完整地提出了废
除种族隔离制度、实现种族平等的斗争目标。

　　南非政权加紧了血腥镇压。1960 年 3 月 21 日，制造了震惊世
界的沙佩维尔惨案，后又取缔了非国大等组织，曼德拉等人先后
银铛入狱。20 世纪 70 年代以来，黑人的反抗再次不可抑止地爆发
出来。"黑人觉醒运动"、索韦托学生大暴动、黑人工人大罢工等
斗争此起彼伏。为了缓和空前尖锐的种族矛盾，南非政府于 20 世
纪 80 年代中期先后废除或修改了《通行证法》等法律，并于 1983
年的"宪法改革"中提出允许有色人（混血种人）和印度人有限

参政的"三院制议会"。这种仍剥夺黑人政治权利、丝毫不触及种族隔离制度根本支柱的所谓"改革"引起了更为汹涌的反抗浪潮。嗣后，南非当局先后在36个黑人城镇和全国实施紧急状态，但黑人求解放的运动已在整个南非形成燎原之势。

"谁也不能奴役一个民族而不受惩罚。"（恩格斯语）处于风雨飘摇中的南非政权在国际社会中茕茕孑立，释放曼德拉的呼声响遍全球，世界上最后一个种族主义政权已陷于四面楚歌的境地。

三

人类文明社会发展到了今天，再也不能容忍一个以肤色决定一切的社会制度。1989年9月20日，53岁的德克勒克就任南非总统。面对历史进步潮流，出身于白人权贵世家的德克勒克审时度势，表示实行政治改革，以"打破停滞、不信任、分裂、紧张和冲突的恶性循环，走向全新的南非"。

德克勒克政府上任不久便采取允许黑人示威游行、开放公共场所等一系列重大举措，开始了南非的民主改革进程，其中最有胆魄的行动是于1990年2月2日宣布解除对非国大、泛非大、南非共产党及其他33个反种族主义组织的禁令，同年2月11日，释放了身陷囹圄达27年之久的黑人领袖曼德拉，此后，南非议会又于1991年6月废除了作为种族隔离制度支柱的《集团居住法》《土地法》《人口登记法》。

　　非国大根据南非形势变化，适时调整斗争策略，决定同南非当局谈判，拉开了南非问题政治解决的帷幕。1990 年 5 月和 8 月，非国大与政府就举行正式制宪谈判前扫除障碍问题进行了两次政治谈判。这是南非白人和黑人的政治代表有史以来第一次平等地坐在同一张谈判桌前。1991 年 12 月 20 日至 21 日，代表不同种族、部族利益的 19 个主要政党和南非政府代表团在约翰内斯堡郊外世界贸易中心的大厅内为南非的政治前途进行激烈的辩论。这个取名为"民主南非大会"的多党会议，标志着制宪谈判的正式开始，成为南非民主进程中重要的里程碑。

　　制宪谈判旨在重新制定的国家根本大法中彻底废除种族隔离制度，明确规定新南非社会制度、政权机构和公民权益的基本准则，这关乎着不同种族和部族在新南非中重大的政治和经济权益。在这一决定未来命运的谈判中，黑人与白人、黑人与黑人、白人与白人左中右各种政治力量之间的利益矛盾极为复杂地交织在一起，伴随着持续不断的暴力冲突和不同政治力量间的分化组合。整个制宪谈判进程一波三折，极为艰难、曲折。

　　面对白人极右势力对政治改革的猖狂反对，南非政府于 1992 年 3 月 17 日举行了"白人公决"，68.7% 的白人选民对继续改革投了赞成票。在随后举行的"民主南非大会"第二次大会上，希望尽快实现"多数人统治"的非国大与极力反对"胜者独揽一切"的南非政府在制宪机制等问题上陷入僵局。非国大随即开展了被称为"黑人公决"的大规模群众运动，以迫使南非政府让步。震惊世界的博伊帕通惨案和西斯凯惨案发生后，非国大和南非政府都对原有谈判立场做了重大调整和妥协。1993 年 4 月 1 日，代表性更为广泛的 25 个政党和南非政府共 26 个代表团重新开始制宪谈判。仅仅 10 天以后，疯狂阻挠民主进程的白人极右分子枪杀了南非共产党总书记哈尼。但这一事件不仅未能阻止南非政治解决进程，反而促进南非各方加快了谈判步伐，并取得了历史性的突破：7 月 2 日，多党谈判论坛确定 1994 年 4 月 27 日为南非全民大选的日期；12 月 7 日，由多党代表参加的过渡行政委员会正式运转，结束了白人长期单独执政的历史；12 月 22 日，南非议会以压倒性多数通过了取代现行种族主义宪法的临时宪法，表明种族隔离制度已从法律上寿终正寝。南非人民以摧枯拉朽般的胜利敲响了旧制度的丧钟。在推动新南非诞生的艰难进程中作出重大历史贡献的曼德拉和德克勒克受到了国际社会的高度赞誉。

大选后的南非百废待兴。新政府面临着重建经济、妥善处理新时期中不同种族、部族间政治和经济利益矛盾等艰巨任务，任重而道远。扼印度洋和大西洋海上交通枢纽的南非，战略地位重要，自然资源丰富，基础设施先进，是非洲大陆经济实力最强的国度。摆脱了种族隔离制度桎梏、重新回到国际大家庭的南非，将在推动地区和平与发展中发挥积极作用。一个新生的南非充满希望，前景光明。

创建人民日报驻南非记者站

1979 年 11 月，人民日报驻坦桑尼亚记者站建立，首任记者是李红。津巴布韦独立后，人民日报记者站于 1984 年 9 月由坦桑尼亚南迁至津巴布韦，首任记者为马世琨、鲍世绍。1995 年 5 月，人民日报记者站再度南迁至南非。人民日报驻南部非洲记者站两度南迁的背后，既有中国不断改革开放的时代背景，也反映了非洲大陆政治格局的发展和变化。

1991 年 8 月至 1993 年 8 月，我在人民日报驻津巴布韦记者站任记者。1994 年下半年，我被告知非洲大陆正等待着我"二进宫"，且行期相当紧迫。

在此之前，人民日报驻非洲记者站尚未有记者"二进宫"的先例。20 世纪 80 年代下半叶之后，南非反种族主义政权斗争成为驻津巴布韦记者站报道工作的重要内容。但在津巴布韦报道南非，总有"隔雾看花"之感。在津巴布韦工作的第一个任期内，我曾于 1991 年 12 月和 1993 年 2 月两次进入南非，现场报道黑人和白人第一次坐下来为未来谈判的"民主南非大会""反对种族隔离国际声援大会"和多党制宪谈判等活动，第一现场报道的真实、鲜活与深刻使我愈发感到在南非建立记者站的必要性。在"二进宫"成为新的使命之时，我明确提出了在任内完成将驻津巴布韦记者站迁至南非的建议。

在那前后，对于将驻津巴布韦记者站迁往南非一直存在不同意见。有意见认为，虽然新南非已经诞生，但毕竟没有同中国建交，人民日报怎可向一个与中国没有建立正式外交关系的国家派驻记者？也有意见认为，恰恰因为台湾成为症结，人民日报记者就应该深入进去，抢占阵地，推动中国与南非关系积极发展。

后一种意见最终在报社领导层面获得认可。当我再赴津巴布韦一事得到确认后，一份关于将人民日报驻津巴布韦记者站迁往南非的报告随之呈送上级单位和主管部门。令人欣慰的是，这一报告在我出发之前得到了批准。

1994 年 11 月 28 日，我与妻子踏上前往非洲的旅途。与第一次常驻非洲不同，此次妻子可以同往，但 6 岁的儿子仍将留在北京。出发前一天，儿子是那样缠绵地偎依着母亲。在北京首都国际机场，儿子最终还是被同事从痛哭的妻子怀中抱走，我们才强扭过头来，向海关出境处走去……

重新走进非洲大陆绝不是历史的简单重复。我除了每日尽力圆满完成日常报道任务外，还要逐步谋划和实施迁站工作。我在津巴布韦首都哈拉雷与南非外交官员进行了接触，向对方通报了拟将记者站迁至南非的计划。对方在向其国内请示后给予我积极反馈。

撤掉一个已有 10 余年历史的记者站，并重建一个记者站，这意味着多少奔波和劳累！恰如每一位驻外记者的家人都作出了这样、那样的奉献一样，妻子在这一过程中给予我鼎力相助，默默无闻地付出了大量辛劳，做出了很多牺牲。

在长时间超负荷的高速运转中，我连续数日高烧不退，终于躺倒了。中国医疗队两位湖南籍医生闻讯后赶到记者站，为我打了两天点滴。这种卧床打点滴的体验对我而言尚属首次。

撤站工作千头万绪，件件需要周到细致。一辆多余汽车通过拍卖得到妥善处理。大件家具和图书资料等可通过跨国搬家公司装车搬走。没想到最麻烦的问题出在了卖房款上。

驻津巴布韦记者站建站之时，花费 1 万多美元购买了一处宅院，这处房产最终卖出价格已相当于 3 万多美元。麻烦在于津巴布韦银行不允许将卖房款折算成美元带走，否则必须出示原始单据，证明此房购买时使用的是美元外汇。中国人在津巴布韦买房当然使用的是美元外汇，但在提供多种证明、反复交涉之后，津方银行就是一个"不"字。最终是一家中资机构帮忙解了这一困局。记得提取现金那一天，我拿了一个大书包，提款之后迅即将现金全部装进包内，随后一路高度警觉地完成了兑换事宜。

津巴布韦记者站内有一条看家护院的大黑狗"杰特"。就是这条狗，我在时隔一年多再次回到记者站时，竟认出了我，很亲热地向我扑来。离开津巴布韦前，我四处打听为它找到了一个专业寄养之地，似乎有所察觉的它离别时竟两眼含泪。

还有一位已在记者站工作了 10 余年的花工，名叫莫泽斯。来自马拉维的他天天推着一辆小推车工作。离别那天，他指着那辆小推车颤抖着声音问："我能不能……""拿走吧！"没等他说完，我便答应下来。随后，我按规定将补发的 2400 津元交给了他——莫泽斯这一生或许从未一次拿到那么厚厚一叠钞票。

1995 年 5 月 30 日上午 8 时 6 分，在与中国医疗队王茂武医生、中国国际广播电台记者叶国成夫妇等人挥手告别后，我开动那辆车牌为"533-535D"的奔驰牌汽车，与妻子一道离开津巴布韦首都哈拉雷，一路向南驶去。当天下午 3 时后抵达位于津巴布韦与南非交界的贝尔特布里奇海关。此前曾为过那两道海关过程之繁杂忐忑不安，但结果竟令人出奇的顺利。

下午 4 时，通过贝尔特布里奇海关后，我驾车经过南非边境小城麦西纳，继续向南非北部城市彼得斯堡驶去，从此开始了我作为人民日报首任常驻南非记者的生涯。这也是人民日报历史上首次向一个未与中华人民共和国正式建交的国家派驻记者。我感慨地对身边的妻子说："我们迈出了历史性的一步……"

又是新一轮的千头万绪，新的挑战一个接着一个。在此后的近1000 个日日夜夜里，我在南非这片神奇的土地上"独行侠"般孤身一人，四处闯荡。在曾关押过曼德拉近 20 年的罗本岛监狱、在南非乃至整个非洲大陆唯一的核电站、在世界最深（深入地下近4000 米）的金矿井内、在化煤为油的工作现场、在令南非白人谈虎色变的黑人城镇索韦托等地，我都是第一个进行现场踏访报道的中国记者。我多次采访南非第一位民选黑人总统曼德拉、废除种族隔离制度前的最后一位白人总统德克勒克和诺贝尔和平奖得主图图大主教等人。1996 年 11 月 27 日下午 4 时，当曼德拉向全世界宣布南非将同中国正式建交时，我是身在现场进行采访的唯一来自中华人民共和国的记者，从而成为中南关系中这一重大历史性事件的见证人。

跨国搬家

搬个家不容易，跨越国界搬家的难度就更大了。好在真碰上这种事，还有国际搬家公司替人们排忧解难。

在决定将人民日报记者站从津巴布韦首都哈拉雷搬到南非约翰内斯堡北部郊区后，信誉不错的津巴布韦格兰斯国际搬家公司便成了求助的首选对象。笑容可掬的玛班纳夫人在实地考察完所要搬的东西后，拿出几份表格交代说，跨越国界的搬家必须由顾客本人到津巴布韦有关商业银行和南非海关办理批准手续。至于搬家的运费，她说她将提出供顾客自由选择的两份估价单。"如专程为你搬家，费用要高些；如你愿意与他人合用一辆搬家大卡车，价格要便宜些，但只能等货装满后才能发车，所以时间没有保证。"我们选择了前者。

商定搬家的日子到了，但画着"搬往全世界"和"你知道他们能办到！"广告图样的集装箱式大卡车比约定的时间晚到了45分钟。似乎是为了挽回时间上的损失，一到住所，司机兼领班埃尼克便指挥其他4名工人紧张操作起来：一人将带来的大批折叠纸箱折成立式纸箱后在缝隙处贴上封条，然后请货主本人在封条处签字；一人用特制纸板将所有玻璃、镜子等易碎物品打捆成包；另外两人根据小件物品的形状分别装入大小不同的纸箱。所有东西都用白纸或布单一层层包裹得严严实实；埃尼克先将箱内所有东西再一次登记造册，然后在所有不能装入纸箱的大件家具上贴上号码标签。纸箱封箱前，他要进行检查，最后在所有纸箱上注明箱内物品和编号。在装有电器的纸箱上，他还特别标出电器的生产序号，以备查用。5 个人既分工又合作，不声不响地干得井井有条。偌大一堆杂乱物品，很快变成了眼前 20 几个排列成行的纸箱队伍。

午后 1 时，装车完毕，埃尼克递过来需由顾客签署的两份表格。除了"搬运物品装车登记表"外，另外一份是"工作质量评价表"，那上面要求顾客就"车辆外表印象""搬运人员外表印象""遵守时间情况""搬运人员工作态度""搬运工作质量""顾客满意程度"等栏分别给予"出色""尚好""好""不好"的评判。望着眼前这几位汗水淋漓的工人，平心而论，除了在"遵守时间情况"上略有瑕疵外，他们半天来的工作都应理所当然地褒之以"出色"。

经历了千里迢迢的旅行后，场景变换到了南非最大城市约翰内斯堡北部桑顿地区的一所独立式公寓前。1995 年 5 月 31 日上午 7时 30 分，格兰斯公司的运货卡车按要求准时抵达目的地，但旧房客却因故未能及时搬出寓所。她告诉格兰斯公司的卡车司机先将车驶离此地，下午2时再来。谁知到了下午，左等右等不见卡车踪影，直到5时那辆画着"搬往全世界"图样的大卡车才摇摇摆摆地出现了。大个子司机弗朗西斯一下车就急忙解释说，因当时已近下班时间，他们公司在南非雇用的搬运工人不愿出工。除了他以外，现在只有一个憨厚壮实的搬运工。望着满脸诧异的我，弗朗西斯忙不迭地说："我们两个就行了，没问题，没问题!"

事已至此还能有何犹豫？伴着夜色，大家合力猛干，不到两小时就真的卸空了大卡车。经过认真检查后，从津巴布韦搬来的所有东西完好无损。满头汗水的弗朗西斯又提出第二天再来帮助拆箱，我们婉拒了。告别后，弗朗西斯和他的伙伴口中嚼着充饥的苹果，手中提着我们聊表谢意的一袋面包，开动大卡车，隐入了夜色之中……

推动中国与南非建交

上午即奋斗"埃博拉死神降临南非"篇（供《环球文萃》〔1〕稿）。下午 1 时前传回。

下午 4 时前，赶到曼德拉 Houton（霍顿）住所参加记者招待会，谈论外交政策问题。

自认为抓了一条活鱼：曼德拉宣布将于明年年底与中国建交。在场的中国大陆记者只有我一人。

回至住所先通告国际部夜班，于晚 6 时后将消息、声明中文译文及现场发布会原文传回。

晚加班整理"曼德拉记者招待会情况"，晚 10 时后传回。

连续接胡洁、胡晓、陈裔桥、齐松鹤等人电话，询问建交事宜。

夜失眠，百感交集，竟于床上热泪淌涌。

与妻通话，告消息，称"我做如此大牺牲，就为了这一天……"，妻表祝贺。

——摘自作者 1996 年 11 月 27 日日记

---

〔1〕　该刊于 1997 年改名为《环球时报》。

一

种族主义政权统治下的南非曾长期是国际社会的"弃儿"。至20世纪90年代初，世界上与台湾当局保持有"外交关系"的国家只有30个，多为位于非洲、南太平洋、加勒比海地区的小国，南非是所有这些国家中块头最大、实力最强，也是最有影响的国家。

作为人民日报常驻南非的首任记者，加强中国与南非两国人民之间的了解，推动与促进中国与南非早日建交成为我最为关注，也是最为重要的任务。

自1991年以来，南非行政首都比勒陀利亚的比陀瑞尔斯大街972号挂出了"中国国际问题研究所驻比勒陀利亚南非问题研究中心"的铜牌，来自中华人民共和国的外交官们在这个特殊机构中为中南两国建交做了大量工作，其中到任仅约半年的孙国桐主任不幸因心脏病发作倒在这一重要工作岗位上。

在与中国建交问题上，面对台湾方面力度很大的"金钱外交"和历史因素，曼德拉一直存有矛盾心理，也一直试图开创一个所谓"双重承认"的先例，这自然是中国无法接受的。

1995年11月18日，我在曼德拉位于约翰内斯堡北部郊区的官邸内当面就中南两国关系问题采访曼德拉，他对我说，"你知道，现在我们正在努力解决外交关系问题。因为我们现在与台湾有'外交关系'。我不断向国际社会解释我的这样一种态度，我们一直与台湾有这种‘外交关系’，除非台湾做出一些什么事情向我证明应该取消这种关系，否则我看不出有什么道义上的勇气应该取消这一‘外交关系’，我准备保持它。尽管联合国对此有过决议，我对决议也表示尊重，但我们这里有着很特殊的情况。我必须根据南非人民的利益行事。但是，我很想与中华人民共和国建立外交关系，我准备就此进行谈判。”

曼德拉的这一番话虽然重复了想要坚持“双重承认”的立场，但也微妙地表达出急于同中方谈判的意愿。

在南非执政的非国大内部，曼德拉在是否与中国建交问题上握有最终决定权。进入 1996 年之后，中南两国关系又经历了几番风雨，南非执政党内对曼德拉的压力不断增大。1996 年 9 月 5 日，《人民日报》在第 6 版发表了题为《“双重承认”此路不通》、署名“古平”的国际评论。这是人民日报首次公开批驳南非政府“双重承认”的企图。

这篇由林皎明、马世琨、马为民和我共同参与撰写的国际评论获中国国际新闻奖评论类二等奖。

附：

“双重承认”此路不通[1]

古平

南非领导人 8 月 26 日在一次记者招待会上，居然把台湾说成

---

[1] 载《人民日报》1996 年 9 月 5 日第 6 版。此文获 1996 年中国国际新闻奖评论类二等奖。

一个"国家"，声称继续支持台湾，执意搞"双重承认"。在对华关系上这样做，是中国绝对不能接受的。

台湾问题是关系到中国主权和领土完整的原则问题，是个大是大非问题。世界上只有一个中国，台湾是中国不可分割的一部分，中华人民共和国政府是代表全中国的唯一合法政府。联合国大会1971年通过决议，恢复中国的合法席位，把台湾驱逐出联合国，遵循的正是这个原则。新中国成立以来，坚持一个中国的原则，是任何国家与中国建立外交关系的前提条件，大国、小国、强国、弱国，概莫能外。过去是这样，现在是这样，将来也是这样。这个原则是不可动摇的。与中国建交的国家，可以与台湾保持经贸关系，但绝不允许有官方往来。南非要与中国建立正式外交关系，也只能严格遵循这个原则，与台湾断交，承认中华人民共和国政府是中国唯一合法政府。

所谓"双重承认"，其实质就是搞"两个中国"或"一中一台"，分裂中国。对此，我们历来断然拒绝。对于中国的这一原则立场，为新南非的诞生进行过长期奋斗的南非领导人应该不难理解。试想，如果外部势力纵容和支持南非某些人搞所谓"黑人家园""白人家园"，分裂南非，你们能答应吗？"己所不欲，勿施于人"，中国这句老话具有普遍意义。

令人费解的是，南非领导人竟然说什么与台湾断交"是不道德的"，为搞"双重承认"制造借口。事实是，新中国成立以来，中国政府一贯坚持支持南非人民反对种族主义的正义斗争，向非国大提供了无私的援助。坦博、斯洛沃等南非人民斗争的老一代领导人，曾先后访华，与中国人民结下深厚友谊。曼德拉总统本人也多次表示，中国是南非人民特别是南非黑人兄弟的老朋友，他决不会忘记老朋友。而台湾当局呢，在南非种族主义横行之时，站在当时的白人政权一边，同广大南非人民作对。只是到南非人民斗争胜利在望之际，它才见风使舵，向非国大提供了点资助。是非曲直，一目了然。至于说到"道德"或"不道德"，任何一个坚持正义、正视现实的人，都不难对此作出正确的判断和选择。

中国人民珍视并愿意继续发展同南非人民的友谊。鉴于南非领导人表示希望与中国建交，同时考虑到他们的具体处境，中国已经耐心等了3年。其实，中国对南非并没有什么特别要求，只是希望它在同中国发展关系时，遵循联合国和世界上大多数国家在台湾问题上所持的立场。然而，南非领导人在此期间却犹犹豫豫，始终不肯与台湾"断交"，现在竟公开宣称要搞"双重承认"，不惜违背公认的国际法准则和联合国有关决议。这不仅伤害了中国人民的感情，也损害了南非的国际形象。

南非是非洲大陆具有重要影响的国家。曼德拉总统是南非人民斗争的杰出领袖，是中国人民所熟知的政治家。我们衷心希望南非领导人不要受惑于台湾的"银弹外交"，而应从南非人民的根本利益出发，审时度势，慎重作出正确抉择。"双重承认"，此路不通。

二

1996 年 11 月 27 日，我正在案头忙于似乎永远忙不完的事情，突接一个信息预报："曼德拉总统将于 27 日下午 4 时在约翰内斯堡官邸就南非外交关系中的重大问题举行新闻发布会。"

以往，曼德拉总是在每次外事活动后通过回答记者问的方式就国内外大事作出反应，像这样主动在官邸发布新闻的做法实属罕见。虽然这一信息并未说明具体内容，但我的新闻直觉已经预感到此事非同寻常。我立即放下手头事务，驱车赶往曼德拉官邸。

当我赶到时，现场还没有几个人。过了一会儿，南非外交部负责中国事务的范内科克先生匆匆赶到。此前几天，我还同他及南非外交部另外一位主管中国问题的官员就人民日报署名评论等中南关系问题坦率深谈。打过招呼后，范内科克悄声告诉我："咱们上次谈话后，我们给曼德拉总统写了报告，今天总统要谈与中国的关系问题，所以我来了，总统决定与中国建交……"然后他意味深长地点了点头说："是个好消息！"我向范内科克提及此前中国国家主席江泽民与美国总统克林顿会晤一事，范内科克表示，这也是促使南非在对华关系上做出决策的因素之一。

听罢，我周身热血立即沸腾起来，每一根神经都迅速进入一级战备状态。不一会儿，台湾"中央社"的张哲雄先生匆匆赶来。

又过了一会儿，台湾"大使馆"两名工作人员也赶到现场。

在经过严格的安全检查后，各方记者被带入这所深宅前院的草坪处。草坪上已提前摆了 5 个沙发。

下午 4 时 20 分，身着深色花衬衣的曼德拉在南非外长恩佐、副外长帕哈德等人陪同下来到现场。

现场气氛相当凝重。曼德拉同在场记者用"今天你怎么显得那么紧张？"等玩笑尽力缓和气氛，随后，他戴上眼镜宣读了题为《南非与大中国地区关系》的声明。在这项声明中，曼德拉宣布南非决定在今后 12 个月内与中国建交。

曼德拉的宣布犹如投下一枚重磅炸弹，顿时引爆了在场的记者们。包括张哲雄在内的一些人连连质问曼德拉为何未能坚持"双重承认"立场。对此，曼德拉答道："中华人民共和国在世界上人口最多，中国的经济增长率大约每年在 10% 左右，中国是联合国安理会常任理事国。除了一些小国以外，中国几乎被世界上所有国家承认。我们是与中华人民共和国没有外交关系国家中最大的国家。对此，我们深表遗憾。"

作为在场唯一一位来自中华人民共和国的新闻记者，我的激动与兴奋之情溢于言表。在这一历史性的场合，曼德拉欣然与我合影留念。他一面握着我的手，一面乐呵呵地对我说：

"喔，升格了！"

一句"升格了"，既表明南非与中国的关系从此进入一个新的发展阶段，更从一个侧面说明国际社会对中国不断发展壮大的承认和赞赏。中国不仅与南非的国家关系升格了，中国在整个国际社会的影响力也升格了！

发布会结束后，我急如星火地驾车赶回人民日报记者站，时值南非当地时间 1996 年 11 月 27 日下午 6 时许，北京时间已是 11 月 28 日凌时许。我首先立即向北京编辑部相关负责人员报告了这一重大消息，随即开始紧张的文字报道工作。

附（一）：

特别新闻发布会〔1〕

人民日报约翰内斯堡 11 月 28 日电（记者 温宪）"嘟、嘟、嘟"，随着一阵急促的呼叫声，与南非新闻预报网接通的 BP 机显示屏上显示出了一条信息："曼德拉总统将于 27 日下午 4 时就南非外交关系中一重大问题举行新闻发布会。"

新南非政府最高领导人还从未以此种方式就外交关系问题专门举行新闻发布会。下午 3 时后，被这一信息吸引来的各方记者陆续赶到约翰内斯堡北部豪顿地区曼德拉总统住宅院外，互相都在有些神秘地打探和猜测着消息。那位光头的美联社摄影记者正拍着脑袋对一位法新社记者说："会是什么事呢？如果是巴西总统正在

〔1〕 载《人民日报》1996 年 11 月 29 日第 6 版。此文获 1996 年中国国际新闻奖通讯类一等奖。

南非访问的事，也不会以这种方式发布新闻呀。"南非外交部主管中国问题的范内科克先生的到来令人感到意外。他在与本报记者寒暄后悄声说道："总统要宣布与中国有关的事，所以我来了……"

经过严格的安全检查后，记者们被引进这处有着白色围墙的深宅大院。在院内草坪的一端摆着几张座椅，新闻发布会就在这草坪上举行。下午4时20分，曼德拉总统在南非外长恩佐、副外长帕哈德等人的陪同下从屋内走出。落座后，曼德拉首先与几位熟悉的新闻记者打着招呼，然后宣读了南非将同中华人民共和国建立正式外交关系的书面声明。

与中国的外交关系问题早就是此间新闻界的热门话题。曼德拉刚刚结束发表声明，几位记者已不约而同地举起了要求提问的手臂。一位南非记者问："你指出与台湾保持'外交关系'与南非在国际事务中作用不相协调，是不是在作出这一决定过程中也考虑到了南非国家利益问题？"曼德拉欠了欠上身回答道："那当然了。我是说中华人民共和国在世界上人口最多，中国的经济增长率大约每年在10%左右，中国是联合国安理会常任理事国。除了一些小国以外，中国几乎被世界上所有国家承认。我们是与中华人民共和国没有外交关系国家中最大的国家。对此，我们深表遗憾。"面对一位台湾记者有些着急的连续发问，曼德拉再次重申：南非将于1997年12月31日以前断绝与台湾的"外交关系"，并与中华人民共和国建立正式外交关系。

曼德拉宣布的这一重大政策立场立即引起了强烈反响。新闻发布会刚一结束，主持这一发布会的南非总统办公室新闻官员托尼先生主动向本报记者说："这是个好消息，我们应该庆祝一下。"非国大当日发表声明，对上述决定表示欢迎，认为与中国正式建交将会大大促进两国间各方面关系的发展。早就呼吁同中国建交的中国国际问题研究所驻比勒陀利亚南非国际问题研究中心负责人米尔斯博士再次表示，这一重大举动符合南非人民的根本利益。旅居南非的华人听到这一消息后更是惊喜，不少人给本报记者站打来电话述说欣喜之情。直至深夜，电话铃声还在不断响起……

附（二）：

曼德拉关于《南非与大中国地区关系》声明全文

1996 年 11 月 27 日，南非总统曼德拉在其约翰内斯堡北郊官邸内举行新闻发布会，首先宣读了题为《南非与大中国地区关系》的声明。声明全文如下：

南非对大中国地区立场的指导原则从来都是希望同中华人民共和国与"中华民国"双方保持亲密关系。这一原则建立在南非与中华人民共和国和台湾都保持着强大经济关系的基础之上。这一原则仍将指导着南非与大中国地区的关系。

开始执政之时，我们便声明，我们继承了南非承认在台湾的

"中华民国"这一现实，而这些关系不可能立即就被抛弃。我，以及南非政府，对于"中华民国"政府对"重建与发展计划"所作的贡献，特别是对于"中华民国"政府鼓励台湾工商业更多地参与南非经济发展的承诺极表赞赏。此外，"中华民国"还对南非向民主过渡进程作出了慷慨和令人备加赞赏的贡献，我愿意对陆以正"大使"在这一方面所作的个人努力表示特别赞赏。

在国际关系上，南非正在越来越活跃地在非洲统一组织和不结盟运动，同时也在联合国范围内参加活动。继续长久地保持与在台湾的"中华民国"的"外交关系"与南非在国际事务中的作用不相协调。

我昨日有机会与"中华民国"和中华人民共和国的代表会晤。我表达了有可能在今后 12 个月内实现平稳过渡的愿望，即在中华人民共和国和在台湾的"中华民国"政府双方都能接受的情形下，南非承认中华人民共和国，但与台湾继续保持建设性关系。

附（三）：

曼德拉宣布南非将与中国建交新闻发布会问答实录

1996 年 11 月 27 日下午 4 时 20 分，南非总统曼德拉在其约翰内斯堡北郊官邸内举行新闻发布会，在宣读了题为《南非与大中国地区关系》声明后，曼德拉回答了在场外国记者、南非记者以及台湾"中央社"记者张哲雄的提问。以下为全程问答实录：

南非记者：一度曾有过对中国与台湾予以"双重承认"可能性的讨论，关于这一点发生了哪些情况？

曼德拉：我们曾试图那样做，但中华人民共和国明确表示，他们将不容忍"双重承认"。在"双重承认"的基础上将不可能有所进展。

台湾"中央社"记者张哲雄：你刚才说的是否表明南非要与"中华民国""断交"？其次，你曾多次重申南非将不再以牺牲"中华民国"的基础上与北京建立外交关系，你是否仍然坚持这一立场？

曼德拉：从我的声明中已清楚表明，我们将与中华人民共和国建立外交关系，与在台湾的"中华民国""外交关系"降格。这就是我们的立场。

张哲雄：我要继续问，你准备何时开始与"中华民国""外交关系"降格？你是否已经将此决定通告李登辉"总统"和"中华民国"政府？

曼德拉：正如我在声明中所指出的，我们已向陆以正"大使"作了通报。他向我表示，他的"总统"很想来南非就此问题与我会晤。我的大门是敞开的，我要见他。我们不愿意对在台湾的"中华民国"表现无礼。他们是朋友，我们已表示希望继续与他们成为朋友，尽管现在我们已同意与中华人民共和国建立外交关系。

张哲雄：你能否具体说明与"中华民国""外交关系"降格的

含义？

曼德拉：我们将取消同"中华民国"的"外交关系"，从1997年12月开始生效。降格的含义就是指此。（此时南非外长恩佐同曼德拉耳语）是的，正如外交部部长所说，除了"外交关系"以外，我们将（与台湾）保持其他所有关系。

张哲雄：是从12月1日开始生效吗？12月几日开始生效？

曼德拉：不，是在1997年12月31日，以便给他们时间结束这里的事务。

张哲雄：这也就是说从现在开始还有一年的时间？

曼德拉：是这样。

南非电视台记者：总统先生，关于你所作出的决定，你已经得到"中华民国"方面的反应了吗？

曼德拉：正如我所说，我已经向（台湾）"大使"作了通报，今天他通告说（台湾）"总统"有可能来南非与我讨论此事。正如我所说，如果是这样的话，我对他表示欢迎。

南非记者：你指出与台湾保持"外交关系"与南非在国际事务中的作用不相协调，是不是在作出这一决定过程中也考虑到了南非国家利益问题？

曼德拉：那当然了。我是指中华人民共和国在世界上人口最多，他们的经济增长率大约每年在10%，中国是联合国安理会常任理事国，除了一些小国以外，中国几乎被世界上所有国家承认。

我们是与中华人民共和国没有外交关系国家中最大的国家，我们对此表示遗憾。因为我们继承了这样一种局面，根据国际法我们必须保持这些关系，除非台湾做出什么事情，我们才能够根据国际法赋予我们的权利取消这种"外交关系"。我们并没有做出什么事情，但是，国际关系要求我们应该承认中华人民共和国。

日本记者：中华人民共和国何时在南非建立大使馆？

曼德拉：那要看我们双方的安排，但这是将来要做的事。

南非记者：你同意不同意外交关系是只有利益没有朋友这样一种说法？

曼德拉：喔，我们既有朋友也有利益（笑）。这就是我们自己的立场。

三

这一消息震惊了整个台湾岛。经过一番密谋，原来曾打算亲自来南非的李登辉没有成行，取而代之的是时任台湾"外长"章孝严。

章孝严原定于1997年1月来南非活动，闻此变故后于1996年12月3日清晨便匆匆抵达约翰内斯堡前来"灭火"。当天下午，章孝严与南非外长恩佐举行了首轮会谈。4日下午1时，曼德拉总统在比勒陀利亚的联邦宫内与章孝严交谈了约1个小时。据透露，章孝严当面向曼德拉要求南非重新考虑与台湾"断交"的决定或将

"断交"时间推迟至 3 年以后，曼德拉在一番解释之后对此予以婉拒。在会见后举行的新闻发布会上，曼德拉说，他完全理解台湾方面的"震惊与失望"，"但我想进一步说，是我组织作出了这一决定，我完全了解这对于（台湾）'政府'和人民意味着什么。但是，当我考虑到整个国家的利益时，我不得不作出这个伤害一个亲密朋友的决定。"［此次新闻发布会实录见附（一）］

　　此时的章孝严面色严峻，尽力保持镇静。1996 年 12 月 5 日，章孝严与恩佐举行了显然很不愉快的第二轮会谈。会谈后，未能挽回败局的章孝严称："我们对这件事情有着非常强烈的反应。我告诉恩佐外长，不要低估了我们的反应，也不要作错误的判断。"他还愤然宣布，台湾将召回驻南非"大使"陆以正，将中止与南非间的多数经贸合作计划，台湾与南非间 36 项条约和协定中的大部分将被冻结和中止，其中的航空协定将立即予以中止。

　　曼德拉投出的外交炸弹在数十个亲台团体中引起了强烈的反响。他们成立一个"11·27 专案组"，并于 1996 年 12 月 6 日为来访的章孝严举办了一次有着 46 个各类团体参加的"联合公宴"。

　　"联合公宴"之事在南非华文报章上广为告之。那日午时，我也赶到举行"联合公宴"的阿伯顿市政府中心，只见大厅内摆了 51 桌酒席，几位女士正蹲在地上粘贴横幅标语。我的到来显然让他们大吃一惊。一些人在好一番交头接耳之后，一同走上前来，先是以"这是我们自己的事，我们只请我们欢迎的记者。你是大陆政府派来的，我们不能与你来往"等言语"劝退"，随后便威胁道："这儿的人情绪都很激动，你在这里人身安全不保，什么事情都可能做得出！"那位态度最凶的人就是台湾驻约翰内斯堡"总领事"鄞郶先生。也就是在这次"情绪都很激动"的"联合公宴"上，章孝严先生变得极为失态，他竟破口大骂道："大陆？大陆算什么东西？不就是大一点儿吗？"

时隔仅月余，章孝严于 1997 年 1 月 19 日中午再次率团抵达南非，"奉召返台"的陆以正也同时回到了南非。当天下午，章孝严与恩佐举行了一个半小时的会谈。会谈结束后，在场记者被允许进入现场进行拍摄，但不允许提问。随后，各方记者被告知，章孝严将回到台湾"大使"陆以正的官邸举行新闻发布会，但以"只是我们国内随行记者吹风"的借口拒绝让我参加新闻发布会。

就在这次新闻发布会上，章孝严称，他对与南非方面第一轮谈判结果表示"高兴"，他个人的印象是南非方面对此"也有同感"。他说，"尽管我们没有得出任何具体结论或在许多事情上没有达成共识，但我们已经成功地为将来的谈判打下了坚实的基础"。章孝严称台湾方面在此轮会谈中已就与南非未来关系提出了"五项原则"，即"现实性""连续性""官方性""合法性""道德性"。

章孝严还说，关于南非和台湾未来关系的谈判将是一个很长的过程，这是一个不能匆忙的过程，双方必须具有耐心。他说，1 月 19 日与南非外长恩佐的会谈是"坦率、建设性和有用的"，"我感觉到恩佐外长对谈判中的整个气氛也是感到高兴的"。章孝严还解释说，台湾对南非的援助计划及其他有关协定只是"中止"，而非"终止"，"我们一旦与南非就未来关系达成协议，所有这些中止将被立即取消"。当有人问到是否有这种可能，章孝严答道："但愿如此。谈判气氛非常积极，我想双方都愿意谈出一种既符合我们商人也符合你们商人利益的双边关系模式。"他说，台湾与南非间后续谈判的时间和地点尚未敲定，"有可能请南非代表团访问台湾"。

为了向南非政府施压以配合章孝严此次在南非的活动，总部设在比勒陀利亚的"中华民国旅南非投资协会"宣布该会所属280家厂商自当年1月16日开始"自发性停工"一至两天。该会负责人称，"我们要向南非政府传达这样一个信息：如果台湾厂商决定撤出南非，南非政府必须面对失去很多资金的形势。我们现在采取的行动只是损失厂家一两天的产量，如果我们决定撤走，那将是南非政府的损失。"他说，上述停工行动将造成3.5万名当地黑人劳工工资锐减。亲台的"中华商会"在一份声明中称，如果上述行动得不到南非政府的积极响应，该会将采取停止向工厂批发货物，取消在南非的投资并在全世界抵制南非产品等行动。

当年1月16日，章孝严转往斯威士兰，其意在于防止南非将与中国大陆建交的波澜在周边国家产生多米诺骨牌效应。

1997年1月25日，中国政府外交部部长助理吉佩定率团来到南非进行建交谈判。与章孝严的两次来访相比，吉佩定的来访显得平静得多。

4月26日，那位台湾"总领事"鄺郆在约翰内斯堡发表了一篇题为《中非（指台湾和南非）关系的问题及前瞻》的讲演，我当时也在现场。

鄺郆在讲演中说，自台湾于1976年同南非"建交"以来，"我们同中共永无宁日，在南非战场上一直打了22年。我们是打了败仗的人，但不愿用'失败'这个字眼。我们在抗战中和日本人打仗的时候不说'失败'而说'转进'。我们在南非也是打了22年之后，现在要'转进'……22年来，我们做了许多事情，有那么多财产，现在还是要'断交'了。我们努力了，最后还是失败了，所以很可惜。但也可以看出，这是黑人的一贯做法。黑人翻脸如同翻书一样……他们（中国）在南非设立了中心，设立了'长城公司'和新华社，人民日报的温先生也来了，他们做了那么多事情。他们也派出一流人才在这里打仗，不要小看人家，轻视人家你就要犯错误。他们也很努力，也很积极。就像我们（指台湾与南非）结婚22年后要离婚了，这个原配妻子呀，她要同我们的表哥结婚，这是令人难过的事情。"

鄺郆在讲演中自问："我们驻南非1个大使馆、3个总领事馆、12个单位，将近80个外交官是不是一天光在这里吃闲饭？"随后分析说："有许多原因导致南非与台湾'断交'。我作为一名外交官，所有事情都要拿望远镜、显微镜看，还要以小人之心度君子之腹。"在谈到与南非的"断交"谈判时，鄢郜说："我们不会当傻瓜，用'热脸'去贴南非的'冷屁股'。章'部长'和他们谈判，他（指南非外长恩佐）跟傻瓜一样，两手一摊，说'你有什么看法呀?'"

鄢郜的这场讲演中间休息了一下。休息期间，我向会场外面走去时，正与他打了个照面。鄢郜先是一愣，然后说了一句："哦，温先生也来了。"

这确实是一场极为敏感和独特的外交谈判。大陆方面镇定自若、以静制动，一直保持着四两拨千斤的大度与气势。枝节问题友好磋商，原则问题毫不含糊。

台湾方面声称将使用"创造性和想象力"与南非方面保持最高层关系。具体说来，便是除了极力争取未来台湾驻南非机构可保留使用"中华民国"称号和挂旗外，还希望台湾驻南非人员享有外交人员身份，财产受到相当于外交使馆级别保护，邮件不受检查，并希望台湾驻南非人员保留随时可以见到南非总统或外长等最高层官员的权利。用陆以正的话说，台湾方面希望争取的是一种"无大使馆之名，有大使馆之实"的关系。

南非外长恩佐对台湾方面"国号""挂旗"的要求给予了数次批驳，强调这不符合国际惯例。在经过一年多的谈判后，台湾和南非于1997年12月22日发表声明，宣布双方已就未来关系达成协议。根据协议，自 1998 年 1 月 1 日起，南非在台北的"使馆"降格为"联络处"，台湾在南非的机构均改为"联络处"。

记得还是在曼德拉会见章孝严后举行的新闻发布会之前，一位来自台湾的女记者颇为直率地向我发问："大陆向南非砸了多少钱才改变了曼德拉的态度？"我告诉她，"砸钱"是台湾的惯用做法，是中国本身的存在、发展与壮大改变了曼德拉的态度。

在这一场波诡云谲的外交风浪中，台湾"大使"陆以正扮演了一个独特的角色。73 岁的陆以正被称为台湾外交界最为资深的官员，是受到台湾蒋介石、蒋经国、严家淦、李登辉"四朝"重用的干将。在他任南非"大使"7 年多的时间内，陆以正使出浑身解数，阻止南非同中国发展关系。如今，他的戏已演至尾声。用他自己的话说，"这一年让我觉得比过去 6 年都难过。"在一次新闻发布会上，当他被问到会不会再回到南非时，陆以正说，"我不会再回南非，飞机票太贵了。至于将来定居在哪里，我目前还不知道。出国这么多年，我目前已是上无片瓦，下无寸土了。"1997 年 12 月 4 日，陆以正在论及这场外交斗争时说："是非审之于己，毁誉听之于人，得失安之于数。"尽了力能否成功，就只有安之于数。我在南非做事情就是持这个态度。

时移势易，世事果真难料。数年之后，章孝严痛哭流涕，在桂林"认祖归宗"，宣布改"章"姓"蒋"。而在国民党赴大陆高级别访问团中，我也看到了陆以正先生的身影。

在曼德拉宣布将与中国建交后的一年中，南非社会不时涌动具有"台湾情结"的逆流。为此，1997 年 11 月 28 日，就在曼德拉宣布将同中国建交整整一年后，我借曼德拉与南非"自由阵线"主席维尔容将军就一些白人农场主遭杀害事件举行新闻发布会之机，当面向曼德拉询问他对两国即将建交的评论。他脱口而出"中国是世界上人口最多的国家""中国是联合国安理会常任理事国""中国是世界上经济发展迅速的国家"等缘由。这番表态明确了南非官方在与中国建交问题上的坚定立场，因而对那些"台湾情结"予以了回击。

我据此发回一篇题为《曼德拉单独接受本报记录采访时指出南中建交符合两国人民利益》的新闻稿，见附（二）。

附（一）：

1996 年 12 月 4 日曼德拉与章孝严新闻发布会实录

1996 年 12 月 4 日下午，南非总统曼德拉在比勒陀利亚联邦宫同来访的台湾"外长"章孝严进行了约 40 分钟的交谈。会见后，曼德拉与章孝严联合举行了新闻发布会。以下为发布会全程问答实录：

曼德拉：正如你们所知，我们已经宣布在明年年底与台湾或称"中华民国"中断"外交关系"。这一事件在台湾"总统""政府"和人民中引起了很大震惊和失望。我向"部长"保证，我完全理解这种震惊和失望。但我想进一步说，是我组织作出了这一决定，因为我完全了解这对于台湾"政府"和人民意味着什么。但是当我考虑到整个国家利益时，我不得不作出这个决定。这个决定给他们的打击非常大。但我们与他们进行了很好的讨论，因为尽管我们作出这一决定，但我们除了"外交关系"外，将与台湾保持最高级关系。我确信，这是我方的一个愿望，这也是台湾方面的愿望。为了继续保持我们的友好关系，我想我应该陪着章"部长"来这里解释我们的立场。

章孝严：今天我很荣幸能有机会与曼德拉总统阁下进行了长达40多分钟的交谈。我们谈了双方关系性质可能在明年年底发生变化以后的关系。曼德拉总统向我、向"中华民国"政府保证，将把保持最高级关系作为框架，为我们双方将来关系作出安排。两国政府在未来12个月内还将举行更多会谈，我想"中华民国"政府和人民理解曼德拉总统所作出的这一非常、非常困难和痛苦、有关与"中华民国"未来关系决定背后的原因。我们对两国间现存双边关系表示赞赏，我们相信，我们将会为今后双边关系寻找到符合双方利益的某种模式。

台湾记者：总统先生，你提到将与"中华民国"保持最高级关系，有无可能保持总领事馆关系………（被曼德拉打断）

曼德拉：我不愿谈细节问题，因为一个代表"中华民国"和南非的双边委员会即将组成，这个委员会将就所有这些问题进行慎重考虑。今天我在这里只想明确说明，到明年年底，"外交关系"将要中断，细节将被慎重和敏感地予以考虑，因为我们是在处理与一个曾经给我们巨大支持的"国家"关系问题。我不准备谈细节问题。

南非记者：为什么你要现在作出这一决定？

曼德拉（有些生气样）：我已在上一次新闻发布会上回答了这一问题。如果你对答案还不清楚，我不会专门为你的报纸再回答一遍这个问题。作为一名新闻记者，我希望你不要迫使我回答已经回答过的问题。

台湾记者：你的政府将如何从政治、经济方面保持与台湾最高级关系？章"部长"对你的回答作出了怎样的反应？

曼德拉：我已经回答了这一问题。我们将保持除了"外交关系"之外的最高级关系。这些细节问题将通过双边委员会解决。我想章"部长"想要说点什么。

章孝严：我完全同意曼德拉总统阁下对问题的回答。我们将保持最高级关系，双方将制定出某种模式。我想，需要就这种新的安排、新的关系进行更多的谈判、会谈和讨论。刚才有人问是否会保持总领事馆关系，我想还需要就这一问题进行更多的讨论。

台湾记者：北京会对南非与台湾保持建设性关系不快，如果真是这样，你将会怎样做？

曼德拉：我不想在这里讨论我们与北京的关系。这是一个非常敏感的问题。我们只想要同中华人民共和国建立外交关系，这就够了。我们不想就北京与台北的关系进行干预，这要由这两个"国家"自己决定。

台湾记者：你还想对台湾海峡两岸进行"双重承认"吗？

曼德拉：不，如果我们断绝了与台湾的"外交关系"，就没有"双重承认"的问题。

台湾记者：(听不清)

曼德拉：我们的立场很简单，这就是说我们要断绝与台湾的关系，我们承认北京。

南非《华侨新闻报》记者：许多在这里投资的台湾人20年前来到这里，是因为两者有强大的"外交关系"，作为本地新闻媒体，我们想知道，如果与台湾"断交"，投资者利益将减少，一些投资将被撤回。你对这一问题感到关切吗？

曼德拉：那当然了，我们对此事表示关切。但是，我对台北的声明表示高兴，那里的工商界人士说这一决定不影响他们与我们的经济关系。

台湾记者：你曾说你没有道德勇气与台湾"断交"，而现在你却这样做了，为什么？

曼德拉：我不准备回答我已经在新闻发布会上回答过的问题。

南非《华侨新闻报》记者：你认为中国大陆将取代台湾"政府"和人民已经在这里的投资吗？

曼德拉：我愿意就此与北京举行会谈。我想，我在这里就到明年年底我们与北京的关系前景进行陈述是不适宜的。

南非记者：作为一个世界公认的领导人，你是否曾试图影响"中华民国"与中华人民共和国之间的政治关系？

曼德拉：我知道年轻人有一种奉承老年人的倾向（众笑）。在那一地区拥有极有能力、极富才干的领导人，他们有能力在没有第三方干预的情形下解决自己的问题。北京和台北早已在解决他们的问题，而不容忍所谓"两个中国"政策的僵局，他们进行了直接的对话，不需要任何别人的干预，即使他是一位老人。

美联社记者：为什么你要提前一年宣布同台湾"断交"这一决定？你期望台北在这一年之中做些什么？

曼德拉：我不准备与你或其他任何人讨论我选择这一时机的原因。对我来说，这是一个在最适宜的时机作出的决定。

台湾记者：南非何时开始就双方关系框架问题举行谈判？

曼德拉：这一问题将得到讨论。但这一问题不再由我管，专家们将去谈这一问题。

法新社记者：你能否保证台湾的投资将留在南非？

曼德拉：我已经告诉过你，我欢迎台北工商界人士发表的声明，声明说，这一决定不影响经济关系。

章孝严对曼德拉说：记者要求我用中文同他们讲几句话。

曼德拉：那当然了。

章孝严（用中文说）：各位朋友，我想用国语跟各位作一简单的报告。在 45 分钟前，我跟曼德拉总统进行了非常坦率、建设性和有益的交谈。我想曼德拉总统刚刚已经说得非常清楚，关于他的一个政策决定过程，对他来讲非常痛苦，但是在我们"中华民国"跟南非共和国未来一年里面，我们仍然有"邦交"期间，双方会继续磋商，会继续谈判对未来关系的安排。刚才曼德拉总统也提到，同意将会以最高层次方式安排我们"两国"之间未来关系。

台湾记者：与台湾的"外交关系"何时结束？

曼德拉：我们与台湾有"外交关系"直到明年 12 月，正常"外交"礼遇将一直保持到那一天。

香港《亚洲周刊》记者：你要与台湾保持除"外交关系"外的最高级关系，但又要全面承认北京，你是否有意在南非国家外交政策中创造一种"准双重承认"模式？

曼德拉：不，这是一个很简明的表述。我们要断绝与台湾的"外交关系"，但这并不是事情的全部，除了"外交关系"以外，我们要在几乎各个生活领域（与台湾）保持友好关系。我们想要在最高一级这样做。我们的委员会、我们的代表将要开始寻求一种能够令双方满意的最佳结构。这就是我们想要做的。

香港《亚洲周刊》记者：你是否想要与台湾在明年年底之后保持一种"准外交关系"？

　　曼德拉：不、不，这没有"外交关系"的问题，无论是全部或部分。我们将结束与台湾的"外交关系"；我们将保持最高级关系，因为对双方来说还有另一些有关双方利益的重要问题需要考虑，我们将要在最高一级处理这些事务。

　　香港《亚洲周刊》记者：总统先生，你是否想要创造出一种世界其他地方从未见过的新模式？

　　曼德拉：那要等着看双方代表所作出的决定，让我们不要事先就此事作出判断。我知道此事对你有多么重要，所以我给了你这么多时间表达你的关切。因为你代表的"国家"曾给了我们巨大支持……

　　香港《亚洲周刊》记者：我是从香港来的（众笑）。

　　曼德拉：噢，我知道了。当然，就这一问题所作出的决定将以多种方式影响整个地区。我知道香港与台湾之间的关系，我知道今天（加重口气）香港与中华人民共和国的关系。所以将要作出的决定将对整个地区产生影响。谢谢大家！

附（二）：

曼德拉单独接受本报记者采访时指出

南中建交符合两国人民利益[1]

　　人民日报约翰内斯堡 11 月 28 日电（记者温宪）南非总统曼

———————————

　　〔1〕 载《人民日报》1997 年 12 月 1 日第 6 版。此稿获得 1997 年中国国际新闻奖消息类三等奖。

德拉今天指出，与中华人民共和国建立正式外交关系符合南中两国人民利益。

曼德拉总统是今天下午在约翰内斯堡北部郊区官邸内说这番话的。1996 年 11 月 27 日，曼德拉总统就是在这里向全世界宣布南非将于 1997 年年底与中华人民共和国建立正式外交关系。

今天下午，曼德拉总统首先与南非"自由阵线"领导人维尔容将军就一些白人农场主最近遇害事件举行了会谈。会谈后，曼德拉与维尔容共同举行了记者招待会。

记者招待会后，曼德拉总统就南中两国即将正式建交一事单独接受了本报记者的采访。

曼德拉说，中国政府和中国人民一向全力支持南非人民反对种族主义斗争的正义事业。在谈到南中两国人民之间这一传统友谊时，他说，"我们赞赏和感谢中国政府和中国人民在支持南非人民反对种族主义斗争中所起的作用。我们也赞赏中国在促进世界和平中所起的作用。正是基于这种考虑，我们决定与中国建立正式外交关系。"

曼德拉总统在谈到南中两国建交后的全面合作前景时说，"首先，中华人民共和国是世界上人口最多的国家，中国也是联合国安理会常任理事国。在促进世界和平与稳定方面，中国可以发挥关键作用。此外，中国还是世界上经济发展迅速的国家。对我们来说，与中国建立正式外交关系符合我们两国人民的利益。"

四

1997 年 12 月 28 日，时任中国国务院副总理兼外交部部长钱其琛一行抵达南非，以最终完成中南正式建交的历史使命。12 月 29 日，钱其琛的一项重要活动便是会见曼德拉。这项活动无疑格外引人瞩目。南非官方为此会见安排颇费心思，会见地点先是安排在东开普省曼德拉的故乡，后改在开普敦总统官邸。

台湾各大媒体为此派出数十名记者。在曼德拉会见钱其琛之前，南非官方主管人员明确向在场媒体宣布，会见现场只能拍摄，不得提问。但数位台湾记者挤入现场后，不顾规定争先发问起来，问题提得极具火药味："你为何背信弃义同台湾'断交'？""你是否因受到非国大内部沉重压力改变初衷？"……

现场情形相当紧张，我顿感血脉偾张！挤在人群中的我当即高声喊出"曼德拉总统！"顿喝之下全场突然安静下来，曼德拉将头转向了我。我当即发问："你认为中国和南非正式建交后的发展前景如何？"早就在曼德拉脑中的答案行云如水般顺畅发出："正如你们所知，中国是联合国安理会常任理事国，是世界上十分重要的国家。南非与中国建立外交关系符合双方的根本利益。我们两国的发展将因此受益。"曼德拉的这番回答成为西方和南非各大新闻媒体对此活动报道的标题和导语。

这场外交斗争最终大浪淘沙，正本清源。

1997 年 12 月 30 日上午，钱其琛与南非外长恩佐正式签署两国建交联合公报。

1998 年 1 月 1 日，比勒陀利亚下着小雨。中国驻南非大使馆开馆仪式庄严举行，五星红旗在众人瞩目中冉冉升起。钱其琛在开馆仪式上致辞。

与此同时，比勒陀利亚斯古曼大街 1147 号那面 "青天白日满地红" 的旗子降了下来。曾经挂有台湾 "大使馆" 的牌子也被换成 "驻南非共和国台北联络代表处"。我因当日分身无术，委托一位日本共同社记者前往现场，事后他将活动现场的照片交给了我。

也是在 1998 年 1 月 1 日，比陀瑞尔斯大街 972 号门口曾经挂有 "中国国际问题研究所驻比勒陀利亚南非问题研究中心" 的铜牌换成了 "中华人民共和国大使馆"。

在开馆仪式开始前，面对淅淅沥沥的小雨，我与中国国际问题研究所驻比勒陀利亚南非问题研究中心最后一任主任、中国驻南非首任大使王学贤进了简短的交谈，他笑着说："好雨知时节！"

在到南非工作之前，王学贤大使在中国常驻联合国代表团任职。如同他的多位前任一样，这位中国大使在南非出色地完成了使命。从南非的工作岗位退下后，王学贤曾作为中国欧亚事务特使继续发挥作用。多年之后，我在美国工作期间，在华盛顿郊外意外地遇到了到那里短期出差的王大使。他乡遇故知，甚是感慨。

几十年弹指一挥间。如今，中国与南非同为金砖国家，联手在国际舞台上发挥着重要的作用。所有这一切令人更加难忘 1997 年 11 月 27 日那个下午，曼德拉最终以"道义勇气"宣布的那个具有战略眼光的决定。

2009 年 5 月底，我作为人民日报驻美国记者站首席记者抵达美国，两天之后，便前往美国最高法院第一次参加美国国务院外国记者中心组织的集体采访活动。在活动现场，我忽然发现一个熟悉的面孔。双方自报家门后，我突悟眼前这位正是 1997 年年底中国与南非建交前夕在南非打过交道的台湾记者。时任中国国务院副总理兼外交部部长钱其琛赴南非完成两国建交事宜时，诸多台湾记者前往南非采访。在几个活动场合，这位台湾记者相当活跃，也因此给我留下深刻印象。一晃十余年过去，他已在美工作 9 年，当年火气很冲的他显然老成了许多。彼时彼地再重逢，只有相逢一笑，客客气气。不久后，得知他已被调回台湾，担当重任去了。

附：

激动人心的时刻[1]

人民日报比勒陀利亚 1 月 1 日电（记者 温宪）1998 年 1 月 1 日上午 9 时，中华人民共和国驻南非大使馆在此间举行了开馆仪式。尽管今天为公共假日，但一大早，就有各种肤色的人们急匆

───────────

[1] 载《人民日报》1998 年 1 月 2 日第 3 版。

匆赶到中国大使馆所在的比陀瑞尔斯大街 972 号，以目睹这一历史性场面。

中国大使馆的工作人员自清晨 6 时起便开始忙碌着布置开馆仪式现场。中华人民共和国国徽高高挂在那座两层办公楼的大门之上，写有"中华人民共和国大使馆开馆仪式"字样的横幅赫然醒目，一排排鲜花被布置在临时搭起的讲台上。中国驻南非首任大使王学贤跑前跑后地同大家一起忙碌着布置现场，还不时被各方来宾请去合影留念。

站在主持开馆仪式的讲台上，王学贤说："我听说本地人民有天上下雨是欢迎客人最佳方式的说法，现在这个小雨也表明了我们对你们所有人到来的衷心谢意。"一番话说得人们开怀大笑。南非外长恩佐在致词中也首先说，"对我们两国关系来说，天上正在下的这几滴雨水是一个大好的兆头！"

上午 9 时 10 分，一面鲜艳的五星红旗在 972 号院内新竖起的旗杆上冉冉升起，随即响起了激越的《义勇军进行曲》。护卫国旗升起的 4 位青年都是中国大使馆工作人员。为了这一庄严时刻的到来，他们曾多次在夜深人静之时进行演练以确保升旗过程万无一失。如今，他们的脸上漾出了灿烂的微笑。

仰望着这面升起的五星红旗，又有多少人心潮难平。人群中有几位是专程从伊丽莎白港赶来的华人代表。在去年香港回归祖国之际，就是他们顶住来自台湾当局的压力，亲手缝制了一面祖国的五星红旗以示庆祝。另有几个南非华人团体在一封致钱其琛的信中说，"我们南非华人、华侨和世界各地华人、华侨一样为祖国的富强、民族的团结和外交的强大感到欢欣鼓舞。我们昂首挺胸，以身为中国人而感到自豪。我们每时每刻都在关注着祖国的发展与进步。祖国强盛，我们华侨在国外才有地位。我们虽然生活在异国他乡，但我们的心永远和祖国人民连在一起。"

中国与南非建交是令两国人民极为高兴的喜事，是对两国人民最好的新年礼物。来自各方的贺电、贺信如雪片般飞向中国大使馆。由中国常驻联合国代表秦华孙签署的一份贺电说："值此中南建交之际，我们从纽约曼哈顿岛遥视大家在新的一年中开局顺利，马到成功。"

在两国正式建交前夕的 1997 年 12 月 31 日晚上，北京电视台与南非华人共同主办了一场题为《阳光彩虹》的庆祝联欢晚会。来自中国的演员、当地华人代表和南非演艺界人士同台献艺。南非驻中国的外交官徐义昭也上台用不甚流利的中文主持节目。晚会最后一个节目是中南两国歌唱演员共唱《饮酒歌》。徐义昭一板一眼地操着中文说："让我们为南、中两国人民的友谊干杯，让我们两国之间的关系像黄金一样珍贵，像钻石一样坚强。"

感受曼德拉

我在南非工作之时，目睹了这个非洲大陆最南端国度社会大转型过程中的风风雨雨。在那段不平凡的岁月中，我得以多次走近曼德拉，面对面地亲身感受了这位传奇人物的伟大人格力量。

1991 年 10 月 17 日晚，刚刚出狱不久的曼德拉出席第 28 届英联邦国家首脑会议记者招待会。曼德拉出狱后南非的政治形势走向成为人们关注的热点，我在记者招待会上就这一问题向曼德拉提问。曼德拉说："南非爱国阵线会议的意义就在于把所有反对种族隔离的解放组织团结起来，南非人民要用一个声音说话。我们将于下周召开爱国阵线会议。非国大已经同其他反对种族隔离组织讨论了过渡政府和制宪等问题，并努力同其他解放组织一道采取共同的立场。"

曼德拉是一位很有幽默感的人。就在那场记者招待会上，一位很有冲劲的西方年轻记者提到南非黑人参政到底有无希望，曼德拉不慌不忙地答道："小伙子，我的年龄比你大得多，但我比你乐观得多，你为何如此悲观呢？"全场轰然大笑，小伙子不好意思地挠着头皮，也红着脸笑了。一位黑人记者好不容易轮到了提问的机会，但却支吾起来："我的问题让刚才那个人提过了……"曼德拉迅即接上说："那么，刚才那个人是把你嘴巴带走了。"这即席的敏捷和幽默再一次引起全场轰然大笑。

1991年12月20日上午，标志着南非制宪谈判正式开始的"民主南非大会"第一次大会在约翰内斯堡郊外的世界贸易中心大厅举行，这是南非近400年历史上黑人和白人第一次坐在一起为国家的未来举行谈判。当身着灰色西装、打着红色领带的曼德拉满面笑容地步入会场时，引起各国记者一阵骚动。曼德拉先与南非外长皮克·博塔交谈了片刻，又转过身与走来的南非总统德克勒克握手致意，礼数颇为周到，不卑不亢恰到好处。突然，曼德拉穿过人群，急步向南非白人民主党代表团的席位方向走去。一位个子矮小的白人女士急忙从座位上起身迎接了他，曼德拉与她亲热地握手拥抱。这位得到曼德拉特别光顾的女士就是海伦·苏兹曼夫人。她在此前25年的漫长岁月中是南非议会唯一公开反对种族隔离制度、为释放曼德拉不断疾呼的白人议员。在大会正式开始前，记者们被允许用5分钟的时间进入大厅到各代表团席位前进行拍照。来自不同国度的记者们不约而同地第一时间蜂拥到曼德拉的面前，用自己的眼睛和胶卷记录下了这位黑人领袖的风采，我便是在这里留下了与曼德拉的第一张合影。

对于年过七旬的曼德拉而言，新南非诞生前的日理万机实在是难以推卸的重负。因他身体出现不适，非国大于 1993 年 2 月 16 日宣布曼德拉将彻底休息两周，原定访问英国和葡萄牙的计划也被取消。2 月 19 日，来自世界 100 多个国家的 500 多名代表开始在约翰内斯堡的国家展览中心召开"国际反种族隔离声援大会"。原定由曼德拉在开幕式上发表的主旨讲话临时由非国大名誉主席坦博代言。曼德拉的身体状况成了代表们最为关心的事。2 月 20 日，第二天会议正进行时，会场门口处突然一片骚动。我急忙赶到门口，只见曼德拉正在众人的簇拥下步入会场。与以往不同的是，曼德拉那天身着一件印有非洲地图图案和"SARAFINA"字样的白色圆领衫。"SARAFINA"是当时正在公演的一部表现南非黑人生活的电影片名。曼德拉的到场使全场沸腾起来，人们纷纷起身致意。身体不适的曼德拉那天依旧光彩照人，他右手握成拳头，满面笑容地面向来自世界各地的与会代表，他的身后则是有着和平鸽形象的非国大的标识。这是一幅极富寓意的画面，我用手中的照相机快速拍摄下了曼德拉的这一风采。

不久，在哈拉雷举行的非洲前线国家首脑会议期间，我再次见到了列席会议的曼德拉。当所有在场记者的镜头都对准台上的各国首脑时，我将照相机对准了在特邀嘉宾席上的曼德拉，曼德拉发现后会意地一笑。会议结束后，我赶上前去询问他的身体近况，并祝他多多保重，曼德拉微微一笑表示谢意后说，"没有问题!"随后，他便匆匆离去，继续为新南非的诞生四处奔波。

　　1995 年 4 月 27 日，即新南非诞生一周年之际，南非政府在比勒陀利亚联邦宫前的大广场上举行了盛大的庆祝活动。曼德拉又成为数十万与会者关注的焦点。那天，因曾在狱中受了眼伤，曼德拉戴了一副墨镜，谦和地与尽可能多的百姓接触。

　　南非曾于 20 世纪 90 年代连续数年主办世界小姐的选美活动。1995 年 11 月 7 日是个阳光明媚的日子。那天上午，已是南非总统的曼德拉在行政首都比勒陀利亚联邦宫前会见参加当年"世界小姐"选美的 86 位各国佳丽（中国没有派人参加这一活动）。

　　那一天的活动本应极为轻松愉快，但曼德拉的贴身警卫们却十分紧张，原因在于以色列刚刚发生了拉宾总理被暗杀的事件。然而，曼德拉依旧谈笑风生。在整个会见过程中，我一直站在离曼德拉很近的地方进行采访。当曼德拉与所有参赛小姐会见完毕转过身时，正好与我打了一个照面。我笑指站在另一边的妻子何小燕向曼德拉说："那里还有一位来自中国的女士想同您合个影呢！"曼德拉闻后一脸慈善地欣然应允："那好啊！"

　　听到曼德拉的这一答复，我大喜过望。曼德拉则非常友好地与我的妻子握手致意，然后笑容可掬地将她揽在身边。然而我刚从背包里掏出照相机向前一冲，准备为曼德拉和我的妻子合影，一群虎狼般的警卫突然如临大敌地将我扑向一旁。我的包被扑落在地，被撞了一个趔趄的我大声喊道："嗨，我只是想拍张照片！"看到曼德拉再表应允后，这群黑白两种肤色的警卫们才让出空间，让我为曼德拉和我的妻子合影留念。事后，所有在场的新闻界同行都说我们很幸运地拍了一张好照片。

曼德拉是一个特别喜欢孩子的人。就在与各国佳丽会见后的当天下午，曼德拉又出现在一个为儿童举办的慈善募捐午餐会上。曼德拉在讲话中谈到一件关于孩子的往事：有一次他在开普敦时曾遇见一些孩子。这些孩子说："感谢你爱我们。"曼德拉反问说："你们怎么知道我爱你们？"这些孩子说："因为你能给我们钱。"曼德拉则说："你们的父母、亲人都是爱你们的。但他们被剥夺了爱你们的手段，我只是尽力而为……"

由我所撰著的《黑人骄子曼德拉》一书出版后，我于1996年3月1日下午将这本书赠送给了曼德拉。此前，人们对曼德拉身体状况有各种议论。那天下午，刚刚从斯威士兰出访归来的曼德拉在比勒陀利亚的总统官邸举行了新闻发布会。我在现场祝曼德拉身体健康，他显然很高兴。随后，他在另一间屋内当着我的面在《黑人骄子曼德拉》一书扉页上题写了这样一句话："致温宪：向一位杰出的新闻工作者致意并致最良好的祝愿。曼德拉 1996年3月1日"。

1997年12月20日，在南非西北省省会马弗京郊外西北大学大会堂内采访非国大第50次全国代表大会时，我再一次近距离观察到了曼德拉。

会议上，南非总统曼德拉郑重地将象征非国大最高权力的一根乌木木雕手杖交给新当选非国大主席的姆贝基。此后，曼德拉以一名非国大普通成员的身份发表了讲话。他在讲话中以"我的主席"称呼姆贝基。曼德拉在讲话中说，"我期待着这样的时光，在晨光中醒来，在我的家乡古努村山间谷地中平静地徜徉。我还期望着能有更多的时间与戈文·姆贝基和西苏鲁一起讨论讨论我们在罗本岛监狱一起坐牢的20多年间没来得及讨论的问题。"

曼德拉极为明智地将非国大和国家的最高权力及时地交给了年轻一代，但他并没有忘记自己的责任。就在这次讲话中，曼德拉提醒姆贝基说："对于一位未遭到反对而被所有人选举出来的领导人来说，他面临的一大诱惑便是可能利用自己强有力的地位对毁损过他的人施加报复，给他们穿小鞋或在某些情形下将他们一脚踢开，从而使自己的身边围绕着一帮满嘴说'是'的男人和女人……"

大不幸与大幸、大仇恨与大宽容、大斗争与大平和、伟大与平凡，这些看似对立的东西何以能够在一个生命中如此浑然天成地融合着？

2013年12月5日，在美国首都华盛顿采访一个智库活动后，我在归途中的地铁列车上看到曼德拉辞世的消息时，心里猛地一揪。无尽的思绪中，曼德拉炯炯而平和的眼神、充满慈爱的笑靥和抑扬顿挫的言语如此生动地映现出来。

这位半神般、被誉为仅有的"世纪伟人"的曼德拉为人类世界留下了许多珍贵的精神遗产。

我亦将在心田内永远保留着对他的一份回忆……

《漫漫跋涉向自由》：曼德拉自传问世

我至今珍藏着由曼德拉亲笔签名的自传《漫漫跋涉向自由》。

1994 年 12 月 14 日，曼德拉的自传《漫漫跋涉向自由》正式出版发行，首印 4 万册在几小时内被抢购一空，成为南非出版史上从未有过的奇观。

"我不想装腔作势，"曼德拉在谈到他出版这本自传的动机时说，"特别是当大众传播媒介把我抬高到救世主地位的时候，我觉得更有必要告诉公众，我只是一个普通的人。我像常人一样犯过严重错误，我像常人一样有着致命弱点。"曼德拉在这本自传中以平淡的口吻追忆往事。

真诚坦率、不事雕琢是《漫漫跋涉向自由》一书的重要特点。在书中，曼德拉心平气和地向大家讲述自己的生平。曼德拉出生在特兰斯凯地区一个科萨族部落贵族家庭，本部族一位教师为他取名"纳尔逊"，因为那位教师认为，每一个来到这个世界上的黑人孩子都应该有一个白人的名字。曼德拉的父亲去世后，他有幸得到了部落大酋长的监护。他血气方刚之时，又幸运地进入了当时唯一一所接收黑人学生的黑尔堡大学读书。在那里，他结识了许多同代人中的志士英才。为了逃避包办婚姻，曼德拉来到了约翰内斯堡。他在那里饱尝了贫穷困苦的煎熬和种族歧视的羞辱，但也因此开阔了眼界，增长了才干，纠正了以往的偏狭。例如，他说："我一直被教导说获得文学学士学位意味着成为一名领袖，要成为一名领袖需要文学学士学位。但在约翰内斯堡，我发现许多最卓越的领袖们根本从未上过大学。"在个人生活上，曼德拉的两次婚姻都有"一见钟情"的共同特点。他第一次见到温妮是在一个公共汽车站。当时温妮正在等车，驾车从那里经过的曼德拉立即被温妮的美丽所吸引。加入非国大组织后，曼德拉很快在反抗种族压迫的斗争中成长为一位杰出领袖，在组建"青年联盟"、组织"蔑视不公正法运动"等全国性斗争、创立"民族之矛"中都起到了中坚作用。20世纪60年代初期，他曾力促非国大完成由一味进行非暴力反抗到开展武装斗争的战略转变。他回顾说："一个自由战士从严酷的现实中懂得，他们的斗争性质是由压迫者们规定的。被压迫者常常别无他途，只能借鉴压迫者们的手段。从一定意义上说，我们只能以牙还牙。"在经过27年的铁窗生涯后，曾首先倡导开展武装斗争，并担任"民族之矛"第一任总司令的曼德拉经过深思熟虑，又率先说服他的战友们审时度势，与少数白人统治者进行政治谈判，最终通过和平方式完成了一场伟大的社会变革。

　　曼德拉自传中透溢着融融的宽厚与和解。曾获得诺贝尔和平奖的非国大前主席卢图利大酋长曾对曼德拉关于开展武装斗争的主张持不同看法，泛非大组织曾在不少斗争策略问题上与曼德拉的意见不一。在回顾这些往事时，曼德拉没有矜夸和贬损，从不轻易否定他人。漫长的狱中生活曾使曼德拉饱尝磨难，但这位"全世界最著名的政治犯"对这段令人难以置信的痛苦经历却没有任何抱怨。曼德拉在书中一再明言，他对自己所选择的人生道路至今不悔，他始终将黑人解放事业视为自己的终生使命。为了完成这一使命，曼德拉在大半生中的个人和家庭生活方面作出了巨大牺牲。多年来形势的险恶、牢狱的高墙和历史的重担逼使他习惯于不轻易流露个人感情。尽管曼德拉自传中有关个人情感生活的篇幅甚少，对两次婚姻的叙述均是几笔带过，但人们还是从中感到了曼德拉内心中一种深沉的哀戚和负疚：指点江山的男儿竟无暇抚慰在贫困中挣扎的老母；转入地下斗争和被投入监狱后，咽下眼中的热泪，狠心撇下娇妻弱女在凄风苦雨中熬磨。从一个贵族之子、勤勉学人、开业律师、业余拳手、黑人领袖、卅载囚徒到国家总统，曼德拉英雄史诗般的传奇经历何等辉煌！然而，"高处不胜寒"，曼德拉虽受世人所景仰，但其内心深处也有着难以言表的孤独和无奈。

　　《漫漫跋涉向自由》中的部分内容是曼德拉在罗本岛监狱服刑时秘密写成，后由刑满获释的狱友、后任南非政府运输部长的马克·马哈拉吉偷带出狱。曼德拉还曾经在监狱院内一个角落埋藏过一本自传，但后来监狱看守在监视其他犯人挖地沟时发现了这本自传。自传被没收了，曼德拉也因此失去了在狱中进行文化学习的权利。曼德拉的自传出版后，一些实力雄厚的国际影视公司纷纷竞争拍片权。有人问曼德拉，他是否可以在影片中出演部分镜头，曼德拉淡然一笑后说："我不是演员。"他还透露说，自出狱以后，他一直坚持做笔记和写日记，准备续写担任总统后的自传。时年77岁的总统又显得有些无奈地说："但我总是没有时间坐下来做我自己想做的事情。有时候，我感到自己像是又回到了监狱。"

（1995 年 1 月 7 日）

曼德拉办公室的盲人接线员

　　按照南非政府新闻局提供的通讯录，我拨通了曼德拉总统办公室的电话。几声清晰的蜂鸣之后，传来了和缓热情的接话声："你好，这里是曼德拉总统办公室……""我想和阿萨比·迪加利先生谈一谈""我就是……"

　　在此之前，我已经从南非《星报》的一则报道中知道阿萨比·迪加利是南非总统办公室的总机接线员，但他从来没有真正见过曼德拉，因为他是一位盲人。

　　1995 年 39 岁的迪加利是在 18 年前失明的。事情发生在约翰内斯堡东南郊外黑人城镇索韦托。当时正值学生运动的高潮，当迪加利随着示威的人群涌出索韦托时，一个警察在极近的距离冲他的脸上投来了一枚催泪弹。一阵剧痛之后，一个五彩缤纷的世界在他眼前消失了。

　　迪加利说，刚刚失明之后的一段时间，昏天黑地的世界给他带来的是极度的沮丧，但他最终又重新振作起来。对他帮助最大的是同样在索韦托学生运动中双目失明的约翰尼斯。约翰尼斯安慰他，鼓励他，兄长般地照顾他，还帮助他补习文化，一点一点地教他学会了盲文。1982 年至 1986 年，迪加利又进入一所学校学习打字。走出学校大门后，他失业达 3 年。后来他在一家专事培训超级市场售货员的公司当打字员。1994 年，不景气的经济迫使这家公司大量裁员，被裁减下来的迪加利摸到了位于约翰内斯堡市内的非国大总部大楼。在那里，有人向他透露了一个内部消息，曼德拉总统办公室正在招聘总机接线员。

"我从来没有想到我会得到这份工作，"迪加利说，"接到录用通知时，我激动极了！"但是，这种激动很快变成了即将面临的巨大困难带来的沉重压力。比勒陀利亚的联邦宫是南非政府所在地。这座位于山丘之上的建筑物气势恢宏，总统办公室就在联邦宫的西侧楼。生疏的环境会使任何一个刚到那里工作的人感到两眼一抹黑，更何况是一位盲人。迪加利忘不了 1995 年 2 月 13 日，那是他进入联邦宫西侧楼第 16 号房间总统办公室总机室工作的第一天。他说，那一天他真是紧张得无所适从。

4 个月后的今天，在不知经历了多少次磕磕碰碰之后，迪加利闯了过来。现在，他对联邦宫西侧楼内各办公室的情况了如指掌。如同其他许多盲人一样，迪加利的记忆力和对声音的辨别力是惊人的。政府各部门内每个办公室的电话号码和每个人讲话的声音早已储存在他的脑内。在他的办公桌上，除了那部电话交换机外，还有一台盲文打字机。每当政府工作人员外出时，他就把接到的电话内容用打字机记录下来，然后自己将这些信息送到有关办公室。

迪加利知道他每次拿起电话听筒时的分量。他和另一位同事平均每天要接 300 个电话。尽管他每次都以微笑和周到向对方传达一分和悦，但打来电话的人并不总是心平气和。"我每天都能接到从世界各地打来的电话，有些人很客气，另一些人就不是。还有一些人，大概因为他们觉得自己身份很不一般，一上来就硬邦邦地要求把电话直接转给曼德拉总统。另有一些人总是打错电话，认为这里还是德克勒克（原南非总统、现南非第二副总统）的办公室。每到这种时候，我都保持着冷静与和气，尽量使对方的火气消退。"迪加利说。

已经是两个孩子父亲的迪加利在恪尽职守的同时，正在利用业余时间攻读经济学学位，他还打算学习使用计算机。"我要做一些新的尝试。"他在电话中告诉我，他能够得到目前的工作并能够通过自己的努力出色地完成工作，这一事实本身便是在鼓励其他残疾人也应愈挫愈奋、自强不息。

迪加利说："我知道，按照常人理解，我不可能看见曼德拉，但就我来说，我真的见到了他。那天，我们彼此握手问候。曼德拉说他没有想到一个盲人也能做这个工作。我推着他的手，聆听着他的话语，感到他是一个极和善的人。"那短短的几分钟至今使迪加利激动不已。当被问及他现在最想实现的愿望时，他说，除了要为两个孩子攒钱盖房外，那就是能够再次"见一见"曼德拉，"我想和他再多待一会儿，或许他能多告诉我些关于大自然、人生、社会和那些我再也无法用眼睛看到的东西。"

（1995 年 7 月 9 日）

德克勒克："我很尊敬曼德拉"

2021 年 11 月 11 日，南非前总统弗雷德里克·德克勒克因间皮瘤癌医治无效，在开普敦家中去世，享年 85 岁。

在南非工作期间，我曾多次近距离观察、采访德克勒克。

南非曾是一个"制度化的种族主义"国家。在南非和平解决种族冲突、开创民主新时代的历史进程中，有一位政治家以其非凡胆略发挥了无法替代的历史作用。是他最终将曼德拉从铁窗之中释放出来，是他开启了注定使自己走下最高权位的民主进程，正是在他的努力下南非避免了因剧烈的政治变革而陷入内战，他就是 1989 年至 1994 年担任南非种族隔离制度废除前最后一任白人总统的德克勒克。

1993 年 10 月 15 日，75 岁的曼德拉和 57 岁的德克勒克同时被授予当年的诺贝尔和平奖。

新南非于 1994 年诞生。在此之前的 4 年多时间里，德克勒克常常处于四面受敌、遭左右夹攻的境地，但他仍克服艰难挺立在历史前进潮头之上。作为白人利益的政治代表，他既要在改革中

尽力维护白人的既得利益，又要顶住白人极右势力视他为叛徒的
咒骂，坚持将曼德拉释放出来的决定，并坐下来平等地与其进行
谈判。一个处于至上地位的白人与一位曾为囚徒的黑人最终成为
互相冲突达 3 个多世纪的黑白两种肤色的政治代表。他们既是斗争
对手，又是建立新南非政治改革中的平等伙伴。

1991 年 12 月，刚刚走出牢狱的曼德拉与德克勒克分别率团历
史性地坐在一起，通过举行"民主南非大会"就南非的未来进行
谈判，我有幸在现场见证了这一时刻。德克勒克是布尔人后代，讲
英语时带有浓重的口音，律师出身的他礼数周到、思维敏捷、辩才
极佳。新南非于 1994 年诞生后，作为第二大政党代表的德克勒克出
任南非第二副总统。1995 年下半年，德克勒克在南非行政首都比勒
陀利亚郊区参加竞选活动时，我又在现场与他进行了近距离接触。
1997 年 10 月 3 日，我对已经宣布退出政坛的德克勒克进行了专访。

这次采访在位于比勒陀利亚城南西贝柳斯大街"德克勒克大
厦"内进行，那里是德克勒克所在的南非国民党总部所在地。与
1991 年年底我第一次见到他时相比，历经一场社会大变革后的德
克勒克脸上多了许多细密的褶皱。

采访开始前，德克勒克特意叮嘱女秘书在他的身后摆上一面新
南非的六色国旗，那天我也特意打了一条有着新南非国旗样式的
领带，这不谋而合的做法都在暗喻新南非的诞生与德克勒克的历
史性作用密不可分。

采访中，我向德克勒克询问他对曼德拉的评价。

德克勒克有板有眼地说："作为个人，我很尊敬曼德拉。当然，我们是政敌。从民主的意义上讲，我们相互斗争。但我们也总是感到当国家需要的时候，我们能够携起手来，共同制定计划，以便取得选民的支持，团结起来去做那些必须去做的事情。曼德拉在整个过渡时期发挥了极为重要的作用。没有他，这一过渡时期是不可能的。我对他评价很高。"

我接着问道："作为一名杰出的南非政治家，您是一位个性很强的人。在您的生活中，什么是您最喜爱的座右铭？"

德克勒克说："一个人不是仅有一条特定的座右铭。指导我生活的座右铭之一的是当我还是孩子时妈妈告诉我的。她在家中墙上挂着一首小诗，我还清楚地记得其中的一句，'志大者行高，无志者落伍；自信且自勉，勿忘此至嘱。'指导我政治生涯的主要座右铭是，'你无法在不公正的基础上建筑和平的未来，必须让所有人得到公正。'"

德克勒克的改革之举在南非白人中也招致不少非议。我意有所指地问道："回首往事，您有无甚感懊悔之事？"

德克勒克说："当然，所有的人都有懊悔之事。人只要一做事就要犯错误。人们在知道自己犯了错误之后当然会感到懊悔。但就我一生中所作的重大决定而言，特别是在我作为总统掌权期间，我消除了种族隔离制度，释放了曼德拉，解除了对政治组织的禁令，为使所有人享有公正进行了制宪谈判，我对这些事情没有一点懊悔之意。今天我仍会以同样的方式做所有这些事情。"

我又问道："您希望自己作为怎样一个人被后人记住？"

德克勒克思忖了片刻后说："我想，这个问题应首先交给历史学家，让他们客观地对我的作用进行评价和分析。如果让我自己来说，我希望自己能够作为这样一个人被人们记住——'他在新南非的诞生过程中，与别人一起，发挥了关键作用。这个新南非为她的所有人民带来希望、机会、昌盛和正义。'"

在那之前，曼德拉已宣布南非将与中国建交。德克勒克告诉我，他还没有去过中国，但他"非常希望有机会到你们那一部分世界去"。他在谈及中国与南非建交一事时说："我认为，从南非方面来说，与世界上最大和最重要国家之一的中国建立尽可能好的关系极为重要。我想，就未来而言，非洲是一个正在形成的大市场和原料供应者，与非洲大陆上一个最为繁荣的国家建立尽可能好的关系对中国来说也极为重要。从这个意义上说，我们两国关系正常化最符合我们的根本利益。这样做可以打开大门，为我们双方创造许多机会，使我们两国人民受益。对此，我满怀希望。""我认为两国贸易将会有一个很大的增长。南非向中国出售产品，中国也向南非出售产品。其次，投资也是一样。从南非投资到中国，中国也投资到南非，这里有许多机会。我想中国应该利用这些机会。世界上一些正在崛起的经济强国，就是所谓的

'老虎'，都在南非进行了很多投资。他们预测将会从对南非的中长期投资中得到回报。我可以预言，南非和中国两国间关系会有发展，贸易、经济、投资和相互影响都将会扩大。"

在专访的最后，德克勒克委托我向中国读者转达他最良好的祝愿。他说："我要向中国人民说，南非向你们表示祝愿。南非希望看到你们中的很多人能够到南非来旅游。我们能够向你们提供许多东西。你们也将看到有许多南非旅游者到中国去。我认为，我们两国能够为两国人民的相互利益进行合作。我希望两国关系发展结出丰硕成果，希望这一关系发展取得成功，为两国人民创造出更多的新机会。"

如今，德克勒克的这些祝愿已经成为现实。

这次专访开始前，我送给德克勒克一本 1994 年 11 月号的《世界知识画报》，其中刊载有我撰写和供稿的"德克勒克"一文及 11 幅照片。专访结束后，我又请德克勒克为我所著《黑人骄子曼德拉》一书题词。他在书扉处欣然写下"致温：最良好的祝愿。弗·威·德克勒克"。

附：

"愿南非与中国关系结出硕果"

——访南非前总统德克勒克

人民日报约翰内斯堡 1997 年 10 月 4 日电（记者 温宪）位于

比勒陀利亚城南西贝柳斯街上的"德克勒克大楼"是南非国民党总部所在地。10月3日下午2时整，曾作为南非种族主义政权最后一任总统和新南非民族团结政府第二副总统的德克勒克准时来到这里，接受了本报记者和正在此间拍摄系列片《彩虹国度——南非》的中国电视摄制组的采访。

总部大楼的工作人员特意在德克勒克的坐椅后摆上一面新南非的国旗。今年61岁的德克勒克为新南非的诞生作出过历史性的贡献，曼德拉总统曾赞扬德克勒克是一位新南非诞生的"杰出助产士"，并希望南非人民不要忘记德克勒克"在从一个痛苦的过去向今天平稳过渡中"所起的重大作用。德克勒克在谈到这段往事时说，他于1990年2月主动采取废除种族主义制度、释放曼德拉、解除党禁等重大行动后，开始在南非白人中失去了支持，但后来通过举行白人公决渡过了这一难关。他说："我曾身为总统，后来代表第二大党在政府中任一名副总统，那也是很困难的。然而，回首往事，我真的感到自己还是经历了美好的生活，我有过极好的机遇。"

德克勒克告诉记者，还是在他很小的时候，他妈妈曾在家中墙上挂过一首小诗，其中"志大者行高，无志者落伍；自信且自勉，勿忘此至嘱"等句，至今仍是指导自己生活的座右铭。在政治生涯中，他坚信无法在不公正的基础上建筑和平的未来，而必须让所有人得到公正。回首往事，德克勒克说，对他本人的历史功过尽可由历史学家去分析评价，但他自己希望能够作为这样一个人被人们记住：在新南非的诞生过程中，他曾与别人一道，发挥了关键作用。这个新南非为所有的国民带来希望、机会、昌盛和正义。

德克勒克对南非的前途表示乐观。不久前，曼德拉总统曾提出将在适当时候，聘请已宣布退出政坛的德克勒克做某种工作。对此，德克勒克表示，自己不寻求任何任命，只想去许多国际场合发表讲演，告诉人们自己所了解的南非。对曼德拉总统，德克勒克说自己很尊重他，但也承认他们之间也是政治对手。他说："从民主的意义上说，我们互相斗争。我昨天刚刚会见了他。我们讨论了我们两人今后的关系问题。他也将于今年年底不再担任非国大领导人，但他还将作为总统工作一段时间。"

曼德拉总统去年 11 月 27 日宣布，南非将于今年年底与中国正式建交。德克勒克对此表示："从南非方面说，与世界上最大和最重要国家之一的中国建立尽可能好的关系极为重要。就未来而言，非洲是一个正在形成的大市场和原料供应者，与非洲大陆上一个最为繁荣的国家建立尽可能好的关系对中国来说也极为重要。从这个意义上说，两国关系正常化最符合我们的根本利益。这样做可以相互打开大门，为我们双方创造许多机会，使我们两国人民受益。"

德克勒克从未访问过中国，他表示，有机会很愿意去中国看一看。谈及中国与南非建交后的前景，他说："我首先认为两国的贸易将会有一个很大的增长。其次，相互投资也会有很大增长。我可以预言南非和中国间的关系会有很大发展。"

图图大主教：第一个喊出"彩虹国家"

2021 年 12 月 26 日，南非前大主教、反种族主义政权著名领袖德斯蒙德·图图在开普敦辞世，享年 90 岁。南非总统拉马福萨说："德斯蒙德·图图的去世是我国告别一代杰出南非人的又一篇章，他们给我们留下了一个解放的南非。作为一个具有非凡才智、正直和不屈服于种族隔离势力的人，他对那些在种族隔离制度下遭受压迫、不公正和暴力的人，以及全世界受压迫的人民表现出极大的关注和无限的同情。"

图图 1931 年 10 月 7 日出生于南非德兰士瓦地区科莱克斯多普黑人城镇。他的父亲是位教师，母亲是一位没有文化的家庭妇女。1954 年，图图在南非大学拿到学士学位，之后做了几年教师工作。1958 年后，图图从担任教堂执事开始转向宗教活动，1978 年，任南非教会理事会秘书长，1986 年 9 月 7 日，图图在开普敦圣乔治大教堂成为南非历史上第一位圣公会黑人大主教。

南非曾是世界上种族冲突最为激烈、最为血腥、最为持久也最为骇人听闻的国度。独特的社会环境磨砺了独特的人品，种族冲突最为剧烈的南非成为世界上获得诺贝尔和平奖人数最多的国家。1961 年，非国大领导人卢图利大酋长获诺贝尔和平奖。1984 年 10 月，图图因用非暴力方式反对南非当局种族歧视政策的斗争获诺贝尔和平奖。1993 年，时任南非非国大领导人的曼德拉和南非总统德克勒克共同获得诺贝尔和平奖。

在曼德拉入狱、其他黑人解放运动领导人流亡国外的长时期中，图图带领南非人民对种族主义政权进行了不屈的斗争。在 20 世纪七八十年代南非种族冲突最为激烈的时期，图图赫然成为南非人民反抗压迫斗争的一面旗帜。

今日南非以"彩虹民族""彩虹国家"著称于世，以表达希求种族和睦相处的愿望。第一次将"彩虹民族""彩虹国家"呼喊出来的就是图图大主教。那是在 1989 年 9 月 13 日，图图带领 3 万人在开普敦举行反抗种族主义统治的大游行，他用标志性的尖利嗓音首次呼出："我们是'彩虹民族'，我们是南非的新人民！"

图图是一位头顶着无数光环的国际名人。至 20 世纪 90 年代中期，他曾先后被全世界 52 所大学授予名誉学位、被 6 所城市接纳为荣誉公民，除诺贝尔和平奖外，还得过 19 个国际大奖，另有数不清的荣誉称谓。但曼德拉等人获释出狱后，图图便隐身自退，将领导南非人民的大旗交给了曼德拉。他说："我只是一个临时性的领导者，我的出面只是由于我们的领导人或在狱中或被流放。政治进程一旦正常化，我就应该采取一种更为合理的姿态。"

新南非建立后，"真相与和解委员会"成为负责弄清过去所发生的事实真相，以推进种族和解进程的重要机制。1995 年 11 月 29 日，众望所归的图图出面挑起了委员会主席的重担。1996 年 4 月以后，"真相与和解委员会"开始在南非各地举行听证会，各种惨无人道的历史事实相继曝光，听证会内常常哭声一片。主持会议的图图也常常将头埋在桌下失声痛哭。他擦干眼泪后说："我不知道自己是不是在这个委员会工作的合适人选，在此之前，我认为自己是坚强的，但现在我发现自己很脆弱。"

新南非建立后，第一位黑人总统曼德拉的个人威望如日中天，只有一名南非黑人敢于时不时提醒、告诫一下曼德拉，那就是图图。

新政权建立后，图图首先就一些新官员的腐败问题狠狠地批评了曼德拉政府，曼德拉曾为此公开表示不快。图图主持的"真相与和解委员会"出于促进种族和解的动机，要求曼德拉同意放宽大赦期限。刚开始，曼德拉对此坚持不让步，于是图图对曼德拉采取了"软硬兼施、据理力争"的策略，最终使曼德拉做出让步。曼德拉晚年喜欢在各种场合穿着质地柔软舒适的花衬衣，哪怕是在最庄重的外交场合也是如此。许多人，包括法国服装设计大师皮尔·卡丹对这种别具一格的着装大加赞赏，但图图却不以为然。他批评说："曼德拉穿上西装后显得更有气质。我告诉过他，我本人不怎么喜欢他穿那种花衬衣。"曼德拉与莫桑比克前总统萨莫拉·马歇尔的遗孀格雷萨同居的消息曝光后，图图直截了当地提醒曼德拉说："你这样做将会给南非青年树立一个很不好的榜样。你不如干脆与她结婚。"

图图也曾屡屡因言论"出格"而招惹争议。1995 年 8 月 19 日，他在接受"世界电视新闻台"记者采访时说，他为曼德拉与温妮即将离婚感到悲哀，"我同时爱着温妮和马蒂巴（曼德拉昵称），我为他们感到深深的忧伤。然而，如果事实上他们间的和解已不可能的话，我相信离婚是合乎逻辑的行动。我想他们必须能够自由地寻找志同道合的伙伴。马蒂巴需要找一个能给他拿拖鞋、能在他肩头痛哭的女人。"

此语一出，由温妮领导的非国大妇女联盟立即发表了一篇言词激烈的声明，指责图图这番言论有"性别歧视"和"诋毁妇女"之嫌。图图闻此声明后喃喃地说："我因为此事曾问过我的妻子，她说我说的话里的确有点儿性别歧视的味道。"但他又解释道，他还是感到人们误解了他。他的本意是说，婚姻中的伴侣应该互相爱护，丈夫要呵护妻子，妻子也应该体贴丈夫。

与那些面孔严峻、正襟危坐的主教大人不同，图图总是乐呵呵的，他的幽默感折服了很多人。一个孩子曾问他何以获得诺贝尔和平奖，图图用标志性的尖利嗓音笑答，"这很容易。你只需做到三件事：一是你必须有一个容易被人记住的名字，比如图图；二是你必须有一个大鼻子；三是你还必须有两条性感的长腿。"

在南非工作期间，我曾多次与极富感召力、极具个性、极有人格魅力的图图大主教零距离接触。

1996 年 2 月 9 日清晨，图图在开普敦圣乔治大教堂内的圣约翰小教堂为"世界正义与和平"主持弥撒。当天，我特意戴了一条新南非国旗样式的"彩虹"领带赶到现场，那是我于新南非诞生一周年时在行政首都比勒陀利亚联邦宫前广场上购买的。弥撒结束后，图图见到我这条领带后大声向周围人说："嘿，看看这条领带有多漂亮！"教堂内的气氛顿时活跃起来。我向图图致以问候，他笑着用中文说"谢谢"，又说："我几年前访问过中国，请代我向中国人民表示敬意！"随后，他欣然同意与我合影留念。

几分钟以后，再次出现的图图已脱下主教大袍，换上了一件印有动物保护组织字样的蓝色 T 恤衫。他约我一起与其他两位教堂女司事共进早餐。我们一起来到圣乔治林荫路 105 号的"马克咖啡馆"。在那里，他要了一杯红色的巴婆果汁，边咂着果汁边与大家谈笑风生。看到我身边那位名叫西比尔的女司事点了一份数量挺大的早餐，图图开玩笑说："哇，你的胃口可真好啊，可要注意体形啦！"西比尔顿时红了脸。

就在那里，图图大主教为我所撰写的《黑人骄子曼德拉》一书题词："上帝保佑你。德斯蒙德·图图 /96，2，9/开普敦"。

咂完那杯果汁后，图图健步如飞地离开了咖啡馆。"你知道他为什么走路那样快吗？"西比尔告诉我，"那是因为他坚持锻炼，他是一个生活很有规律、很有毅力的人……"

海伦·苏兹曼：荒原上的一棵大树

20 世纪 60 年代的一天，南非警察正在开普敦拘捕示威者，一个矮小的白人妇女从人群中奋力挤向前去。一名白人警察见后失声喊道："噢，麻烦大了，海伦·苏兹曼来了！"

1991 年 12 月 20 日，代表南非黑人和白人利益的 19 个政党坐在一起，开始有史以来第一次谈判。刚刚到场的曼德拉突然甩开众人，径直向对面席位中一位女士疾步走去，同她亲热地握手拥抱。"海伦·苏兹曼！"记者席中一片低语。

新南非成立后的一天，一名白人贵妇在美发厅见到一位近 80 岁的长者，先是一愣继而冷语道："是你呀，海伦·苏兹曼，看看南非现在这么多的犯罪，都是你们这些人的错……"

南非的乱世造就了不少传奇人物，海伦·苏兹曼的经历尤为独特。1997 年 2 月 22 日下午，我如约赶到海伦家，她已在门口等候："你先在书房静候片刻，我此时必须往美国打一个电话。"海伦的两个女儿远在欧美，丈夫去世后，她便搬到这栋不太宽敞的住宅。稍显昏暗的书房内，东南两壁立着顶天的书架，书架上还端放着海伦与家人同曼德拉、时任美国总统克林顿夫人希拉里等人的合影。打完电话后，海伦将 12 年来一直陪伴她的一猫一狗哄进书房。谈话之间，她会突然对着窗外粲然一笑，"瞧那小鸟多可爱！"这使我想起海伦曾说过，她从父亲身上继承了 3 样东西：顽强的耐力、每晚享受一杯加苏打水的苏格兰威士忌酒和特别喜爱动物。

她的父亲是犹太人，20 世纪初从立陶宛与拉脱维亚交界的犹太人聚居地移居南非。1917 年 11 月 7 日，即俄国发生十月革命那天，海伦出生于约翰内斯堡东郊矿区吉米斯顿。她的青少年时期完全是在南非白人优越的生活环境中度过的。至 1952 年，她曾在金山大学学习和任教 8 年。教授经济史的几年光阴使她在博深研究、缜密思维、据实雄辩方面受益匪浅，她的学生中出现了前南非共产党领导人斯洛沃、前财长基斯和莱利银行董事长马礼等一批人才。在此期间，她进入了南非种族关系研究所从事研究工作，得以第一次全面了解到南非黑人的真实处境。"我当时简直是目瞪口呆，"海伦回忆说，"就是这段经历促使我进入了政坛。"

1953 年，36 岁的海伦作为联合党议员进入南非议会，一干就是 36 年，1989 年正式从议会退休。这是南非历史上充满血腥、压迫与反抗的 36 年。在这期间，南非议会通过了数以百计的种族隔离法律，唯有一人总是敢于站出来痛斥这些法律的荒谬，她就是海伦·苏兹曼。特别是 1961 年至 1974 年的 13 年间，海伦作为唯一来自进步党的议员在议会中孤军奋战，对种族隔离制度进行了淋漓尽致的抨击，一针见血地指出，"不管我们是否情愿，南非半个世纪以来的祸根就在于种族隔离"，而这种罪恶制度是没有出路的。海伦在议会辩论中所表现出的勇气、才华、机智使她赢得了国际声望，也使她在南非议会中的处境极为艰难。每当她起立发言时，议会大厅内总是一片哄闹，还夹杂着"讨厌的人道主义者""危险的颠覆分子""滚回去！"等叫骂声。

几十年间，海伦就像非洲荒原上一棵大树，在狂风暴雨中独立支撑。为了在议会上进行言之有据的斗争，海伦的身影经常出现在法庭、学校、监狱、惨不忍睹的黑人棚户区和爆炸性的冲突现场。在所有黑人解放运动均遭镇压的情形下，海伦成为无数不幸者的代言人。1967 年，海伦踏上关押着曼德拉等人的罗本岛访问。第一次见到海伦的曼德拉告诉她，狱中条件很糟，因为其中一名狱吏对黑人政治犯格外狠毒。海伦立即与南非司法部长就此事进行交涉，要求他必须在两周内将那名狱吏调走，否则将在议会上就此事发表演说。两周后，从罗本岛传来的消息说，那名酷吏确已被悄悄调离。

"欲知松高洁，待到雪化时。"新南非建立后，至今仍有许多白人扪心自问：为什么数百万南非白人用了这么长的时间才接受海伦几十年前就明确讲出的事实？曾为这种翻天覆地变化奔走呼号几十年的海伦却说，她并不为此感到自傲，"我只是在当时的岗位上，以我所能拥有的权限，做出了我可能做到的事情。"海伦对我说："我不是一个英雄。比起那些处于绝境的人来说，我毕竟还有一个讲坛，我与别的一些人的区别在于我敢于把自己的想法表达出来。""那么，你怎样评价自己的个性呢?"我问。"我很倔强，"海伦笑着说，"我很独立，从不依赖他人;我有幽默感，这使我在哪怕最窘迫的处境下也能生存下来;我有同情心;我在原则问题上从不让步。"

1987 年，海伦访问中国，那次经历至今仍给她留有美好的回忆。"一些中国朋友至今常给我寄来贺卡表示问候。"她说。时值国际妇女节前夕，海伦询问了中国妇女社会地位的变化情况。当我告诉她，中国现在有不少丈夫下厨房时，她哈哈大笑起来。为了向中国妇女表示问候，海伦略思后提笔写了如下的话:

在国际妇女节之际向中国妇女致以良好祝愿。希望女性反对歧视的斗争在你们国家和其他地方继续取得进步。

海伦·苏兹曼

1997 年 2 月 22 日

叼着烟斗的姆贝基

新南非建立后，接任曼德拉担任南非总统的是塔博·姆贝基。

在南非工作期间，我曾多次近距离观察姆贝基，并曾在采访中当面向他讨教。在整个 20 世纪 90 年代，我从一个独特角度目睹了姆贝基的迅速崛起。姆贝基叼着烟斗，说话不紧不慢的形象至今令我记忆犹新。

1991 年 12 月 20 日，第一次"民主南非大会"在约翰内斯堡扬·史末资国际机场附近的世界贸易中心内开幕。这是南非在经历了 300 余年的种族冲突后，代表各方利益的谈判代表开天辟地头一回坐在一起讨论制定南非新宪法问题，为南非的未来进行艰苦的谈判。

12 月 21 日下午，当"民主南非大会"第一次会议闭幕后，南非非国大代表团的成员们簇拥着曼德拉来到巨型会议背景板前合影留念。

这是一幕极为动人的历史场景！一群曾为反抗南非种族隔离社会制度奋斗了几十年的人在这一天终于挺起腰板同他们的压迫者

面对面地进行谈判了。在这合影的一群人中，个个都有着传奇般的经历：除了曼德拉外，还有曾任南非共产党领导人的斯洛沃。他在多年前秘密访问中国时，我曾在北京采访过他来到北京后的外事活动。这是一位为了南非黑人解放事业奋斗到生命最后一息的白人战士。他们中的祖马、拉马福萨继姆贝基后先后出任南非总统。他们中的莱科塔等人曾与曼德拉一起在罗本岛坐牢，后出任新南非国防部长等要职。普萨等人曾是非国大流亡海外时的重要领导人物，其中莫迪塞曾任非国大军事组织"民族之矛"总司令多年。

我意识到这是一个多么难忘的历史时刻。当这些人在台上欢欢喜喜地排成上下两排准备合影时，我请一位在场者以他们为背景为我拍照留影。随后，我端起相机，对准台上，抓拍到这一大合影。就在这时，一个人笑吟吟地站在了后排左数第一的位置上，他就是姆贝基，而在其左边的便是曾传闻与姆贝基竞争新南非首任副总统、后担任南非总统的拉马福萨。

1993 年 2 月 19 日，"反种族隔离国际声援大会"在约翰内斯堡市国家展览馆内举行。这是在新南非呱呱落地之前的一次重要国际活动，约 500 名来自世界各地的代表齐集这里，第一次在南非国内对非国大的斗争当面表示道义上的声援，来宾包括赞比亚原总统卡翁达、国际象棋大师卡尔皮夫、世界拳击协会重量级拳击冠军迪里·鲍等。中共中央对外联络部也派团参加了这一会议。

在这个重要的外交场合现场，有一个人物格外引人注目，他便是手持烟斗、不断跑前跑后的时任非国大国际部主任姆贝基。

也就是在这一天的大会上，出现了一个不大不小的插曲，这个插曲既考验了姆贝基的外交才能，同时也预示着新南非将面临的一个外交大难题：中华人民共和国与台湾的关系问题。

那天上午，当中共代表团赶到会议现场时，他们突然发现，在摆放着"CHINA"桌签的桌前，已经有一男一女两位人士坐在那里，而那位男士便是台湾驻南非"大使"陆以正。

从万里之遥的北京专程赶到约翰内斯堡参加这一会议的中共代表团成员，以及陪同代表团与会的中国国际问题研究所驻比勒陀利亚南非问题研究中心首任主任谢志衡顿时严肃起来。这是关系到"一个中国"原则的问题，岂容马虎?! 于是，谢志衡跑前跑后地反复交涉，最后这场官司打到了非国大国际部主任姆贝基那里。

在姆贝基的干预下，中共代表团成员最终坐在了摆放着"CHINA"桌签的会议桌前，陆以正和他的那位女助手则悄悄地改坐到了会议大厅的后排座位。

那天，我在经过会议大厅后排座位时，与表情木然的陆以正对视了片刻。我从这位台湾"外交界干才"的眼中既读出无奈，又读出愤懑。这分明预示着中国政府与台湾当局将在南非演绎出一场持续数年的"外交"大战。

国际部主任姆贝基! 这个名字在我的脑海中留下了极深的印

象。2月20日会议休息期间，在会场内四处捕捉采访对象的我恰好遇到手持烟斗的姆贝基。我乘机向他发问："姆贝基先生，在现在举行的多党制宪谈判中，人们总是在谈论'日落条款'，到底何为'日落条款'？"姆贝基原有的思路显然被我的突然提问打断了，但他还是耐心地解释起来，手中不停地挥舞着那只烟斗。正在此时，一位个子不高的黑人长者走来，姆贝基便赶忙招呼他过来，对我说："我再请他为你解释一下。"于是，姆贝基又将我介绍给了这位时任非国大总书记名叫恩佐的长者。恩佐解释道，南非共产党领导人斯洛沃在多党制宪谈判中提出的所谓"日落条款"，意指即使非国大经过民选掌权后，也将与南非白人分享权力……。在新南非成立后，恩佐在曼德拉政府中任职，成为南非历史上首位黑人外交部部长。在处理与中国建交的问题上，恩佐发挥了重要作用。

1997年12月20日，在南非西北省马弗京市郊西北大学大会堂内采访非国大第50次全国代表大会时，我再一次近距离观察了时任南非副总统姆贝基。

就是在那天的会议上，南非总统曼德拉郑重地亲手将象征着非国大最高权力的乌木权杖交给新当选的非国大主席姆贝基。

随后，曼德拉发表了讲话。他在讲话中以"我的主席"称呼姆贝基。他说，作为总统，他将更多地放手让姆贝基来干，以便使南非在1999年大选后平稳地过渡到姆贝基政府。他夸赞姆贝基无可争议地当选为非国大主席是对他出色能力的认可。他说，姆贝基无论是在流亡年月，还是回到南非后，作为非国大谈判代表，以及担任第一副总统期间的卓越表现，都证明了这一点。

姆贝基的父亲戈文·姆贝基曾与曼德拉一起在罗本岛坐牢。曼德拉很深情地说："我期待着这样的时光，在晨光中醒来，在我的家乡古努村山间谷地中平静地徜徉。我还期望着能有更多的时间与戈文·姆贝基和西苏鲁在一起，讨论我们在罗本岛监狱一起坐牢 20 多年间没来得及讨论的问题。"

在这个会议上，我一直在观察姆贝基。在会议进入选举过程中，姆贝基曾一度将头抵在桌子上打瞌睡。他实在是太累了，有开不完的会、满满的媒体采访、数不清的幕后协调组织工作在等着他。

然而，当会议进行到自由发言时，姆贝基抬起了头，他对会议涉及的几个问题一一提出了自己的看法——其实他从来就没有打瞌睡，只是闭目养神，大脑内还在捕捉着发言者们的闪光点。

1996 年 5 月 8 日，我又目睹了南非历史上的重要一刻：南非制宪会议以 421 票赞成、2 票反对、10 票弃权的表决结果通过了新南非第一部永久宪法。就在表决结果公布之后，南非各党派代表走上国民议会的讲坛，代表本党对表决结果发言。第一个走上讲坛发言的便是姆贝基。

"在这样一个场合，我们或许应该从头讲起。那么好吧，就让我从头讲起，"姆贝基讲起话来从来都是从容不迫，但在那天的讲演中，他的声音分明有些颤抖，"我是一名非洲人！"

姆贝基讲演结束后的片刻，议会大厅内的所有人似乎一下子丧失了反应能力，整个大厅鸦雀无声，随后又像是陷入一场狂澜，爆发出阵阵热烈的掌声。

随后，国民党总书记鲁夫·迈耶走上台来，这位白人政党的代表在讲话中的第一句话便是："我也是一名非洲人……"

接着，民主党领导人利昂、泛非大主席马奎图等人也走上台来，他们无一例外，演讲的第一句话都是："我也是一名非洲人……"

会场内暖意融融，洋溢着庄重热烈的气氛……

拉马福萨的历史性考验

2018 年 2 月 15 日，拉马福萨出任南非总统。

我第一次见到拉马福萨是在 1991 年 12 月 20 日第一次 "南非民主大会" 上，拉马福萨是非国大的首席谈判代表，那时他还不到 40 岁。

拉马福萨身材不高，但很壮实。在那场会议上，他显得沉稳、机敏，谈吐从容不迫。

马塔梅拉·西里尔·拉马福萨，1952 年 11 月 17 日出生于约翰内斯堡西南的索韦托。事实上，索韦托是 "西南镇" （South West Town）的缩略词。那里是约翰内斯堡郊区最大的黑人聚居地。

拉马福萨在父母的三个子女中排行老二，他的父亲曾是一名警察。拉马福萨先后就读于索韦托的奇利兹小学、塞卡诺托内初中。1971 年，他被锡巴萨姆哈胡利高中录取，其间被选举成为学生基督运动领导人，自那时起便崭露出领导人的才干。1972 年，拉马福萨在林波波省的北方大学学习法律。大学期间，他参与了学生运动，并参加了该校南非学生组织和黑人大会党。1974 年，他因非法组织集会遭到拘留。1976 年，他因参加索韦托起义被拘留半年。获释后，他成为约翰内斯堡一家律师事务所职员，同时继续在南非大学学习法律，最终于 1981 年得到学士学位和从业资格证。从学习法律开启职业生涯，这使他与曼德拉有着类似的经历。

取得法律从业资格后，拉马福萨成为南非工会大会法务部门一名顾问。1982 年，南非工会大会要求拉马福萨为矿工们组建工会。拉马福萨当年便建立起了南非全国矿工工会，但他也因"非法组织集会"的罪名再次被捕。1982 年 12 月，拉马福萨成为南非矿业工会首任秘书长。1985 年 12 月，拉马福萨在其负责组织的更大规模的南非工会大会上发表主旨演讲。1986 年 3 月，拉马福萨作为南非工会大会代表团成员，在赞比亚首都卢萨卡与流亡在那里的非国大成员会晤。

矿业是南非的经济命脉。拉马福萨领导的矿工工会曾是南非规模最大的工会之一。在他的领导下，南非工会大会从 1982 年的 6000 人猛增至 1992 年的 30 万人，几乎占南非矿业工人人数的一半。在拉马福萨等人的领导下，南非矿工曾发动了南非历史上规模最大的罢工之一。

20 世纪 80 年代末和 90 年代初的南非是世界瞩目的焦点。1990 年 2 月 11 日，在铁窗之中被囚禁长达 27 年的曼德拉获释。曼德拉获释后，组织能力超强的拉马福萨负责安排曼德拉获释后的一系列活动。

　　1991 年 7 月，拉马福萨辞去工会职务，当选为非国大总书记，全面主持非国大日常工作。1991 年 10 月，拉马福萨成为美国斯坦福大学客座法学教授。

　　在从旧南非向新南非的历史转折进程中，从组织工会期间便积累起丰富谈判经历的拉马福萨得到重用。以 1991 年 12 月 "民主南非大会" 为平台，拉马福萨代表非国大全权参与民主谈判，制定了和平结束种族主义政权，进而于 1994 年 4 月举行全民大选的民主进程蓝图。他也曾以国家计划委员会主席的身份负责整个国家发展战略的制定。

　　新南非于 1994 年建立后，拉马福萨成为国会议员。1994 年 5 月 24 日，拉马福萨当选为宪法大会主席，继续在南非民族团结、种族和解中发挥重要作用。

　　作为新南非首任总统的曼德拉非常明智地选择了急流勇退。谁将成为他的继任者，这是各界关注的热点话题。拉马福萨是曼德拉的人选之一，但他最终选择了姆贝基。

　　多种因素使得曼德拉做出了这一抉择。较之拉马福萨，姆贝基在非国大内更为资深；姆贝基的父亲戈文·姆贝基曾与曼德拉一同在罗本岛坐牢；对于新南非而言，发展经济极为迫切，而姆贝基恰好拥有经济学专业研究背景。

　　1997 年 1 月，拉马福萨辞去政治职务，成为新非洲人投资有限公司总裁。多年过去，拉马福萨从一个几近无产者变为巨富，其间并非没有惹起争议。一些人批评他在制定国家和平过渡战略时谋求个人私利，一些人指责他在经营活动中有非法行为，对此，拉马福萨一概予以否认。

2012 年 12 月，拉马福萨再次华丽转身，当选为非国大副主席，2014 年 5 月起又任南非副总统。

与一些取得民族独立的非洲国家一样，种族隔离制度消亡后的南非也面临着如何发展经济的难题。作为执政党的非国大同样面临着打下江山后如何坐江山的历史性难题。在新的历史形势下，非国大执政高层确实面临种种问题，甚至闹到分裂。

2017 年 12 月 8 日，拉马福萨击败时任总统祖马支持的候选人，当选非国大新主席。按惯例，拉马福萨原本将在 2019 年祖马总统任期结束后，作为非国大总统候选人参加大选。但是，祖马执政后贪腐现象突出、犯罪率和失业率居高不下等状况导致执政党支持率大幅下降，一番内部斗争后，祖马提前卸任。2018 年 2 月 15 日，拉马福萨出任南非总统。

当选后的拉马福萨在议会发表讲话时说，他愿意与各党派合作，一起服务民众，带着"谦卑、忠诚与自豪"完成总统使命。他说："我们的目标是进一步改善人民生活，我会十分努力工作，不让南非人民失望。"

南非从此进入拉马福萨时代。拉马福萨也因此面临着能否成功治理国家的历史性考验。

斯洛沃：

他曾是种族主义当局的"头号公敌"

在南非，当我见到斯洛沃时，顿时生出一种亲近感：1989 年 5
月，他秘密访问中国时，我曾在他来到北京后的外事活动中采访
过他。

一切如在昨天。斯洛沃最后一次公开露面是在 1994 年 12 月
18 日南非非国大第 49 次全国代表大会上。当非国大主席、南非总
统曼德拉用颤抖的声音宣布将象征着最高荣誉的金奖章、鹤羽和
豹皮授予这位"改变了千百万人生活的杰出革命者"的时候，斯
洛沃说："我对我一生的所作所为丝毫无悔。很久以前，我就决定
自己的终生目标是铲除种族主义政权、为人民赢得权力。"甚至不
久前接受记者采访时，他还说："我现在已可以高兴地躺下死去，
因为谁的一生会像我这样所获之丰？"就在临终前一天的 1995 年 1
月 5 日，斯洛沃还强撑着长期遭骨髓癌侵蚀的病体，在约翰内斯堡
的家中主持着工作会议。1 月 6 日凌晨 3 时，他在睡眠中平静地结
束了颠沛而辉煌的一生。

南非共产党主席、南非政府住房部长乔·斯洛沃的逝世在南非引起了普遍哀痛与怀念。曼德拉总统称他是为"正义、民主和自由"奋斗一生的"伟大爱国者"。就连昔日的政敌也对他表示敬意。原少数白人政府外交部部长皮克·博塔说:"斯洛沃是一个在各方面都极真诚的智者。我对他的正直、坦率和对国家的责任感印象极深。"

1926年5月23日,斯洛沃出生于立陶宛一个犹太人家庭。他9岁那年随父母移居南非,13岁时被迫离开学校,不久就投身于工人运动。1942年,斯洛沃加入了"当时这个国家唯一没有肤色障碍"的南非共产党。二战期间,为了同德寇作战,他曾虚报年龄入伍,并前往埃及和意大利的战地。战后,斯洛沃在威特沃特斯兰德大学攻读法律学位,很快成为一名有声望的律师。曼德拉在20世纪50年代初受审之时,曾聘请斯洛沃为他进行辩护。当南非种族主义当局加紧对南非共产党镇压时,斯洛沃被迫转入地下。他曾于1956年和1960年两次以所谓"叛国罪"被捕。1961年,他协助曼德拉组建了非国大的军事组织"民族之矛",并曾长期担任这个武装斗争组织的参谋长。1963年后,斯洛沃先后在莫桑比克、赞比亚和英国度过了长达27年的流亡生活。1985年,他当选为非国大全国执行委员会委员,成为这一黑人解放组织最高决策机构中第一位白人成员。1986年,斯洛沃担任南非共产党总书记,1991年任该党全国主席。20世纪80年代,斯洛沃被种族主义当局列为"头号公敌",并多次试图对他进行暗杀。1949 年,斯洛沃与当时南非共产党司库福斯特的女儿露丝·福斯特结为伉俪。1982 年,南非当局的秘密特工人员用邮件炸弹杀害了斯洛沃夫人。

在 1991 年年底开始的南非多党民主制宪谈判进程中,斯洛沃以其坚定的原则立场、灵活的斗争策略和现实的政策主张为新南非的诞生作出了重大贡献。在多党制宪谈判中,各方在大选后的获胜者是否独揽一切权力问题上有着严重分歧。斯洛沃率先提出,在大选后的 5 年内由各党按得票比例共同分享权力,为大选后新南非的顺利诞生奠定了基础。斯洛沃逝世后,一名白人说:"我们曾不厌其烦地被告知斯洛沃是怎样一个恶魔。但现在真相大白,他是真正的冠军。"

1994 年新南非诞生后,斯洛沃出任政府住房部长。这是一个极富挑战的岗位:彼时,在南非 4000 万人口中,有约 700 万人无家可归。解决广大黑人的住房问题成为考查南非新政府政绩的重要尺度。曼德拉政府制定了在 5 年内建造 100 万套住房的计划,斯洛沃为实现这一蓝图夜以继日地工作,就连白人右翼组织"自由阵线"领导人维尔容也承认,斯洛沃"是一个为了制定出可行的住房政策而努力工作的部长"。

当时,斯洛沃已身患癌症多年,紧张的工作使他更为憔悴和瘦弱,但他常常不以为然地一笑置之:"我的情况正常,你看,我正在做我的工作。人固有一死,没什么了不起。"他说过去的两年是他"一生中最富挑战性、最有收益、最愉悦的时光","我们还将遇到大大小小的麻烦,但我是乐观的。我想我们的目标总会实现。"

在新南非,人们忘不了乔·斯洛沃——一个伟大的南非共产党人。

(1995年1月11日)

皮克·博塔：推动变革的他当了 17 年外长

2018 年 10 月 12 日，皮克·博塔去世，终年 86 岁。

皮克·博塔曾担任南非外交部部长 17 年，也曾是世界上担任外交部部长时间最长的人之一。人们之所以记得他，原因之一在于他是曾在南非白人政权中推动结束种族隔离制度的重要人物。

1991 年 12 月 20 日上午，标志着南非制宪谈判正式开始的"民主南非大会"第一次大会在约翰内斯堡郊外的世界贸易中心大厅举行，这是南非近 400 年历史上黑人和白人第一次坐在一起为国家的未来举行谈判。我在现场对皮克·博塔进行了采访。也是在这次会议上，我注意到曼德拉抵达会场后，也走到皮克·博塔跟前与他进行了交谈。

皮克·博塔曾在国际舞台上多次大出风头，亦曾在统治者内部权力斗争中数度跌入低谷；他曾为维护南非的种族主义制度鞍前马后效劳，也曾颇具勇气地"唱"出了必须进行政治制度改革的反调。如今，他的最大愿望就是能够作为南非最高外交代表，使南非在国际社会占有一席之地。

1992年4月1日，南非外长办公室的工作人员为庆祝皮克·博塔就任南非外长15年，趁他暂离办公室的时间，悄悄地在他的办公室内准备了一个庆祝聚会。皮克·博塔回到办公室后又惊又喜，本来就以"豪饮"著称的他连连举杯。闻讯赶来的记者们借机就他任职多年来的感受和其间所经历的最难忘之事等不断发问，他的回答具有典型的"皮克风格"："太多了，我不知道。"略加思忖后，他又补充了一句既具哲理又有诗意的话："我曾经那样频繁地同时濒临地狱与天堂。"

皮克·博塔1932年4月出生于南非行政首都比勒陀利亚郊区的吕斯滕堡。幼年在比勒陀利亚读小学和中学。之后，就读于比勒陀利亚大学，获文学和法学学士学位。在大学期间，皮克·博塔就对国际事务的研究表现出了浓厚的兴趣。1953年大学毕业之后，他进入南非外交部工作。自1956年至1974年，皮克·博塔屡获升迁，先后就任南非驻瑞士公使馆随员、驻西德使馆三秘、驻海牙国际法院代表、南非外交部法律顾问、国民党议员外交研究会主席。在此期间，皮克·博塔曾在国际法院以如簧之舌，促使国际法院做出了驳回埃塞俄比亚和利比亚请求审理南非应将纳米比亚的托管权交给联合国的决议，并曾准确地预见津巴布韦、安哥拉和莫桑比克3国的白人政权即将垮台，黑人政府将取而代之的事实。皮克·博塔圆熟的外交手腕和敏锐观察力受到南非统治者的赏识。

1974 年，皮克·博塔被任命为南非常驻联合国代表，后于第二年兼任驻美大使。在此期间，皮克·博塔为了在国际社会中维护南非种族主义政权的根本利益，在美国外交界和联合国讲坛等重要的国际舞台上使出浑身解数，多方运筹、广为交际，"胡萝卜与大棒"轮番挥舞，竟也赢得了平易近人、愿意和解的南非外交家的声誉。美国《纽约时报》曾称皮克·博塔是一个"准备同任何损害南非利益者进行舌战的人"，是国际舞台上一个"胆大心细的外交干将"。

也许是皮克·博塔丰富的外交经历使他对于种族主义政权在国际社会人人喊打的处境看得更透彻，头脑也较清醒的缘故，在外交场面上极力维护南非政权利益的同时，皮克·博塔不时"唱"出些呼吁变革的反调。1970 年，他在议会讲话中敦促南非签署联合国《世界人权宣言》。"人权"是南非政权最不愿意听到的字眼之一，皮克·博塔的上述言论可谓"哪壶不开提哪壶"。"那次议会讲话后的两年多时间里，在阿卡西亚公园（即南非白人议会议员和其他高官的住宅区）内几乎没人愿意与我和我的妻子说话。然而，现在南非已有的人权法案成了对我的最好辩护。"皮克·博塔曾在谈及这段往事时说。

皮克·博塔的直言不讳对他的仕途也曾产生过微妙的影响。他至今仍对南非前总理沃斯特任命他为外交部部长，但又从未向他透露过口风一事耿耿于怀。1977 年，当时还是驻美大使的皮克·

博塔奉召回国讨论罗得西亚（现津巴布韦）、西南非洲（现纳米比亚）危机等问题，并参加议员的竞选。他在兰德伯格一个妇女俱乐部发表竞选演说时，表示非常同意时任美国国务卿基辛格关于南非最糟糕的历史错误是未能适时地取消种族隔离政策的评论。他说，白人政权面临着一场"生死斗争""我们必须准备失去一只手、一只眼睛或一只耳朵，以达到维持生存的目的"。他抨击一些种族隔离措施是"狭隘的无聊举动"，主张予以废除。第二天，沃斯特总理将他叫到联邦宫（南非政府所在地）对质。皮克·博塔承认有过上述有违南非政策的言论。在遭到一顿斥责后，皮克·博塔返回了华盛顿。很快，他听到了与他前途有关的两种不同说法：有人传说默尔德尔博士将出任南非下任外长；又有人说默尔德尔博士将就任驻美大使，正在准备启程。不久，沃斯特在打给他的一个电话中说，如果一个选区中有个职位空缺，而他又适合这一职位的话，他就应该出任候选人。这没头没脑的话更把皮克·博塔弄得糊里糊涂。当天晚上，一个在纽约的南非记者打电话向他表示祝贺，说沃斯特已在南非宣布他将出任下一任外长。

皮克·博塔于1977年4月1日正式宣誓就职，"我把这一天看作是成为外长最具法律证明的一天。"他有些嘲讽地回忆说。沃斯特则事后告诉他，那些没有得到外长职位的人对皮克·博塔的任命"恨得眼泪汪汪，咬牙切齿"。

1986年，皮克·博塔在一次讲话中预言，南非将会产生一位黑人总统。当时的南非总统彼得·威廉·博塔（博塔为南非荷兰裔白人中一常用姓名，此博塔与皮克·博塔非亲非故）在议会当众对皮克·博塔的这一说法大加痛斥。皮克·博塔曾以为他的宦途会因此而结束，情绪十分低落。然而事发后一周时间内，数以千计的支持电话打进了他的办公室，使他灰冷的心绪顿觉冰释。

南非报界评论说，在宦海中经历过多次沉浮的皮克·博塔就像一个比蹒跚学步的孩子跌跤还多的人，但却难以置信地幸存了下来。皮克·博塔曾认为南非与国际社会的关系永远不会正常化，并曾因此变得极度沮丧，数度准备提出辞职。随着形势的变化，皮克·博塔愈发相信南非的国际地位比史末资将军时代还要强大，"我们第一次开始被接纳到国际社会主流中来。"他本人在这一变化当中无疑发挥了重要作用。

年轻时曾有过"帅男子"美称的皮克·博塔身材高大，讲英文时夹杂着浓重的阿非里卡人口音，唇上留着两撇精心修剪的短胡，配之一头已开始灰白的褐发，别有一番风度。他于1953年与海伦娜·博丝曼结为伉俪，生有二子二女。除了豪饮的嗜好外，皮克·博塔还酷爱垂钓和狩猎。

饱经风雨后已从国民党政府内有名的"少壮派"人物熬成了元老的皮克·博塔透露说，他还有一个不大不小的愿望，那就是希望仍能够在1994年4月底举行的南非大选后能留任南非外长，以便代表南非正式加入非洲统一组织等国际组织，为他颇具特色的外交生涯画上圆满的句号。

事实上，皮克·博塔未能如愿，而是在纳尔逊·曼德拉的政府内担任了一段时间的矿业和能源部部长。

内丁·戈迪默:
荣获诺贝尔文学奖的文坛耆宿

　　1991 年 10 月 3 日下午 1 时,南非女作家内丁·戈迪默在斯德哥尔摩被宣布为 1991 年诺贝尔文学奖获得者。在一片掌声中,瑞典文学院有关人士向参加记者招待会的人们解释了戈迪默获奖的原因:"用艾尔弗雷德·诺贝尔的话说,她的获奖是因其壮丽史诗般的作品使人类获益匪浅。"

　　"你简直想象不出我在听到这个消息后是多么惊喜。"正在纽约讲学的戈迪默说。继 1986 年尼日利亚的沃尔·索英卡和 1988 年埃及的纳吉布·马夫兹之后,戈迪默是五年内第三位获得诺贝尔文学奖的非洲人,也是继 1966 年德国奈莉·萨克斯之后第二位获此殊荣的女作家。

　　戈迪默生于南非约翰内斯堡附近的矿业小城斯普林斯。经营珠宝生意的父亲是一个立陶宛犹太移民,母亲是英国人。南非社会尖锐的种族矛盾和冲突所导致的严酷现实从小便使戈迪默的心灵倍觉困惑和压抑。那时还是一个怯生生小姑娘的戈迪默,常常无言地注视着父亲珠宝店内的来往顾客和被人视为下等人的黑人季节工。成年后的戈迪默更为自觉地悉心体察种族隔离制度给南非社会和人际关系带来的深深创伤。辅之以广博的学识和优美的文笔，戈迪默将胸中块垒诉诸笔端，一部部文学作品赢得了越来越多的读者。

1971 年出版的《主宾》被认为是戈迪默前期写作生涯的代表作。1974 年出版的《自然资源保护主义者》、1979 年出版的《伯格的女儿》和 1981 年出版的《朱利的人》等作品的写作技巧则更为精细、纯熟，其中《自然资源保护主义者》曾获英国最有威望的布克·麦康奈尔文学奖。在这些文学作品内所反映的 30 余年的时间跨度中，她将种族隔离社会内极度复杂的社会矛盾触目惊心地解剖于世人面前。《朱利的人》描写白人斯梅尔一家在发生武装暴动时，在黑人佣人朱利的帮助下逃到朱利家乡的一间原始棚屋内躲藏。随着时间的推移，斯梅尔一家对朱利的依赖不断增加，但随后主仆间的关系终告破裂，尖锐地揭示出白人，即使是所谓慈善的白人，脑子里根深蒂固的特权观念是不合理的。《陌生人的世界》则描写了一个白人在与南非黑人的接触中逐渐了解了他们，并通过与黑人的友谊，了解了约翰内斯堡 50 年代种族居住隔离的内情。

对种族隔离制度的鞭挞使得戈迪默的作品一度成为南非当局的喉头之鲠。《陌生人的世界》《伯格的女儿》等书曾作为禁书被强令从书店下架。但在高压之下，戈迪默从未放弃手中的笔。瑞典文学院对她的评价是："在一个对书籍和作家进行审查和迫害的警察国家，戈迪默在文学界争取言论自由方面长期的先驱作用使她成为南非文坛的耆宿。"

戈迪默获奖后的最大愿望是希望借此殊荣促进南非，特别是南非黑人文学事业的发展。南非作家大会是一个黑人占多数、有着500名会员的文学团体，其宗旨是鼓励有才华的青年人尽快成长起来。作为其中的一名会员，戈迪默对在极其艰苦的条件下仍为文学事业苦苦奋斗的人们充满关切之情并表示将对他们提供资助。她说："看到有人在与其他10个人合住的简陋棚屋内的一角，在这样最不可能的条件下仍埋头写作时，深深地感动之余，我感到了自己的责任。"

继1990年出版了新作《我儿子的故事》之后，戈迪默的短篇小说集《跳跃》又出版发行。为了更为公正、合理的新南非，戈迪默仍在呼唤着、呐喊着。

那一道融融的彩虹

1995 年 7 月 28 日，在曼德拉总统的官邸，南非前少数白人政权总统或总理的夫人、遗孀与曾经敌对的非国大、泛非大、南非共产党及其他原黑人解放组织领导人的夫人、遗孀在融融温情中共进午餐。这是一次极富想象力和感染力的聚会。如果时光倒退哪怕是两三年，这样的聚会还似天方夜谭般令人难以置信。

那天中午，18 位曾"不共戴天"的显赫女性一起坐在了比勒陀利亚总统官邸的绿草坪上。原"黑人觉醒运动"领导人比科的遗孀诺西克莱罗的铁椅突然一歪陷进了草地里，身旁的沃斯特夫人赶忙起身扶住了诺西克莱罗，并让出了自己的坐椅，两人相视一笑。沃斯特夫人的丈夫约翰·沃斯特曾于 1966 年至 1978 年担任南非总理，诺西克莱罗的丈夫比科就是在 1977 年惨遭迫害后死在了狱中。

草坪的那一边，前总统博塔的夫人伊丽莎与前非国大领导人坦博的夫人阿蒂莱蒂谈兴正浓。"做政治家的夫人真不容易，"伊丽莎说，"他们总不在家，根本看不到孩子们的成长过程。我想知道现在的年轻人怎样看待她们从政的丈夫……""我们都是做母亲的，"非国大前领导人西苏鲁的夫人阿尔伯蒂纳走过来插话说，"这就是我们的共同之处，这就是总能把我们连在一起的东西。"就在博塔当政时，西苏鲁与曼德拉一起在罗本岛上品尝着铁窗滋味，坦博则在国外苦熬着长期的流放生涯。

"我要告诉你们一个秘密，"身着宽松花衬衫的曼德拉将双手搭在前总统尼科·迪德里克斯的夫人玛佳的肩头上说，"这位女士就是在我宣誓就任总统后第一个向我表示祝贺的人。"曼德拉说，正是玛佳的祝贺触发了他将曾誓不两立的女士们请到一起的想法，于是才有了今天的聚会。听到这里，玛佳回过头握住曼德拉的手说，"咱们干得还不错，是不是？"曼德拉接着说，"在座的女士们都是对立双方英雄们的妻子，我们曾经在过去相互斗争。现在我们在这里是为了忘记过去，携手共建一个新南非。参加今天聚会的每一个人都是在为新南非的建设添砖加瓦。"

在场的人都被这"相逢一笑泯恩仇"的其乐融融气氛所感动。所有前白人政权的第一夫人们都曾在这座总统官邸度过一段光阴，她们对重回故地备感亲切。伊丽莎很快发现原来挂在她书房内的一幅黑人姑娘的油画被改挂在了客厅。其实，伊丽莎对黑人传统工艺美术早有偏爱，她那天特意穿上的黑色外套上就手绣着恩德贝莱族传统的花边图案，曼德拉见后一再夸奖她的审美眼光。伊丽莎的一番话也表明她很有政治眼光。"现在的南非局势就像是亚历山大大帝那匹害怕自己影子的骏马，"她说，"一旦它面向正义和信念的太阳,将自己的影子抛在身后的时候,它就能够一日千里地奔跑。我们也应该把影子抛在身后,向着真正的正义前进。"

实现"真正的正义"是不容易的,谁也不能指望几百年来留下的那道种族冲突的巨大伤口会奇迹般迅速愈合,因为它的背后是贫富间的天壤之别、迥异的文化观念和剧烈冲突的利益关系。但是,在新南非短短一年多的历史中,社会生活中的各种微妙变化都在表明人们真心期望着尽快实现种族和解。橄榄球曾长期被看作是南非白人最钟爱的体育运动,因而这项运动及国家队"羚羊队"一直被黑人视为压迫者的象征而对此深恶痛绝。不久前在南非举行的世界杯橄榄球大赛期间,情况有了改变。头戴"羚羊队"球帽的曼德拉在大赛期间的一次群众集会上号召全国人民为"羚羊队"鼓劲加油,因为"他们是我们大家的孩子"。"同一支球队,同一个国家""不论黑人白人大家都是南非人"的口号愈加响亮。在南非队与新西兰队进行决赛的那天上午,我到一家小店办事时,看到店中的黑人小伙儿和他的白人同事一样在脸上涂抹着预祝胜利的油彩标语和图案,兴高采烈地谈论着橄榄球比赛。待到南非队真的取得了冠军后,举国上下一片欢腾,载歌载舞的人海中有不少是黑人。圣公会大主教图图决赛期间正在美国访问,未能与民同庆。7月20日,他特意穿上一件"羚羊队"的24号球衣走在开普敦的大街上。面对着一大群围观者,图图摸着球衣上那个羚羊标记说:"甚至在几个月以前,这还是一个在全国引起争议、被诅咒的丑恶标记，但我今天穿上它感到很自豪。我们中间没有一个人曾预料到这个小小的橄榄球会产生将我们融合在一起的神奇作用。"

平等地了解和交流是和解的重要基础。在南非电视台的时事辩论节目中，常常可以看到黑人和白人坐在一起面对面地唇枪舌剑。有意思的是，代表非国大或因卡塔自由党发表政治观点的往往是白人，为国民党或民主党陈述立场的又常常是黑人或混血，以前将非国大和因卡塔自由党定义为"黑人组织"、将国民党及民主党划分为"少数白人政党"的概念已经过时。多姿多彩的新南非将自己称为"彩虹国家"。《星报》著名专栏女作家卡罗尔·拉扎尔7月26日在一篇题为《我们的彩虹人民在交流》的文章里，讲了她在一个聚会上看到的故事：一位白人妇女说她逐渐与一位黑人邻居成了朋友，但有一天却看到这位邻居正在门外为举行葬礼宰牲。"我简直忍受不了那牲畜的嚎叫，"那位白人女士说，"这太野蛮了！""你们天主教徒又怎样？"在场的一位黑人反驳道，"你们每个礼拜日都在教堂喝基督的血，吃基督的肉，尽管那是象征性的，但对我来说简直太野蛮了！"望着这一极为热烈的争论场面，独具慧眼的拉扎尔说，"当然，他们都并不野蛮，只是各自的文化背景不同而已。以往，他们从不交谈，都在背后悄悄地鄙夷着对方。现在，我们的彩虹人民在交流。这真好！"

（1995 年 8 月 20 日）

"最佳女经理"的一天

1995 年 8 月，南非兰德商业银行董事会有史以来的第一位女总裁温迪被评为"本年度南非最佳女经理"。温迪的丈夫克莱夫是一位银行家，他们育有三子：老大格雷米今年 8 岁，上小学二年级；老二尼尔今年 6 岁，刚刚上学；咿呀学语的老三小保罗，今年才 2 岁。温迪是一位极为要强的女人，她说自己"事业、家庭和娱乐三者全要"。这样一位南非妇女的每一天是怎样过的呢？还是听她自己说说吧：

午夜至清晨 6 时 15 分：每天夜里我差不多要起来 3 次。孩子睡不踏实，特别是那个小家伙保罗。他总是在半夜时折腾一次，3 时左右又闹一回。另一个小淘气尼尔是 4 时闹一回。克莱夫和我轮着起来照顾他们。我睡觉很少，每天 6 时 15 分至 6 时 30 分就起床了。

每天早晨是我最感焦头烂额的时候，为了让格雷米和尼尔两人不打架地穿好衣服、刷牙、吃完早饭，我总得催上他们 15 遍才行。

7 时 30 分至 8 时 20 分：7 时 30 分我带尼尔和格雷米到圣彼得小学上学。我看着他们进教室，先帮尼尔把书包放进书桌，再跟他的老师说几句话。对格雷米，我只是吻一吻他，因为他已能自己管理自己，也知道怎样与同学相处了。我把他们一直安顿到 8 时学校打铃时，才算松了一口气。

8 时 20 分至晚 7 时：8 时 20 分我开始工作。早餐是在办公室里喝一杯牛奶或鸡蛋和冰淇淋搅拌成的饮料。除了每周一是董事会或经理例会外，其余的日子排满了各种约见。除了处理内部事务，与客户商谈外，还要同外部诸如广告公司等领域人士打交道。

我手下有管理市场开发、公共关系和为各类客户服务的部门，所以我的职责就是让各个部门最大限度地向客户们提供各类服务。

我不大在乎午餐。有时到餐厅买个沙拉，但更多的时候是自己在办公室随便吃点什么，那是为了节省时间。每两周我都有一次同客户的午餐会：12 时 30 分见面，1 时开饭，2 时 30 分结束。

我下班的时间没有一定，但都在晚上 7 时以后，并随身带着那些董事会文件和其它篇幅很长的文件。这些东西必须要看，但因白天干扰太多，静不下心来。

安娜（温迪家中雇用的女工）在我工作的时候照料孩子。她看管保罗，接另外两个孩子放学，帮他们安排下午的活动。克莱夫 5 时 40 分下班回家后，安娜也就下班离开了。

晚 7 时以后：我一下班回家，全家人都很激动，我又忙开了。

我换上一套运动装，和孩子们一起"摸爬滚打"。我们常常举行一种特殊的摔跤比赛；除了看孩子们从学校带回的手工和美术作品，我还帮着保罗搭积木。

这样玩了差不多一小时后，我们就忙着安排孩子们睡觉。尼尔本应 7 时睡觉，格雷米应该 8 时，但他们从来不准时上床。保罗更是吱吱哇哇地在床上闹到 9 时才睡。

如果我回来得早，我们就在一起吃晚饭，但更多的时候是他们自己先吃。他们开饭时间是 6 时 30 分，克莱夫和我差不多要到 9 时才能吃上晚饭。

晚 8 时到 9 时是我打私人电话的时间，一天下来只有这时才能打打电话，同时还得为两个孩子明天上学做各种准备。忙活这些事时，保罗就在身边跑来跑去。到晚 10 时 15 分时，我才能最终安静下来，阅读那些带回的文件。晚上我们很少出门。

每到星期五晚上，我就不干工作了，周末是最放松的时候。孩子们也可以晚睡一会儿，我们就在一起看一盘儿童录像带。孩子们还小，平时我又总泡在办公室里，因此，我们愿意周末待在家里，或请好朋友来家中吃一顿饭。

星期六我才开始采购。克莱夫原来负责采购，现在由我来干。我总是在邻近的一家小店买东西，从来不到大的商业中心购物，因为我不愿意拖带着那么多人在里面逛。星期六下午，是孩子们到街上骑自行车或在院子里滑旱冰的时候。他们高兴极了。保罗也想试着滑旱冰，但我们只允许他把旱冰鞋套在手上爬着玩。

　　我觉得我的确是在极力使自己的生活保持平衡，但我仍然感到很累。我实在没有精力再干别的了，我也不想再干别的了。与孩子们在一起，我感到特别高兴和放松。我对自己的事情似乎从来都不那么认真，如果我需要做头发，总是拖到连自己也觉得过意不去的时候才去做。但最重要的是使这些小家伙们感到高兴和平衡。

（1996 年 3 月 8 日）

一个白人乞丐的故事

这是一幕令人触目的街景：车水马龙的约翰内斯堡北部郊区利沃尼亚大街中央，站立着一个身材高大、手捧硬纸板牌的白人乞丐。那块牌上写道："失业；单身父亲；任何工作或多少捐款都行；上帝保佑"。来往的车流不断地从他身边冲过，很少有人为他停下。时近正午，他就这么在毒灼的阳光下久久地呆立着。

在一个曾以肤色决定贵贱、以铁拳维护"白人至上"政策的国度，如今已有越来越多的白人被迫走上了街头，"穷白人"的增多已成为一种社会现象。

这位名叫帕特里克·克拉克的白人有些喜出望外地接受了我的邀请，到街旁小店喝杯咖啡。落座前，他先将那块乞讨纸板对折起来放在了屁股下面。相互间简短的寒暄就令人大吃一惊：眼前这张刻满沟壑、到处是阳光灼伤痕迹的面孔让人一下联想到衰老，但克拉克说他只有44岁。"你不介意我吸烟吧，"克拉克沙哑着声音但很有礼貌地询问后，便随着阵阵烟雾讲述着自己的身世。

1955年，3岁的克拉克随父母自英国北部的怀特哈文迁居南非。饶有意味的是，怀特哈文原意为"白色天堂"。克拉克一家在英国对名不符实的"白色天堂"失望后，便漂洋过海到南非这块曾被认为是"白人天堂"的土地上追寻梦想。克拉克的现状显然是对这一梦想的极大讽刺。他 17 岁离开学校，以当电工谋生。"我当过兵，打过仗，哦，那是在安哥拉，从 1981 年至 1987 年。"南非曾在 80 年代出兵安哥拉，与援助内战另一方的古巴军队直接交火，眼前这位落魄者竟是曾在异国土地上粗暴杀掠的军中一员！"我在安哥拉埋过地雷，杀过人，古巴人和安哥拉黑人都杀过，我还得过奖章。内疚吗？是有种负罪感，但在战场上不……"提起安哥拉，克拉克的眼中闪烁起几分激动，"那真是一个美丽的国家。我现在还想到那里去，不是作为战士，而是作为平民。"

这样一条壮汉后来怎么会落到这步田地？据克拉克讲，离开军队后，他以电工的一技之长在各地建筑工地上打零工。灾难性的打击始于一次失窃：他所有的私产，包括银行存折和电工工具全部被偷。没有任何一家公司肯聘用一个连工具都没有的电工，克拉克从此失业。同他感情不好的妻子愤而离去，将一个 13 岁的女儿留给了他。"我连孩子的学费都交不起。"克拉克说，"百般无奈，只好这么站在街头，就是想找个工作，什么工作都行，哪怕当花匠也行。"花匠在南非从来都是处于社会底层黑人的行当。尽管这位白人乞丐讲的故事中可能省略了诸多于己不利的内容，但现在的处境确实挺惨。望着那张泛着红晕的脸，我怀疑他是因为酗酒成性而沦落至此。"我脸红是太阳晒的，"克拉克忙不迭地解释说，"很多'穷白人'确是因为酗酒流落街头，但我不酗酒。我没钱，买不起酒。"

克拉克在约翰内斯堡南部郊区与人合住一处公寓。每天清晨一早离开公寓一路搭车来到这片富人区当街乞讨。"早饭？哪有什么早饭！今天早上就是吃了街头黑人报童送给我的几粒干果。"他说："我每天出门前都祈祷。人们对我都挺好，一天下来，有时能讨到三四十兰特，也有时毫无收获。碰到好心人时我有时都想大哭。"

这位沦落的白人还把自己的窘境部分地归咎于新南非。"我不喜欢新政府，"克拉克毫不掩饰地说，"他们上台后把很多工作机会都给了黑人，找工作越来越难了，唉，听从上帝的安排吧……"

他抹了抹嘴，道了声谢，夹起小店女招待出于怜悯送给他的一个大面包，从屁股下面拿起那块乞讨纸板，又向烈日下的街头走去。

曼德拉与"中国女士"合影留念

南非曾多次在位于北部的太阳城举办"世界小姐"竞赛。1995 年 11 月 7 日,南非总统曼德拉在行政首都比勒陀利亚联邦宫前接见 86 位来自世界各地的"世界小姐"竞选者。

曼德拉为人随和,常在公众场合对时局发表评论,亦常在不经意间有出乎意料之举。为了不漏掉可能出现的重大新闻,我和妻子何小燕决定当天从位于约翰内斯堡北部的居所赶往会见现场探个虚实。

那天天气很热。曼德拉会见各国佳丽的地点就在联邦宫前的阶梯广场上。各国小姐顺台阶站成数排,急切地等待着曼德拉的到来。

上午 10 时许,身着花衬衫的曼德拉出现了。已经年近八旬的曼德拉立定在艳阳之下,满面笑容地与在场的每位佳丽依次握手致意。

在整个会见过程中,我一直站在离曼德拉很近的地方进行采访。在参赛"世界小姐"的队伍中,没有来自中国大陆的女性。

当曼德拉与所有参赛者会见完毕转过身时，正好与我打了一个照面。我笑指站在另一边的妻子对曼德拉说："那里还有一位来自中国的女士想同您合个影呢！"曼德拉闻后笑吟吟地说："那好啊！"

听到曼德拉的这答复，我有些大喜过望，急忙从背包中翻出相机准备拍照，就在此时，曼德拉身边几位警卫猛虎般扑将过来，将我撞了一个趔趄。

知道他们为何如此紧张吗？原来就在此前一天，即 1995 年 11 月 4 日，以色列总理拉宾遇刺身亡，拉宾成为以色列建国后被谋害的首位政治领袖。

我见状急忙解释，我只是要拍一张照片。此时的曼德拉已非常友好地与妻子握手致意，然后笑容可掬地将她揽在身边。此时已将照相机握在手中的我连忙定神聚焦，拍下了妻子与曼德拉的合影照片。

此时在场的众多常驻南非外国记者难掩羡慕，都说"这实在是一张非常难得的照片！"

儿子站在大酋长身边

    不到 9 岁的儿子温勃 1997 年暑假到南非来探亲。孩子第一次踏出国门，便是穿越这一万多千米的空间，从北半球来到非洲大陆最南端，从酷暑难耐的北京走入枯黄萧索的约翰内斯堡，这种体验对他该是一种多大的反差啊！这种反差折射在他的日记中，就形成了一些既率真可爱，又多少有些偏颇的文字。

    孩子喜爱动物。约翰内斯堡动物园占地不小但游人寥寥，因而很有野趣。在游览了这个动物园后，儿子的文字评论是："动物园空间很大，动物都是混养在一起，谁也不吃谁，共同过着幸福和美满的生活。北京动物园里的动物被关在很小的笼子里，整天坐在一个地方，什么事也干不了，过着受苦的生活。"对此，我赶紧"纠偏"，告诉他说，"我们中国人也热爱大自然，但自然条件不同，空间有限，有时也确实没办法。"在看了一些南非的市容后，他在日记中说："南非的汽车和人都很少，城里干净，不像中国似的，不自觉的人随地吐痰，让城里很不干净，让外国人觉得中国很乱。我想，中国虽然大，但不干净是不行的。"国家大小和干净与否似乎没有必然的逻辑关系，但儿子的这个"我想"倒也有些余味。

对一个初到非洲的中国孩子来说，令他最感陌生好奇而又有些恐惧的莫过于当地黑人。索韦托是南非最大的黑人城镇，我曾半开玩笑地对儿子说准备带他到索韦托看看，他听后竟有些谈虎色变地连连摆手说："不去！不去！"此后，我带他去一个极为贫穷的黑人城镇。那天，村镇中的黑人正蜂拥着参加庆祝集会。上千名黑人男女老少载歌载舞，大喊大叫，逐渐把我们围在当中。这种张扬奔放令我深受感染，然而偶一回头，看到儿子竟一脸恐惧。"我哪儿见过这种阵势呀！"事后他说，"我真怕他们把咱们抢了。"

坦率地说，在非洲工作几年后，我知道一些中国人对黑人的偏见并不比南非白人逊色。减少偏见、客观了解另一种肤色，人类的最好办法便是多同他们交流。为此，在朋友的介绍下，那天我们来到一个南非民俗文化村。民俗文化村内建有祖鲁、科萨、索托等几个典型的黑人部族村落，各村落中都有一群身着各自民族服装的男女老少，各部落酋长先后领着客人在圆形草屋内或院落中讲解着各自的习俗。语言的障碍使儿子听不懂或不完全理解黑人各部落的风土人情，但他原来见到黑人后的一脸恐惧已渐渐消失。民俗文化村最后一个节目是各部族黑人与不同肤色的各国来客围成一圈载歌载舞。一位脸上涂有白色粉点的黑人妇女拉着儿子的手加入了歌舞队伍，此时的他竟也学着黑人阿姨的舞姿扭动起来。

通过这次活动，儿子还知道了一件事，那就是有个叫恩格斯的德国人还称赞过南非祖鲁族黑人是最勇敢的民族之一。祖鲁族是南非最大的黑人部族，历史上曾以血肉之躯直面白人的枪炮，进行过顽强反抗，向以强悍著称。夸祖鲁—纳塔尔地区是祖鲁人的聚居地，小镇乌伦迪则是传统祖鲁王国的首都，要了解祖鲁黑人，那里是必去之地。那日赶到乌伦迪时已是下午，且人地生疏，于是我求助当地黑人警察引领参观。一名黑人警察极为热心，他拉上另一位同事开着警车前面带路，坐在后面车里的孩子却有些恐慌起来，他连连问道："爸爸，他们不会是坏人吧？"事实打消了他的顾虑。当我们在两名警察的帮助下大获而归时，儿子轻轻地自言自语说："咱们遇上了不少黑人好人。"

或许就是这样的经历多少冲淡了原有的陌生、好奇和恐惧，儿子在与黑人的接触中变得大方多了。沙卡兰是一个集中体现南非祖鲁黑人风俗与文化的山地，那里建有一群祖鲁族部落，上百名祖鲁黑人以狂歌劲舞等传统方式迎接着各国访客。祖鲁族黑人男性均手持兽皮盾和长矛，身上仅以一块兽皮遮羞，他们舞得大汗淋漓。那些黑人女性则赤裸着上身，扭得更是淋漓尽致。歌舞毕，这些黑人又在手持权杖的大酋长带领下呼啸而去。要在以前，这个阵势准保又把儿子吓得一脸恐惧，远远离去。现在他竟毫不胆怯地迎上前去，站在了祖鲁族黑人酋长身边，留下了一张难得的合影。

附：

认识人类[1]

一个9岁的中国男孩，远行万里，来到南非，开始了他对黑肤色人的最初认识。这是一个难得的使孩子认识人类的机缘。

在发达的西方，高度物质文明和社会文明社会，会使一个来自不发达国家的幼童，由艳羡而变得盲从。但当人们面对比自己还要落后的民族时，那种古而有之的"夜郎自大""故步自封"，又可能使孩子承袭莫名其妙的大国人的骄横。这两个方面都会妨害孩子完整地认识人类。

人类是个博大的存在，人类是个顽强的群落。认识他需要一个充满博爱的胸怀。尤其面对比自己国家更贫穷的国家和民族，这种博爱的生成，就依赖于走向对方、了解对方。

一个中国孩子，冲进南非黑人的部落之中来认识人类的一部分，这是十分幸运的。

在由黑肤色人种组成的社会里，保留着许多人类生存的原生状态。人与人的关系、人与自然的关系，在这里都有他奇特的独有方式。外来者从这里懂得"返璞归真"中那美好的内涵，懂得"自由自在"对久受束缚的人类意味着的那种特殊的解放。这个打有深深的历史烙印的黑人社会，它的历史、文化对整个人类同样

---

[1]　作者田珍颖，载《人民日报海外报》1997年10月3日第9版。

是宝贵的，不可或缺的。在了解他们生存方式及文化的同时，我们也会认识到：种族主义者的盲目自大实际上是一种浅薄。

9岁的中国男孩，有幸从实践中（而不是书本上），脚踏在这块同样属于人类社会的南非土地上，置身于黑肤色的人种之中，和他们进行着人类之间的交流，这将是多么难忘的经历。

孩子在陌生中产生的恐惧和在交流中产生的融洽都是他认识过程中的必然。那狂舞劲歌的粗犷豪放，那热情好客的独特方式，那历史记载的强悍不屈，都会在9岁男孩的认识中，留下不灭的记忆。

一个中国的男孩，终于站在酋长的身边，这是孩子用幼小的心灵接纳了黑色人种的标志。他必定会将这人类的黑肤色的兄弟们，留在自己对全人类认识的最醒目之处。

办公室内的自嘲

　　位于约翰内斯堡北部海德公园的潘戈尔丁房地产公司大楼风格典雅。不知是否与这家公司的老板潘戈尔丁是位女士有关，大楼内出来进去的职员多为手持移动电话、腰别 BP 机、脚步匆匆的白人女性。在房地产公司林立且竞争激烈的南非，潘戈尔丁公司算是较为出众的一家。能在这里谋得一职，想必颇费一番心力。

　　每月月底我都要到潘戈尔丁公司交纳房费。负责收取房租的芭芭拉女士尽管背已弓得很厉害，满脸刻满褶皱，但她爽快热情的性格使人感到她的内心仍很年轻。芭芭拉所在的办公室内连她共有 4 位女士，她们的办公桌上都堆满了表格、卡片和账单。每次进到那间办公室都看到几位女士忙着打电话，或是催交房租，或是向求租房屋者提供信息。"你是及时缴纳房租的最好房客之一，"芭芭拉那天一边填写房租收据，一边笑嘻嘻地说，"有人怎么催也不交房租。""是吗？"我一边应和着一边细细打量着这间长方形的办公室，目光最后被办公室左面墙壁上那一方挂毯吸引住了。

　　挂毯下面的小方桌上摆着一台打字机，办公室内的人时不时坐在那里敲打出一份租房契约类文件。挂毯上面粘贴着花花绿绿的纸片，初瞥以为是各类通知告示，细看才发现那里竟是一个充满戏谑的漫画和隽语的小型展览。

每个办公室都有自己的故事，每一个故事情节都从不同角度反映出人们的心态。透过这些纸片，或许能感悟出芭芭拉和她的同事在这间办公室内的心迹。"把一个坏故事变为好故事！"一个特大黑体标题下面打出一段文字："这是一个 4 个人的故事，每个人（EVERYBODY）、某些人（SOMEBODY）、任何人（ANYBODY）和没有人（NOBODY）。那里有一件重要的工作等人去干，'每个人'都肯定'某些人'会去干。那工作'任何人'都可以干，但最终'没有人'去干。'某些人'对此暴跳如雷，因为这是'每个人'的工作。这工作虽然'任何人'都可以干，但'没有人'了解，'每个人'都不愿去干。到最后，'每个人'都指责'某些人'，而实际上'没有人'真正问过'任何人'。"看来，这里的办公室内同样染有互相推诿、斤斤计较乃至"三个和尚没水吃"的通病。

"如果你有麻烦，请打'生命线'热线电话——他们会照料你！"另一行醒目文字刺入眼帘。麻烦，谁没有麻烦？微妙的人际关系就常常出些麻烦，不信就看那幅漫画上的文字："当我今天早晨醒来时，有一根神经不对头，现在你也感到心烦了吧！"漫画上则涂抹着一个圆瞪双眼，满头乱发蓬然乍起的职员形象。这里的人们可能觉得众多税收也是一个麻烦，因为另一段文字的标题竟赫赫然为"如何难倒税务官"。那段文字说："下面这封信是一位津巴布韦人写给在哈拉雷的税务官的，我也真想干同样的事。那封信说，'亲爱的先生，我不得不就这张纳税表向您求教。我深为抱歉地告诉您我无法填写这张表格，因为我根本不知道填写此表用意何在。实话告诉您吧，我对这项所得税服务根本就不感兴趣。您能否在您的账本上划掉我的名字，因为这项服务令我很恼火，我根本不知道是谁把我作为您的顾客之一登记在了您的名册上。'"

另外几幅漫画更为有趣。一幅漫画上画着一张正用两手蒙住双眼痛哭流涕的扭曲着的脸，漫画上的文字则是："求求您，上帝，请告诉我，我能够在此工作是多么幸运吧！"另一幅漫画上是一个蓬头垢面、一脸无奈的女人形象。漫画上下两端的文字是："我只想每天过得按部就班，但总是多少天的事一股脑儿地堆在我的面前。"至此，我对这些漫画的浓厚兴趣早已在这间办公室引起共鸣。萨拉夫人是去年帮我办理租房事宜的老熟人，此时她走上前来指着漫画上那个无奈的女人说，"这就是我，绝对是我！"还在填写房租单据的芭芭拉突然起身，指着另一幅漫画说："这就是我，千真万确的我。"漫画上一名女职员正精疲力竭地趴在一台计算机上，办公桌和地上一片狼藉。漫画下面的文字是："请耐心点儿；我在这儿干活只是因为做收发文件工作太老，领取养老金太年轻，弄点风流韵事又实在是累得不行。"漫画中另有一行文字画龙点睛："我喜欢这个地方！"

带着爱去远方

我在南非约翰内斯堡北郊的寄居地美得就像一处小植物园，这里除了各式各样葱翠的植物和一大块绿草地外，旁边 10 余米外建有两个网球场，出房门向前走约 20 米便是一个清澈见底的游泳池。每到夏季，邻居们都喜欢聚在泳池边享受那一份清凉。我就是在那里结识了塞巴斯塔和他的妻子卡特琳娜。

塞巴斯塔夫妇引起我的好奇首先在于他们的外貌。卡特琳娜生就金发碧眼，显然已身怀六甲，但她仍穿着三点式泳衣在池中挥臂俯仰。而敦敦实实的塞巴斯塔则是褐眼黑发。大约 3 年前的一天下午，我们在泳池边由自我介绍开始攀谈起来。塞巴斯塔说他是西班牙人，妻子卡特琳娜来自德国。"我是西班牙一家远洋运输公司驻南非的代表，在这里的合同期为 3 年。我们正在期待着第一个孩子的出生。"有着典型西班牙人奔放性格的塞巴斯塔一边说着一边用手摩挲着卡特琳娜的肚子。多了份了解后我却增添了一分好奇：一个西班牙人和一个德国人，他们是怎样携手走到这天涯海角？

在以后相当长的一段时间，塞巴斯塔又去远航了。但那个起名为阿基多的"小塞巴斯塔"却常常在我眼前出现，卡特琳娜常常带着只有几个月大的儿子来泳池戏水，她将套上一件救生衣的孩子丢在水中，让孩子初尝搏击的乐趣。阿基多牙牙学语的时候，口中一会儿蹦出个德文单词，一会儿囔出个西班牙短句，还时不时咕哝着几句英文。"阿基多，我再教你说中文好不好？"面对着一个黑头发的中国人，阿基多似懂非懂地点点头，那水汪汪的大眼睛像游泳池一样清澈见底。

卡特琳娜很快又有了第二个孩子，还是一个生着黑发的男孩。她的西班牙婆婆和德意志妈妈相继来到南非帮忙照料孩子。在与她妈妈的交谈中，我曾婉转地问她对女儿这一"跨国婚姻"的看法。"这很正常，"卡特琳娜的妈妈说，"欧洲都一体化了，我们两国同在欧洲。他们生活得很幸福，我们很高兴。"再一次见到塞巴斯塔的时候又是在泳池边，我们像久别的老朋友那样长谈着。"圣诞节的午餐你一定要到我家来吃卡特琳娜做的火鸡！"热情的西班牙人发出了邀请。

1997年圣诞节中午，我如约来到塞巴斯塔的家中。卡特琳娜除了烹制了一只硕大的火鸡外，还烧了两道德式菜肴佐餐。塞巴斯塔更是忙不迭地拿出一盒甜点让我品尝。"这叫'土伦'，"塞巴斯塔解释说，"是西班牙人专门在圣诞节时才吃的蜜制甜点。""看来你们的生活比'土伦'还要甜哩！"我说。塞巴斯塔听后大笑，滔滔不绝地道出了这一"跨国婚姻"的原委：卡特琳娜毕业于瑞士一所高校的旅游专业，巴塞罗那奥运会时她作为一名志愿服务者来到西班牙。当巴塞罗那奥运会圣火点燃之时，在场的人们都手拉手地唱起了"愿你永远是我的朋友，哦，岂止一春或一夏，让我们终生是朋友！"就在这放情高歌时，同样作为志愿者的西班牙小伙儿塞巴斯塔牵起了德国姑娘卡特琳娜的手，从此便再也没有放下。走啊走，他们牵着手从巴塞罗那一路走到了好望角。

"以后我该向哪里走？"塞巴斯塔一边津津有味地品着"土伦"，一边挺认真地征询起了我的意见，"在南非的3年合同期快满了，以色列有个空缺，澳大利亚也有个机会，你说我到底去哪儿好呢？"

到哪儿去都不错，我萍水相逢的好邻居，愿你们的生活总像"土伦"那般甜蜜！

"宴会主持人"之夜

　　科瑞是位健谈的南非白人小老头。他单身,谋生的手段是开着那辆平板小货车来往于各家拍卖行,赚点这边买进那里卖出的差价钱。但他的主要兴趣似乎不在如何倒腾旧货,而在一个他经常提及的"宴会主持人"俱乐部。"我是本地区'宴会主持人'俱乐部的副主席,"他不止一次自豪地对我说,"你一定要作为嘉宾演讲人参加一次我们的活动。"不久,科瑞真的向我发来了该俱乐部第506次聚会多达22项内容的活动日程表。

　　赶赴聚会前的科瑞一下子变得庄重极了。他脱下出入拍卖行时的那身行头,换上了一套深色西装,打着领带,西装尖领处被郑重地别上了两枚与将军肩章上相似的星状饰章,一颗星表明他已获得"胜任的'宴会主持人'"这一高级职称,另一颗星说明了他的副主席身份。"'宴会主持人'俱乐部的起源可以追溯到20世纪20年代,"科瑞解释说,当时的美国某地曾举办过一场婚礼。然而,在出席那场婚礼的众多宾客中,竟无一人能够即席发表一篇恰到好处的祝辞和演讲,这令在场的一位叫斯梅德利的博士大为感慨：原来世界上竟有这么多人根本不懂得如何演讲！于是，一个取名"宴会主持人"的俱乐部被这位博士创建了起来。半个多世纪以来，这个俱乐部已就如何在各种场合发表演讲形成了一套完整的教材，还有着一套严格的内部考核升级制度。如今，"宴会主持人"俱乐部已在全世界织成一张大网，成员总数约为300万。在这张大网中，科瑞所在俱乐部的番号为"74区第920号俱乐部"。

当天，夜幕降临后，920号俱乐部的成员们陆续走进了位于约翰内斯堡西部海尔德拉马商业中心的一家小饭馆。被临时改为会场的餐厅内，竖起了俱乐部的金黄色会旗和红红绿绿的彩条，彩条上记载着多年来俱乐部获奖的历史。到会的男女老少黑白成员共有18位。18个人有着18种职业，但都像科瑞那样有着一副庄重认真的神态。"嘭"的一记木槌声，会场内立即静了下来。主席先生起身，首先向俱乐部的新成员表示欢迎，并请他们做自我介绍。那位做秘书工作的白人小姐说她从未当众讲过话，但明年将代表公司赴外地参加一个会议，急需锻炼口才。另一位在南非电力局就业的黑人小伙说他总要进行工作汇报，也想通过参加俱乐部增长这方面的才干。

每次聚会时的"宴会主持人"由俱乐部成员轮流担任，且以一个主题穿针引线，将规定发言、嘉宾演讲、评判打分等不同内容融会贯通了起来。当晚的主持人威尔金森女士有着一个大得吓人的谈话主题："精神"。只见她抑扬顿挫，先将从亚里士多德到莎士比亚等大师关于"精神"的论述一一引出，又把她事先询问的在座成员中对于"精神"的说法逐个道来，最后百川归一提炼出一篇精到的感想。在规定发言阶段上台讲演的是两位小姐。达尼科小姐坦然上台后，声情并茂，说了一番人们实在不应酒后驾车的道理。珍妮弗小姐上台后更是慷慨激昂，集中火力痛斥将"我不能"挂在嘴头的懦夫心理。"让我们为'我不能'这句话举行葬礼吧，"珍妮弗高扬着手臂高呼着，"代之以'我能行'，让我们的人生更加灿烂！"在座的人们显然被珍妮弗的演说打动了。就是这位在南非一家医疗器械公司工作的珍妮弗会前告诉我，她在参加俱乐部之前是一个根本不敢当众讲话的人。参加俱乐部后几年下来，她感到受益匪浅。"每一次你都可以向大家奉献一点新东西，"她说，"而每一次你又可以从别人身上学到更多的新东西。"

评判开始了，几位担任判官的成员分别从主题、语法、用词、举止等方面对主持人和演讲者进行评论。一位评判者说："珍妮弗的演讲令我们每个人都感到振奋。她的演讲充满激情，激动人心，节奏感强，声音优美，这都表明她有很大的潜力。"经过一轮秘密投票表决后，这位评判者的意见被证明为公论。珍妮弗获得了当晚最佳表现奖杯。

聚会一直持续了3个小时。在浓浓的夜色中踏上归程时，我向科瑞发问："这种俱乐部何以能使这么多不同的人走到一起来？"

科瑞说："它能挖掘人的潜力，能增长人的才干，能使人们对自己建立起'我也能行'的信心；还有，它能使你向别人学习很多东西……"我补充说："还有，它能使像你这样的单身汉的孤寂生活，有一种精神寄托和充实感。"他点点头，笑了。

（1997 年 11 月 30 日）

踏访罗本岛

1996 年 2 月 27 日，当我拿着南非狱政部特批的通行文件第一次踏访曾关押曼德拉近 20 年的罗本岛时，那里仍然是一座监狱，我是第一个踏访罗本岛监狱的中国记者。

南非开普敦市的海滨乐园游人如织。然而，一走进 5 号码头边那座灰色小楼的大门，空气就变得凝重起来。身着褐色看守服的办事员查验了罗本岛监狱长签发的许可证后，又收取了 60 兰特的船票费用，才开启了那道通向码头的自动铁门。

这是罗本岛监狱的专用码头。看守们正忙着将各种给养搬上停靠在那里的小渡轮。抬眼望去，这艘蓝白颜色的渡轮竟是"迪亚士号"！曼德拉被囚罗本岛时，曾因病于 1979 年乘"迪亚士号"到开普敦就医，莫非这就是被曼德拉形容为在海面上"被怒涛抛上摔下"、险些沉没的那条船？

中午 12 时，远处的信号山上腾起一股白烟，接着传来一声沉闷的炮响。每日鸣放"午炮"既是开普敦特有的景观，也是"迪亚士号"的出发令。45 分钟后，渡轮停泊在默里湾码头。这里距离开普敦仅 11 千米，但一踏上罗本岛却恍如进入了另一个遥远的世界。紧靠码头的一堵高墙冷冷地截住了人们的视线，向右望去，才看见进入罗本岛的唯一大门。大门顶端立着一面大牌子，牌子上分别用英语和南非白人特有的阿非利加语写着："欢迎来到罗本岛""我们为在此供职感到自豪"。已在岛上供职 15 年的巴雷先生对来自中华人民共和国第一位踏访罗本岛的新闻记者表示欢迎后，驱车载着客人穿过大门，三拐两拐停在一排铁门紧闭的灰色石板平房前。连过两道铁门后，又是三拐两拐，最后来到了南非少数白人政权时关押"最危险政治犯人"的"B 区"牢房。

惨白的日光灯照耀着一条不到百米长的水泥地面通道，30 间牢房空荡荡地分列两旁。在第 5 号牢房前，巴雷先生说："这就是纳尔逊（指曼德拉）的牢房。"只见一道木门上方钉着一块用于标明犯人姓名和编号的铁板，直至 1982 年以前，那上面一直插着写有"纳尔逊·曼德拉/466/64"的白色卡片。木门后是一道由 5 根铁棍焊就的牢门。牢房本身仅有 4 平方米，右边靠墙处支着一张矮床，左面靠墙处摆着一张小桌和靠背塑料椅，小桌左上方安着 3 个用于装杂物的铁盒，右上方的高墙上开着一孔铁窗。据曼德拉自己回忆说，身高 1.83 米的他躺下后，头顶着有铁窗的那面墙，脚便可触到有铁门的另一面墙。

"B 区"牢房外是一个由三面高墙围起来的院落。这里便是犯人们当年放风或做砸石块、缝补邮袋等苦役的地方。1964 年 6 月被判处终身监禁后至 1982 年被移往波尔斯摩尔监狱前，曼德拉 27 年的铁窗生涯中约有 18 年是在这里度过的。

正是在这座牢笼里，曼德拉曾孜孜不倦地学习法律、经济、商业、历史和南非白人的阿非利加语。他不仅自己学习，还激励所有难友奋发向上，一座铁狱竟被改造成了"曼德拉大学"；就在这所院落内，他每天清晨进行慢跑锻炼，与难友们讨论时局，与狱吏们据理抗争。种族主义者的本意是让这些反抗志士的意志随着冲刷罗本岛的南极本圭拉海流和漫长光阴一起销蚀殆尽，但所有这些常人无法承受的磨难却成就了一段从囚徒到总统的传奇，锤炼出了坚毅、平和、大度和卓越……

思绪难平之际，巴雷先生又发动了汽车，带领客人周游全岛，依次展示它的不同侧面：罗本岛全岛居民约 500 人，除了 3 名小学教师和监狱内仍被关押着的 172 名犯人，其余都是监狱管理人员及其家属；1615 年罗本岛便开始作为监禁和流放之地，后来又曾被用作麻风病人和精神病人的隔离地，那所每周四才开门营业的银行，原本是麻风病人的停尸房，它算是非洲大陆最小的银行了；那几门 40 吨重的巨炮是二战期间部署的，但从来没有开过火，否则开普敦市内建筑的玻璃都会被震碎；罗本岛上有一个采石场，开普敦市内很多建筑用的都是这里的石料；这里还是羚羊、鸵鸟、燕鸥、朱鹭和企鹅等 50 多种海鸟的繁殖地……

这座面积只有 574 公顷的小岛竟承载着如此厚重的历史和丰富

的自然资源。至于罗本岛的前途，当时有人建议在罗本岛建五星级宾馆和赌场，使它成为新的旅游胜地；也有人主张在罗本岛建一所开放式大学，使南非1000万以上成人文盲重享教育。联合国教科文组织世界遗产委员会主任冯德拉斯特先生则认为，罗本岛有着以肤色、文化压迫别的种族和对这种压迫进行最坚韧反抗的双重象征意义，如同广岛和奥斯维辛集中营一样，罗本岛应被宣布为一处世界遗产。

此后，我又曾踏访罗本岛。当年的罗本岛监狱如今已经成为一座博物馆，向来自全世界的人们展示着其独特的历史价值。

滔滔好望角

南非最令人神往之处便是好望角。这个名字即使在儿童的认知里也绝不陌生，也因此吸引了无数人前往。

好望角与南非的发现密不可分，而其具体的过程众说纷纭。人们一般认为，葡萄牙航海家巴托洛梅乌·迪亚士率领的探险船队于 1488 年 2 月 3 日绕过好望角约 350 千米后在莫塞尔湾登陆，标志着人们首次发现南非大陆。但也有考古发现推测，是腓尼基人早在 2000 年前就发现了南非。

甩掉开普敦市内的喧嚣，汽车沿着开普半岛西海岸向南轻快地奔驰，约一小时后就进入了好望角自然保护区。7680 公顷的保护区内，凸凹不平的铁锈色地面上生长着一片片低矮的灌木丛和被称为南非国花的山龙眼属鲜花，间或有狒狒、非洲旋角大羚羊等动物一跃而过；阴云低垂密布，继而飘起了雨丝，更令人感到苍凉寂寥。这也许正是开普敦建筑师布赖恩·曼瑟 1928 年提出建立这一自然保护区时的初衷：让好望角永远保持葡萄牙航海家迪亚士 500 多年前第一次见到她时的模样。

汽车沿着路标向西南方驶去。伴着阵阵涛声，一个如同伸入大西洋中巨大鳄鱼爪的岬角映入眼帘。墨绿色的波涛托起白色的浪花，轮番拍打着岸边嶙峋的乱石，群群海鸟追逐着浪尖俯仰嬉戏。一块黄色木牌上用英文和阿非利加文标明：好望角/非洲大陆最西南端/南纬度为34度21分26秒/东经度为18度28分26秒。难道这里就是令人神往的大西洋和印度洋的汇合之处？好一个"云翻一天墨，浪卷半空花"的好望角！

葡萄牙诗人卡蒙恩斯在其优美的叙事长诗"鲁西亚德"中，讲述了好望角的神奇传说。古希腊时，硕大无朋的亚当阿斯特伙同其他99个巨人图谋反抗诸神，试图用风暴攻取奥林匹斯山，但被在诸神前面的赫尔克勒斯和沃尔坎打败。作为永久的惩罚，巨人们被流放到世界的尽头，埋葬在火山群峰之下。亚当阿斯特的身体化为峥嵘丘岳，形成了好望角。开普敦北面的桌山是他制造风暴和雷电的作坊，好望角周围海域上怒号的狂风和肆虐的雷暴，是他不断巡游的魂灵。对敢在这一海域搅扰他的人，他会咆哮着施以可怕的报复。

好望角的峭崖、乱流和植被无一不流溢着大自然的神奇。好望角及其所在的开普半岛下沉积着一层有5亿3千万年历史的花岗岩层，这使狭窄的半岛足以抵御任何狂风恶浪。好望角附近的花岗岩层下有着许多海洞，其中的一个深达61米，直径为12米。好望角离南纬40度大西洋海面的"咆哮西风带"很近，以大风著称。

每年夏季（10—3 月），强劲的东南风持续不断地扫过好望角，时速可达 120 千米。大风使人类活动受到影响，也使许多植物龟缩在背风一侧生长。但这种东南风却有一大益处，它可以净化空气，使蚊、蝇等极难存活，因而被人们誉为"开普医生"。

开普半岛夏季的平均温度为 20.3 摄氏度，而东海岸的温度至少比西海岸高 6 摄氏度。在南非实行严格种族隔离的时期，这种自然气候的不同也被用来加剧人间冷暖。在东部海滨一家餐厅工作的一位黑人姑娘说，以前黑人和混血人都被赶到靠近大西洋的阴冷的一面去住，现在他们可以移居到靠近印度洋的一面，同白人一样享受那里的阳光了。

除了一些残存的贝丘，史前人类在好望角没有留下任何有记载的历史。在一次寻找非洲大陆尽头的探险中，迪亚士率船队于 1488 年首次闯入了亚当阿斯特的禁地，开始了人类对好望角的认识。在沿非洲西海岸南下的万里航途中，苦于疾病和风暴的船员们多数不愿继续冒险，数次请求返航。迪亚士力排众议，坚持南行。1488 年 1 月，他们的船被一场风暴裹挟着漂流了十几天后，不知不觉中已绕过了好望角。在返航途中，他们再次经过好望角时，正值晴天丽日。葡萄牙历史学家巴若斯在描述这一激动人心的时刻时写道："船员们惊异地凝望着这个隐藏了多少世纪的壮美的海角。他们不仅发现了一个突兀的岬角，而且发现了一个新的世界。"迪亚士感慨地将其命名为"风暴角"。据说 1497 年葡萄牙航海家达·迦马经此赴印度满载而归后，葡王约翰二世将其易名为"好望角"，以示绕过此角就带来了好运。但亚当阿斯特似乎并未忘记报复迪亚士，1500 年，迪亚士随另一位葡萄牙航海者赴印度途中，在好望角的一场风暴中罹难。站在好望角的峭崖上，你仍能听到一个新的传说：人们常常于阴风怒号、浊浪排空之际，见到有人驾一叶轻舟，奋力拼搏着穿越好望角。人们会告诉你，那就是不屈的迪亚士。

在非洲大陆最南端

有些人一直将好望角误认为是非洲大陆最南端，其实，它是非洲大陆最西南端。非洲大陆最南端另有佳境。

南非东、南、西三面为印度洋和大西洋所环绕，然而，地理学家们之间至今还有一个扯不清的悬案：印度洋和大西洋的交汇处到底在何方？一派专家们论证道，大西洋的海水极为冰冷，那是因为本格拉寒流沿非洲西海岸北上；印度洋的海水温暖得多，那是因为莫桑比克暖流和厄加勒斯暖流顺非洲东海岸南下。寒流与暖流的汇合处是非洲大陆最西南端的好望角。如今，在好望角自然保护区的海角点处，就理直气壮地矗立着一块牌子："这里是两大洋汇合处"。"两洋水族馆""两洋餐厅"等招牌在好望角所在的开普半岛和开普敦市内比比皆是。另一派学者则坚持，两大洋携手相拥之处并不在好望角，而在位于非洲大陆最南端的厄加勒斯角。对，厄加勒斯角才是非洲大陆最南端。

出开普敦后沿海岸线东行的公路干线被称为"花园大道"，一路上峰回路转，山水风光如诗如画。沿 319 号公路折向南行后，四野忽然变得格外静谧。非洲大陆最南端以一片怡人的坦荡迎接着远道而来的客人。

南行，南行，一直走到尽头。先是望见涌起千堆雪的浩瀚大洋，接着看清了一块白底红字的木牌："欢迎来到厄加勒斯——非洲最南端的城镇"。厄加勒斯小镇十分空寂，临海处一栋栋别墅样建筑大多房门紧闭，主人们只有到假日时才来这里小住。公路在这里终止，再向前行便只能踏着碎石走了。大海总能撩起人的一腔热血，何况是来到了非洲大陆的最南端。我急不可待地跑到那块位于东经 20 度 2 分、南纬 34 度 51 分的地方，寻到了那块嵌在大小石块中的青铜标志牌。标志牌上用旧南非的两种官方语言阿非利加文和英文标明着："厄加勒斯角——你现在身处非洲大陆最南端点"。

青铜标志牌上铸有一艘凸起的帆船。就像有人到了好望角后跪在地上四面扬沙以求吉祥一样，这艘帆船上那两面鼓起的风帆已被游人摩挲得露出了亮亮的绛紫铜色——来自天南地北之人以同一种方式暗祷各自的生活之路"一帆风顺"。

我翻阅了不少文献资料，发现关于厄加勒斯角的历史记载竟仅有寥寥数语。比较一致的说法是，1488 年 5 月 16 日，迪亚士率领的葡萄牙探险船队从大鱼河返航途中经过了非洲大陆最南端。迪亚士当时将爱尔兰圣徒布伦丹的名字送给了这个海角。就像迪亚士命名的"风暴角"最后被改成了"好望角"一样，"圣布伦丹角"最后也被改为厄加勒斯角。厄加勒斯在葡萄牙语中意为"罗盘磁针",此名源于一个有趣的现象:航船每到非洲大陆最南端这个海角时,罗盘的磁针总是没有一点偏角地指向正北方。如今,除了"罗盘磁针角"这个名字,非洲大陆最南端处再也找不到迪亚士和他的葡萄牙航海勇士们留下的任何印记。回首望去,不远处高坡之上的一座灯塔算是此地最为醒目的人工建筑。1849 年 3月 1 日,这座灯塔第一次向在茫茫洋面上夜航的船只燃起指路明灯。如今,灯塔所在之处已被改建为非洲大陆唯一的灯塔博物馆。

　　较之其它的海滨胜地,这里没有铺满细沙的平缓海滩,汹涌的海浪无情地拍打着岸边一排排突兀狰狞的怪石,怪石上一道道深深的沟槽便是亿万年来海浪轮番扑击的印痕。面对一浪高似一浪的滔滔大洋水和难掩一身傲骨的嶙峋巨石,人们再也难以无动于衷。斯时斯地,有多少人久久地、久久地向远方凝望……

"海角之城" 开普敦

从空中俯瞰,禁不住慨叹大自然的鬼斧神工:1087 米高的桌山扇面一样舒展开怪石嶙峋的身躯,挡住了大西洋和印度洋自背后袭来的风雨。左右两条余脉就像桌山前伸的手臂,修长的左臂被称为狮头峰和信号山,粗壮的右臂则是险峻的魔鬼峰。桌山前拥海湾,背倚半岛。海湾因桌山得名桌湾;桌山身后的开普半岛顶端便是令人魂牵梦萦的好望角。在桌山宽厚的怀抱之中,偎依着一座风光无限的城市,这就是意为"海角之城"的开普敦。

南非人称开普敦为"母亲之城",整整一部南非现代史便是在这里写下了第一章。自 1488 年葡萄牙航海家迪亚士首次发现好望角之后,绕过好望角前往东方的船只日益增多。为了使过往船只能够得到新鲜食品供应,荷兰东印度公司决定在桌山脚下建立一个生产基地。1652 年 4 月 6 日,荷兰海军军官范里贝克带领约 90 名欧洲移民在桌湾登陆。这些欧洲白人在桌山脚下建立的永久定居点既标志着开普敦的诞生,也从此演绎出了欧洲移民与非洲土著人之间长达 3 个世纪的种族冲突史。

　　如今的开普敦是一座彩虹般绚烂的都市。早期荷兰移民的赭色建筑仍在喃喃诉说着创业的艰辛；体现维多利亚和爱德华七世时代风格的建筑留存着大英帝国治下开普敦殖民地的余韵；马来居民区的平顶房和清真寺展示着 300 年前作为奴隶被运到南非的东方人后代如何顽强地保持着自身的文化传统。在更为现代化的建筑群体中，格鲁特·苏尔医院的白色楼群总是备受关注，世界上第一例成功的心脏移植手术于 1967 年在这里完成。当然，开普敦最引人注目的建筑还是南非议会大厦。自 1885 年始，那里相继成为开普敦殖民地、南非联邦和南非共和国立法机构所在地。开普敦作为南非"立法首都"的由来即在于此。多少年来，那幢并不太高大的议会大厦常常是南非政治生活的焦点。1996 年 2 月，议会大厦对面大楼的整整一面墙被改成了一幅巨大的壁画，画面以拙朴的笔法生动地描绘了南非争取民主的艰难历程。

　　南非议会大厦身后的政府街是开普敦精华荟萃之地。诸多图书馆、博物馆、美术馆点缀在绿阴如带的小道两旁。百花盛开的"公司花园"原本是第一批欧洲移民来到南非后开垦的菜园所在地。"公司花园"对面那幢白色的雅舍是南非总统办公楼。曼德拉总统常常在办公楼外的草坪处为来访的贵宾举行欢迎仪式，然后信步走到临街的铁门前与观望的人们寒暄交谈。也就是在那里，他第一次向南非人民公开了他与格雷萨·马歇尔夫人的恋情。政府街的街口处坐落着著名的圣乔治大教堂。诺贝尔和平奖得主图图就是于 1986 年 9 月 7 日在这里成为南非第一位黑人大主教。1989 年 9 月 13 日，图图大主教从这里带领 3 万群众进行反种族主义大游行时首次喊出了"我们是彩虹人民！"的口号，如今"彩虹国家"几乎成为新南非追求种族平等理想的同义词。

维多利亚及阿尔弗雷德海滨乐园如今成了开普敦的必游之地。那里原是开普敦旧港的所在地，因英国维多利亚女王次子阿尔弗雷德于 1860 年在彼处主持码头动工典礼而得名。在这个濒临桌湾的海滨乐园中，人们可以啜着美酒，抬头远望桌山风云变幻，低首近观大西洋万顷碧涛。然而，我在海滨乐园最为留意的还是那座 5 号码头旁的灰色小楼。那里原是罗本岛监狱的陆上门户。当年，包括曼德拉在内的囚徒便是从那里被押运至位于大西洋中的罗本岛监狱。自 1997 年始，罗本岛监狱改为向公众开放的博物馆，越来越多的各国游人得以亲赴罗本岛，感悟那段尚不算久远的南非历史。

或许是浩瀚的印度洋和大西洋共同滋养的缘故，开普敦人有着开朗、乐观的胸怀。每年 1 月，开普敦民众都要举行为期两周的新年狂欢节。狂欢节期间，开普敦街头到处是头戴巴拿马草帽、撑着小花伞、脸上涂画着俏皮油彩、身着或粉红或嫩绿或天蓝艺装的人们。开普敦普通百姓的生活远非万事如意，但他们以这种已有上百年历史的特有方式反讽着人间的阴暗，歌唱着生活的美好，寄托着对未来"好望"的希冀。

桌山巡礼

　　山不在高，美在奇绝。南非西南端风情妩媚的"海角之城"开普敦，前拥波光粼粼的大西洋海湾，背枕一座乱云飞渡、形似巨大长方体的奇山。不知是哪位前人触景生情，直白名其为"桌山"。

　　人们常说，开普敦是南非最古老的城市，然而没有桌山便没有开普敦。海拔1087.1米的桌山就像端坐在大西洋岸边的历史老人，是南非340年现代史最有权威的见证者。15世纪末，葡萄牙航海家在发现了绕过好望角通往东方的航路后，来往于这条航线的船只日见增多。桌山对面的海湾因桌山得名为桌湾，那里有天然良港，因此，对于在风浪中长途劳顿的海员来说，望见桌山就像看到福地一样兴奋不已，那时的船长故常将美酒、金币或其他贵物奖赏给第一个看到桌山的人。17世纪中叶，荷属东印度公司决定在桌山脚下建立一个为过往船只提供食品和淡水的永久落脚点。为完成这一使命，1652年4月6日，约90名荷兰移民在范里贝克的带领下在桌湾登陆，随后定居在桌山山麓，成为来到南非的第一批白人。随着白人的不断移民、拓荒，其中不乏对当地黑人的征伐劫掠，那些零星的定居点逐渐发展成了南非第一座城市开普敦。现在的南非人常常将开普敦称为南非的"母亲之城"，而将云遮雾罩的桌山比喻为开普敦"头发灰白的老父亲"。

　　每年夏天（10—3月），挟带着大量水汽的东南风被桌山拦住后迅速高升，在山顶冷空气的作用下，一下凝结为翻卷升腾的云团，然后就像厚厚的丝绒将桌山自半山腰齐刷刷地覆盖起来，蔚为壮观。关于桌山之云还有一个久远的有趣传说：一天，一个名叫范汉克斯的海盗在桌山附近和一个魔鬼相遇后，他们便在一块马鞍形岩石旁一边吸烟斗，一边攀谈起来。那天情绪不错的魔鬼向海盗透露说，山上有一个为赎回罪孽的魔鬼保留的温暖洞穴。准备改邪归正的海盗灵机一动，提出与魔鬼进行吸烟比赛，谁赢了那个温暖的洞穴就属于谁。他们的竞赛一直延续至今，因此桌山上总是云雾缭绕。为什么冬天没有云了呢？那是因为魔鬼和海盗现在都年事已高，在阴冷潮湿的冬日暂停比赛。

　　葡萄牙航海家德萨尔达尼亚是有文字记载以来登上桌山的第一人。1503年，为了弄清桌湾的确切位置，他带领一些海员顺着斜裂的峡缝攀上了山顶。1927年12月，在挪威工程师斯特罗姆索的倡议下，人们开始修建桌山架空索道。1929年10月，这条长1220米的索道正式投入使用。游客们借助索道的缆车只需5分钟便可抵达山顶。这短短的5分钟也是一次令人难忘的经历。随着登山缆车吱吱嘎嘎不断上升，刚才还热得冒汗的人们竟逐渐冷得哆嗦起来。脚下乱云流烟，面前不断晃过面目狰狞的峭壁危岩，时见坚毅的登山者顺着岩缝奋力高攀。在桌山山顶之上，一览无余的开普敦已经浓缩得像是一块五颜六色的拼图板。距开普敦 11 千米的大西洋海面上，影影绰绰地显露着一个面积不大的小岛，就是罗本岛。南非黑人领袖曼德拉 27 年铁窗生涯中的绝大部分光阴就是在那里度过的。

在桌山山顶徜徉，忽见一个标明世界主要国家和城市的方位盘。我急忙寻找故土的方位和距离，只见盘上标明"北京：12 946 千米"。顺着箭头的方向极目远眺，神越万里关山，一缕乡愁悄然袭上心头。

酒乡　酒窖　酒桶

　　好望角的风光令人神往，好望角的美酒令人陶醉。南非开普半岛和开普敦以北丘陵地区铺满了翠绿地毯般的大葡萄园，处处是酒乡。荷兰人范里贝克率第一批白人自桌湾登陆定居南非近7年后的1659年2月2日，范里贝克带领手下人开始制造南非第一批葡萄酒。百年以后，南非葡萄酒已享誉欧洲。据说，法国大帝拿破仑嗜饮南非"康斯坦西亚"牌葡萄酒，以至提出死后也要在身边摆上几瓶"康斯坦西亚"。

　　距开普敦东北几十千米的小城帕尔市更是山清水秀，酒香四溢。这个意为"珍珠"的小城之所以闻名，不仅在于她是掌握南非全国酒业生产、销售和出口协调大权的"酒业生产合作社"总部所在地，更因为这里坐落着一个世界上最大的酒窖。

　　这个属于南非"酒业生产合作社"的大酒窖占地22公顷，窖藏1.2亿升、100余种美酒。在专门酿藏雪利酒的窖内，导游介绍说，从前，全世界的人都认为只有西班牙小城赫雷斯能够生产雪利酒，因为那里的水土得天独厚。20世纪30年代，专门研究酿酒技术的尼豪斯博士在南非的葡萄园中发现了可以制造雪利酒的菌株，才如梦方醒，发现这里的土壤、气候、日照、无霜期都与赫雷斯相似，就连纬度都很接近，只是一北一南而已。1937年后，南非用与西班牙完全一样的酿造方式生产出了雪利酒。在另一个酒窖内，导游指着插有标明种类、产地和酿期牌子的酒桶说，较之白葡萄酒，红葡萄酒的酿期要更长些，其身价也与酿期成正比。"这里窖藏最久的是1939年生产的红葡萄酒，"她说，"这些被称为'珍藏品'的酒现在已不再出售。有贵客来时，我们才灌满一瓶作为特别礼物送给客人。"

在一个空旷的水泥平台中央，主人说我们的脚下排列着约1000个水泥或不锈钢大酒罐，每个酒罐储酒量约6万升。但通览整座酒窖，我还是对别具趣味的各式酒桶情有独钟。这里的酒桶大多用栎木制成，但南非的栎木因气候太暖生长过快而气孔太多，因此，只好从法国和美国进口栎木制桶。整个酒窖内最老的酒桶是可储酒2.2万升的"大比尔"桶，迄今已有149年的历史。这个酒桶的名字来自"酒业生产合作社"第一任总经理、身材高大的比尔·米勒。据说比尔先生总是同家人在一起，因此人们把一个个头小些的酒桶放在左边，起名为"比尔夫人"桶，另一个更小些的放在右边，那便是"比尔儿子"桶了。

论起个头，这个酒窖中还有一项载入吉尼斯纪录的世界之最，那就是"5个摆在一起的世界最大酒桶"。5个桶中最大的那个可盛酒 207302 升，最小的也可盛 202301 升。有人算过，如果一个人每天从酒桶中打出一瓶酒喝，他要喝 750 年才能将一桶酒喝光。这 5 个酒桶是葡萄牙人 1935 年用红杉木制成，在葡萄牙用了约 10 年后由南非人买了过来。运桶之时，葡萄牙的制桶匠人先将桶身分解拆下，到南非后再重新组装在一起。完工之时，匠人们欢聚一堂，30 对舞伴在最大的酒桶之上跳了一个通宵。但请注意，论个头，在德国还有两个更大的酒桶。一个在海德堡，可盛酒 22.6 万升，但现在已因为严重渗漏无法使用。另一个看起来可盛酒 150 万升的酒桶其实是一座餐馆。

在"大教堂酒窖"内，两排大酒桶都成了一件件木雕艺术珍品。"大教堂酒窖"的说法来自荷兰诗人安东尼。当年，当他走进这个拱顶大酒窖后，冲口感叹曰"这真像一座酒的教堂"。1969 年到 1970 年，从德国来的卡尔父子将南非制酒的历史雕在了两边的大酒桶上：1655 年，第一批葡萄藤由荷兰东印度公司带到开普；1688 年，在本国遭迫害的法国胡格诺派教徒来到南非，他们带来的葡萄栽种和酿酒技术为南非制酒业做出了巨大贡献；1918 年，在科勒博士的倡议下，成立了如今已有 4700 个成员的"酒业生产合作社"……

很有经营头脑的主人最后一个节目是在一条长桌上摆出 7 种美酒，稍加解释后便请客人依次品尝，让客人带着酒香离开酒乡。

菲洲大陆唯一核电站

南非"海角之城"开普敦以北 27 千米处的大西洋岸边，有两座 50 多米高的钢板混凝土拱顶型建筑物，这就是南非乃至整个非洲大陆上唯一的核电站——库伯格核电站。

库伯格核电站公关部经理邦尼先生首先带领我参观了介绍南非核电发展历史的展览馆。展览馆内一行大字格外醒目："为增长和繁荣提供世界上成本最低的电力"。邦尼说，南非水源极为缺乏，只有 4 个在用电高峰时才启动的水力发电站；火力发电站又集中在北部的德兰士瓦地区。鉴于南非铀蕴藏量丰富，为了从根本上解决西开普地区电源问题，经过 10 年调查和研究，南非于 1976 年 6 月开始在这里利用法国核电技术建造一座水压式核电站。一号机组于 1984 年 4 月 4 日开始发电，2 号机组也于次年 7 月 25 日投入运行。两台机组发电能力约为 184.4 万千瓦，可满足南非全国用电需要的 8%。

核电站的安全问题最令世人关心。为了表明库伯格核电站从设计建造开始便高度重视安全问题，邦尼特意带领我下到有着一排排支撑墩的 10 米深地下基础处。他上下指点着说,在地下 20 米深的基岩上是 6 米厚的沙土水泥地基,接着又打上两米厚的混凝土地基,然后是 1829 根混凝土支撑墩。每根墩上都有一层起着减震作用的强力氯丁橡胶衬垫。支撑墩的上方为整体浇筑的 3 米厚混凝土层。核反应堆地上建筑周围是一层 1.8 米厚钢筋混凝土的环形防护罩。根据设计,整个地基结构可抗里氏 7 级以上地震;地上拱顶巨型建筑也异常坚固。此外,利用先进技术直接提取大西洋海水做冷却用水是库伯格核电站一个特点。电站共有 6 个每秒泵水 20 立方米的巨大水泵。

偌大的库伯格核电站内竟难得见到工作人员,各个生产环节区内整洁、有序,其规范化管理给人留下了深刻印象。库伯格核电站总经理亨德森先生在与我谈到管理问题时强调说,关键是要确保从上至下,各个环节上都有明确细致的分工,每个岗位上的人必须对各自的职责一清二楚。责任明确了,还要辅之以坚持不懈的监督措施和令行禁止的管理机制。"人的问题太重要了!"这位总经理说。为此,对工人和各级管理人员进行定期培训便成了管理工作中的重要内容。

核电站的环境保护问题一向极为敏感。除有专人监视电站周围 16 千米内自然环境、确保其符合国际标准外,1991 年 10 月,库伯格核电站所在的 2200 公顷地区还被宣布为自然保护区。南非核废料堆放场建在开普敦以北 600 千米的纳马夸兰地区的瓦尔普茨。

在这片极为干旱、荒凉的土地上有一个 10 米深的大坑。装在筒状钢筋混凝土容器中的核废料就被定期拉到那里埋在坑中。南非核电专家认为，库伯格核电站的生产寿命至少还可保持 30 年。

化煤为油的地方

　　南非萨索公司是目前世界上唯一能够大规模从煤炭中提取液体燃料并能商业化盈利的企业。这家公司最大的合成燃料厂坐落在约翰内斯堡市东南 150 千米的塞孔达。那天，我在萨索公司公关部经理阿方索先生的陪同下参观了这家化煤为油的大型企业。

　　南非是一个煤富油贫的国度。据官方出版的《1995 年南非年鉴》介绍，南非煤炭储量约 553 亿吨，占世界煤炭储藏总量的 11%，在世界上排名第 5。早在 20 世纪 20 年代末，南非议会就在一份白皮书中提出了从煤中炼油的设想。1947 年，南非议会正式通过一项法规，筹建一家从煤中提取油的公司，并于 1950 年建立了萨索公司。1955 年，该公司建在奥兰治自由邦省北部萨索堡的第一个合成燃料厂从煤炭中提炼出了第一批燃油，1960 年后，公司开始盈利。阿方索先生介绍说，20 世纪 70 年代发生的两次世界性石油危机迫使南非加快了化煤为油的建设步伐。萨索公司自 1975 年开始在塞孔达建造一座比第一个合成燃料厂规模大 10 倍的新厂；1982 年又在紧靠新厂处建造了另一个同样规模的工厂。

　　萨索公司拥有 7 座煤矿，年采煤量为 4100 万吨。合成燃料厂之所以建在此地，是因为这里有一个 90 千米长、30 千米宽、平均厚度为 3 米的大煤层，其储量之丰至少可供萨索公司所属煤矿采至 2060 年。进入塞孔达合成燃料厂后，便见 6 座巨大的冷却塔悠悠地吐着白气，密如蛛网的罐、管、塔千丝万缕般织就了一幅现代化企业的立体彩画。

　　塞孔达合成燃料厂公关部主任豪斯先生带领我参观。"从煤中炼油的技术来自德国，这一技术被称为费希尔-特罗希法。"豪斯介绍说："它是以在 20 世纪 20 年代作出此项发明的两位科学家名字命名的。"他说，煤中取油的整个化学生产过程分为由煤变汽和由汽变油两个步骤：煤炭经过筛选后与氧、蒸气一起送入炉中，在 30 个巴（压强单位）的压力下气化，再将经过纯化主要含有一氧化碳、氢和甲烷的气体送入费希尔-特罗希反应器中进一步加工，其中工艺的关键在于两位科学家所发明的一种特殊的催化剂。经过催化的气体成为主要含碳氢化合物和氧化物的新气，最后经过冷却等工序，气体便液化成油。

　　在一座 37.8 米高、直径 8 米、1025 吨重的高大罐状塔前，豪斯先生说，萨索公司的这家合成燃料厂之所以能够在世界同类企业中独占鳌头，重要原因是不断进行技术革新。眼前这座去年 6 月才投产的高塔就是萨索公司经过 13 年的研制后，近来取得的最重大技术革新成果——一个将天然气转化为汽油、煤油和柴油的新型反应塔。与老的管式设备相比，这一新技术具有建造方便、成本低廉、传热和温度控制功能更优、生产能力大幅提升、产品质量更高等优越性。反应塔使用萨索公司经过多年研制后被认为迄今为止最优化的分馏催化剂，这种催化剂现由萨索公司自产自用。

阿方索先生补充说，利用这种新技术生产出的液体燃料每桶成本约 10 美元，但因其产品质量高，如柴油中不含硫、煤油少烟等，所以这些产品的市场价格比一般油价高出 20%。现在，萨索公司每日生产的合成液体燃料达 15 万桶，已占南非消费总量的 31%。除了继续从煤中提取液体燃料外，奉行多样化生产战略的萨索公司正在越来越多地关注生产高纯度石炭酸液、各种特殊工业用蜡等高附加值化工产品领域。萨索公司生产的各类化工产品达 130 余种，其中一些产品已出口到包括中国在内的国际市场。

布隆方丹之行

抵达布隆方丹时，夜幕开始低垂；待到下榻安顿后，不到 30 万人口的小城已被包裹在浓浓的夜色中。

虽然布隆方丹的规模在南非城市中仅位居第六，但她除了地理上处于中枢要地，历史上也占有一方显赫位置：依靠牛车阵左突右击的早期布尔人曾在此建立奥兰治自由邦共和国，它至今仍为自由邦省首府；被列宁称为世界帝国主义战争伊始标志的英布战争曾使这里变为一片焦土；现已成为主要执政党的南非非洲人国民大会 1912 年诞生于此；自 1910 年以来，这座城市便是南非的司法首都。

夜色中的小城极其静谧。所有店铺都已打烊，只有一家药品杂货店的大门仍敞开着。走进小店后，除了站在柜台后敲打计算机的白人老板，店内别无他人。我俩便开始就本城状况、生意情形、社会变化等攀谈起来。谈至投机处，这位名为洛吉德的先生谈锋一转："在海军山顶看布隆方丹的夜景极美，9 时 30 分下班后我开车带你转一转。""你的店门上不是写着晚 10 时才打烊吗？"我问。

"我今天为你提前关门。"

在向海军山进发的途中，洛吉德指着路旁的建筑物介绍说，这座哥特式建筑是"老格雷学院大楼"，是本城最古老的学校。真巧，那里面正在举行历届校友聚会；一条不长的小街上聚集着24家餐馆，还有中国餐馆呢，但味道可能不大地道了。海军山是一个可以俯瞰布隆方丹全城的小丘。站在山顶凉飕飕的夜风中赏过布隆方丹的万家灯火后，年过半百的洛吉德又在山顶小路上开车转着想寻找野生动物给我看。原来，小山周围还是一个有着羚羊、斑马和长颈鹿的自然保护区。

还没有用晚餐的洛吉德先生似乎决意要在最短的时间内向我更多地展示出小城的精华。他把车停在了一个人声鼎沸的体育场旁。恍如白昼的绿茵场上，来自开普敦的板球队正与东道主进行激烈的争夺战，喝彩声与叹息声此起彼伏。这是本城今晚最重要的事件，连电视台也在进行现场直播。体育场的正面建有包厢式的室内看台，本城有身份的人物都在那里占有一席之地。洛吉德先生带着刚刚相识的我进入一个个包厢，将我分别介绍给当地最高法院大法官、首席律师、报纸主编和银行经理。这些布隆方丹的知名人物以各种方式对来自中国的客人表示了友好。这意想不到的经历使我从内心对洛吉德先生涌出感激之情。为了多少表达出这份感激，我在他略显冷清的小店中买了几样东西。回到住所时才发现，他在每样东西的价钱上都打了折扣。

　　第二天便是周末。市中心清静得难见人影。此时走在那条最有历史韵味的"布兰德总统大街"上，能够从容地观赏第四议会大厦、老总统府和市政厅等载满轶事的建筑。布隆方丹之所以被称为南非的司法首都，就是因为第四议会大厦对面矗立着南非最高上诉法院。由于是周末，法院已不对游人开放。抱憾之际，法院大门中步出一位白人大汉，石柱般立在高高的台阶上向下张望。我灵机一动，走上前去说明来意，询问有无入内参观的可能。大汉略一思忖后答道："好吧，我带你参观参观。"随后，他又急忙补充说："我这可是破例了！"

　　名叫温斯顿的大汉是这里的保安负责人。他楼上楼下地带领异国客人参观最高法官们做出最后裁决的会议室、摆满世界法律经典的图书馆和3个不同等级的审判庭。令人惊讶的是，偌大一个全国最高法院的审判庭竟小得不成比例，供公众旁听的长椅上最多可坐20人。"这里是太小了，我们正准备在那边盖一个更大的法院。"温斯顿指着窗外解释说。戈德斯通大法官的办公室引起了我强烈的兴趣。这位大法官所领导的调查委员会曾在南非刚刚经历的社会变革中发挥过独特的司法作用。现在，戈德斯通大法官又被国际司法界请去参与为前南斯拉夫内战纠纷中的当事人定个说法。"我曾专门为戈德斯通先生做杂事，"温斯顿说，"我觉得他是个好人，但有很多人恨他，我真不知道是为什么。"我说，法官的天职是铁面无私地裁决是非，而铁面无私从来都是要招来非议的，这或许是原因之一。温斯顿点头称是。

布隆方丹意为"花之泉"，另有"玫瑰花之城"的美称。此行确实令人感到一种欣幸，但那多半在于遇到了两位热心人。

"卡利南"钻石的故事

　　"卡利南"钻石至今仍是世界上已发现的最大钻石，重达3106克拉。为了亲眼目睹当年出土这一巨钻的矿井，我来到了卡利南小镇上的普雷米尔钻石矿。

　　在有35年矿上工作经验的伯雷尔先生的引导下，我们乘罐笼疾风般地下降至地下763米处的巷道口。这是一个经过精心设计和施工的地下世界。宽敞的巷道内，水、电、油、气等密如蛛网的管道梳理得井井有条，500辆载重汽车终年在这地下世界里蜜蜂般忙碌，为发生意外事故时预备的防护洞内阔绰有如厅堂。开采后的矿石被一列列矿车和卷扬机逐级载往地面。较之一些南非金矿，这座钻石矿内要整洁舒适得多。一位曾在金矿井下干过多年的白人老矿工在谈起两者的差别时说，钻石矿当属"绅士矿"。在这块有着17亿年管状矿脉生成历史的地方钻井掘矿是1947年以后的事情。在此之前，人们都是从露天处向下挖掘，矿区地面上至今留有一个面积达32公顷的大洞。"位于金伯利的露天矿坑是世界上最大的人工大洞，"伯雷尔解释说，"而这个曾动用机器挖掘的矿坑还要比那个洞大约 5 倍，其面积堪称世界第一。"

人们在矿井下看不到一丝钻石的光芒，填补这一缺憾的去处便是矿区内特设的"钻石大厅"。大厅内的柜台中，展示着多枚著名钻石的复制品。它向人们介绍，将一颗钻石切割成 58 面的 9 个步骤。最后，它以图表资料告诉人们，自 1903 年以来，人们已从这块土地中挖掘出了近 1.2 亿克拉钻石。这里出产的钻石质量极佳，全世界迄今发现的超过 400 克拉重的大钻石中有 25% 产于此地。当然，最有名的还是那颗"卡利南"钻石。但那块被摆在展台醒目处的"卡利南"钻石是一块逼真的复制品，而真正的"卡利南"钻石早已被切割成碎块，只有它那被发现的传奇经历被到处传诵。

一生只求和平务农的威廉·普林斯罗 1889 年以 700 英镑的价格在埃兰兹方丹买下了一个 699 公顷的农场，他将自己的牛群放养在那里。他的儿子小威廉与其他孩子都曾在那里捡到过一些"闪亮的石头"，最后被鉴定为钻石。有钻石的地方一定有钻矿，这一念头令身在约翰内斯堡的业余勘探者托马斯·卡利南兴奋不已。但无论精明的卡利南想出何种计谋诱惑，普林斯罗这个倔老头手持猎枪终日坐在田头，就是不肯出售农场。1898 年 8 月，普林斯罗去世后，耐着性子等了数年的卡利南终于以 5.2 万英镑从普林斯罗后人的手中买下了农场，又于 1902 年 12 月正式注册了普雷米尔钻石公司。

1905 年 1 月 25 日下午 5 时，一名黑人借着夕阳发现距地面 12

米下的矿坑内有一块不同寻常的小石头。他叫来了白人矿监弗雷德里克·韦尔斯。在用小刀从坑中挖出这块宝石后，韦尔斯急不可耐地跑回办公室向大家报告这一发现。据说他的同事闻后将宝物随手丢出窗外，说那不可能是一块钻石。远在约翰内斯堡家中休闲的卡利南接到电报后也说，他们发现的可能是一块水晶。当正式鉴定报告说那真是一块钻石后，43 岁的卡利南立即让人做了12 件复制品送给亲朋，随后又在约翰内斯堡举办了一个极为豪华的庆祝公宴。这枚钻石在约翰内斯堡首次公展后的 25 分钟内，3000 张门票被一抢而光，另有 5000 人被挡在门外。

这一发现震惊了世界。暴富起来的卡利南此时头脑仍不失机敏。他虚张声势地为将钻石送到英国作了极为详尽的计划安排，暗中却将保险后的钻石放入一个普通挂号邮包内悄悄寄出。在经过激烈的争论后，南非德兰士瓦政府决定以 15 万英镑买下这枚巨钻，然后于 1907 年 11 月 9 日作为生日礼物送给 66 岁的英王爱德华七世。次年，英王授命阿姆斯特丹的珠宝巨匠约瑟夫·阿舍尔切割这颗钻石。为此，英王也耍了一个小花招：当一艘戒备森严的英国皇家海军护卫舰煞有介事地护送着"钻石"前往阿姆斯特丹时，阿舍尔的弟弟亚伯拉罕怀揣真物，悄悄地渡过了英吉利海峡。在巧匠阿舍尔的手中，这枚钻石被切割成了上百块精品，其中最大的 530.2 克拉重的"非洲巨星钻"被嵌在"大英帝国君王权杖"上，另一枚 317.4 克拉重的"非洲大星钻"镶在了英王王冠之上，这两颗最为著名的宝钻至今仍在伦敦塔中长年展出。

卡利南本人后来成为托马斯爵士，那颗钻石和那块地方均因他而得名。矿监韦尔斯因此获得了 2000 英镑的奖金，普雷米尔矿大门口的一段矮墙上至今嵌有一块纪念牌，那上面记述着"卡利南"钻石被发现的轶事，但发现者已被写明为"韦尔斯"。那个真正第一眼发现这块瑰宝的黑人呢，听说事后赏给了他一匹马、一副马鞍和一套马勒，之后便再也没有了他的消息，人们至今都不知他姓甚名谁……

"钻石之城" 金伯利

南非是一个因 100 多年前先发现钻石、后找到黄金资源而暴富起来的国家。要深入了解南非钻石开采业的历史，就不能不到"钻石之城"金伯利。

几乎位于南非中心点的金伯利是一座充满历史魅力的小城。小城中的不少景物都令人体味出这方土地与钻石间的特殊关系：以南非钻石业巨头名字命名的"哈里·奥本海默大厦"鹤立于小城建筑中。南非生产的所有钻石每天都要在这里进行分类拣选。由于拣选钻石必须使用自然光，这座大厦有整整一面的窗户全部向侧面倾斜，以防止阳光直接射入。这一保安措施极为严密的建筑至今不向公众开放。大厦旁边的"欧内斯特·奥本海默"花园内，有一组造型为 5 名矿工高举起一个滤钻圆筛的雕像喷泉。那 5 名矿工便象征着南非的 5 座钻矿。小城主要街道上最为醒目的是一种白底黑字的独特路标。那上面画着一个右手挂着铁锹、左手指示方向的白胡子矿工。老矿工的左脚下踩着一颗迸射着光芒的大钻石。

晨曦初露的时候，小城教堂响起一阵钟声，金伯利显得幽雅寂静。其实，时间倒退 100 年，当时还是一片荒野的这里曾扎满了觅宝人的帐篷，空气中弥漫着因发现钻石矿而燃烧起的疯狂、贪婪和嘈杂。在南非发现第一颗钻石的故事很有些戏剧性：1866 年 12 月的一天，常被人讥为"懒骨头"的范尼科克到距金伯利 120 千米的霍普敦走访德考克农庄的雅各布斯一家。早就有收集嗜好的范尼科克在一群孩子玩游戏的石子中发现一颗很不一般的细砾。这是小男孩伊拉兹马斯·雅各布斯在奥兰治河边捡的。雅各布斯夫人笑着说："看着喜欢就拿去好了"。范尼科克拿走的这颗石头，几经辗转，被住在格雷厄姆斯敦的地质学家阿瑟斯通博士最终确认为重 21.25 克拉的钻石。但这颗取名"尤瑞卡"的钻石当时并没有引起人们太多的注意。1869 年 3 月，又是那位范尼科克从格里夸地区一个牧羊人手中以 500 只羊、10 头牛和一匹马换取了另一颗大得多的异石。这就是那颗被命名为"南非之星"、重达 83.50 克拉的著名钻石。这一发现令当时的开普敦殖民大臣索锡爵士迫不及待地向全世界宣布："南非将来的成功就建立在这块石头上。"从此南非掀起了寻觅钻石的狂潮。

1871 年 7 月 16 日，一个名为弗利特伍德的探宝人在当时被称为"科尔斯伯格小丘"的地方发现了存在于原生火山岩脉中的钻石矿层。数以万计的掘宝人闻讯后蜂拥而至，先是挥锹抡镐，接着架起滑轮卷扬机，最后立起了高大的竖井。1873 年，这个迅速膨胀起来的城镇根据当时英国殖民大臣的名字改叫金伯利。到

1914 年 8 月 14 日，当最后一个掘宝人离开这里的时候，当年耸立着一座小山的地方已被挖成一个南北长 500 米、东西宽 457 米、深 215 米（其中水深 41 米）的大坑，成为当今世界最大的人工露天钻石矿坑。在长达 45 年的采掘中，人们在这个被称为"大洞"的矿中共清除土石方 2270 万吨；竖井深达 1100 米；采得钻石 14 504 566 克拉（合 2722 千克）。如今的游客在探头向"大洞"内张望之后，回过身来可以看到 3 个载满玻璃碴的矿斗车。旁边的说明牌上解释说，人们从这个"大洞"中采得的全部钻石的体量就相当于此。

经过十几年无序的疯狂竞争，最初来南非打算养病的英国人塞西尔·罗德斯，一番拳打脚踢后于 1888 年在金伯利成立"德比尔斯联合矿业有限公司"，奠定了此后大公司垄断南非钻石业的局面。历史翻过躁动的一页，"大洞"所在地如今已成为金伯利露天钻石矿博物馆。小火车、大矿斗、低檐屋、高井架、各类店铺、全套家什，每一样都逼真地再现着这里曾发生的一切。为了让人们体验当年的场景，历史最为久远的"西部之星"酒吧仍在红红火火地经营着；1887 年开始运行的有轨电车在停开 38 年后，于 1985 年重新沿着从市政厅到"大洞"的线路叮叮当当地跑起来；人们可以花一美元买一桶碎石，放在拣选台上实习一下拣选钻石。有幸拣出带标记的彩色塑料块者，可以领回不同的奖品。

金伯利露天钻石矿博物馆内最吸引人的还是那座"钻石大

厅"，展出着几颗全世界最为著名的钻石复制品：重达 3106 克拉的"卡利南"钻石是全世界迄今为止发现的最大钻石。1902 年，卡利南爵士发现了普雷米尔钻石矿。1905 年，在普雷米尔矿任矿监的弗雷德里克发现了这颗以"卡利南"命名的钻石。在由这颗钻石切割成的 105 颗饰品中，除至今仍镶在英王王冠上的两颗和分别为英国王室、南非第一任总理博塔家族拥有的 7 颗外，其余 96 颗的去向已无人知晓。1974 年，由一个叫马拉蒂拉的人在位于金伯利的杜多伊斯潘矿发现的一颗钻石重达 616 克拉。这既是在金伯利地区发现的最大钻石，也是目前世界上最大的一颗尚未切割的钻石。因为在金伯利的德比尔斯钻石公司的邮政编码数字恰巧与这颗钻石的重量一样，这颗钻石也就被人称为"616"。

在"钻石大厅"内，还有一颗不同寻常的钻石，那就是在南非发现的第一颗钻石"尤瑞卡"。1966 年即南非发现第一颗钻石整整 100 年后，南非花重金从国外买回了这颗已被切割为 10.73 克拉的黄色钻石，南非议会将这颗钻石长期借给金伯利钻石博物馆，放在"钻石大厅"内供公众观赏。这颗钻石下面的说明牌上写着："尤瑞卡"的发现"改变了南非的历史""推动了南非钻石业的建立，进而有助于建立我们今天所知的这一经济强大的国家"。

南非金矿脉的发现

自约翰内斯堡市中心沿"大矿脉大街"西行5千米，便到了"乔治·哈里森公园"。无人看守的大门两旁分别装饰着剪成日月星云和雷电彩虹等形状的彩色铁板。入门便下一个陡坡，四顾竟是一片荒野。左边一个尖顶廊檐下庇护着一台黢黑的老式捣矿机，前方铁栏的下面是一个裸露着岩层的矿坑和废弃的钭井，矿坑旁和钭井入口处簇簇枯黄的野草随风摇曳。名为公园，但游人难见。与不远处喧闹的约翰内斯堡相比，这里的点点滴滴掩饰不住一种凄怆。

然而，110年前就是在这里发生的一件事才魔幻般造就了高楼林立的约翰内斯堡，并使南非成为世界上首屈一指的"黄金国"。为了纪念发现金矿的乔治·哈里森，人们于1988年在约翰内斯堡东部24号公路旁树立起一座雕像：一个衣衫褴褛的人左手持一柄矿镐，右手高举一块矿石，从那张大喜过望的脸上，似乎可以听到"啊，这是黄金!"的欢呼。

澳大利亚人乔治·哈里森1886年发现南非金矿脉的故事很有

戏剧性。据载，这位来自大洋洲的淘金者不仅在本土狂热地追逐黄金暴发梦，还曾远渡重洋在美国加利福尼亚碰过运气，随后又浪迹至非洲大陆最南端。同许多淘金者一样，哈里森最初在南非的日子里不仅没有圆了黄金梦，还常常被一种貌似黄金的黄铁矿石所愚弄。被这种人称"傻瓜黄金"的矿石捉弄过几次以后，哈里森变得有些心灰意冷。1885 年年底，他决定与朋友乔治·沃克一起去巴伯顿再碰碰运气。或许是为了赚几个小钱，他在半路上停下来帮一家农场建造房屋。

1886 年 3 月第一个星期天的早晨，哈里森坐在农场内一座小山山顶向下张望。山下那座新建的房子就差铺上波纹铁屋顶了，哈里森计划当天就完成铺顶，然后向主人讨一瓶白兰地酒高兴一下。想着想着，他站起身来，快步向山下走去。没走几步，他便"扑通"一声被草下一块砾石绊得向前栽去。哈里森边骂边挣扎着站起身来，回身在草丛中捡起那块将他绊倒的石头向地上砸去。似乎还不解恨，他抬起脚来要将碎石踢向远方，但那只脚却不由自主地停在了半空，因为其中一块碎石正挑逗般闪烁着金光。哈里森条件反射地想到了数次令他扫兴的"傻瓜黄金"。"黄铁矿，你再也骗不了我了！"他大叫着。尽管如此，他还是捡起了那块矿石，斜对着阳光反复端详。他越看越激动，"上帝，这回真是黄金！"

他用手扒开草丛捡起另外的碎石，然后双手捧着矿石跑下山去。"你快来看看这个。"他激动地唤来淘金老友沃克。沃克将矿石从各个角度审视一番后，口中吹出一声表示惊喜的口哨。"我从来没有见过这样富的金矿石，你从哪里发现的？我们必须得到证实！"沃克边说边招呼哈里森拿上矿镐，两人兴冲冲地奔上小山，又从那个已露头的金矿脉上砸下一堆石头拿回房中。他们先用犁头和铁筛将矿石捣碎过筛，再将捣碎的金砂倒在一个长柄平锅内一遍遍用清水淘洗。当他们屏住呼吸将平锅内最后一点杂质和泥水倒出后，锅底处闪现出了粒粒真金。随即，便响起了一阵欢呼。

在此以前，淘金者虽然在南非也时有发现金矿，但那都是储量不大的冲积层金矿，而哈里森所发现的则是一条适合运用现代工业技术进行长远和大规模开采、且含金量极高的金矿脉。别具意味的是，曾狂热追逐黄金梦的哈里森在发现金矿脉后，并未因此变得富有。他在得到金矿发现者所有权、并用木桩将那一地区标出归属后，却发现自己根本没有开发金矿所需的资金，最后他以10英镑的价钱将这一所有权卖予他人。此后，人们只听说他又向巴伯顿方向云游而去，便再也没了消息。

哈里森或许没有想到，他的发现诱发了历史上又一次大规模淘金狂潮；绵延300千米弧形金矿脉的巨额利润还刺激爆发了1899年的第二次英布战争；仅用不到100年时间，黄金生产便泡沫般催化出了一座名为约翰内斯堡的大都市。

南非"黄金之城"

从南非约翰内斯堡史末资机场至市中心的公路旁，有一座引人注目的雕像：一位衣衫不整的勘探者左手持一把矿镐，右手高高举起一块含有块金的矿石；在昂首仰视矿石时，那张疲惫不堪的脸上现出大喜过望的神情。这座雕像描述的便是乔治·哈里森在约翰内斯堡发现金矿时的情形。

澳大利亚人乔治·哈里森 1886 年在南非发现金矿的逸事很有些戏剧性：他是在当时的兰格里格特农庄被一块露出地面的金矿石绊倒后才发现金矿的。与以往别人发现的冲积层采金地不同，哈里森发现的是一条 120 千米长的金矿脉。这一发现诱发了据说是历史上规模最大的淘金热。当年一片泥沼荒野，几处波纹铁棚屋的约翰内斯堡，100 多年后的今天已经发展为南非的最大城市。这座"黄金之城"附近绵延 500 千米的威特沃特斯兰德，是目前世界上最大的金矿区。南非多年来是世界上最大的黄金生产者，最高年产纪录是 1970 年的 1000 多吨，这一数字相当于 20 世纪以前任何一个世纪全世界黄金总产量的两倍。

　　距约翰内斯堡市中心 6 千米处有一座采竭后废弃的克朗矿，目前已被改造为"金矿城"游览区。在那里，人们除了可以通过当年的实物了解南非黄金生产的历史，还可观看浇铸金块过程，并到井下亲眼观察一下当年的工作环境。在南非的黄金生产历史上，确实有过一些惊人之举：威特沃特斯兰德地区有数个距地面超过3000 米的世界上最深的矿井。一些丰富的金矿脉上覆盖着 1260 米厚的大理石岩层，在这些岩层间淤积着大量的泥和水。为了采到金矿石，需要打通岩层，泵出大量的地下水，并向岩层内注入大量水泥，以塞住裂缝，堵住水流。西德尔方丹一个矿泵出的地下水曾足够约翰内斯堡全城人的饮用。1981 年 1 月，兰德方丹矿仅用了 31 天便打通了 1101.4 米隧道。现在，整个金矿区的隧道加起来超过了 1500 千米，比从约翰内斯堡到开普敦的距离还长。

　　在"金矿城"内有关南非黄金生产历史的介绍中，似乎有意忽视了一个重大事实：是成百上千万的黑人矿工用自己的血汗构筑起了这座"黄金之城"，而来自地下宝藏的巨大物质财富却至今掌握在少数白人手中。在南非采金业目前雇用的 50 多万人中，90% 以上是来自 50 多个不同部落的黑人。值得一提的是，在英布战争（1899—1902 年）结束后，为了加速恢复一度停产的金矿，一些中国劳工曾于 1905 年被运到威特沃特斯兰德矿区从事沉重的奴隶性劳动。

　　在克朗矿井井下 220 米处，一个手握风钻的黑人矿工作了工作表演。风钻一开，震耳欲聋，不少人急忙捂住耳朵。导游笑着告诉大家，当年的情形是，50多个工人在这只有一米多高的回采工作面上用6把风钻同时打眼，一干就是8个小时。参观完浇铸金块的过程后，主人把一方半块砖头大小的金块摆在大家面前，半开玩笑半认真地说，谁能用两个手指将这方金块捏起，金块便属于谁。自然没有一个人能做到。在这沉甸甸的金块内，沉淀着多少梦想与贪欲的竞逐、暴富与赤贫的反差，其中还凝结着不少炎黄子孙的血与泪。

在世界最深的黄金矿井

在一张写有"本人对参观期间可能出现的风险充分理解并自负其责"的协议书上签过字后，参观者们被领到更衣室，从上到下换上一身白色的矿工装束。除人手一盏矿灯外，主人还在每人的腰部挂上了一个万一出现不测时用的救生面具。随之，那个可载 25 人的升降罐笼待人们鱼贯而入后，便以每秒约 10 米的速度向地下冲去。黑暗中，借助几道四下乱晃的矿灯，可以看到每个人都在不时张大嘴巴，以便减轻不断鼓胀的耳膜难受劲儿。

这里是世界上距地面最远的南非"西部深井黄金矿区"。这一矿区的 2 号、3 号矿井分别深达 3581 米和 3597 米。我正在参观的 1 号矿井自 1996 年 1 月以来一直在实施一项掘深工程。根据这一耗资 2.22 亿美元的计划，至 2005 年，这个矿井将掘深至4117.3 米。

这一矿区为世界矿业巨头"南非英美公司"所有。该公司"黄金与铀矿部"负责人劳伦女士介绍说，在这个东西长 10.8 千米、南北宽 4 千米的矿区地下有两层金矿脉。目前正在开采的金矿脉距地面 1500 米至 3200 米，而另外一层含金量更多的矿脉则距地 2200 米至 4000 米。60 年代末，这一矿区每吨矿石可平均炼出 13 克黄金，而现在只能提炼出 4 克至 5 克。经过 10 年研究，南非英美公司决定斥巨资对较年轻的 1 号矿井实施掘深计划，其目标是将该矿寿命延长至 2026 年；每吨矿石获取黄金量将翻番为 10.1 克；据此可从该矿中多采黄金 475 吨，纯收入为 10 亿美元。

当升降罐笼风驰电掣般下冲约 5 分钟后，我们已抵距地面 2461.8 米以下的第 81 号巷道。"这一金矿掘深工程运用了一系列速度更快、成本更低和更为安全的先进技术。" 1 号矿井经理奥斯博恩先生在一台 450 吨重的垂直钻孔机旁介绍说："这台装有钨碳合金和工业用钻石钻头的机器可打穿最坚硬的岩层，其掘进平面面积直径可达 7 米，这也是创纪录的。"然而，这种钻机下钻之前，必须由矿工首先在矿井最深处岩层表面为钻头打出一条钻道。为了观看这一工作过程，我们在第 83 号巷道登入一个圆桶形垂直升降罐。在这个直径不足两米的罐内，共挤立着 10 余人。随着升降罐又一阵风驰般下冲，一种震耳的轰鸣声愈来愈强烈，地下喷出的水流变成滂沱大雨浇落下来，浑身即刻湿透。待升降罐停定后，我们强忍着令人心惊的噪音探出头来向下望去，眼前竟是一幅如此惊心动魄的场面：25 名身穿黄色雨衣的黑人矿工用身体压住电钻浑身颤抖着向下钻去。这里是地下 3447.3 米！在这 1 号矿井最深处，每班 25 名黑人矿工要在这轰鸣和喷流中一干就是 8 小时！100多年来，在世界名列前茅的南非黄金业的发展史上，不知洒下了多少人的血和汗……

从地下3000余米重回明媚的地面后，南非英美公司的专家回答了我的询问："在向地下4000米掘进中，最大的技术挑战是什么？"他们说，技术上必须面对的最大隐患便是在地层压力不断加强的情形下随时可能出现的岩爆和地震事故。为此，该公司的地质科学家首次在1号矿井内使用了他们研制的"数字式三维地震观测系统"，这一系统在一个月内预报岩爆准确率已达90%，在3天至4天内的预报准确率约40%。此外，特深矿井内的制冷技术也是一大难题。在地下4000米处，矿石表面的温度可达55摄氏度至60摄氏度。必须设法将地下回采工作面的温度降至27摄氏度左右，金矿采掘工作才得以进行。该矿正在运用以色列发明的一项"脱盐水"技术建立一座每小时生产72吨冰浆的工厂。生产出的冰浆将通过管道运至地下达到冷却效果。

百感交集话约堡

又要出外办事了。发动汽车后的第一个动作便是回手将四个车门全部锁定——这是任何一个在约翰内斯堡生活的人必须养成的习惯，也是最基本和最必要的自我保护措施。

约翰内斯堡，实在是一座令人百感交集的城市。

这座被简称为"约堡"的城市首先令人感到神奇。约堡市内维多利亚时代风格建筑与各种现代派建筑摩肩接踵，争相刺向蓝天；密如蛛网的发达的高速公路从市内向外辐射，车流如落瀑般在高速路上疾速倾泻；北、西、东三面郊区风景之优美、生活之奢华每每令欧美游客自叹不如。观看约堡城的最佳角度是从沿城南高速公路向城内眺望，那七彩云霞之下阶梯般错落有致的高楼大厦织就了一幅现代都市的风情画，此景每每令我心中怦然一动：要知道，仅仅在 110 年前，这里还只是一片荒原！

约堡城南路边时时可见一座座锥形或矩形的金矿渣山。与身边这座珠光宝气的大都市相比，这些仍旧泛着黄色的矿渣山显得太煞风景，但只有它们才最了解一个世纪以来约堡的暴富身世。

1886 年 3 月，澳大利亚淘金者乔治·哈里森在兰格里格特农场意外地发现一条金矿脉后，他按惯例赶到比勒陀利亚向官方管理部门报告这一发现，以期得到可以享受免税待遇的"金矿发现者所有权证书"。比勒陀利亚政府则派出约翰尼斯·里西克和克里斯琴·约翰尼斯·朱伯特两名专员前往视察，并宣布金矿脉两边的农场为公共采金地。当时的总统保罗·克鲁格随后派出私人秘书埃洛夫前往采金地附近，选中了政府拥有的"兰德亚斯兰格特"（意为"小山谷"）农场作为建镇地点。1886 年 12 月 8 日，经过测量的 980 块土地首次向公众拍卖，这座海拔高度 1763 米、日平均温度为 22.4 摄氏度的小镇，根据上述两位专员的名字被命名为"约翰内斯堡"。1928 年，约翰内斯堡被正式给予城市地位。

哈里森的发现诱发了据说历史上规模最大的淘金热。在黄金的诱惑面前，各种肤色的淘金人、投机客、冒险家、赤贫者潮水般涌到约翰内斯堡，人性中的善与恶、美与丑使这座泡沫般迅速扩大的城市，从问世时起便接连不断地上演着一出出反差极大的人间悲喜剧。徜徉在约堡市内大街上，至今仍可处处感到这种鲜明对比的反差：220 米高的卡尔通大厦号称非洲最高大楼，站在最高处的 50 层可以饱览约堡全景，目力所及之处，可以看到一片片低矮的铁皮贫民棚。已全部改为计算机运作的股票交易市场大厦内，跳动着南非经济活动的命脉，最直观地诠释着约堡为何被称为南非的"经济首都"。马歇尔大街 55 号是世界矿业巨头南非英美公司和德比尔斯公司的总部，那里的一举一动对世界黄金和钻石等矿产市场都会产生微妙的影响。而在这些高楼大厦的外面，则是一排排吵吵嚷嚷的小商品摊位和一群群游荡的黑人失业者。"城市大剧场"内出出进进着欣赏高雅艺术的男男女女，而不远处的希伯罗区则是一个集凶杀、贩毒、卖淫等所有罪恶于一身，令人谈虎色变的藏污纳垢之地。

新南非成立以后，政治暴力事件大为减少，而有着深刻经济、文化根源的社会犯罪活动大幅攀升，约堡城已成为举世闻名的"凶杀之都"。在这座城市里，已难见悠然自得的游人。除了正常工作日，约堡街头已不见白领白人的身影。这里发生过太多可怕的事情，乃至于最近官方为外国游客印制的所有约堡市旅游指南中都有一页醒目的提示："天黑后或街上无人时不要一人走在街上；夜间外出要坐出租车或乘私人汽车，要向声誉好的出租汽车公司租车；在街上不要拿照相机或佩戴贵重首饰；将贵重物品留在旅馆的保险箱内；在市中心行车时要关上车窗，锁上车门，车座上不要摆放任何手包；如果遇到抢劫奉劝你不要抵抗。"

约堡城在衰败，而约堡郊区则在不断膨胀。除了为数不多的大公司，越来越多的各国公司将总部迁到约堡郊区。一个个环境优雅、设施齐全的住宅小区、购物中心、娱乐场所依山傍湖地建立起来；一群群不同肤色、不同背景、不同境遇的社会团体自然而然地聚居在一起，又在重新编织着一张大约堡地区社会关系网。

南非一家报纸曾就约堡最好和最糟生活向读者发出调查问卷，最后的答案不无调侃，但亦不无道理：大多数读者说，在约堡的最好生活是住在没有犯罪活动的梅尔维尔区；邻居是纳尔逊·曼德拉；收听调频 5 台托尼·布莱韦特主持的节目；购物要到"选后付钱"的超市；把孩子送到圣斯蒂丝恩学校读书；周末带着全家到非洲博物馆、动物园湖、埃玛伦蒂亚大坝和格蕾丝山游玩。在约堡最糟的生活则是住在希伯罗区内一间公寓；邻居是温妮·马迪基泽拉·曼德拉；收听 702 电台约翰·博克斯主持的节目；周末到"黄金城"或朱伯特公园。

约翰内斯堡，一个光怪陆离、令人阅尽人间百态的城市。

约堡街头的"纪念墙"

自 1997 年 5 月以来，约翰内斯堡街头出现了一面不同寻常的"纪念墙"。

"纪念墙"位于进入约堡市内要道扬·斯马茨大街和恩派尔大街的交叉路口处。这原本是一面很普通的临街护墙，上面曾乱七八糟地贴满各种广告和被肆意涂鸦。现在它成了一幅充满着肃穆、令人平添几分沉重的画卷：77 米长的墙面被用不同颜色画满了大大小小的头像，他们都是这座"凶杀之都"犯罪浪潮的牺牲者，每一个头像下面都标明着他们遇害的日期。恰如掩饰不住他们对这个世界的留恋，每一个头像都在睁大着眼睛观望着依旧日出日落的约翰内斯堡，绝大多数头像的面部还露着美好的微笑。

一个星期天的早晨，约堡街头静谧得像是还未从睡梦中醒来。我独自一人来到了"纪念墙"前。一遍遍地与每一个头像的目光对视着，体味着那目光中透露出来的千言万语。他们中的一些人仅在两三个月前还同其他人一样沿着这条大街匆匆赶进约堡城。

97 个头像有着 97 个不同的故事。他们中最长者 82 岁，最幼者仅 5 岁。他们中有白人，有黑人，也有华人；有南非人，也有外国人；他们中有医生、商人、警察、学生和天真幼稚的孩子。他们的背景如此不同，但又同为社会犯罪的受害者。82 岁的休斯曾是南非体育界的名人，1939 年时，曾 3 次带领南非国家足球队到英伦三岛绿茵场上拼搏。犯罪者才不管你的历史有多么荣耀，在 1996 年发生的一次入宅抢劫中，休斯应声倒在犯罪者的枪下。61 岁的贝瑟海姆是南非一流经济学家，1997 年 5 月 1 日，在一次武装抢劫中遇害身亡。在此之前，他已 3 次经历类似抢劫。贝瑟海姆的遇害在南非工商界引起了极大震动。1996 年 11 月 3 日，75 岁的老妪伯恩丝正在家中给海外朋友书写圣诞贺卡时被犯罪者入室强奸后杀害，随后被丢进了院内游泳池中。5 岁的埃布希姆死于一次入室抢劫，他先被犯罪者用板球拍殴打数次，后被用一条毛巾勒死。1997 年 4 月 17 日下午，8 名武装犯罪者进入约堡市内一家批发店打劫，31 岁的莱韦为了保护他的父亲被抢匪开枪打死。

莱韦的不幸直接导致了约堡"纪念墙"的问世。莱韦死后，他的朋友们忍无可忍，找到了《星报》编辑部，要求以某种方式对这种残暴的犯罪行为予以曝光。作为一家大报，《星报》版面上每日可见关于此类犯罪事件的报道，并为社会犯罪问题组织过民意调查、上书陈言等多次活动。这一次《星报》的编辑们突萌一念，想出了在墙上画出死者头像以警醒政府采取有力行动打击犯罪的主意。南非是一个被严重社会犯罪问题扰得如坐针毡的社会。

这个多少有些新奇的想法一问世，便立即得到了响应。约翰内斯堡艺术基金会约 20 名学生欣然拿起画笔，将索得的受害者照片一一临摹为大大小小的头像。在这些无偿作画的学生们笔下，一面普通的街墙终成一幅凝结着愤怒、同情和哀痛的画卷。许多人在这面墙下献上了一束束鲜花，多愁善感的中小学生以此墙为题做出了诸多感人的诗篇。"纪念墙"的诞生产生了出乎预料的社会震动效应，《星报》的策划者们又再接再厉，于 1997 年 6 月后开始在位于索韦托地区的巴拉瓜纳医院围墙上组织绘制约堡第二面"纪念墙"。

然而，南非毕竟是一个光怪陆离的社会。就在笔者踏访"纪念墙"的当天下午，两位同为 22 岁的青年提着油彩来到墙前，他们涂去了墙上的一些画像，刷上了一幅即将举行一次"狂欢聚会"的广告，广告的主题词便是"享受今天"。面对众人的目瞪口呆，他们两人解释说，狂欢聚会会使人们更为振奋。肃穆遭到了调侃，《星报》的杰作被打了折扣，这面墙的命运也因此恍惚起来。但它毕竟表达过约堡人希望安宁生活的心愿。

南非华人：300 年的屈辱与抗争

3 个月来，我怀着一腔激愤读完了眼前这部难得的史书。

这是一部花了 9 年心血酿就的第一本详述南非华人历史的书。作者叶慧芬是第三代南非华人，她毕业于罗兹大学，曾从事新闻业。她的合作伙伴梁瑞来女士也是华裔南非人，现供职于金山大学图书馆。当 20 世纪 80 年代中期南非华人社团决定资助华人史实编纂计划时，叶慧芬和梁瑞来没有想到这一工作竟将花去她们生命中近 10 年光阴。"我曾怀疑自己能否完成这本书。"叶慧芬说。但南非华人的众望始终鞭策着她坚韧地走完这一感情激荡的寻根历程。成书前她曾与南非本地出版社联系出版，但均遭拒绝。最后，在香港大学出版社全力支持下此书得以出版。

南非曾是一个赤裸裸地以肤色决定贵贱的国家，华人在南非社会中一直是人数最少，也最鲜为人知之的种族社团之一。这些华人的祖辈为何万里迢迢来到非洲大陆最南端？他们在南非 300 多年血腥的种族冲突中处境如何？世代华人如何在这块土地上生存与发展？1996 年 11 月底，当这本名为《肤色、困惑与承认——南非华人史实》的新书面世后，人们对南非华人的诸多好奇与疑问才得到较为满意的回答。

本书作者告诉人们，自 1658 年开始，荷兰东印度公司将数千名所谓的囚犯作为奴隶，从印度尼西亚的雅加达送往南非，其中就有华人；自 18 世纪末，英国殖民当局陆续向南非引进廉价的华人契约劳工；自 19 世纪 70 年代后，鸦片战争后凋敝的民生和异国发现"金山"的诱惑，引得一批广东人陆续漂洋过海来到南非；1904 年 5 月至 1907 年年初，共计 63 695 名华工陆续被运到南非，在约翰内斯堡周围的金矿从事奴隶性的劳动，其中绝大多数人于 1910 年 2 月前合同满后便被遣回中国；20 世纪 70 年代以后，来自台湾与香港地区和祖国大陆的华人又一次较大规模地涌入南非，形成了一个更为多元化的华人群体。

300 多年来，这个肤色既不够白、也不够黑，人数也不够多的华人社团在南非受尽了歧视与压迫。早在 1891 年，奥兰治自由邦就通过一项法律，禁止华人在那里定居，任何途经那里的华人必须事先获得特许，特许的华人在其境内停留不得超过 72 小时。这一法律在近 100 年后的 1986 年才被取消。1904 年，开普地区英国殖民当局颁布了共有 36 款的《排除华人法令》，华人从事贸易、居留与旅行必须申请特许证件。这种被华人斥为"狗证"的证件上，必须有指印和被全身脱光后查验痣记的登记。在南非金矿中做苦力的华工受尽屈辱，每 20 名华工中便有一人命丧南非。残忍的南非狱吏甚至将被处死的华工头上那根辫子作为奖赏物。随着五花八门的种族隔离法律实施，华人孩子被赶出托儿所，遭车祸的华人被踢出医院，与白人通婚的华人遭到逮捕，一些招待会将应邀的华人拒之门外，进入决赛的华人学生被迫退出各种赛场……

在形形色色的屈辱面前，南非华人进行过种种抗争。面对英国殖民者关于"华人喜吸鸦片"的鼓噪，胡焕南等人曾于1890年在南非报章上驳斥，"如果说吸鸦片是邪恶的，那么卖鸦片的你们要邪恶上千倍"。1907年，印度"圣雄"甘地开始组织反抗南非种族歧视的非暴力斗争，梁佐钧带领华人参加了这场轰轰烈烈的斗争，不少华人因此被捕入狱。因不明真相而误循苛律的周贵和在得知自己的所为"不特一己羞辱且辱及国家"时，不惜以自裁明志，在约翰内斯堡博拉姆方丹，至今还矗立着一座高高的"周烈士墓"。当在南非为数寥寥的日本人被奉以"荣誉白人"地位时，备感屈辱的华人社团再次奋起，要求改变对华人的一切歧视措施。较之世界其他各地的华人，南非华人的经历格外辛酸。

一部南非华人史也是一部自强不息的奋斗史。他们在去国万里的异乡，以勤奋、节俭、和气等特质先求谋生，后思发展。第一代华人开办的店铺总是以物美价廉取胜，他们的后代中不少人走出店铺进入大学。备受歧视的遭遇迫使华人学生成为一个出类拔萃的群体。尽管几代南非华人不时陷入归属感的困惑，但中国文化传统仍在濡染着这些炎黄子孙，祖国的命运无时不与他们紧密相连。14 年抗战间，南非华人中的爱国激情就曾有过火山般的爆发。还是在 20 世纪初时，南非华人就做过一副对联，以抒发感怀："寄旅南非痛吊政残且思禁逐情形悲弱国；唯盼东土睡狮心醒还念拓宽势力压全球。"掩卷细思，这些远在天涯海角的华人 300 年的酸楚，不就是再次昭示了国弱民受欺、国强民所愿这一简单而深刻的道理吗？

（1997 年 3 月 21 日）

拜谒南非华人墓地

南非电视台新闻节目曾播出一组在一个建筑工地上挖出几堆白骨的镜头，其中穿插着对当年在南非金矿上卖命的中国苦力遗骸的说明。炎黄子孙一向看重叶落归根，事实上又有多少人难了夙愿。300年来，一批批华人背井离乡，漂洋过海落脚到非洲大陆最南端。早期华人在南非的遗迹除了在档案馆内那些发黄的报章中偶露蛛丝外，早已无处可寻。鸦片战争之后，腐败的朝政和凋敝的民生导致华人历经千辛万苦再一次向南非移民的浪潮，这批移民最为真切的遗迹便是散落在南非各地的华人公墓。

约翰内斯堡地区聚居了人数最多的老一代南非华人，这些祖籍多为中国广东的华人，至今信守着每年两次扫墓的习俗，华人公墓在他们心目中无异于一块圣地。怀一份肃穆的亲情，杂几许探究的好奇，那日我拜谒了约堡华人公墓。

约堡城西的布里克斯顿和博拉姆方丹有两大墓地，墓地内依犹太人、苏格兰人、印度人等划分为不同墓区。与华人在南非社会中的地位相仿，华人公墓也是位于整个墓地的偏僻一隅。约堡最早的华人公墓划定于 1887 年 1 月，其位置现已成为市中心一部分。因那块墓地无遮无拦，车马任意践踏，随后才将墓地移划到博拉姆方丹。博拉姆方丹墓地内一块仅以中文刻有"大伯公"、日期为 1889 年的墓碑被认为是最早埋葬在那里的华人。"大伯公"是南非华人对最早来到南非的长辈的尊称。也有人说这块"大伯公"墓碑下实际并未葬人，只是立此碑以为守墓之象。除此碑之外，署名 1889 年 1 月 7 日过世的潘球祖之墓碑当属年代最早。

　　草地上这些高矮不一，多为褐、赭两色的墓碑背后承载着多少今人已无法详知的故事。那位"球祖潘君之墓"上便赫然刻有"皇清显考"的称谓，令人遥想当年这些拖着一条长辫来到南非的华人曾怎样在这异国他乡奋力挣扎，最终在此异域完结了充满憧憬与无奈、屈辱与抗争的一生。华人墓地多以同姓宗族划分，这又是现实生活中血缘关系为华人社团中最有力纽带的反映。在这一片墓碑中，最令人瞩目的便是那座以白色大理石雕就、上有一尊天使合掌垂目石像的"周烈士墓"。

　　1904 年 10 月，英国医生萨瑟兰来到约翰内斯堡定居行医，他随身带来了华人仆役周贵和。来自海南岛的周贵和因为方言隔膜，故而与来自广东的其他华人交往不多。1906 年 8 月，约翰内斯堡当局公布了歧视性极强的《亚洲人法律修正条令》，要求亚洲人重新进行登记注册，注册时必须留下十指指纹，这一做法在当时的中国只有对罪犯施行。这一歧视苛律立即引起了亚洲移民的强烈抗争，此后成为印度"圣雄"的甘地律师率众开展了南非历史上著名的非暴力抵抗运动。蜗居家中的周贵和事前对此一无所知，后听从主人之命进行了重新登记。一旦了解真相后，24 岁的周贵和顿感奇耻大辱并因此于 1907 年 11 月 11 日悬梁自尽。自裁前周贵和留下一篇"绝命书"："我决意与世长辞矣，恐人不知吾死之故，谨遗书以表白吾之事迹焉。自到南斐洲以来，一因执役卑微，二因言语扞格，与吾国人交游甚鲜。惟日坐斗室中而矣。日前东人命我往转册纸。我初时不愿往，东人谓如我不转册纸即须罢工。斯时为着工钱起见，故不得不勉强从之。然未知如此之大辱也。及后有友人论及注册之事及看翻译注册例一本，方知此系以奴隶待我。不特一己羞辱且辱及国家。嗟嗟，一时蒙昧追悔何及，我无面目见吾国人矣。愿我国人当以我为殷鉴可也。"

周贵和的辞世更为亚裔人的反抗烈火增添了干柴。南非华人社团为周贵和举行了隆重的葬礼，领导斗争的甘地参加葬礼后撰文曰："无人不因此钦佩华人的团结与勇气。"事后，南非华人集资建立了这座"周烈士墓"。墓碑上除全文刻有周贵和的"绝命书"外，还为此事注曰，"公讳贵和，广东海南人也。因杜省苛例起，一时冒昧，蒙此奇辱，故耻之，愤而自裁，遗下绝命书以见志。身后萧条无以为殓，同人嘉公之劲节，故勒碑以为纪念，并系以铭。铭曰：呜呼，周公！岭表奇伟，气壮山河……斐洲之南，岿然千古！"

失落的"太阳城"

　　同一个太阳悬在南非的上空，不幸者却永远生活在阴影之中。约翰内斯堡周围的黑人城镇满眼破败贫穷，而距约翰内斯堡西北155千米的太阳城却向人们夸示富者能够享用怎样的奢靡。在整个南部非洲，太阳城几近无人不晓，它与津巴布韦的维多利亚大瀑布和南非的开普敦并列本地区几大旅游热点。

　　从约翰内斯堡向太阳城寻去的路上充满了空旷和寂寥。进入西北省境内后，路旁的黑人棚户区密度加大。然而，行至皮兰尼斯堡山麓后路转峰回，一座令人顿感目不暇接的太阳城赫然在目。初来者常常愕然：这里还是在非洲吗？这里是梦幻中的现实，抑或是现实中的梦幻？各抱地势的风光何能如此旖旎，纸醉金迷的奢华又曾令多少人沉溺。如今的太阳城实际上由太阳城和失落城两部分组成。1979年12月，由南非娱乐业大王索尔·科泽纳投资兴建的太阳城首先作为大赌场向游人开放。在被称为"丛林大赌场"的娱乐中心内，1296台老虎机不断嗡鸣闪烁，纸牌、掷骰、电子赌具一应俱全，另有为豪赌者专设的金卡贵宾房。太阳城自

1993 年 12 月推出号称起价 200 万兰特的机赌大满贯，据称迄今为止有人曾在大满贯赌机中赢得 470 万兰特。丛林大赌场内餐馆、影院、会议中心设施齐全，另有一个可容 6000 座位的多功能超级大剧场。美国摇滚乐歌星迈克尔·杰克逊、风靡一时的英国"辣妹"歌舞团均曾在那里放喉摇滚，"世界小姐"选美决赛曾经连续 3 年在这里举行。大赌场外连接着一个占地 55 000 公顷的野生动物园和两个 18 洞高尔夫球场。自 1980 年始，这里每年举行赏金百万美元的高尔夫球挑战赛，成为当今世界奖金最高的高尔夫球赛事之一。

1992 年 12 月，与太阳城相连的失落城综合娱乐场正式向游人开放。这处耗资 8.3 亿美元、充分显示了建筑想象力的新景观基于一个杜撰的传说：很久以前，人类在有着浓密丛林的波浪谷中曾建造了高度发达的物质文明。然而，一场突如其来的大地震将整个城郭埋入地下。时至今日，人们才偶然发现这一湮没地下达千百年的古老文明都市，失落城一名由此而来。失落城由一座两边立有 10 头大象雕塑的时光桥与"丛林大赌场"中新建的"宝藏厅"相接，桥头处的人造巨岩上浮雕着巨型豹、象、猴等兽类在地震中遭难的情形。每隔一小时，时光桥旁的山洞中便会发出隆隆震响和阵阵火光，随后巨岩和桥身的缝隙处便涌出股股白烟，随着愈来愈大的地震声响，时光桥的桥身竟晃动了约 2 毫米。除了这一模拟的大地震外，失落城内的圆形剧场、泳池、天文台酒吧、古井小卖部等处均饰以地震废墟的模样。这些似曾相识的建筑其实融合了古罗马和古希腊的建筑风格。

失落城内分为娱乐场和王宫两处景观，均以极致的奢华令人叹为观止：美不胜收的娱乐场包括一片 26 公顷的人造丛林，为营造这派湖光山色，人们移植了总数达 160 万株、3200 种各类植物，包括一棵重达 75 吨、树干直径为 6 米的猴面包树；咆哮湖内每隔 90 秒钟便人造出高达 2 米的大浪，整个景区每日用水达 1000 万升；有着 338 个房间的王宫大饭店更是世界上最为豪华的饭店之一，其中所有木制家具，包括那个 8 米高的木门均为手工雕制，所有针织物、地毯等用品均为特制，大厅内屋顶的非洲风光绘画依米开朗琪罗在西斯廷教堂所用方法用了近 5000 小时绘制完成。

透过这座富人恣肆、穷者隐形的太阳城的表象，可以看到她的内里有些虚空：在原本荒野的山谷内建造起这座人间天堂后，维护、更新的费用远远高于旅游利润回报率，1997 年的亏损额就达 4000 万兰特；除了非法赌博场所抢走不少顾客外，新南非政府重新审核赌博场所许可证后，太阳城更是面临着不少对手的激烈竞争，赌客们宁愿到附近新建的赌场试一试运气，而不愿再到百里之外的太阳城。太阳城真的有些失落了。

走进黑人城镇

南非是一个贫富悬殊、黑白界限分明的国度。在南非行政首都比勒陀利亚的梅因吉斯考波山上，坐落着南非政府所在地联邦宫。联邦宫城头易帜，标志着新旧南非历史变迁。较之易帜，南非社会的变迁更加曲折艰难。走进黑人城镇，便会对南非的现实有更为切近的了解。

自约翰内斯堡市中心西南行 13 千米，然后沿 70 号公路拐入深进，眼前便展现一个与奢侈的北部郊区迥然不同的南非最大黑人聚居地索韦托。

索韦托意为"西南镇"。自 20 世纪 30 年代初由金矿矿工在奥兰多东区聚居成为第一个黑人城镇后，今天的索韦托已扩大为方圆 120 平方千米的 33 个城镇。这里居住着祖鲁、科萨等 9 个部族约 400 万黑人，是至今南非白人不愿来或不敢来的地方。

进入索韦托，首先经过满墙画着壁画的巴拉瓜纳医院。这所占地 173 英亩（约 0.7 平方千米）、拥有 3205 张床位、员工多达 7400 名的医院不仅其规模名列世界前茅，更因其于 1984 年成功地完成连体婴儿分离手术而享有盛名。再向前行，便可望见一座高墙电网、岗楼四立的军营。这里曾作为监狱，关押过无数反抗种族主义政权的斗士。在南非种族矛盾大冲突的时期，索韦托就像一座频频爆发的活火山，21 年前发生的索韦托学生运动更是震惊了世界。在索韦托奥兰多西区圣公会教堂前的小广场上，一位索韦托人告诉我，种族主义政权曾强迫黑人学校教授白人使用的阿非利加语。1976 年 6 月 16 日，上万名黑人学生从各地聚集在这里，然后上街示威游行。"就在那条莫马大街上，"他指点着一条坡度很大的街道说，"警察开始向学生们开枪。死在警察枪口下的第一人就是还在上小学的赫克托·皮特森，那时他才 12 岁。在此后引发的暴乱中，有数百人死伤。"索韦托学生运动惨案导致了南非种族矛盾的总爆发，加速了种族隔离制度的消亡。今天的索韦托人没有忘记这一段历史。现在，教堂广场前分列着由 10 个废旧集装箱改装成的小展厅，里面展览着索韦托学生运动的历史照片和各种历史资料。

索韦托的血与火锤炼出了不少黑人领袖人物。至今住在奥兰多西区那栋赭黄色宅院内的南非非国大元老西苏鲁，曾于 1944 年介绍年轻的曼德拉加入非国大。诺贝尔和平奖得主图图大主教的根也在索韦托，那座蓝顶宅院现在仍是图图在约翰内斯堡的下榻处。1941 年，从特兰斯凯乡下来到约翰内斯堡的曼德拉也住进了索韦托。在 20 世纪 60 年代初被捕入狱前，曼德拉与温妮一直住在奥兰多西区威利卡兹街 8115 号那幢平房内。现在，温妮正张罗着将这所已被粉刷成红色的房子改建为博物馆。1997 年 3 月中旬，房子侧面临街处开张了一家小店。店内出售各种有关温妮的纪念品，其中最为引人注目的便是一种标价 50 兰特（当时约合 110 元人民币）的小瓶。小瓶内盛着一撮咖啡色土壤，随瓶赠送的一份证书上说明这土取自"温妮·曼德拉在索韦托奥兰多西区的家中"。这家小店的店主告诉人们，她将用卖土所得的款项投资于南非黑人的住房和教育事业。

索韦托也是贫富悬殊，反差鲜明。蒂普克鲁夫第四区有一座"曼德拉村"，那里面拥挤着一座座由镀锡铁皮或硬纸板搭成的火柴盒般的小屋。小屋内没水、没电，立在屋外的那个蓝色塑料筒状物便是厕所。村内每隔 50 米就有一公共水龙头，大约供 600 户人家使用。34 岁的格兰蒂丝在那间最多有 7 平方米的铁皮小屋内告诉记者，她的一儿一女每晚只能睡在地上，丈夫和她都早已失业。她说："我每天都在为生计愁得直哭"。与"曼德拉村"相对的是一片由铁网隔开的座座砖房，这种砖房的主人均为在索韦托日见增多的中产阶层。索韦托中也有一处仿效美国好莱坞明星豪宅区而得名的"贝弗利山庄"。"索韦托现有 28 位黑人百万富翁，"作为向导的索韦托青年莫莱菲指着"贝弗利山庄"中那片漂亮的宅院告诉我，"他们或者经营旅游业发迹，或者开连锁店起家。"整个索韦托地区极能吸引游客的一个新景点是位于马塞利街口那幢有着红色高墙的豪华深宅。那里便是温妮的新居。

一位索韦托人这样说："南非就像一个大海。尽管海面上波涛汹涌，但越往底层变化越小。大多数索韦托人还在真正的底层，他们仍在为生存挣扎。"

索韦托是种族隔离制度的产物，其恶果至今触目皆是：索韦托大多数街道肮脏凌乱，风起处垃圾飘飞；几个汽车站的候车顶棚已全部被人拆走，不少人就是用顶棚上那些铁皮搭起了一座座小屋，或将废旧的汽车拖车改建为发廊、干洗店和幼儿园；索韦托人的主要交通工具是小公共汽车。多达20万辆的小公共汽车分属不同的公司，为了争夺乘客，势不两立的汽车公司之间常常发生火并；种族冲突时期成长起来的人很少受过教育，除出卖体力外不具其他谋生技能，社会对他们曾很不公平，现在由这些人组成的失业大军又给社会带来极大不安定因素；公开打着"疯狂犯罪族""青年杀手团"等旗号的青少年犯罪团伙在索韦托无恶不作，在街头横冲直撞的酒后驾车人会毫不掩饰地告诉你，他无照驾驶的历史已有10多年；索韦托地区警察的腐败早已人尽皆知，索韦托的一个大车场内摆满了在约翰内斯堡地区被偷的汽车，而悄悄将这些汽车发动机拆走的则常常是管理车场的警察；抢劫、偷窃、火并在索韦托司空见惯，恶棍们"打死个人就像吹破一个口香糖"。难怪有人感慨说，住在索韦托的孩子能够长大成人本身就是一个奇迹。

　　索韦托也洋溢着特有的温情，这些几代人生死与共结下的邻里亲情是在白人社区内永远也体验不到的。索韦托人有他们自己独具魅力的生活方式：一个人半路拦车时，食指向上一挑表明他或她要进约堡城，食指与中指搅成一个麻花状表明要到前边路口，拇指与食指合成一个 O 状表明要去奥兰多。专以龟、角、骨等下药的黑人传统巫医在索韦托仍很风行。只要一所房子四周挂满小旗，那里便是巫医的住所。不同颜色的小旗表明巫医的不同专长。向导莫莱菲告诉记者，种族冲突时期，每当警察前来索韦托搜查抓人，当地人都会将自己的门牌号当即换掉，弄得警察晕头转向。索韦托人的爱憎分明，在索韦托的小饭馆内喝饮料时，最好不要点可口可乐，因为索韦托人更爱听你说喜欢喝百事可乐。原因在于百事可乐公司曾于 70 年代响应国际社会制裁种族主义政权的号召退出南非市场，从而赢得了索韦托人的好感。

　　我曾于 1991 年和 1993 年两次踏访索韦托，较之以往，如今的索韦托还是不一样。以前黑人间频繁发生的政治暴力冲突现已基本销声匿迹。约 20 户白人举家搬进了索韦托，索韦托再也不是严格意义上的黑人城镇。索韦托地方法院中开始有了黑人大法官。南非一些大连锁店的白人老板和零售商们被拉到索韦托看了一圈后大为开窍，认为这里的黑人市场大有可为。索韦托的黑人孩子如今打起了原来只有白人才玩的板球。老年人们被送到专为他们办起的活动中心，他们在那里可以做些编织等力所能及的活计。

失足青年可以进入充满爱意的"石阶计划组织"。那个组织门口的一块石板上写着"这里埋葬着我们的过去"。世界上规模最大的函授大学南非大学也将分校办到了索韦托。政府也在千方百计筹资为改善索韦托的基础设施而努力。索韦托人最幸运之处就是他们现在享有更多的机会。一个索韦托的孩子得到奖学金的机会就比其他地方同样用功的孩子来得容易。原因就是索韦托的名气太大了。这不,来自世界各地的人们一到南非,参观索韦托便成了一个例行节目。

在新南非的大海中,处于底层的索韦托在悄悄地发生着变化。

"非洲维纳斯"的世纪悲剧

1996 年 1 月 31 日，南非行政首都比勒陀利亚。

那天中午的气温相当高。南非政府艺术、文化、科学和技术部部长恩古巴内在会客室内，向正在访问的法国合作部部长亚各斯·古德弗恩庄重地提出："请贵国还回'非洲维纳斯'!"

会谈后，恩古巴内向新闻界透露说，法国部长给予了积极的反应，称法国政界权势人物对此表示同情，但有最终发言权的是地位独立的法国科学界。恩古巴内部长反唇道，"非洲维纳斯"的遗体绝非只是一具科学标本。他发誓将继续同法国科学界交涉，以争取早日"结束这一反映了我们历史悲剧的一章"。

一

维纳斯，罗马神话中爱和美的女神，怎样会与遥远的南非有瓜葛呢？

18 世纪末，很可能是在 18 世纪 80 年代，一个名为萨蒂吉·巴特曼的女婴降生在南非东开普地区的土著奎纳（Quena）黑人部落家庭。"奎纳"这一名词在各国教科书上难以找到，但可以看到"霍屯督人"的称谓，这是对奎纳人含有贬义、一直延续至今的变称。

多数土著黑人妇女青春期时便发育得极为丰满。而少女巴特曼发育得更是非同一般。她的两胯比上身宽出许多，臀部格外突出。1810年，一位欧洲来的医生威廉·敦洛普偶然遇到巴特曼时，被她的特殊体形惊呆了，同时也打起了无本万利的小算盘。这位白人医生引诱她去欧洲，说通过向欧洲人展示她的身体，她肯定会赚大钱。不知深浅的巴特曼在不断鼓动下，最终同意来到英国。

巴特曼被送到一个马戏团。如获至宝的马戏团班主在伦敦市内到处贴出"展览活人"的广告，极力夸张巴特曼的体态如何特别。巴特曼先是被放在伦敦市区一所大楼内做赤身裸体的公开展览，然后被拉到伦敦街头做巡回展出。据记载，巴特曼被"赤裸裸地放在一个2英尺（约0.6米）的高台上，像野兽一样被一名驯兽者牵引着，并随着驯兽者'走''站''坐'等命令做出各种动作"。展览所到之处，吸引了众多观众。在这个以绅士风度著称的帝国国都内，不少人在展览面前急不可待地撕下了那副一脸庄重的虚伪面具，狂热、歧视和猥亵的邪恶气氛弥漫了整个"雾都"。

二

在伦敦街头被展示了4年之后，巴特曼被带到巴黎，转卖给一个专门做野兽表演的"流动马戏团"。展览轰动巴黎的大街小巷，甚至波及戏剧界。有人据此编导了一部名为《霍屯督人的维纳斯》的所谓喜剧。剧中，自认为种族优越的先生们将他们对土著黑人的歧视和憎恶表现得极为露骨。

邪恶的兴奋不仅仅是小市民的专利，巴黎上流社会也对一个黑人妇女的人体毫不掩饰地表示了浓厚兴趣。在数次沙龙舞会上，赤裸着的巴特曼被送上高台，台下除了达官贵族先生们贪婪的目光外，便是衣着华丽的贵妇人们争相发出的一片唏嘘。有时，他们让巴特曼身着一些羽毛，隐喻着她不过只是一个来自远方的原始蛮物。

在贵族观众中，有一位极为显赫的人物，他便是法国最高统治者拿破仑的医务主任乔治·库维尔。这位被奉为社会人类学研究权威的先生透过镜片从各种角度打量着巴特曼。然后，又数次同其他同行一起对巴特曼进行研究。巴特曼的人体一时成为巴黎人类科学界最时髦的课题，有关论文连篇累牍地刊载在最权威的科学期刊上。文章各异，但结论却千篇一律：只有欧洲白人才是最优越的种族。库维尔先生更是摆出一槌定音的权威架势，声言巴特曼的体形表明这正是人类进化进程研究中曾经缺失的中间环节，"这是类人动物中最高级、现代人类中最低级的一类生物"。

一阵鼓噪之后，便是无情的遗弃。巴特曼不再令人感到新奇，沦为了巴黎街头的一名妓女。面对所有的耻辱，巴特曼学会了以酗酒冲淡一切。1815 年，巴特曼死于一种"发炎和出疹的疾病"，人们猜测那其实是梅毒病发作。她的尸体被送给了库维尔医生。他先将尸体制成一具石膏模型，然后对尸体进行了解剖。他将巴特曼的大脑和生殖器分别装在实验室用的药瓶中，然后送到巴黎的人类博物馆中公开展览。这一展览持续了漫长的150余年。直到10年前，她的遗体才不再向公众展出，但仍作为专有财产保管在这家博物馆内。

三

时光进入 20 世纪 90 年代后，巴特曼的故乡发生了沧海桑田般的变化。

世道变了，尘封了一个多世纪的巴特曼的故事引起了一位南非学者的格外关注和思考。这位叫作曼塞尔·尤泊哈姆的学者痛感巴特曼的身世是历史上南非乃至整个非洲黑人种族耻辱的写照。经过一番研究，他断言土著的奎纳是南非人的祖先之一。奎纳人曾和南非其他黑人甚至与一部分白人都有过血缘融合。

曼塞尔率先提出并发起了"还回'非洲维纳斯'"的运动。他说，领回巴特曼的遗体是为了恢复她生前一直被剥夺的人的尊严，并有助于重新认识南非土著黑人在历史和现实中的重要地位及作用。这位学者指出，从世界范围看，对土著人历史的研究及重新评价正方兴未艾。加拿大、澳大利亚乃至美国的一些历史学家都在从事本国土著人历史的研究和考证。联合国还发起了"世界土著人国际年"的运动。但在南非，人们对此认识还很不足。"还回'非洲维纳斯'"的运动有助于警醒世人。

南非电影制片人纳汉也加入了这一运动的行列。他正在以巴特曼的身世为题材酝酿拍片。纳汉说，这部电影将重现这个年轻黑人妇女的经历。去年12月，南非政府艺术、文化、科学和技术部部长恩古巴内正式表示支持这一运动。他说，"南非重返国际社会标志着治愈创伤、重建民族尊严和人道主义进程的开始。如果萨蒂吉·巴特曼的遗体仍然被保留在那个博物馆内，这个进程就不会结束。"

（1996年4月14日）

南非曾经造出原子弹

1993 年 3 月 24 日下午。南非开普敦市议会大厦。时任南非总统德克勒克临时召集白人、混血人和印度人三院议员举行特别会议。在这一向全国电视直播的会议上，德克勒克出人意料地宣布：到 1989 年 9 月他出任南非总统之时，南非曾制造出 6 枚原子弹，但这些核武器及有关硬件设施和资料均已在他的指令下，于 1990 年年初在严格监督下被拆除和销毁。"南非现在是清白的，我们没有隐藏任何东西。"这位总统慷慨激昂地拍着胸脯告诉人们。这是南非总统第一次公开承认和证实它曾拥有核武器。德克勒克的讲话像爆炸了一枚原子弹，震动了国际社会。

矿产资源极为丰富的南非是非洲经济最为发达的国度，科技水平在一些领域处于世界前列，但其种族主义政治制度长期为国际社会所不容。冷战时期，南非与邻国关系极为紧张，军事摩擦时有发生。在这种形势下，南非前总理沃斯特 1974 年制定了一个秘密发展核武器的"有限核威慑"计划。沃斯特的继任者博塔于 1978 年上台后对这一计划再次加以肯定，并着手实施。

　　据瑞典斯德哥尔摩国际和平研究所 1993 年 3 月初发表的一份报告说，南非实际上从 20 世纪 60 年代便已开始生产制造原子弹所必需的浓缩铀。当时的南非总理沃斯特曾于 1970 年宣布，南非科学家已基于空气动力学发现了一种对铀的"独特和经济的浓缩过程"。此后，南非政府在行政首都比勒陀利亚附近的佩林达巴建立了由国家严格控制的原子能公司，并在佩林达巴附近的瓦林达巴建立了一个被称为"Y 工厂"的浓缩铀试验工厂。

　　美国中央情报局早已注意到南非在这方面的举动。中央情报局在一份报告中透露说，1979 年 9 月 22 日，负责监视宇宙间核爆炸的美国"船帆座"人造卫星监测到，在南印度洋的一个南非小岛上，出现了两次神秘的"核爆炸闪光"。在试验前的一周，南非开普半岛海岸边的西蒙斯敦海军基地就已进入高度戒备状态。那次核爆炸的当量相当于 2000—4000 吨梯恩梯，很可能是南非和以色列合作进行的一次核试验。那次试验后的第三天，时任南非总理博塔在执政的国民党的一个省大会上说："南非的敌人可能会发现我们已经拥有他们根本不知道的武器。"博塔用这种模棱两可的语言既掩盖了这一秘密计划的具体内容，又暗示南非已拥有威胁力极大的武器，其用意在于造成一种心理威慑。一周之后，博塔在原子能公司举行的宴会上，对致力于秘密核武器试验的南非科学家大加赞赏。他说，出于安全原因，他不会提到这些科学家的名字，这些人无论在南非，还是在国外，也永远得不到他们所应享有的声誉。1989 年 7 月，南非又与以色列合作，在开普敦东北 300 千米处，成功发射了一枚可携带核弹头的远距离弹道导弹。这种导弹可使以色列从本土打击任何阿拉伯国家，而南非则可从本土打击安哥拉、津巴布韦和坦桑尼亚等国。

"有限核威慑"计划最初准备生产 7 枚原子弹，据说这 7 枚原子弹是用于核试验和保持核威慑能力的最低数目。但到德克勒克上台后认为南非已不再面临冷战的威胁，从而决定停止执行这一计划时，南非实际生产出了 6 枚原子弹。据透露，每枚原子弹的当量都相当于 1945 年美国在日本广岛投放的原子弹。南非原子能公司总裁斯顿夫仅说这些已制成的原子弹可用于空中投放，但对其具体当量仍守口如瓶。对于南非目前储存的浓缩铀数量斯顿夫也讳莫如深。他说，这些浓缩铀现以金属、液体和气体等不同形式浓缩成不同等级后妥善储存，足够"远征一号核反应堆"为制造工业和医药用同位素使用 10 年。国际原子能机构和美国中央情报局的报告则估计，南非储存有 200—325 千克浓缩铀，足够制造 12—24 枚原子弹。

在 1993 年 3 月 24 日举行的记者招待会上，有记者问德克勒克，当时南非政府制定秘密核武器计划时的攻击目标是谁？德克勒克回答说，那时他本人还不是政府成员，因而无从了解内情。其实，即使那时他身在内阁，也未必了解实情。长期以来，"有限核威慑"计划高度绝密，在南非政府内部，多年来只有几个"需

要了解情况"的部长知晓此事。时任外长的皮克·博塔于 1977 年
进入政府，但在 1980 年以后才得知此事。德克勒克本人是在该计
划执行很长时间后才被告知。直至 3 月 24 日上午德克勒克通报此
事之前，南非现政府全体成员都还被蒙在鼓里。

在整个南非，为这一秘密计划工作的人中只有约 1000 人了解
真实情况。直接负责管理和执行这项计划的南非阿姆斯科公司总
裁说，这样长时间地对这项计划严格保密，本身就是一件令人惊
叹的事情。在德克勒克讲话之后，阿姆斯科公司发言人阿德勒说：
"现在我可以第一次踏踏实实地睡觉了。这么多年来，我从来没有
向妻子透露过这个秘密。现在这个包袱放下了。"

德克勒克说，南非在发展秘密核武器过程中，从未接受过外国
援助。但事实可能并非如此。英国伦敦战略研究所的核问题专家
玛丽-海伦·拉巴在 1992 年出版的新书《核扩散 50 问》中说，以
色列、美国、加拿大、德国和法国都曾在 20 世纪 70 年代和 80 年
代直接或间接、公开或秘密地为南非发展核武器提供帮助。

据说，以色列长期以来向南非提供核专家以换取南非的铀资源
和在南非领土上进行核试验的许可。1979 年，在南印度洋小岛上
的核试验很可能是由以色列唱主角，南非则与以色列共享试验
结果。

美国从 20 世纪 40 年代末开始从南非购买铀，并通过签署一系
列合作协定帮助南非发展核技术，包括在美国训练南非核工程师、

为在南非的核反应堆提供技术帮助等。美国还于 1965 年将 "远征一号核反应堆" 卖给了南非，以生产医药用同位素。法国曾向南非提供两个核动力工厂，德国则是 "秘密地" 与南非进行核合作。另外有报道说，为了获得稳定的浓缩轴供应和加紧试验新的核技术，德国向 1975 年建成的南非浓缩轴试验厂提供了关键技术。

德克勒克公布这一秘密的主要原因是，届于国际社会特别是美国的压力和国内政治形势的变化。在那以前的一段时间，美国政府对第三世界的核扩散问题日益关切。美国对南非核政策、制造先进导弹和其他大规模杀伤武器的计划表示担忧。美国曾表示要购买南非所有浓缩铀，将其稀释后重新出口，但美国中央情报局局长伍尔西对南非政府关于浓缩铀储量的说法公开表示怀疑。世界银行和国际货币基金组织也表示，如果南非坚持执行发展导弹的计划，南非将得不到它所急需的贷款，这对急需资金促使经济好转的南非也是一个打击。

南非政府的这一举动和极力向美国出售浓缩铀的背后还隐藏着更深的政治原因，即担心这些核武器原料会落入将来主要由黑人掌权的南非政府手中。南非最大的黑人组织南非非洲人国民大会与美国所敌视的利比亚领导人卡扎菲和巴勒斯坦解放组织领导人阿拉法特等保持着友好关系，而非国大在未来的南非大选中有可能会成为第一大执政党。时任南非政府、美国和以色列等都担心南非的核原料会因此落入利比亚和巴勒斯坦解放组织手中。有人指出，德克勒克当时并未说出南非核武器计划的真相，如南非为发展核武器所花的费用并非如德克勒克所说的 7 亿至 8 亿兰特（当时 1 美元约等于 2.45 兰特），而是这数字的 10 倍，即约 80 亿兰特；德克勒克故意回避了南非目前已经拥有能够自己飞向目标的"灵敏导弹"、能够在常规战场上由加农炮发射的小型核弹及可放在手提包内便携的核武器。

自从南非于 1991 年签署加入《防止核扩散条约》后，国际原子能机构便派员赴据说是南非核武器试验场的卡拉哈里沙漠等地考察。在考察期间，这些核专家们发现投入两个浓缩铀工厂内的铀原料与南非政府报告的能够制造核武器的浓缩铀数量并不吻合。尽管如此，德克勒克能够在当时的历史条件下，坦率承认这一事实，应该说还是不乏胆略与勇气的。

中国贸易展：开幕辞删去一句话

1996 年 9 月 17 日上午，中国贸易展览会开幕式在南非开普敦市"好望中心"举行。仪式开始之前，专程来此的中国国际贸易促进委员会秘书长钟敏手拿事先准备好的开幕辞文稿，提笔删去了其中一句话。这句话是："展览会将从一个侧面向南非人民展示中国改革开放以来的经济建设成就和贸易发展潜力。"

在展览大厅内，钟敏女士向记者及周围几位参展者坦言，"这个展览会没有充分反映出中国改革开放以来的建设成就"，展览会的整体设计不错，但不少参展者没有拿出高质量的拳头产品。南非是一个贫富悬殊的社会，存在着两个不同的消费市场，但整体消费水平并不低。这个展览会是一个多么好的宣传机会，为什么不拿最好的东西来宣传自己？一些好产品暂时卖不掉也没关系，眼光为什么不能放长远些？总是拿一些地摊货给人家看，怎么能在国际市场上创出名牌？

"我们的确没有拿来高档商品。"江苏常州威达丽服饰有限公司董事长邢美珍告诉钟敏，她参展的展台上挂满了中低档服装，

"原来以为南非市场上高档商品没有销路。我们事先对这里的市场情况很不了解，参展思路也没有那么长远。"

自 1993 年以米，中国在南非已举办了数次大型综合性贸易展览，其积极作用有目共睹。但是，在这些展览会上难见中国一流名牌产品，这一直令人遗憾。钟敏秘书长毫不犹豫地删去开幕辞中的一句浮言，再次提出了一个亟待解决的问题。

（1996 年 9 月 24 日）

种族融合与"汉森现象"

在不久前举行的世界杯足球赛上，有一个耐人寻味的现象，那就是不少国家球队中不同肤色的国脚们一同在绿茵场上拼搏。在圆圆的足球面前，种族间的樊篱被踢到了九霄云外。仅此一点，足球场上的小世界就更加令人心向往之。

放眼足球场外的大世界，种族多样化和相互间不断融洽也是近年来的嬗变之一。与自视为移民国家的美国不同，西欧国家多具同种同文的特性，如今对外来移民的容纳也有了很大的改观。以荷兰为例，在1550万荷兰人口中，第一代和第二代外来移民计约170万人，来自原殖民地苏里南的移民构成了最大的非白人群体。此外，还有约26万土耳其移民和约22万摩洛哥人。著名港城鹿特丹的人口中，至少有四分之一为外来移民。荷兰全国学校中约六分之一的学生为移民后代，在有些移民聚居的地方这一比例高达三分之一。

一国中种族间的相互宽容与融洽往往要经历一段相当痛苦的磨合过程。自种族隔离制度消亡之后，南非一直以"彩虹国家"为感召，尽力实现种族和解，但不久前发生的黑人男童惨遭白人农场主枪杀之类的事件仍不断触痛种族冲突的老伤口。虽然美国以"种族熔炉"闻名于世，但其国内带有种族冲突色彩的案件仍时有所闻。作为外来种族移民，他们一方面要尽力适应新的生存环境，以求融入当地社会；另一方面又想保持自己的语言、习俗、宗教和文化传统等。从西方国家主流社会角度来看，他们中的一部分人能够以更为宽容的态度面对种族多样化的新社会，而另一些人则一直对外国移民涌入本国耿耿于怀，他们不愿提及别的种族移民对本国经济发展所作出的贡献，而一味强调移民的涌入抢夺了福利国家带来的好处和使犯罪率增加等负面影响。

虽然外国移民在西欧各国仍不同程度地处于不利地位，但更为引人注目的变化是，公开的种族歧视和暴力事件已在逐渐减少，"自己活也要让别人活"已越来越成为西欧国家政府和人民处理种族关系的圭臬。英国于1997年公布的一项调查显示，英国人对不同种族间的通婚越来越习以为常。统计表明，在英国出生的加勒比海国家男性黑人移民后代中，有一半的人与英国白人妇女成婚，一个出生在英国的黑人与白人结为连理的可能性是美国的5倍，种族多元化越来越成为人们坦然面对的现实。

种族多元化是我们这个"地球村"发展至今的必然结果，更为融洽的种族关系应是人类社会走向文明进步的努力方向。然而，最近澳大利亚的昆士兰州却涌起一股逆流：由汉森女士领导的"单一民族党"竟在该州议会选举中赢得23％的选票，一举成为当地第三大政治势力。两年来，汉森一直以偏执的种族主义排外言论令世人瞠目，并公开提出了"我们优先"的口号。她指责外来移民不正当地享受了澳国的福利待遇，抢走了当地白人的工作机会，亚洲移民给澳国带来了毒品、疾病和暴力犯罪，澳大利亚人的生活方式已经遭到破坏，整个澳国都将被移民所淹没等等。"汉森现象"的出现表明，已沉寂20余年的白澳种族主义思潮再度泛起，其背后有着澳国经济不振、失业率高居不下、蓝领阶层对现状不满加剧等深层原因。

当社会发展处于低迷之时，便将泄愤的目标指向外来种族，这是一种虽拙劣却足以蛊惑人心的政治伎俩。不少有识之士已对"汉森现象"中所表现出的荒谬与偏执予以痛斥。自70年代初白澳种族主义政策终结以来，澳大利亚现有150多个民族，已成为世界上文化和种族最为多样化的国家之一。澳大利亚的经济发展既离不开亚洲移民的贡献，也离不开与亚洲国家的经济交往。在此次亚洲金融危机之前，澳大利亚三分之二的出口是面向亚洲国家。在此情形下，汉森欲"漂白"澳国、自闭国门的主张显得何等荒唐。其实，"汉森现象"的出现未必全是坏事。已有论者指出，"汉森现象"已成为澳大利亚种族关系中的一块磨石。经过这一番打磨之后，人们也许会更加珍惜澳国多元化的社会发展，多种族间的关系会更为融洽。此论实乃言之有理。

（1998 年 8 月 6 日）

访南非首任驻华大使戴克瑞

正值中国与南非建立正式外交关系临近 1 周年，记者造访了南非首任驻中国大使戴克瑞。戴克瑞笑着说，南、中两国人民是"天然盟友"，而他自己则是历史的"幸运儿"：曼德拉总统任命他为南非驻中国研究中心最后一任主任暨首任驻华大使；他在中国的任期将延续至 2000 年 4 月。也就是说，今年 54 岁的戴克瑞不仅亲历了南非与中国正式建交前后的历史性时期，还负有将两国友好合作关系发展到 21 世纪的历史重任。

本名克里斯·恩多戴班德拉·德拉米尼的戴克瑞是南非祖鲁族人。他的父母成婚于斯威士兰，但种族主义统治时期的南非政府对这一婚姻不予承认，在白人家中做女佣的母亲与在工人单身宿舍中苦熬的父亲曾长期不得团聚，令戴克瑞从小饱尝种族歧视的酸楚。1958 年的一天，黑人领袖曼德拉在约翰内斯堡东部贝诺尼地区的埃特瓦瓦发表演讲时，点燃了一个 14 岁黑人少年的斗争激情。他就是后来成为南非食品工人工会、南非工会联合会、南非工会大会等工会组织领导人的戴克瑞。1990 年以后，戴克瑞相继成为南非共产党中央委员会和南非非洲人国民大会全国执行委员会成员。新南非诞生后，戴克瑞成为南非国民议会议员，分工负责贸易、工业、劳工和经济重建专门委员会。从工会领导人、议员到外交官，从在国内从事反抗斗争到在外交领域服务于新南非的国家建设，这对"从未梦想过当议员和大使"的戴克瑞来说都是严峻的挑战。"幸好我在南非工会大会时曾有过一些处理国际事务的经验，"戴克瑞说，"当然，那时我是代表工会进行谈判，现在则代表整个国家发言。"

戴克瑞说，自1998年1月1日中国与南非建立正式外交关系以来，两国间的友好合作与交流活动大增。除了南非副总统姆贝基、国民议会议长金瓦拉等贵宾外，南非妇女、新闻、农业、工商等界人士纷纷来到中国从事交流与合作。南非贸易和工业部部长欧文于1998年3月率领由80余人组成的大型经贸代表团访华，推动了双方在矿山机械设备、钢材、化工、酒及酿酒技术、食品加工、木制产品、运输、旅游等诸多领域的合作。在1992年至1996年的5年间，南非与中国间的贸易总额为44.7亿美元，1997年的双边贸易额增至15亿美元。戴克瑞说："我希望我们两国间的年贸易额能很快突破20亿美元，也希望贸易领域从目前主要为铁矿石等初级原料逐渐向制造业和矿业深加工产品转变。"

"我就像是一座桥梁，我的使命就是要在两国人民间寻求最好的合作机制，"戴克瑞说，"我一直在促成南非各省与一些中国省市签署贸易协定，比如北京市与豪廷省（该省包括南非最大城市约翰内斯堡和行政首都比勒陀利亚）、北京市朝阳区与埃特瓦瓦地区直接建立合作与交流联系。你中有我、我中有你、互惠互利、互通有无的程度愈高，双方合作的基础才愈坚实，这一合作也才能持久和深入。"

自1997年4月上任以来，戴克瑞已经到过中国12个省市，对中国各地的发展建设赞之以"令人难以置信"。他说，通过阅读史书，他感到百余年来中国人民的忧患与南非人民的遭遇竟有着"类似的酸楚"。他认为，开放的中国并没有忘记自己的历史，中国人民按照自己的具体情况选择了一条持续发展的道路。特别是在缓解亚洲金融危机的努力中，中国发挥了极为重要的作用，他说，南非和中国之间有很多东西可以互相学习。

已在华工作近两年的戴克瑞同本报记者以"兄弟"相称，并说中国是他的"第二个家"，拳拳之忱溢于言表。同时，他也希望作为中国首都的北京市能在整治交通和治理污染方面更加努力。"值此世纪之交，能够在中国这样一个大国工作，我既感殊荣，又应不辱历史使命，"戴克瑞说，"即使我离开了目前的工作岗位，不论将来走到哪里，我也将继续为南非与中国人民间的合作与交流工作。"

（1998年12月4日）

3 个破纸箱与克鲁格
国家公园的纸口袋

　　这件事发生在京城东部一家大报院的一栋高楼内。那天，那幢高楼某层的公共楼道里出现 3 个破纸箱。不用问，准是谁家收拾屋子了。自家的屋子倒是收拾干净了，那装满垃圾的破纸箱就愣能在楼道上一放了事。过了两天，3 只破纸箱被挪到了垃圾道口。大约是纸箱太大，没法从垃圾道口扔下去，这样又摆了两天。大约是哪位邻居看不下去，将 3 只纸箱挪到了电梯口。满楼层的人进进出出没有看不见的。3 只破纸箱在电梯旁又放了两天，看着那么扎眼，但就是没有人将它们拖进电梯扔到楼外的垃圾箱。又过了五六天，这回是真有人实在看不下去了，那人只用了大约 3 分钟便将 3 个纸箱处理了——真是举手之劳！

　　这个最后感到"实在看不下去"的就是本人。这件事也就发生在我家住的那个楼层。

　　请别误会，除了"实在看不下去"外，我其实一点儿也不高尚。从第一天开始直至最后，我目睹了 3 只破纸箱在这层楼道中被挪来挪去的全过程。虽然早就有些看不下去，几次起念动手搬，但我都未实行。当时脑子里转悠的也无非是先骂骂干这事的人"缺德"，怕弄脏自己的手和不愿费那点力气，最后又以"又不是我干的"等理由换得个心理平衡。我觉得自己也丑陋得可以。

但我还是想谴责将纸箱放在公用楼道处的"缺德"行为。箱主一定是对家中某个肮脏角落再也看不下去了，才费力打扫一番，但一转眼就把家中的肮脏转移到了公共通道。此类腌臜事情在本楼屡屡发生：一大堆垃圾忽自高空飘洒而下，早已是本楼一道独特的风景。

3 个破纸箱的事让我联想到南非克鲁格国家公园的纸袋。克鲁格国家公园占地 19 485 平方千米，是世界闻名的野生动物园。在这个每年接待 80 多万游客的野生动物园内，你几乎看不到人们乱扔的垃圾。一进公园大门，管理员就会发给你一个纸口袋，告诉你那是装垃圾用的。在偌大的公园内，偷偷丢点垃圾是不会被人知道的。然而，人家就能那么自觉，规规矩矩地把垃圾放在纸口袋里。按照当地规定，在那块地界生活的人，自家晾晒的衣物都是不能让外人看到的，更何况趁没人时将整箱的垃圾摆在公共场合！不仅是在南非，在我曾访问的一些非洲国家，那里的公众在遵守公德方面都表现出极高的自觉性。国内有些人一提到非洲便掩饰不住满脸鄙夷，然而，每每撞到眼前的破纸箱之类的事情，使我痛感我们实在是没有资格鄙夷别人，我们只有深深自责，只有自惭形秽。

（1998 年 8 月 9 日）

为了升起这面五星红旗

日前，从遥远的南非传来消息说，那里的许多华人为澳门回归祖国举行了隆重的庆典。作为曾经在南非工作过的中国新闻记者，我可以感悟出那些庆典中凝结着多么厚重的爱国真情，脑海中不由得又闪现出那面鲜艳夺目的五星红旗……

1997 年 6 月，香港即将回归祖国的消息，令一批已经三四代居住在南非伊丽莎白港的华人激奋不已。经几番穿梭商议后，他们决定在香港回归祖国之夜升起五星红旗！

这可不是一个轻易作出的决定。这个决定的背后既饱含着难以言尽的爱国热情，又分明直面着风刀霜剑的巨大风险。要知道，那时的南非还没有和中华人民共和国建交；要知道，那时的台湾当局在南非社会还有着呼风唤雨的强大势力；要知道，就在这批华人作出这个决定之前，他们已经遭遇过形形色色的恐吓……

尽管如此，这个华人群体还是义无反顾坚持履行自己的决定。因为，这是一个他们从血与火的历史体验中淬炼出的抉择：他们的先辈是来自广东的客家人，为了逃离清王朝的腐败，这批华人于 19 世纪末远渡重洋来到南非。但他们不仅未能寻到梦想中的"金山"，反而备受种族歧视的磨难。百余年的酸楚早就告诉他们，只要祖国积贫积弱，即使在海角天涯，尊严也与华人无缘。然而，20 世纪 90 年代的中国，却足以让这群炎黄子孙扬眉吐气地做人。

可是，在从未升起过五星红旗的南非，在濒临印度洋的伊丽莎白港城，这群华人竟然找不到一面五星红旗。费尽了周折，他们最终在中国国际问题研究所驻比勒陀利亚南非问题研究中心的帮助下捧来了一面五星红旗。用年逾八旬的关流芳和叶慎新老先生自己的话说，他们是于 1997 年 6 月 23 日第一次"展示了美丽的五星红旗"。

1997 年 6 月 30 日，身居海角天涯的这群华人同十几亿中国人一起为即将到来的那一幕历史场景激动着。南非与中国有着 6 个小时的时差。是日晚 6 时前，即北京时间 30 日午夜前，数十名华人聚集到了叶远祥先生家中，他们在那里极为兴奋地收看香港回归祖国的现场直播节目。

五星红旗在香港升起来了！叶先生的居所内同样一片欢腾。随后，在南半球刚刚降临的夜幕之中，他们庄严地步出屋外，用颤抖的双手展开了那面五星红旗，将它冉冉升起。望着高高升起的五星红旗，在叶慎新老先生的带领下，他们齐声唱起了刚刚学会的中华人民共和国国歌。

伊丽莎白港城内的这一庆典活动惊动了当地新闻媒体。在当地第二天的报纸上，赫然登载着这一新闻。

这一非同寻常庆典活动的组织者是年近八旬的叶慎新老先生。叶先生甚瘦削，但面色红润，中气十足，谈起祖国来拳拳爱国之心溢于言表。我相信，在南非华人欢庆澳门回归祖国的活动现场，一定又闪动过叶先生那充满活力的身影，那面五星红旗也一定又一次地高高飘扬。

（2000 年 1 月 12 日）

错了来句"对不起!"

寄居南非的时候,很喜欢看一个名为"全权委托"的电视节目,其原因不仅在于节目内容全是鲜活的新闻事件深度报道,更在于那一男一女两位主持人的播音风格很别致:每次节目中都是男主持人用英语播音,女主持人则用阿非利加语(也有人称为"南非荷兰语",这是南非白人的一种语言)讲话。讲到动情处,两位主持人往往转过身来对视着分别用两种语言交流。男主持人用英语慷朗激昂地大发议论,女主持人则以阿非利加语画龙点睛地随声附议。对一个外国人来说,这种极具南非特色的传播方式初看起来难免感到有些滑稽,细一沉思便可体味其中用心良苦:在一个多民族、多种族的国度,不能不照顾到不同群体的语言文化,得想着别人。

其实,电视节目又何尝不是制作者与观众之间一种以语言为载体的交流?既是交流,便生出一个类似如何"待人接物"的问题。节目主持人令人感到可亲可爱者,多半在于让人感到了平等交流的愉悦。

在平等交流中，尊重他人当然是题中应有之义。仍以那个遥远的国度南非为例，在黄金时段的新闻直播节目中，几位主持人尽管播音风格不同，但都以各自的方式令观众感到自己是受到尊重的。在出现血淋淋的横尸场景或大打出手的暴力冲突画面之前，主持人会这样提醒观众："以下播放的一些画面可能会对孩子们和精神受刺激者产生不良影响，请加以回避。"在播出画质或音质不好的新闻图像后，主持人会很谦恭地补充一句："我们对刚刚播出的新闻画面和声音质量不好表示道歉。"电视画面突然中断后，画面上立刻会出现这样一句话："这是我们电视台的故障问题，请您不要调整自己的电视机。"当主持人在直播中出现口误时，他或她会很大方地说一声："对不起！"随后又很大方地直播下去……

可别小看这一声"对不起！"，那传达的正是尊重他人的品质。听友人们介绍说，在日本等诸多国度，电视播音员在发生口误后，就会立刻向观众说一声"对不起！"观众们对此也从不大惊小怪：又不是神，谁还没有口误的时候？

在异国他乡收看电视新闻节目时，从来不曾为播音员说错话感到新奇。不知怎的，看咱们中央电视台直播新闻节目时，竟时时为播音员们捏一把汗：一看就知道他们个个工作得特别认真负责，播音时生怕发生口误。无奈往往是越怕越紧张，越紧张出错的可能性就越大。一旦出了错呢，咱们的播音员不是说一声"对不起！"，而是尽可能面不改色地续播下去。无论对于播音员还是观众来说，那一刻实在太尴尬！结果是，本来属于人之常情、微不足道的一个小瑕疵无意间被畸形地放大：播音员说错话本身竟成为一件新闻。每当播音员发生口误之后，周围的人们竟一齐拥到电视机前，像出了多大事儿似的叫道："他（她）说错了！"

　　人无完人，千万别把播音员的心理素质强调到不现实的高度。谁都能看到，这些年来咱们中央电视台的进步真是挺大的：原来绷着脸叫"同志"，经过一番争论后，终于微笑着称"观众朋友"；原来频道单一，现在丰富多彩，各类新闻直播栏目的播音员工作都有可圈可点的改进。惟独发生口误后不面对观众大大方方地说声"对不起！"，令人多多少少生出些遗憾。

　　如果您真能说一声"对不起！"，我们大家都会说一声"没关系！"

（2001 年 3 月 13 日）

第二编

走进战场

20 世纪 90 年代，冷战后的非洲大陆仍然残存着冷战的产物：在南部非洲地区，靠近印度洋的莫桑比克和濒临大西洋的安哥拉仍深陷内战之中。这两个同样使用葡萄牙语的国家有着极为相似的内战历程和同样艰难曲折的和平进程。1993 年和 1996 年，作为人民日报驻南部非洲记者，我走进了仍在内战之中的莫桑比克和安哥拉进行采访。

　　20 世纪 90 年代后半期，位于非洲中部的扎伊尔（后改名为"刚果民主共和国"）狼烟四起，强人卡比拉首先在扎伊尔东部举旗造反，一路攻城略地，最终推翻了蒙博托政权。战火正酣之时，我于 1997 年 3 月自南非约翰内斯堡出发，经肯尼亚转机至卢旺达，再自卢旺达西部经陆路进入扎伊尔东部战区深入采访，当时我是在扎伊尔东部战场上进行采访的唯一来自亚洲的新闻记者。

　　无尽的奔波，瘴疫的威胁，意想不到的繁难和风险，这一切都没有令我退却！

莫桑比克：探访"联莫行动"

因将乘联合国飞机赴贝拉，并早起，昨晚睡眠不好。

早4时30分后起身，自做早餐后于5时25分将刘大龙（新华社驻莫桑比克记者）叫起。5时45分抵马普托机场。等了片刻之后，拟乘机往莫桑比克北方的乘客陆续抵达。飞机为苏（俄）制安-32型。7时起飞后于7时50分抵伊尼扬巴内（Inhambane）；8时15分离伊尼扬巴内；9时25分抵贝拉。

同机者有中国军事观察员组组长安作山，他与联合国行动总观察员、作战处处长同赴北方视察。此外有美国国务院及乌拉圭、日本、葡萄牙、佛得角等国人员，驾驶员为俄罗斯人。

抵贝拉后，在两名日本人帮助下抵联合国驻贝拉军事总部。在总部负责联络的博茨瓦纳和意大利军官已得到马普托总部要求安排接待我的文传。随即就我在贝拉活动进行安排。所遇之人均热情，尽力帮助。

中午12时，离总部前往大使饭店，安排住了下来，价钱贵得吓人（12.5万梅蒂卡尔一夜）。此饭店无饭供应，只有三明治，一个奶酪三明治（仅两薄片面包）竟要7000梅蒂卡尔。进肚后毫无感觉，只好再叫一份。

下午 2 时 15 分由 "OUNMOZ"（联合国在莫桑比克行动）贝拉战区意大利和博茨瓦纳两位联络官陪同参观贝拉港，完成在此地最重要采访活动。

晚在街上一游，观各种民景，赴贝拉 "最好的" Picnic（皮克尼克）饭店吃饭，也只是叫了一份牛排、土豆条而已。

晚在大使饭店与 4 名中国军事观察员闲谈至晚 10 时。

夜 2 时被蚊扰醒，后睡眠断断续续。

——摘自作者 1993 年 7 月 13 日日记

签了一张生死状

　　莫桑比克，南部非洲一个命运多舛的国度。为了保证在多年战乱后最终实现和平，来自 20 多个国家约 7500 名联合国维和人员和 300 多名军事观察员自 1992 年年底纷纷进驻莫桑比克，开始实施"联合国在莫桑比克行动"（以下简称"联莫行动"）。

　　"联莫行动"将莫桑比克分为 3 个地区。南部地区总部位于首都马普托，中部和北部地区总部则分别设在贝拉和楠普拉。贝拉和楠普拉是位于对南部非洲其他国家生死攸关的贝拉走廊和纳卡拉走廊上的战略要地。但战乱极大地破坏了公路运输，空中运输又昂贵得令人咋舌，仅从马普托到贝拉的单程机票费用就约 200 美元。望着马普托街头来来往往的联合国军车，我决计赴"联莫行动"总部试探可否乘他们的飞机深入莫桑比克中部、北部采访。

　　"联莫行动"总部设在马普托市内乳白色的瑞乌马饭店内。负责接待的是 50 岁出头的法国人米歇尔小姐。米歇尔小姐态度谦和，为人热情，但英语讲得很吃力。当我们改用法语互相寒暄之后，彼此间的距离一下子拉近了。1982 年至 1983 年，我曾在法国巴黎《记者在欧洲》项目学习，参加那个项目学习的人是来自全球约 30 名新闻记者，其要求之一是必须懂两种欧洲语言。我曾因此与来自斯里兰卡、赞比亚、东德等国家的同学在巴黎跟着一名法国老师学了 3 个月法语，此时派上了用场。

米歇尔小姐曾是新闻记者，长期负责采访联合国事务，至今仍记得 20 世纪 70 年代初中国重返联合国时的情景。我趁乘机提出采访巴西籍的"联莫行动"司令莱利奥将军和乘联合国飞机赴中部、北部采访的要求。米歇尔小姐说，采访司令之事将尽快联系，至于乘联合国飞机采访之事，她问我在莫桑比克有无人身保险。我答没有。米歇尔小姐允诺将尽力予以安排，边说边从文件柜中翻出各种关于"联莫行动"的资料供我参考。当天晚上，米歇尔小姐便给我打来电话，告采访司令事已安排妥当，次日上午将具体安排乘飞机采访之事。如此热情的接待和高效率的积极反应，着实令人大为感动和兴奋。

次日上午，我如约赶到"联莫行动"总部后，米歇尔小姐首先签发了一张采访"联莫行动"的特别记者证，随后拿出一份文件说，"你先看看文件，没有异议后请签个字"。文件内容为签署人拟乘联合国飞机旅行，但无人身保险，风险自负之类。谁都能掂量出此处的风险意味着什么。然而，任何一个自愿选择了记者这一职业，且不甘于滥竽充数的人都意味着不可避免地选择风险，尽管形式和内容或许有所不同。对此，我早就有着坦然直面的思想准备。签字之时，无异于签下了一份生死状。

"这是我的《圣经》"

安东诺夫–32 型飞机舱内两边是可以坐人的铁椅，中间可以堆货。这种由苏联制造的中型运输机很实用，已成为连接"联莫行动"3 个地区间的主要交通工具，飞行员也全部是俄罗斯军人。

那天，同机前往的除来自日本、葡萄牙、乌拉圭、瑞典、佛得角等国的军事观察员外，还有一个正在南部非洲巡视的美国国务院代表团。想一想觉得挺有趣：美国国务院官员乘坐俄罗斯人驾驶的苏制军用飞机在南部非洲巡视，这在还不算久远的冷战时期不啻为天方夜谭。

轰鸣的机舱内简直就是一个小联合国，却没有在正式外交场合的那一份矜持和做作：那位乌拉圭人一上飞机便掏出刚收到的家书贪婪地读起来；身边的 3 位意大利人打开一小瓶酒后，权将瓶盖作为酒杯，轮流呷品，喝到高兴处便放声大笑；对面那位名叫大井的日本军人一直睡眼惺忪，但飞机每到一地，他便掏出笔记本匆匆记着什么；美国国务院代表团中的两位女士读了一会儿书后也昏昏欲睡，后来干脆各自在舱内找了个空地蒙头伸腿便睡。

在这里，没有对所谓"外国人"的神秘感，各国人士彼此以礼相待。在这些扛着校官肩章的各国军人中间，同样是行伍出身的我油然生出一种亲近和自豪感。

飞机抵达贝拉后，同机的其他人先后被接走。一时间，空旷的机场上只剩下孤零零的我。在向两名执行机场勤务的日本军人说明情况后，他们答应完成任务后载我至"联莫行动"中部战区总部。

"联莫行动"是联合国当时实施的规模最大和最复杂的维持和平行动之一，组织者在这一行动中采取了"承包"的办法：俄罗斯人负责空中运输；日本人负责机场地面指挥；印度人负责宪兵警卫；乌拉圭、意大利和孟加拉国的军队分别驻守林波波河、贝拉及纳卡拉走廊。

这两位很负责地忙碌着公务的日本军人忙里偷闲地与我交谈着。尽管潜意识中不断闪现中日曾交战的不愉快历史，但在这遥远的南部非洲大陆一隅相见时，彼此的眼睛都不觉一亮，有一种同属"亚洲老乡"的亲近。

"联莫行动"贝拉司令部内一片忙碌。从一幅挂在走廊中的中国花鸟写意画"富寿图"判断，这所房子或许曾是某位华人的宅院。华人真是有着顽强生存能力的民族，即使在南部非洲最偏僻的角落，人们也可以看到这些黄皮肤的同胞。司令部联络官是博茨瓦纳少校奥利弗。他说，已经接到马普托总部发来的关于我来此采访的文传。随后，我们便与来自意大利的联络官毕鲍里少校共同商定采访活动安排。

不久，一位日本军人来到这间办公室，我们彼此之间先是一怔，然后热情地寒暄起来。这位名为一安政火的日本少校忽然转头离去，又很快手执一本书返回，将那书捧给我看：那是日本作家守屋洋编撰的《中国古典一日一则》，每月自 1 日起，一日一则地讲解中国古典成语箴言。

1 月 1 日的第一条便是"苟日新，日日新，又日新"，之后便是诸如"吞舟之鱼不游支流""无恒产，因无恒心""靡不有初，鲜克有终""贵其所长，忘其所短"等。望着我对此书啧啧赞赏的神情，一安政火一定同我一样有一种异域遇知音的感觉。他动情地说："我非常喜欢这些中国古典名言，每天必读一则，这是我的《圣经》。"

军事观察员的素质

　　那一年，中国向"联莫行动"派出了 10 名军事观察员，他们被分别派驻在 3 个地区。这 10 名来自祖国的年轻军人们都很精明强干。除了环境艰苦等，这些中国军人也遇到了一些从未碰过的难题。联合国向参加"联莫行动"的人员支付相当优厚的津贴，但所有人都要食宿自理。旅馆收费昂贵，不是久留之地，他们为租一处合适的房子四处奔走，真是费了不少气力。还有一个吃饭问题。此外，这些执行和平使命的军事观察员除了在生活上有诸多不便，还面临着疟疾等疾病侵袭的威胁，也不排除在一定场合中有生命危险。被分配在北部地区快速反应部队的中国军事观察员小韩曾多次钻入几乎无路可走的丛林中执行调解任务。

　　结束了在贝拉的采访后，我又乘联合国的飞机前往莫桑比克北部第三大城市楠普拉。一进入楠普拉市区，便是满目萧条。市内最引人注目的建筑是一座白色清真寺。据说，在这个城市及周围地区，90%的人信仰伊斯兰教。在南部非洲这样偏远的地区，伊斯兰教有这样大的影响，曾令我十分惊异。

解散莫桑比克对立双方的军队是和平进程的关键。一到楠普拉，我便提出深入到一两个军队解散集结点采访。巴西籍的战区司令莱利奥将军和瑞典籍的首席军事观察员福格森上校对此作了安排，并邀我参加当天上午举行的一个吹风会。参加者为"联莫行动"北部地区各部门负责人。巴西司令首先通告说，最近发现有时无法与某些人取得联系，今日再重申一下纪律，今后任何人任何时候都必须携带无线电话机，并让电话机保持开机状态，上厕所也不例外，此语立即引起一片笑声。随后，在福格森上校的主持下，各部门负责人分别通报最新情况。负责人员调动的乌拉圭籍少校报告新来人员及将被替换休假人员的情况，强调每一组军事观察员中尽量配备一名讲葡萄牙语的人；负责后勤的是祖籍中国福建的马来西亚军官陈少校，他报告了车辆保障中的困难和解决办法。

福格森上校曾多次参加联合国维持和平行动，并曾在芬兰和瑞典培训联合国军事观察员的训练中心做教学工作。他在吹风会上所表现的敏锐、稳重、驾轻就熟的指挥艺术和幽默感令人印象极深。此前，我曾向这位资深联合国军事观察员发问，你认为一名军事观察员最重要的素质是什么？福格森答道，一名军事观察员处理问题的态度很重要，否则便不是在解决问题而是在制造麻烦。要学会根据特定地区特定民族的习惯同各方力量打交道，不要莽撞地提出问题，要学会以婉转的方式提出和解决问题。其次，他们还必须相互依赖，具有合作和吃苦精神。如果有人到这里来是为了赚钱，那他们可是上错了船。这一工作是很艰苦的，不仅经常冒着蚊叮蛇咬乃至生命危险到偏远地区执行任务，还要自己做饭、洗衣，过一种自力更生的生活。再次，还有一个语言问题，如在莫桑比克做一名军事观察员，应懂得英文和葡文。

在一旁的总联络官穆罕默德少校事后补充说，除了正确的态度和合作精神外，军事观察员要能够面对、接受和处理任何严峻的现实情况，还要有严格的纪律性和容忍精神。个人本领再大，但如果总是以自我为中心，不容忍他人，不服从纪律，也无法完成联合国的维持和平任务。据我的观察，对中国军事观察员来说，或许还有一个熟练掌握驾车、计算机操作等各种技能的问题。军事观察员出外执行任务时，均需在各种复杂道路情况下自己驾车。中国军事观察员在莫桑比克的第一次驾车考试中竟没有人过关。在距楠普拉 90 千米的纳米洛集结点采访时，我看到在这个偏僻角落执行任务的军事观察员主要通过一个计算机系统与总部保持联系，如果让一个对计算机操作技术一窍不通的人到那里工作，那就非傻眼不成！

"虎营"显虎威

在楠普拉,有一个在莫桑比克所有中国援外专家组中唯一远离首都马普托的纺织专家组。在中国军事观察员贾永兴的带领下,我在抵达楠普拉的当天晚上便步行前往中国专家组驻地探望。这使得那些远离祖国的同胞们大为惊喜:这毕竟是中国记者多年来第一次涉足楠普拉。

约 20 名主要来自中国上海第三十一棉纺织厂、上海第三印染厂的专家们正在根据中莫两国政府合同从事坦克斯莫纺织厂的生产恢复工作。已经在那里工作一年的他们经历了在国内无法想象的困难:很长一段时间没水没电;有水的时候"那水比苏州河的水还要浑";有时要经受 44 摄氏度高温的煎熬;30% 的人曾染疟疾,一人因患脑疟死亡;一段时间内没有报纸、杂志和电视机。对于绝大多数第一次远离亲人的他们来说,要克服这一切困难仍然坚持工作,需要多么坚强的意志和勇气!

驻守在北部地区纳卡拉走廊的是来自孟加拉国的军队"虎营"。或许是出于民族自豪感,来自孟加拉国的穆罕默德少校特意安排我去"虎营"采访。一到驻地，立即感到这世界真小。热情的营长本人曾在中国南京某军事院校学习；一位曾在北京语言大学学习过两年的少校也前来用汉语与我交谈；他们指着一排排推土机、装卸机等机械设备说，那也是由中国制造的。所有这一切令我倍感亲切。

营长在指挥室内介绍完该营现状后，又带领我在各处参观。营地内军纪肃然，井井有条。此外，令人印象最深的便是"虎营"官兵所流露出的自豪感和民族尊严。

在营部外面的走廊墙壁上，挂着一幅镌刻着历年来获得嘉奖官兵名字的镀铜金属牌；在挂着几幅该营前任首长肖像的大厅内，营长介绍说，那都是曾获得孟加拉国最高荣誉"最有勇气者"勋章的人。"虎营"在孟加拉国历史上是一支打过硬仗、满载荣誉的部队。因此，这支部队人员的军服领子上均镶有红边，曾经和正在这支部队里服役的人都为有此殊荣感到自豪。

在与参加"联莫行动"的各国军人接触当中，常常可以强烈地感受到表现形式不一的民族自豪感。在贝拉的那位博茨瓦纳联络官曾如数家珍地低声告诉我，博茨瓦纳军人在中部地区中占据了不少重要指挥职务。我开玩笑说："博茨瓦纳占领了贝拉！"他听后哈哈大笑，与我连连握手。

在由楠普拉返回马普托经过贝拉机场时，31岁的日本一等陆尉河野玄治正拿着相机四处拍照。当他得知我是中国记者且曾于

20 余年前在军中服役时，他突然后退一步，"啪"地打了一个立正，然后用结结巴巴的英语说，"请告诉中国读者，这里有很多日本军人在出色地工作着。"

在与福格森上校那场关于军事观察员素质的谈话中，这位瑞典人曾询问我对新来的中国军事观察员的看法。我毫不迟疑地答道："我认为他们是素质极佳、定能胜任的军事观察员。"福格森似乎有些吃惊地反问道："何以见得?"回想起来，那种充满自信的判断是否也令福格森上校感到其背后显露出作为中国人的民族自豪感?

莫桑比克和平进程为何拖延[1]

1993 年 7 月 17 日，莫桑比克总统希萨诺和反政府的全国抵抗运动（以下简称"抵运"）领导人德拉卡马未能如期举行自去年 10 月签署和平协议以来的首次会晤。这使人们对一再拖延的莫桑比克和平进程更加关注。

自和平协议签署以来，莫桑比克对立双方之间没有发生严重的破坏停火事件。然而，迄今为止，莫桑比克和平进程缓慢而艰难。根据和平协议，双方军队本应在去年 10 月下旬开始分别在 49 个集结点集结，并于去年 11 月开始解散各自武装，随后组成一支新的联合军队。但直到今年 2 月底，双方才就其中 12 个集结点的位置达成协议。目前，49 个集结点中的 28 个已具备接待集结部队的条件，但双方军队至今未进入集结点。在北部楠普拉省纳米亚洛集结点，一位西班牙籍军事观察员指着为集结部队准备的两个集装箱对记者说："我们已为在这里接待集结部队等待了很长时间，我担心这些食品将开始变质。"解散各自军队的拖延影响了整个和平

---

〔1〕 载《人民日报》1993 年 7 月 24 日第 6 版。

进程，原定今年 10 月举行的大选现已不可能进行。

联合国安理会 797 号决议制定的"联莫行动"计划，牵涉大规模资金、人员、管理和后勤保障等复杂因素，因此，这一行动的具体实施，所需时间比预料的要长。然而，和平进程拖延的根本原因，在于莫桑比克对立两派的态度。莫桑比克双方迟迟未能解散各自军队，背后隐藏着双方对将来政权分配等前途的审慎考虑。经过约 17 年内战之后，双方积怨甚深，彼此疑虑很大。莫桑比克执政的解放阵线党书记恩多贝在接受本报记者采访时说，抵运在和平进程中实施"拖延战略"。他说，莫桑比克政府必须保持必要的警惕，以便弄清对方的真正企图。莫桑比克双方都曾表示不愿看到安哥拉局势在莫桑比克重演，而安哥拉局势恰恰表明，如果不能真正解散双方军队，即使举行大选，其结果也可能得不到尊重，仍会烽烟再起。

国际社会对莫桑比克和平进程一再拖延密切关注。联合国安理会于本月初再次敦促莫桑比克双方军队立即开始遣散。联合国特别代表阿杰洛 16 日警告说，如果双方对执行和平协议持消极态度，国际社会可能对在莫桑比克实现和平丧失信心。

多年的内战已给莫桑比克人民造成了巨大的灾难。记者在马普托、贝拉和楠普拉等地看到，昔日美丽的城市如今已破败不堪。内战使全国 1600 万人口中的 400 万人被迫流离失所，三分之二的人生活在赤贫状态中。莫桑比克人年均国内生产总值只有 70 美元，已成为世界最贫穷的国家之一。"莫桑比克"一词来源于斯瓦西里语，意为"光明到来"。海岸线长达 2630 千米的莫桑比克有着巨大的经济发展潜力。在莫桑比克，无论走到何处，记者都感受到莫桑比克人民强烈地希望加快和平进程，进而重建国家，使和平和发展的光明前景早日到来。

迈向和平的转折点

　　莫桑比克在经历了近 20 年的战乱之后，1994 年 10 月 27 日和 28 日举行历史上第一次总统和议会的民主大选。这很有可能成为莫桑比克迈向和平与发展的转折点。

　　1975 年 6 月，莫桑比克通过武装斗争终获独立。但独立后不久，莫桑比克政府与反政府的"莫桑比克全国抵抗运动"（以下简称"抵运"）发生了内战。人民渴望和平与建设的美好愿望在有着外部势力插手的兵荒马乱中长期不得实现。内战使得这个约 1600 万人口的国家付出了沉重代价：100 万人丧生、400 万人背井离乡、150 万难民寄居在周边 6 国，在约 80 万平方千米的国土上竟埋设着 200 多万颗地雷，曾以世界第一大腰果生产和出口国而享誉的"腰果王国"如今已陷入全部停产，人均国内生产总值曾降至 70 美元，因而被列为世界最贫穷的国家之一。近年来，抵运作为主要的反对党，力争在国家政权中占有一席之地。莫桑比克政府与抵运开始进行政治对话。经过时断时续的艰苦谈判，双方于 1992 年 10 月 4 日签订了和平协议。

　　根据和平协议，莫桑比克大选本应在 1993 年 10 月举行，联合国也为此投入大量人力物力实施"联莫行动"计划。但联合国驻莫桑比克代表不得不宣布将大选推迟一年，其主要原因是防止莫桑比克重蹈安哥拉因一方拒不接受大选结果而内战再起的覆辙。

　　安哥拉的重要教训之一便是未能在大选前彻底解散双方武装，从而为战火再燃留下了隐患。武装力量从来都被内战双方视为政治谈判中最重要的筹码。也恰恰在解散各自武装这一关键问题上，莫桑比克和平进程格外艰难。双方原有军队在联合国监督下集结、遣散、收缴武器和组建新军工作虽一再推迟，但集结和遣散工作终于被宣布"基本结束"，在联合国的参与下，由各方人士组成的莫桑比克停火委员会正为清扫大选前的各种障碍加紧工作。

　　1994 年 10 月 21 日，联合国安理会主席发表声明指出，莫桑比克已具备进行选举的必要条件，可以在本国和国际社会的有效监督下按期进行选举。包括执政的莫桑比克解放阵线党和抵运在内的 14 个政党以及包括现总统希萨诺和抵运领导人德拉卡马在内的 12 名总统候选人结束了历时一个月的竞选活动，正在静候全国 639 万选民的政治选择。包括中国在内的整个国际社会都对莫桑比克大选给予了极大关注。2500 名国际观察员已抵达莫桑比克监督大选。

　　莫桑比克人民和整个国际社会都希望此次大选能够顺利举行，从而实现民族和解并最终结束战乱，使莫桑比克走向和平与发展。当然，国际社会对大选结果能否为参选各派所接受也将予以关注。

安哥拉：在雷区中前行

睡眠不好，一夜蚊扰，精神不佳。

午前开始腹泻，六七次之多，下午吐一次，精神大跌，甚至对今后一周奔波产生怀疑。

11 时许见 Vida（安哥拉政府新闻部官员），彼交一世界粮食署飞机条，安排明日下午 2 时 30 分飞至马兰热，须在彼过夜，增加艰苦度。

至联合委员会处欲采访，遭 UN 发言人 David 训斥，与 UNITA（争取安哥拉彻底独立全国联盟）大使秘书联系采访，彼允下午 4 时再次前往。下午前往后，再次推托，暂定本周五下午 3 时。

出师未捷，身已疲惫，须振作、拼搏亦需极小心、保重。

Soldier On!（撑下去!）

——摘自作者 1996 年 11 月 6 日日记

"我们不能再打仗了!"

安哥拉首都罗安达市卡布拉尔大街 73 号是一个不寻常的地方:二层小楼的廊台上悬挂着安哥拉国旗和联合国旗帜。在联合国秘书长特别代表贝耶先生的主持下,由安哥拉政府、争取安哥拉彻底独立全国联盟(以下简称"安盟")、联合国安哥拉核查团及美、俄、葡三国观察员组成的联合委员会时常在这里聚会,以审查、协调 1994 年 11 月 20 日《卢萨卡协议》的执行情况。人们从这里可以直接感受到安哥拉和平进程的脉搏。

在小楼二层一间办公室内,安盟驻联合委员会大使萨马库瓦先生对我说:"我们不再打仗。我从 13 岁开始便拿起枪在丛林中战斗。不,我们不能再打仗了。"他接着补充说,"我们要开始新的斗争,但这是政治斗争,是议会斗争。"

安哥拉自 1975 年独立不久开始的内战,是非洲大陆持续时间最长的战乱,和平进程也显得格外艰难。联合国安哥拉核查团发言人戴维介绍说,根据《卢萨卡协议》,安哥拉政府与安盟首先应停火,然后将各自军队集结至指定地点,解除武装,组成新的全国统一军队，最终成立民族团结政府，但这一进程被一而再、再而三地拖延。联合国安理会1996年10月11日通过决议，对安盟未能如期完成其所应承担的责任明确表示失望。安盟曾宣布其武装人员总数为6.25万人，但截至当年11月12日，到达各地集结区的安盟人员已近6.5万人，令人对安盟武装人员数目产生疑虑。这些参加集结的安盟人员中有不少老人和孩子，其中未成年者达5600多人，另有1.2万多人登记集结后又逃离了集结区。安盟武装人员所交出的武器多为废旧的轻武器。所有这些都令人怀疑安盟是否还"留了一手"。根据最新的日程表，安哥拉和平进程的军事问题应在1996年11月20日，即《卢萨卡协议》签订两周年之际全部解决，但这一目标也未完成。

在安哥拉和平进程的政治问题中，最棘手的是安盟主席萨文比的政治地位问题。《卢萨卡协议》中规定，在未来的民族团结政府中，安盟将占有4个部长、7个副部长、3个省长和6个大使职位，而萨文比将占有"特殊地位"。作为一种妥协，安哥拉政府提出请萨文比出任国家副总统，但1996年8月举行的安盟第三次特别大会"断然拒绝"了这一安排，表示萨文比将作为反对党领袖从事政治活动。安哥拉政府方面认为这不符合《卢萨卡协议》精神。和平进程又一次落入低潮。

和平进程一再被拖延，其实质是安哥拉对立双方根深蒂固的互不信任和争权夺利。无论在政府部门的办公室内，还是在集结区的帐篷里，我遇到的双方人士均流露出对对方和平诚意的怀疑。"民族团结政府是好事，"萨马库瓦先生说，"但安盟要真正有实权。你不能只给我一间办公室，让我整天在那里读报纸。举个例子，卫生部部长将由安盟担任，这个部长应有权任命副部长并全权负责，但我们的部长还未到任，他们把副部长就安排好了并掌握实权，这怎么能行？"他批评政府花很多钱买新汽车，而不是为老百姓建学校、购医药品，"安盟要改变这种状况必须有实权。我们同政府间现在建立起了一点信任，但还有那么一些分歧。我们的行事方法不一样。打了那么多年仗，我们真希望在下一次大选中赢得胜利啊……"

安哥拉和平进程尽管步履蹒跚，但仍在克服障碍中前进。身在安哥拉，可以真切地感受到和平仍是人心所向。那天，在蒙蒙细雨中的诺瓦镇集结区内，一群面色严峻的安盟战士在被问到是否还将拿起武器时，他们的回答同萨马库瓦先生一样："不，我们不能再打仗了！"

"我要上学，我要回家！"

出发采访前，尽管对遭受内战蹂躏 20 年之久的安哥拉境况作了最大胆的想象，但实际情形仍令人扼腕长叹。首都罗安达曾被称为"非洲的里约热内卢（巴西休养胜地）"。20 余年前，葡萄牙殖民者逃离罗安达之际，带走了一切可以带走的东西，随之内战又起，当时的罗安达脏乱嘈杂，海滨丢满了垃圾。北部郊外海滨处是个自由市场，一眼望不到边，尘土飞扬。这里廉价出售许多被偷窃的物品，市场中不时传出一阵枪响，几声哭叫。国家年通货膨胀率以接近 4000% 的速度上涨，当时美元与安哥拉货币宽扎的官方比价为 1∶209 099。一双童鞋的标价为 450 万宽扎，腐败的警察在对司机进行敲诈时的开价竟是 1 亿宽扎。约 50 万人在这场内战中丧生，全国三分之一的人口流离失所。

不过，同安哥拉第二大城市万博相比，罗安达还算幸运多了。1992 年内战再起时，敌对双方曾在万博进行了一场激烈的战斗，死伤者数以万计。记者坐在联合国核查团乌拉圭营卡洛斯上尉驾驶的汽车里，在万博市区坑坑洼洼的道路上颠簸，所见到的建筑物无一不是弹痕累累，还有瘫在路旁的坦克车。卡洛斯上尉特意将记者载至争取安哥拉彻底独立全国联盟（以下简称"安盟"）主席萨文比曾经住过的宅院处，这座曾极为奢华的建筑被战火彻底摧毁。这个曾被称为"新里斯本"的城市，至今无水无电无电话，工厂停工，铁路瘫痪，一片狼藉。然而，较之距此不远的奎托市，万博又算小巫见大巫了。在两年前的那场战火中，奎托市变成一片废墟，内战的残酷性在那里被展示得淋漓尽致。

安哥拉是一个美丽的资源丰富的国家。内战使国家元气大伤。然而，最令人揪心的还不是这些战争的废墟，而是这个国家的孩子们。无论在哪里，人们都可以看到一群群孩子在街头游荡着向路人乞讨，也有的在街边坐成一排为人们擦皮鞋，或是手里拿着一两件商品兜售。内战剥夺了他们读书的权利，生活的重担又过早地压在了他们的肩头。在罗安达郊区的几个集贸市场内，一群群孩子或头顶着蔬菜，或手提着鱼虾，圆睁着渴求的眼睛，请求顾主买下他们的东西。

我曾到市郊一位普通人家采访。3间土房内拥挤着3户人家，房屋内外到处是嗡嗡作响的苍蝇。在最大的一间屋内，墙上挂着两块刻有箴言的铜牌，大意分别为"吃喝之友非良朋，患难之交方挚友"和"人穷志不短"，表露着主人的心志。一位21岁的姑娘正在院内洗衣，谈起目前的生活，姑娘无奈地说，现在无事可做，只有在别人家中洗衣帮忙。谈到自己的愿望时，姑娘嗫嚅道：

"我想上学，但现在无学可上……"

在距万博不远的诺瓦镇安盟部队集结区内，安盟方面的政治谈判代表盖雷少校在雨中对记者说："我真的不愿看到这个国家再打仗，我想回到家乡，同家人团聚，我想继续完成学业。"在同一个集结区的一所帐篷内，安盟部队40岁的将军若泽谈到对未来的愿望，几乎一字不差："我要上学，我要回家！"

从这里走向新生活

20 世纪 90 年代后期的安哥拉仍是一个被对立两派交错割据的国度。那天,在零星飘洒的雨丝中,驻守在安哥拉中部重镇万博市的联合国核查团乌拉圭营卡洛斯上尉,陪同记者前往诺瓦镇集结区采访。道路坑洼不平,人在军用吉普车里被颠得如同醉汉。一个多小时的路程中,遇到的第一道关卡由安哥拉政府军和警察把守,第二道关卡由联合国核查团乌拉圭营镇守,几辆涂有"UN"字样的白色装甲巡逻车不时擦身而过。卡洛斯上尉说,再往前走,便是安盟控制的地盘了。

在整个安哥拉和平进程中,最重要的一环是先将双方军队进行集结,解除他们的武装,从中选定加入新的全国统一军队官兵后将其他人员妥善遣散。在安哥拉全国各地的 15 个集结区中,诺瓦镇集结区不同寻常,因为它所在的中部高原地区一直是安盟总部所在地。1994 年政府军用武力将安盟总部一举赶出万博市后,安盟总部便移设在离诺瓦镇不远的小镇拜伦多。

军用吉普车减缓了速度,路旁出现了一大片低矮的草屋。卡洛斯说，这里是被集结的安盟武装人员的家属区。继续前行，又有一大片草屋和帐篷，一面联合国蓝色旗帜和一面安盟组织的黑色公鸡旗在风雨中飘扬着，这里便是诺瓦镇安盟部队集结区了。在这里集结的安盟人员仍有严密的组织。经过一番交涉后，记者被允许进入了一间光线暗淡的草屋，这里是诺瓦镇集结区中安盟领导机构所在地。

不大的草屋内用帆布作墙，上面挂着安盟前主席萨文比画像、安盟组织旗、安哥拉地图和庆祝安盟成立 30 周年的标语口号。5位面色严峻的安盟人员围坐在记者身边，回答着记者的提问。他们中间职位最高的是瓦布卡。这位身着黑色夹克的安盟领导人说，他已在丛林中战斗了 21 年。他始终认为自己是在为人民的自由和国家的前途而战，"就像中国赶走日本侵略者一样，我们也是在赶走（前）苏联侵略者"。他至今不相信安盟会在 1992 年大选中失败，"那一定是政府在作弊"。但他说现在再也不想打仗了，所有在中部地区的安盟武装人员都来到这里进行集结。尽管直至现在仍对政府有点儿不信任，但他还是认为，"所有安哥拉人都是兄弟，我们还是要和解与团结"。

诺瓦镇集结区入口处突然一片嘈杂。在一辆装甲车的护卫下，4 辆涂有"UN"字样蒙着帆布的大卡车中跳下了 100 多名前来集结的安盟警察人员。"他们是从安盟总部拜伦多赶到这里集结的。"卡洛斯上尉告诉记者。这些背负行囊、手提冲锋枪、头顶蓝色大檐帽的安盟警察们大多一脸疲惫，不断好奇地左右打量着这个满是草屋帐篷的地方。在安盟指挥官的招呼下，这些人松散地排成了一队，等候注册登记。乌拉圭营的官兵对依次进来的安盟警察进行登记，然后让他们把交出的枪支扔到一辆卡车上。交出武器的人员又在另一所帐篷前排队，联合国核查团文职人员在那里运用计算机依次对集结人员进行更为详尽的注册登记，然后向办完手续的人员发张证明卡。

来自赤道几内亚的联合国人道主义援助协调机构官员罗丝女士介绍说，自9月以来，已有约千名安盟人员从这里被遣散回家。为了帮助这些一直在丛林中持枪打仗的人们回家后能有一技之长，联合国机构在集结区内开展了各种培训项目。"在联合国的维和行动中，将遣散与培训结合在一起，这在全世界还是第一次。"罗丝说。

雨丝仍在飘洒着。新来集结的安盟武装人员排着队，默默地将手中的枪支交给了来这里维持和平的军人们。尽管这些安哥拉人的脸上仍流露着疑虑与困惑，但更多的是新奇与渴望。这是一个新的开始，他们将从这里走向新的生活。

排雷者说……

　　长年内战在 124 万平方千米的安哥拉土地上撒满了"魔鬼的种子"——地雷。没有人能够准确说出地雷到底有多少。我向各方面人士询问，比较一致的说法是埋设在安哥拉的地雷总数大约在 1200 万颗左右，即全国人均一颗。地雷为安哥拉带来的灾难是深重的。无论在安哥拉何处旅行，最令人心悸的便是抬眼便能瞥见拄着双拐的残肢者。有统计说，平均每 500 个安哥拉人中就有一人因触雷而截肢，安哥拉每年需要 5000 个假肢。1996 年 11 月 11 日，安哥拉独立 21 周年之际，又有一家假肢厂开业生产。罗安达以东一个名为马兰热的省城至今每月平均发生 10 起平民触雷事故。一位挪威排雷专家说，他曾在一块仅 10 平方米的草丛中挖出美国、苏联、南非和古巴等国制造的各种地雷，这是冷战期间各种国际势力在安哥拉争夺的集中写照。

　　地雷封锁了道路，布满了乡村。要和平，要建设，这 1000 多万颗地雷便成为安哥拉人民的心腹大患。在联合国核查团总部一间活动房屋内，负责协调安哥拉排雷行动的韩国少校吴昌健，站在一张军用地图前指点着说，目前，有 4 个方面力量在安哥拉从事排雷行动：南非梅肯姆公司，来自巴西、印度、孟加拉国、乌拉圭和韩国的 5 个工兵营，数个国际非政府组织以及安哥拉本国人员。军用地图上用蓝线表明已经清除地雷的公路干道，其总长已达 1.7 万千米，地图上还有几道弯弯曲曲的红线，那是仍被地雷封锁着无法使用的道路。联合国人道主义援助协调机构官员罗丝女士说，由于地雷封锁公路，以前联合国粮食计划署等机构的救援物资有 70% 不得不通过空中运输，目前这一比率正好倒了过来，已有 70% 的物资改走陆路。

本戈省省会卡希托是首都罗安达的北面门户，安哥拉政府军和安盟曾在这一地区进行过拉锯战般的争夺，留下了难以计数的地雷。一支名为"抢救儿童"的国际人道主义救援组织自愿承担了这一地区的排雷任务。这一组织在卡希托的基地负责人皮尔鲁介绍说，该组织聘用的国际排雷专家在当地组织、培训了几支排雷队，然后根据对当地经济生活的重要程度分地块实施排雷。

该组织一支由 45 人组成的排雷队就住在卡希托城郊荒野中的几顶帐篷内，其成员多为刚刚从政府军中复员的老兵。赶到那里时，几辆越野汽车开始发动，一些排雷队员正在穿防弹衣，戴黑盔帽，准备出发。我随着他们乘车出行，来到一片草木枯黄的荒野之中。模样憨厚的排雷队长丹尼尔指着前方说，这里有一条输电线路，这条线路明年将大幅增加输电能力，他们的任务便是沿线清雷，确保线路安全。一个全身披挂的小伙子此时已手持排雷设备走下土路，小心翼翼地向前探去。20分钟后，他便被另一个小伙子替换了下来。丹尼尔解释说，这项工作有生命风险，精力必须高度集中，因此，每20分钟换一次人。当发现雷区时，探雷者便举手示意，跟在后面的队员便手持铲、刷、锥、钳等工具前往。排过雷的地方便插上涂有红白两色的尖木桩以示安全。这位队长还指着远处的一个村庄说，卡希托的食品多半依靠那个村庄供应，以前那里的道路被地雷封锁时，卡希托便出现粮荒，经过他们的排雷工作，现在那条道路已平安无事。

与一些先进的排雷技术相比，这支排雷队使用的装备显得有些陈旧。联合国人道主义援助协调机构排雷行动办公室执行主任皮特介绍说，一种新的特制车辆已在排雷行动中使用。这种车辆的研制思路不是如何排雷，而是如何探明何处没有地雷。南非梅肯姆公司最近又在运用一项警犬探雷的新技术，效率大为提高。

曾被地雷炸伤过的皮特说，安哥拉此前成立了全国障碍物及爆炸物清理局，开始全面负责排雷工作。在联合国核查团的协助下，他们已组织了六期排雷训练班，对来自安哥拉政府军和安盟双方的人员进行培训。对老百姓进行防雷教育也是大事。鉴于安哥拉全国人口中文盲比例较大，联合国机构动员和组织了许多流动宣传队，运用活报剧、木偶戏、照片和宣传画等形式对老百姓进行防雷、排雷的知识教育。皮特说："尽管国际社会多方援助，排雷的重任最终还得落在安哥拉人民身上。"

"这一段经历真是令人难忘！"

    联合国驻安哥拉第三期核查团是当时联合国在世界范围内规模最大的维和组织。这一维和行动平均每天耗资 90 万美元，全年预算近 3.3 亿美元。这是一支由 36 个国家共计 8175 人组成的特殊队伍，特殊的环境又使他们品味着一段难忘的经历。

    他们中的绝大多数人是在一个高尚使命的感召下自愿从世界各地来到这个陌生的非洲国家的。他们中的一些人已为这个高尚使命做出了牺牲，迄今已有 27 人死于枪杀、脑疟、车祸、雷击、溺水或精神崩溃。

    "你必须首先学会与别人沟通与合作。"来自巴西的高尔少校及许多人都这样对记者说。在高尔少校工作的核查团军事指挥部办公室内，另有来自赞比亚、印度、韩国的 3 位军官挤在一起办公，全权负责的是那位赞比亚军官。他说，在与同事们的合作中，他越来越多地了解了别国的文化、历史和思维方式，很受教益。

    39 岁的韩国少校吴昌健谈到，他 1997 年 2 月刚刚来到安哥拉时，与那么多有不同宗教信仰、不同文化背景的人在一起工作确实感到有些困难，但他始终以与人诚恳合作的原则要求自己，现在与大家相处得很好。他说，安哥拉生活艰苦，且有 4 种疟疾流行，最致命的一种能在 48 小时内使人丧生。在这里，人身安全也没有充分保证。"刚来的时候，我天天给家中打电话，"他说，"但两个月后，发现薪水中相当大一部分用于打电话，才改为一周与家人通一次电话。"吴昌健宿舍内的墙上挂满了儿女来信和家人的照片。"为了使自己不再想家，我就将精力用于种菜、读书和学习英、俄和葡语，"他说，"以前在家时体会不到这种亲情的珍贵，不愿意陪夫人逛商店，回国后我一定要努力做一个好丈夫、好爸爸。"

身高近 2 米的挪威人萨特恩那年 26 岁，这个酷爱本职工作的小学教师主动要求来到安哥拉后，在一个名为"挪威人民援助"的组织安排下从事扫雷等工作。当他被问到对自己这一选择的得失考虑时，萨特恩坦率地说，离开父母、离开新婚的妻子、离开可爱的学生是最大的损失。他也同吴昌健一样，刚来时也天天同家人通话，现在改为每月通话一次，但一说便是一小时。至于收获，他说，除了这里的薪水多一些外，最主要的收获是同来自全世界各种人的交流使他开阔了视野。他学会了在各种环境和条件下工作，例如扫雷，从计划到实施，再到检查落实，都是他全权负责，这是个锻炼的极好机会。

常驻核查团的审计师卡妮女士来自纽约联合国总部。她说，刚到时，望着那一排排白色的活动房屋，曾后悔地自问："我到底为什么要到这里来?"但很快她发现这里独具魅力。"与人情冷漠的纽约相比，这里的人们相处得像一个亲密的大家庭，"卡妮说，"与别人的交流极大地充实了我自己，我也常常帮助我所遇到的安哥拉青年，告诉他们只要努力工作，为国家的重建做贡献，他们会大有前途。"卡妮说，她在此工作 6 个月后本来可以回去，但她还是待了下来，"这是一种或许不会再有的经历，这一段经历真是令人难忘！较之我们所遇到的所有困难，能有机会为一个国家的和平、团结而工作，这是一种高尚的使命，是一种成就。"

艰难的和平进程

安哥拉开始迈向和平

近 20 年来战火难熄的安哥拉终于传来了喜讯：安哥拉政府和反政府的争取安哥拉彻底独立全国联盟（以下简称"安盟"）于 1994 年 11 月 20 日正式签署了新的和平协议。30 多个国家的领导人和代表出席了签字仪式，签字仪式结束后，安哥拉总统多斯桑托斯发表讲话指出："现在，安哥拉人民渴望的和平即将来临。"国际社会尤其非洲国家，普遍希望安哥拉以此为契机走向和平与发展。

安哥拉曾是葡萄牙殖民地，1975 年 11 月取得独立。不久，曾共同反对殖民统治的安哥拉两派即安哥拉人民解放运动（以下简称"安人运"）和安盟因未能就权力分配问题达成协议而陷入内战。在冷战时期两霸争夺的国际背景下，内战愈演愈烈。20 世纪 90 年代初，冷战结束，外部势力插手减少和人民渴望和平等内外因素，促使双方曾于 1991 年 5 月在里斯本签署了和平协议。据此，安哥拉于 1992 年 9 月末举行了独立以来的首次总统和议会选举。大选结果是执政的安人运赢得了多数选票，但安盟拒绝接受这一被联合国宣布为"大体上是自由和公正"的选举结果，内战的战火再次点燃。

安哥拉内战再起，实质仍在于权力分配。双方在万博、奎托等地展开的伤亡惨重的争夺战，对南部非洲和平构成威胁，它再度引起国际社会的关注。随着冷战时期曾支持安盟的美国 1993 年 5 月宣布正式承认安哥拉政府，联合国安理会 1993 年 9 月通过了对安盟实行石油和武器禁运的决议，尤其是南部非洲国家的敦促和调解，安哥拉交战双方先后在阿比让、卢萨卡等地重开和谈。谈判中的讨价还价和战场上你死我活的较量相伴，但谁也吃不掉谁。就这样，在谈谈打打的过程中，双方相继在卢萨卡就建立统一军队、组建新警察部队、停火、举行第二轮总统选举、安盟的议会席位、安盟在各级政府参政、全国和解、联合国的使命、观察国的作用、实施和平协议的领导机构等 10 个重大问题达成了共识，从而形成了新的和平协议。

多年的内战严重地破坏了这个有着丰富钻石、石油和剑麻等资源的富庶之邦。在全国 1100 万人口中，已有 50 万人丧命于战火，三分之一人口沦为难民，伤残者和婴儿死亡率均居世界首位，约 250 万人依靠联合国的救济为生。与此同时，这个国家宝贵的钻石等产品和资源却不断被偷运到国际黑市以换得内战所需的军火。化干戈为玉帛，早已成了安哥拉人民的最强音。1994 年以来，南非发生的历史性变革为该地区的稳定注入了新的积极因素。1994

年7月以来，为安哥拉问题的迅速解决，南部非洲地区的外交舞台异常活跃。南非总统曼德拉及赞比亚、莫桑比克、津巴布韦和扎伊尔等国领导人纷纷就安哥拉局势奔走磋商，南部非洲各国决定依靠自身努力解决本地区冲突。

和平协议签署，为安哥拉历史掀开新一页，但人们认为，在今后的和平进程中，萨文比的政治地位，安盟参政和组建新军等仍是极为敏感的棘手问题。这些问题如妥善解决，安哥拉就能谱写出和平与发展的新篇章。

（1994 年 11 月 22 日）

安哥拉双方罢战言和

人民日报哈拉雷 1995 年 5 月 7 日电（本报记者 温宪） 1995年5月6日，安哥拉总统多斯桑托斯和反政府组织安哥拉彻底独立全国联盟（以下简称"安盟"）前主席萨文比在赞比亚首都卢萨卡举行了会谈。会谈取得了积极成果，双方均表示将携手合作以推动安哥拉和平进程，最终使这个多难的国度享有持久和平。内战双方领导人终于坐在一起，共商和平大计，这是安哥拉和平进程中的重大进展。

1994 年 11 月 20 日，安哥拉交战双方在卢萨卡正式签署了又一项和平协议后，安哥拉局势一直扑朔迷离。当时安盟领导人萨文比以人身安全为由未出席和平协议的签字仪式，为这项协议的执行蒙上了阴影。后来双方在安哥拉各地的军事冲突和摩擦仍然接连不断。至 1995 年 3 月初，安哥拉局势一度极为紧张，和平进程陷于停滞。联合国驻安哥拉特别代表比耶曾经数次指出，安哥拉对立双方均未能严格遵守和平协议，均应对破坏停火事件负责。

1995 年 2 月 8 日，联合国安理会决定向安哥拉派遣约 7000 人的维和部队。非洲前线国家的外长们于 1995 年 3 月初聚会哈拉雷，呼吁联合国加快部署维和部队，以挽救安哥拉和平进程。与此同时，国际社会不断呼吁安哥拉双方领导人尽快实现最高级会晤。1995 年 4 月中旬，安盟领导人萨文比终于走出丛林，来到扎伊尔的戈巴多利特，与扎伊尔总统蒙博托和联合国代表比耶等就实现最高级会晤一事举行会谈。此后，萨文比表示"现在的气氛有助于我们寻求一条持久和平的道路"，他本人和多斯桑托斯总统应承担起实现和平的责任。安哥拉政府也对双方领导人举行会谈一事做出了积极响应。

自 1975 年独立后不久便爆发的安哥拉内战已持续了漫长的 20 年。近年来，在整个南部非洲政治版图上发生了极为深刻的积极变化。1992 年 9 月大选失利后，首先重开内战的安盟既失去了过去"盟友"的道义支持，在战场上处境也日渐被动。1993 年年初，安盟武装一度控制了约 70%的全国领土，但现在的控制区仅相当于全国面积的 15%。两年多的新内战以惨重的代价再次证明了一个老道理：内战无出路，化干戈为玉帛才是大势所趋。

几经周折之后，安哥拉内战双方领导人再次回到谈判桌前，这使一度陷于停滞的和平进程出现了重大转机。然而要实现持久和平，关键在于处理好两派权力和利益的分配问题。安哥拉内战双方领导人能否消除多年积怨，逐渐建立起信任的合作关系，进而通过平等协商解决利益冲突，便成为牵动今后安哥拉和平进程的重要因素。

从萨文比后悔说起

大约两周前，争取安哥拉彻底独立全国联盟（以下简称"安盟"）领导人萨文比走出丛林，对 1992 年重新发动内战表示"深深地后悔"。他说，如果 3 年前他能像今天这样致力于和平，安哥拉内战重开本来是可以避免的。

1995 年 9 月底，萨文比与多斯桑托斯总统共同出席了在布鲁塞尔举行的援助安哥拉国际会议。当时，萨文比当众宣布："我和我的组织将永远不再走战争之路。"

人们还记得 3 年前的往事。那时，安哥拉正在进行独立后的首次总统和议会大选。萨文比在大选前一再表示，无论大选结果如何，安盟都将接受现实。然而当陆续公布的选票结果显示安盟无望取胜时，萨文比却以大选中有舞弊现象为由，拒绝接受选举结果。随后，他拉起人马重返丛林，安哥拉又开始了一场内战。

安哥拉为 3 年内战再次付出了昂贵的代价。除了生灵涂炭、民怨沸腾外,安盟在大选中未能得到的利益在战场上同样没有得到。诉诸武力的做法不仅与人民的意愿南辕北辙,而且受到了国际社会的批评。在安哥拉兄弟阋墙约 20 年时间,这个有"南部非洲天然宝库"之称的国家,盛产石油、钻石、咖啡,却落得个民生凋敝、苦不堪言。此外还有 1000 多万颗地雷潜埋在地下,时刻威胁着平民百姓的生命安全。

萨文比后悔,这从一个侧面反映出安哥拉实现和平大有希望。安哥拉和平进程已经取得了重要进展。今年早些时候,南非总统曼德拉曾向安哥拉政府进言,萨文比的政治地位问题不解决,安哥拉无和平可言。现在,安哥拉政府仿效南非民族团结政府的模式,已邀请萨文比出任副总统,另有 4 位部长和 7 位副部长的职位也由安盟成员担任。安哥拉政府正在设法摆平各方的利益,以最终实现和解。

在非洲大陆上,谁也没有萨文比在内战漩涡中滚打的时间长。萨文比疾呼和平再一次证明,和平与发展在非洲是众望所归。血的教训告诉非洲人民,和则两利,战则两伤,只有通过谈判寻求和平解决才有出路。对于仍在内乱中煎熬的索马里、利比里亚、塞拉利昂、卢旺达、布隆迪和苏丹等非洲国家来说,安哥拉的和解进程是富有教益的。

(1995 年 10 月 27 日)

安哥拉和平的里程碑

人民日报约翰内斯堡 1997 年 4 月 12 日电（本报记者 温宪）安哥拉团结与民族和解政府于 1997 年 4 月 11 日正式成立。安哥拉和平进程中的这一重大举措立即得到了国际社会的普遍赞扬，人们纷纷以"安哥拉未来希望的象征"（德国外长金克尔语）、"向和平迈出了一大步"、"开创了一个新时代"（法国外交部发言人雅克斯语）等评价盛赞这一事态发展。

安哥拉自 1975 年独立后不久便陷入内战，至 1994 年 11 月 20 日《卢萨卡协议》签署，这个位于非洲南部西海岸的国家共经历 19 年内战，为非洲大陆持续时间最长的战乱。安哥拉的和平进程也格外艰难。1989 年 6 月，安哥拉政府与反政府的争取安哥拉彻底独立全国联盟（以下简称"安盟"）首次达成关于停火及民族和解的《巴多利特协议》，但协议形同虚设，未予实施。1991 年 5 月 31 日，安哥拉内战双方经过 6 轮艰苦谈判，在葡萄牙首都里斯本附近的巴塞斯正式签署了和平协议。根据这项协议，安哥拉于 1992 年 9 月底举行了独立后首次多党制总统和议会选举。在这一被联合国确认为"大体上自由公正"的选举中，执政的安哥拉人民解放运动（以下简称"安人运"）取得了议会大选胜利。在总统选举中，尽管现任总统多斯桑托斯未能取得压倒性多数，但他的得票率较安盟领导人萨文比明显处于领先地位。拒绝接受这一大选结果的安盟再一次走入丛林，开始了新一轮内战。战场上的残酷较量再一次使双方认识到谁也无法在军事上消灭对方。因而，通过谈判结束内战再一次成为双方共识。自 1993 年 11 月开始，双方经过一年的艰苦谈判，终于在 1994 年 11 月签署了《卢萨卡协议》。

根据《卢萨卡协议》，安哥拉内战双方除实现停火外，还要由联合国派部队监督停火；由各方代表组成的联合委员会负责监督和平协议的具体实施；双方解散各自的军队并重组新军；安盟将参加中央及各级政府；在双方认为合适的时间举行第二轮总统大选。这一新的和平协议签署后，安哥拉内战的枪炮声基本平息，但和平进程一再拖延，双方在集结军队、解散武装、重组新军等问题上不断相互指责。和平进程中的政治问题也不断横生枝节，最终的分歧集中在了安盟主席萨文比的政治地位上。安盟提出必须明确规定萨文比在未来国家政治生活中的"特殊地位"，安哥拉政府则认为这一要求有违《卢萨卡协议》精神。作为妥协，安政府曾提出由萨文比出任国家副总统，但遭到安盟的断然拒绝。这一僵局导致民族团结政府的诞生一拖再拖。为不使安哥拉和平进程功亏一篑，联合国秘书长安南不久前亲往安哥拉调解分歧，促进妥协。

1997 年 4 月 8 日，安哥拉议会表决同意给予萨文比"最大反对党领导人"这一特殊政治地位。这一地位的规定将使萨文比有权就国家政治问题与多斯桑托斯总统面晤；有权享有一份高薪；在首都罗安达有一套住房和一支警卫队伍。安哥拉执政党在这一问题上的让步最终为民族团结政府的成立扫清了障碍。在1992年举行的全国议会大选中，共有70名安盟人员被选为议员，但他们从未参政。本月9日，这70名安盟议员中的66人在安哥拉议会宣誓就任。两天以后，安哥拉团结与民族和解政府正式成立。在这一由28名部长和55名副部长组成的新政府中，来自安盟组织的人员占有4个部长和7个副部长职位。

安哥拉首都罗安达1997年4月11日为新政府的成立举行了隆重的庆典。然而，这一庆典留有一个耐人寻味的缺憾，那就是已被授予特殊政治地位的安盟领导人萨文比的缺席。萨文比不出席这一里程碑式庆典的表面理由是罗安达的安全状况仍令他不放心，但实质仍在于多年积下的猜忌与不信任。这也是人们普遍对安哥拉前景持谨慎乐观态度的原因。除了多年积怨有待化解外，新政府还面临着诸多问题，如10万名双方前武装人员等待安置、平民中的武装有待解除、难以计数的地雷必须排除、恶性通货膨胀急需抑制、全面经济建设有待展开等。在艰难地赢得和平后，安哥拉人民开始迈向建设与发展。

安哥拉和平进程出现逆转

人民日报约翰内斯堡 1997 年 7 月 24 日电（记者 温宪）联合国安理会 1997 年 7 月 23 日在一项声明中对安哥拉近期局势的不稳定表示严重关切。声明严厉指出，如果争取安哥拉彻底独立全国联盟（以下简称"安盟"）不立即采取具体行动执行卢萨卡和平协议，联合国将考虑对其进行经济制裁。

自 1997 年 5 月下旬以来，安哥拉政府军与安盟武装之间不断发生军事摩擦，双方之间的相互指责也愈加激烈。国际舆论惊呼"安哥拉重蹈内战迹象明显""安哥拉双方准备最后较量""人们担忧安哥拉将步柬埔寨后尘"。

安哥拉政府军与安盟武装近期的军事冲突集中在东北部盛产钻石的北隆达省。在长期的安哥拉内战中，安盟武装占领区内的钻石矿成为支持其内战消耗的最重要经济来源。即使在 1994 年 11 月 20 日卢萨卡和平协议签署后，安盟也不放弃对已占领钻石矿区的控制和开采。据报道，去年仅宽果山谷地区的钻石矿产值就至少有 6 亿美元。今年 5 月下旬，安哥拉政府军首先向在北隆达省的安盟武装发动进攻，随后双方武装在该地区一些要地进行了占领与反攻交替的拉锯战。目击者说，早已饱受地雷之害的安哥拉大地上又被埋设了新地雷，一些村镇在新的战火中遭到洗劫，战火中又涌现出成千上万新难民。

　　安哥拉政府一直指责安盟没有和平诚意。有报道说，安盟一直在南隆达与北隆达两省拥有秘密军事基地、飞机场和武器库，武器中包括美国生产的"毒刺"导弹。对此，安盟一直极力躲避联合国核查团的核查。此外，安盟最近一段时间以来还加强了重新武装、重新组织和不断扩军等有违和平协议的行动。一位已背弃安盟的知情人不久前说，安盟部队只有约25％的人根据和平协议的要求进行了集结和遣散，安盟正在南隆达与北隆达两省将其武装重组为10人至15人的若干小分队在丛林中活动。安哥拉政府7月3日谴责安盟在原总部所在地万博地区强行征兵和重建军事基地。联合国驻安哥拉核查团也承认安盟确有一支人数不明的秘密武装。为此，联合国安理会指责安盟未向由联合国监督的联合和平委员会提供有关其军事力量的真实信息。

　　安哥拉和平进程出现逆转，关键在于对立的双方对国家权力的争夺和互不信任。今年4月11日，安哥拉团结与民族和解政府正式成立时，萨文比虽被确认为最大反对党的领导人，但他以安全为由拒绝到罗安达参加成立大典，这一举动为此后的和平进程出现逆转埋下了伏笔。安哥拉再现内战阴影还有着地区国际形势变化的因素。原扎伊尔总统蒙博托曾是安盟在非洲大陆的重要支持者。蒙博托政权的垮台无异于折断了安盟背后的一根支柱。在此情形下，安盟更加着力于坚守、扩充以自保，而安哥拉政府军则借势欲彻底打击安盟武装以除后患。

　　为避免安哥拉和平进程重蹈柬埔寨覆辙，国际社会除了向安盟继续施压，促其切实承担起执行卢萨卡和平协议的责任外，联合国安理会还希望安哥拉总统多斯桑托斯与萨文比尽快会谈，以缓和目前紧张局势，促进民族和解进程和防止安哥拉和平进程前功尽弃。

扎伊尔：刻骨的人生体验

极具戏剧性、向高峰冲刺的一天。

想到前途未卜，昨晚失眠，夜大雨。

上午 8 时 30 分后，路桥公司派候巧凤医生，由一黑人司机驾车前往吉赛尼，12 时前抵。

过卢旺达海关尚顺利，但在扎伊尔海关颇费周折：等待；后告在南非所办签证无效；扣护照；发新证件，交 60 美元；8 天后再续；4 个包被操美音英语官员彻底搜查；到警官处等待；与两人聊，来自刚果民主共和国；与警官谈；至 Information（机场问询处），又交 20 美元办一证；被告没有飞机去基桑加尼。赴 HCR（联合国难民署），人不在；在国际红十字会，瑞士人 Peter 允帮忙，但不能用文传机。到 HCR，首席行政官允排在本周三，约谈难民问题；到边界旅馆，见反政府人士；与比利时记者谈；后回 HCR 与 Confort（联合国难民署官员）谈难民问题；见后勤官，允明早一试，可能有机会去基市。回旅馆，与两人算账讨价，对方要价 100（美元），我说 50，后 60，不愉快。

住进 Masque（马斯科）旅馆，停电，无水。

——摘自作者 1997 年 3 月 24 日日记

面对风险无人保险

自 1996 年 10 月以来，扎伊尔东部战火迅速蔓延。这场战火烧得上百万卢旺达难民四处逃亡，烧得蒙博托 32 年的统治岌岌可危，烧得整个大湖地区动荡不安。1997 年 3 月 14 日，我离开南非奔赴扎伊尔进行现场采访。

出发之前，在南非银行询问办理外汇事宜时，负责外汇管理的露露夫人听说我要去扎伊尔时，竟情不自禁地惊呼起来。"噢，你所在的新闻机构一定付给你很多报酬吧，"她高声叫道，"那些报道和照片一定能卖很多钱！"

为帮我选择最佳航线与航班，Inddjet（印杰）旅行社的蒂拉萨小姐很费了一番脑筋。机票订好后，这位热情的小姐又问："你办没办理旅行保险？"在得到否定的答复后，蒂拉萨惊异之极："你怎么能不办理保险，我建议你最好办一个。"小姐的话听起来很有道理，那就办一个吧。填写保险单时，我问"身份证号码"一栏可否填写我的护照号码。蒂拉萨拿起电话，向有关保险公司询问此事，保险公司答曰具有南非公民身份的人才能申请此种保险。

　　放下电话，蒂拉萨发问："你是南非公民吗？""不，我不是。"蒂拉萨的脸一下子红了起来，极感尴尬地连说："实在对不起！"

　　"不管怎样，我还是要谢谢你的关心。"我口中这样说着，心中陡升一种悲壮：作为一名中国记者，我将在没有任何人身保险的情形下孤身一人前往那个瘴疫流行、内战正酣的中部非洲大国。

卢旺达的难眠之夜

正值战乱的扎伊尔实际处于国家分裂状态。从首都金沙萨出发已无法跨越战线进入东部战区，因此进入扎东部的最佳路线是穿越卢旺达西部边境。扎伊尔反政府武装与卢旺达现政府在时局中有着某种默契，实际上提供了一条从卢旺达进入扎伊尔东部的通道。

在肯尼亚首都内罗毕肯亚塔国际机场候机准备前往卢旺达首都基加利时，令人多少有些惊奇的是：数十名旅客中，白皮肤、黄皮肤的人多于黑皮肤的人，且大多表情严肃，眼中多含一种茫然的深沉。

自肯尼亚首都内罗毕至卢旺达首都基加利只有一个多小时的航程。肯尼亚那年很旱，从飞机上望下去，境内一片深褐黄色。然后，便俯瞰到一片怡人的湛蓝，这便是世界著名的维多利亚湖。湛蓝湖光隐去之后，映入眼帘的是团团葱翠，一座座山头上星星点点地散落着民居，袅袅的炊烟更增添了一分诗意。飞机降落在基加利卡农贝国际机场后，大多数旅客都是面色严峻地走出机舱。

这座由比利时人设计的候机大楼的楼顶当时仍留有被炮弹炸缺的一角。它似乎在告诉人们：基加利曾经历过的一场腥风血雨。飞机抵达基加利后，更令人感到一丝凄凉：机场上孤零零地停着几架小飞机，这数十名旅客在空旷的大厅内默默地排成长队，悄无声息地等候着办理出关手续，人们似乎都不愿以不合时宜的欢笑打破应有的肃穆。基加利山道两边不少建筑物上还残存着密集的弹洞，表情警觉的胡图族军人还在提枪巡游。

卢旺达号称"千山之国"，首都基加利就伸展在几个山头上。与所有非洲国家一样，卢旺达有着遭受殖民统治的历史，也有着争取政治独立和经济发展的奋争。然而，自 1994 年以来，这个中非山地小国却不期然地成为国际社会关注的热点。1994 年 4 月 6 日晚，卢旺达总统哈比亚利马纳与布隆迪总统恩塔里亚米拉在基加利国际机场上空同机罹难。这一事件顿时激化了卢旺达胡图族人与图西族人的武装冲突。以胡图族人为主的政府军立即向反对党人士和图西族人大开杀戒。多年来一直流落异国的图西族人武装——"爱国阵线"则乘势兵分三路自北部南下，直逼基加利。卢旺达境内爆发了一场持续数月的部族大屠杀，约 50 万人惨遭杀戮。"爱国阵线"经过几番血战后攻占基加利，建立了新政府。200 多万胡图族难民随即潮水般涌向邻国。

基加利是那场大屠杀和血战最惨烈的中心，当时仍然可见斑斑印迹。在从机场至基加利市内的路上，一位曾亲历那场灾难的中国外交官不时指点着路边弹痕累累的路牌介绍道，当时这条路两边躺满了尸体，他们绝大多数是平民百姓，有的地方尸体重叠数层，长时间无人敢去收尸。褚黄色的卢旺达国民发展议会大厦上至今可见密密麻麻的弹洞。在那场灾难中，所有外交机构都遭到洗劫，唯有深得当地人民敬重的中国大使馆是一个例外。尽管如此，中国大使馆的大楼内仍可见到 8 处流弹留下的痕迹。

当时基加利的街头已经显得很平静。市中心一度关张的各种店铺重新开门营业。在商业中心区一处人头攒动的大市场内，最引人注目的商品是一层层摆放得极高的筒装食用油、奶粉及其它食品。一问卖主，他们都承认这些印有外国生产标志的产品均为联合国向难民发放的救济物资。新政府上台后，对市内沿途自发开设的地摊市场进行整治，加盖了一些棚屋，使得城市面貌较前更为整洁。高高矗立的塔吊成为基加利一大景观，它表明这个城市已经迈出和平建设的步伐。我下榻处紧邻一座教堂。那天下午，一阵悦耳的合唱歌声从那里响起，一场气氛喜庆且庄重的婚礼正在举行。当我向一位当地人士询问这对新人是胡图族还是图西族时，这位人士回答说，新娘是图西族人，新郎则为胡图族人。但他接着强调说："我们现在不再说谁是胡图人，谁是图西人，我们都是卢旺达人。我们有过大屠杀的历史，但现在大家都希望和平相处。"

卢旺达新政府一直强调在政治上奉行民族和解政策，在全国实行"和平文化教育"。不久前，卢旺达政府还派团考察南非"事实与真相委员会"施行种族和解政策的经验。然而，在基加利表面的平静下，仍然有着令人不安的隐忧。胡图族人对图西族人逐步掌管各级政权私下常表不满。1996年年底，约百万胡图族难民自扎伊尔和坦桑尼亚返回国内，其中便夹杂着一些曾参与1994年大屠杀的前政府军人员。卢旺达境内因此发生了数起武装骚扰事件。一位曾在非洲工作多年的比利时经济学家告诉记者："胡图族人和图西族人中都有为和平努力的人，也都有一些极端主义者。当我们探讨卢旺达的前途时，不要忘记这个国家的700万人口中有400万儿童、200万妇女，而全国的土地只有2万多平方千米。这就是一个很难解决的基本矛盾。"

为节省经费，我当天住进了一家教会办的小旅社。据当年的目击者说，基加利市发生大屠杀时，小旅社对面的树下死尸累累。当天夜晚，基加利突降大雨。辗转反侧中我度过了一个难眠之夜。

"不，应该说是刚果！"

    1997 年 3 月 24 日，中国路桥公司驻基加利办事处如约派车将我送至卢旺达西部边境，并派了快人快语的侯巧凤医生同车前往。曾在北京 301 医院工作的侯大夫已在卢旺达工作约 6 年，一路上听着她与黑人司机用一种由汉语、法语和卢旺达语混合而成的特殊语言交谈甚欢，煞是有趣。在蜿蜒的山路上西行 150 千米后，汽车抵达卢旺达边境小城吉赛尼。两国交界处黑压压，游荡着一群闲人。出关手续尚顺利，入关手续遇到了麻烦，看来一时半会完不了事，我请帮忙照看行李的侯大夫就此离去。这位 51 岁的大姐有些不安地说："刚才有人告诉我，这里许多人都是小偷，别相信谁。我还真有点不放心你……"

    过了卢旺达边境便是扎伊尔东部小城戈马。戈马是反政府武装总部所在地，也是我此行的落脚点。但进入戈马很费了一番周折。那位干瘦的扎伊尔海关官员先是拿着那本护照一页一页地翻着看。我想他是在找进入扎伊尔的签证，便主动指给他看。他看后若有所思地一笑，指着我在扎伊尔驻南非大使馆办理的签证说："这个签证在这里没有用，你必须在这里等待 20 分钟，重新办理'刚果民主共和国'的签证，但你的护照必须留在这里。"当我在交涉过程中提及"扎伊尔"国名时，他断然纠正说："不，应该说是刚果！""不，我的护照不能留在这里，这是我唯一的身份证件。"我与这位官员理论着。他又是若有所思地一笑后，便手持步话机到外面与人通话去了。

不久，一位被称作"上司"的女士来到办公室。她不动声色地说："你必须重新办理签证，你的护照必须留在这里。我们会签发一个文件，这个文件便是你在这里的身份证件。所有到这里的外国人都是照此办理。"随后她转身拿出了数十本护照，才算比较有力地证明了这一特殊做法的普遍性。既然如此，只有照办。办完"刚果民主共和国"的通行证后，几名便衣警察对所有行李进行了最为彻底地搜查，然后说："你必须先向我们的警方报到，然后再到新闻部门办理记者证。"两位一直在海关现场周旋的黑人青年说，他们将带我办理各种手续。他们开车载着我先到临时政权的警察局，等了许久才等来那位局长。本以为既然是一种手续，总会开出一纸公文。但这位面色冷峻的局长听完情况后只说了声"我知道了，你走吧，有事再来找我"。随后便留下我四处奔跑办记者证、找旅店、联系采访，等到稍感可以松一口气时，一直表现殷勤的两位青年突然脸色一变说："我们现在该谈一谈你准备付我们多少钱了！"一谈到钱，双方立即陷入一场不愉快的讨价还价。

此后数日，吃不上午饭便成常例。外国记者大多住在条件较好的"边界旅馆"，但那里离市中心较远。我决定下榻距联合国难民署等国际机构较近的马斯克旅馆，但那里常常停水停电，厕所的下水管道显然已被堵塞，又不敢打开门窗怕放进蚊虫，住在那里确需耐力。然而，最大的忧虑不是生活上的困难，而是无处发稿。作为唯一的中国记者，我与所有西方国家记者之间在通信手段上的差距便是他们可以利用带来的卫星电话设备发稿，而我必须要找一台文传机。

戈马城当地人那里没有电话，没有电视，没有报纸，更无处寻找文传机。在联合国难民署的帮助下，我得以乘机前往基桑加尼。关于基桑加尼之行的稿件完成后，发稿之事只有一法，那就是越境回到卢旺达。那天中午，一辆权充出租车的摩托车载我颠回了两国边境站。进入卢旺达境内后，我又撒开两腿沿着基伍湖畔急行数里抵达麦德林旅馆，在那里将稿件传出，随即返回戈马城至联合国难民署联系赴难民营采访事宜。来自美国的难民署执行主任格雷格先生听说我不得不回卢旺达发稿时，竟主动说道："我们的电话和文传不对外，但你可以在这里发稿，不过要付些钱，因为这是卫星电话。"闻后我喜出望外。

风雨戈马城

　　当时的扎伊尔东部正值雨季。戈马城上午还是头顶骄阳，中午即乌云翻滚，顷刻间风雨交加，直搅得大地昏黑犹如夜半。

　　尼腊贡戈火山脚下、基伍湖边的戈马城是扎伊尔北基伍省省会。自 1996 年 10 月反政府武装在东部起事后，戈马便被选定为反政府武装总部所在地。戈马本是一座秀美小城，但那时却是满目疮痍。坑坑洼洼的道路上不乏 1996 年年底留下的弹坑；这个省城没有电话，没有电视，没有报纸，想知道外界消息只有打开收音机；旅馆内常常停水停电。小城中的人们大多没有工作，稍微懂些英文的人便追在一些不懂法文的外国记者身后，争着给他们当翻译或当向导赚些外快。年轻人驾着充当出租车的摩托车满街飞跑成为一大景观。"飞车族"成员在一起难免兜风炫耀，一位小伙在忘乎所以中，一个跟头连车带人栽进市中心的花坛中，那辆摩托车彻底报废了。大街上的另一景观便是公开的黑市货币交易。通货膨胀曾使 1 美元兑换 9.5 万扎伊尔新币，据说反政府武装执政以来，通货膨胀率有所下降，1 美元现兑 7.5 万扎伊尔新币，而一瓶啤酒的时价则为 15 万扎伊尔新币。

　　蒙博托总统在基伍湖边的豪华别墅已被反政府武装占据，成为森严的总部，在大门处担任警卫的人中常可见刚刚穿上军装、还满脸透着稚气的 10 来岁男孩。名为"解放刚果民主力量阵线"的反政府武装正在加紧稳固自己在东部地区的政权基础，外交、经济、新闻等主管机构已经成形，各部门的负责人均得到"部长"尊称。"信息、新闻、通讯、宣传总委员会"的办公室内只有两张方桌，几位工作人员正凝神收听各种广播，然后整理出供人参考的文字资料。负责经济和财政事务的首席顾问巴比教授说，现在反政府武装急需筹资支持这场战争。他承认反政府武装"当然得到了国外支持"，但拒绝详说国名。

　　小小的戈马城内现有联合国难民署、国际红十字会及其他一些非政府国际救援组织机构。这些以人道主义援助为使命的机构有其各自的独立性，但又不能不受着新建政权机构的制约。联合国难民署租用的飞机可以向在扎伊尔东部的卢旺达难民运去各种救援物资，但飞机的起飞时间和降落地点必须首先经过反政府武装的批准。当地政权与国际组织间有着完全不同的运作方式。那位反政府武装安全部门负责人听完我拟赴第三大城市基桑加尼采访的要求后，一口气提出"你首先要提供单位介绍信、采访理由、两张照片、健康证明书"等七八项条件。当我求助于联合国难民署首席行政官时，他立即指示后勤官员将记者列入前往基桑加尼的乘客名单。反政府武装在东部战场上的强劲势头已使戈马城的一举一动影响着扎伊尔的时局与前途。因此，这里已成为各种国际利益集团秘密外交的热点。衣冠楚楚的比利时外交官刚刚离去，嚼着口香糖的美国外交官又匆匆赶来。自称"商人"的一位德国女士一连几天在旅馆花园内与当地新贵秉烛长谈，戈马机场中又走出一批批新到的南非"商人"。

各显神通的外国记者到处打听新闻，各种小道消息借着窃窃私语不胫而走。但人们最关心的还是这场内战到底对国家前途意味着什么。许多扎伊尔人的诉说表明人心的确思变，但展望前景又不尽乐观。"这么富有的国家就这样被糟蹋了，"两位在联合国难民署工作的扎伊尔司机说，"但谁上台也难以改变这一切。"

飞赴基桑加尼

抵达扎伊尔东部重镇戈马市的第二天清晨，我便得以搭乘联合国难民署租用的小飞机前往基桑加尼。只能容纳 12 名乘客的小飞机中多为联合国难民署、世界粮食计划署、"无国界医生"等国际救援机构人员，另有一位衣冠楚楚、举止斯文的比利时外交官。比利时是扎伊尔前殖民地宗主国。这位谈吐谨慎的比利时外交官向我透露说，他此次前往基桑加尼的使命是面见反政府武装领导人卡比拉，以全面评估扎伊尔瞬息万变的局势。

小飞机着陆之前，我从空中俯瞰，对基桑加尼的战略地理位置更加了然。非洲第二大河扎伊尔河（刚果河）弯弯地穿过基桑加尼，城市四周被浓密的原始丛林所包围。这个地区公路极少，除空中走廊外，从首都金沙萨到基桑加尼最便利的通道便是沿扎伊尔河顺流而下。作为上扎伊尔省省会和全国第三大城市，物产丰富的基桑加尼扼守扎伊尔河的咽喉要道。为了遏止反政府武装的攻势，扎伊尔政府军协同一批雇佣军曾在此重兵集结，筑垒防范。然而，1997 年 3 月 15 日，扎伊尔反政府武装在只遇到小规模抵抗的情况下便占领了这座重镇。反政府武装领导人卡比拉任命他 25 岁的儿子小卡比拉主持政权改造工作。

基桑加尼易手后，我便来到这个城市。走入基桑加尼，城里城外荒草一片，各种建筑面目污损。虽然反政府武装在该城实行的宵禁已经解除，街上行人渐多，但维持城市运转的经济活动仍无复活迹象。基桑加尼码头处三座塔吊冷冷清清地呆立着，不见任何船只前来光顾，城内各种店铺大多关门上锁。

城内一条主要大街的两旁站满了一群群面色严峻的人们，他们正各自围住一架收音机侧耳倾听，那里面正在广播新的权力机构的政策规定。一所军营的外面也围着一大群人。刚一发问，这些人便你一言我一语地争相诉说他们的家产如何被溃军抢走了，他们到这里来是向反政府武装注册登记被抢财产，希望将来能够将家产找回。在基桑加尼市内一家高级宾馆前，几位年长者在谈到时局时说，他们希望全国局势能够尽快恢复平静，这样才会使"个人有安全、大家有工作、国家有发展"。

1996 年年底大批卢旺达难民自扎伊尔东部地区返回祖国后，尚有数十万难民滞留在扎伊尔，其中不少人就在距基桑加尼以南 150 千米的乌本杜地区。乌本杜地区至今仍由扎伊尔政府军占据，双方的战事使国际救援组织无法接近这些急需救济的难民。此外，战乱还逼使不少扎伊尔人流离失所，基桑加尼机场外便围挤着数百名从戈马、布卡武等地跑出的扎伊尔难民，他们眼巴巴地望着机场内的飞机，期求搭机返回家园。联合国难民署驻基桑加尼负责人保罗介绍说，据估计，当时扎伊尔东部尚有 30 万卢旺达难民，其中 10 万人集中在乌本杜，另有 20 万人散落在各地丛林之中。这些难民饥肠辘辘，因瘴疫流行多染疾病。"20 分钟以前，我们的人已经乘坐你来时的那架小飞机到乌本杜了解难民情况了，"保罗说，"我们希望先与他们取得联系，然后用各种救援手段使难民状况不再恶化，最后将他们遣返卢旺达。"这位负责人说，联合国难民署没有卡车或飞机等交通工具将如此众多的难民运回卢旺达，只能靠难民自己走回卢旺达。这些距死神不远的难民能否在非洲丛林中再度跋涉千里回到家乡，实在令人难以想象！

当我赶回基桑加尼机场时，那些到乌本杜探寻情况的联合国难民署人员刚刚返回。他们颇有些兴奋地说，数以万计的难民已经离开乌本杜，正在向基桑加尼方向做大规模移动，其中一些人已经抵达扎伊尔河河边。下一步的救援任务是准备大批船只，将难民接过扎伊尔河。世界粮食计划署地区负责人卡塔斯告诉记者，此前，因战事一直未能向难民投放食品，但当天（25 日）向难民投放了 120 吨粮食，今后将每天向难民投放救济食品。

烈日下的难民营

1997 年 3 月 27 日上午 8 时 30 分，数十名联合国难民署、"无国界医生"等国际救援组织人员齐集戈马市小机场，准备分乘两架飞机前往廷吉廷吉和阿米西两个难民营。一个多小时过去了，飞机仍未起飞。一问，才知他们是在等扎伊尔反政府武装允许飞机起飞的通知。最终他们只得到了两架飞机同时飞往阿米西的通知。我有幸一同前往。反政府武装自感对阿米西地区的军事控制有绝对把握，而对政府军时有小规模袭扰的廷吉廷吉地区则心存疑虑，担心国际救援组织人员会成为武装袭击的目标，从而成为国际事件。

廷吉廷吉难民营位于戈马市西北约 250 千米处。在不到一个月前，它还是扎伊尔东部最大的卢旺达难民营。由于飞机不能在此降落，国际救援人员只能先抵达阿米西后，再乘车约 60 千米到达廷吉廷吉。这里是一片人烟稀少的原始丛林地区。车驶近廷吉廷吉时，道路左侧出现了绵延 3 千米密密麻麻无人居住的简陋草棚，这就是被遗弃了的难民营。只是在难民营的尽头，才见几座联合国难民署搭建的临时棚屋，那里面仍有约 200 名卢旺达难民在挣扎着。来自坦桑尼亚的联合国难民署官员康弗特女士介绍说，扎伊尔战乱后，原在戈马、布卡武一带的难民纷纷西逃，许多人最后的落脚点便是廷吉廷吉，这里难民人数最多时达 20 万。然而，当反政府武装西进夺取第三大城市基桑加尼时，廷吉廷吉是必经之路，这里的难民们再次西逃到乌本杜地区。联合国难民署当时正在逐步把遗留的难民转往阿米西难民营，然后再由阿米西分批遣返卢旺达。

我一到阿米西难民营，登时被眼前的场景震惊得难以言说。这真是一幕令人无比悲哀的人间惨剧：路边原始丛林中方圆 1 千米左右的坡面上密布着由树枝、油布或纸板搭就的低矮窝棚；多数不到两平方米的窝棚内蜷缩着几个有气无力的难民；还有力气坐起的难民们蓬头垢面地围坐在一丛丛高大灌木树荫下；瘦骨嶙峋的孩子仍在下意识地吮吸着母亲们那早已干瘪的双乳；年轻的妇女们仍在承载着顽强生存的重负，默默地点起柴火，支起乌黑的破锅煮青豆、熬菜根；一群群苍蝇嗡嗡作响，一股股秽气直冲脑际；一个蓝色油布大棚内传出一片呻吟，一大群面色痛苦的人们正坐等医生看病。另有一些奄奄一息的病人则躺在铺在地面的油布上，一个瘦得骷髅般的病人拼尽全力向记者扬起了右手；七八名捂着口罩的工人一趟趟地用担架抬走当天的死人，仅 3 月 27 日一天的死亡者就有 14 人，这些死者随即被掩埋在坡后的群葬坑中。

　　灼人的太阳火一般烧烤着非洲原始丛林中这一方充满不幸的地界，国际救援人员个个满脸挂满汗水，为多多少少能减少一点不幸而奔忙着。他们将随飞机运来的国际援助的饼干、黄玉米面和青豆等食品分发给难民，又将病得最厉害的50名难民用飞机运往戈马，难民营的一角全是与父母走散的孩子，救援人员正在对他们逐个登记和拍照，然后在他们的手腕上系上一个黄色标志牌。不远处的一棵大树下立着一个挂有272张人像照片的木牌，每张照片下都注有登记号码。一位救援人员介绍说，这都是在别的难民营中与家人失散者的照片，在这里展出这些照片，是为了帮助他们寻找自己的亲人。

　　这些几近绝境的难民仍在顽强地表现着对美好生活的向往。一个七八岁的女孩在自己裸露的上身上挂上了一串紫色项链，手里用两根自行车车条当作毛衣针编织着一小片彩线。路边的一小块油布上摆着一堆堆拇指大的蔫瘪西红柿、一点少得几乎只能以粒计的盐巴、一只麦克风和一段带有插座的电线，这些在难民营中已属贵重的物品在等待着有人肯以货币相换。道路上突然驶来一辆小卡车，卡车上的扎伊尔人一声唤，一大群卢旺达难民急拥而上，用刚刚领得的意大利饼干换取卡车上人们手里的纸币。看到我手中的照相机，卡车上的人们一阵叫嚷："不准照相！不准照相！"

　　满面汗水的扎伊尔女医生基图图告诉我，这所难民营中有

60%的人患有腹泻、霍乱、疟疾或营养不良。这位留学美国的女医生说，她每天都以极为沉重的心情在此工作。"有一位死去丈夫的妇女独自带着 4 个孩子，我昨天还在向她允诺说，今天就将她和 4 个孩子优先安排遣返卢旺达，今天一来才知道她的 1 个孩子已于昨晚死去。"女医生音调颤抖地说，"这里的扎伊尔人不喜欢这些卢旺达难民，因为难民的到来打乱了当地人的生活秩序。"

阿米西难民营毕竟得到了国际救援机构的关注和照顾。据估计，目前在扎伊尔东部丛林中尚有约 30 万得不到任何救助的卢旺达难民，他们的悲惨情形可想而知。

"我什么都想到过"

1997 年 3 月 29 日，在结束了对扎伊尔的采访并将最后一篇现场报道通过联合国难民署传回北京后，我打点行装，于当日下午 2 时后离开马斯克旅馆，返回卢旺达，后乘一出租车重新回到那间教会办的小旅社。3 月 31 日，中国驻卢旺达大使何金才、使馆参赞何泗记、研究室吴主任等人听取了我的扎伊尔之行情况介绍。我提出了应尽快调整中国对扎伊尔的外交政策。据何大使多年后告知，这一政策建议受到了有关部门的重视和采纳。

在扎伊尔战场经历了极度的紧张、艰险和焦虑后，我突然发现自己极易发火。此后数日，我自卢旺达经由乌干达辗转回到南非。其间因对方图谋多收住宿费用、拒收 1990 年前印美元钞票等小事，我竟多次与对方撕破脸面高声理论。这种近乎失态的情绪爆发是否也是经历一回战场洗礼后的情感宣泄与心态调整？

1997 年 4 月 1 日，我在距乌干达首都坎帕拉不远处的赤道线一游。在赤道线上，一脚踩在南半球，一脚踩在北半球，只有在那个时候，我才再次感到作为一名新闻记者的欣慰。

QU530 航班自乌干达起飞后经由卢萨卡飞往南非约翰内斯堡。在这班飞机上，我遇到了一位专门到卢旺达高山之上观赏黑猩猩的南非女士。得知我刚从扎伊尔东部返回时，这位女士瞪大眼睛接连发问："你就没想到害怕吗？你就没想到会被抓作人质吗？……"我说："我什么都想到过。"

我在扎伊尔现场采访的系列通讯在人民日报见报后，1997 年 4 月 3 日，时任人民日报副总编辑李仁臣在夜班值班手记上以"这组通讯得来不易"为题写了如下一段话：

"今天，非洲大湖区采访记登完了。这是温宪同志深入扎伊尔写成的。从文章中不难看出，这一路采访非常艰苦。我们的记者虽然没有写他自己，但是一路上危险和疾病随时都会遇到。作者笔下这方充满不幸的地界，满目疮痍，疾病肆虐，身处绝境的难民在苦苦挣扎，此情此景，不但倾注了我们的记者对这片苦难土地的关注，也展示了本报记者的敬业精神。

"在非洲这片土地上，北有刘水明，南有温宪，他们不负报社的重托，用深入采访的实际行动证明他们是出色的年轻记者。我们为有这样的记者而高兴。建议《新闻战线》和《环球时报》约他们写写体会文章。"

蒙博托最后的挣扎

一

非洲大陆上出现过多位不可一世的政治强人，蒙博托便是其中极有代表性的一位。蒙博托，1930 年 10 月 14 日出生，是非洲在位最久、引起争议最大的领导人之一。他的全名叫蒙博托·塞塞·塞科·库库·恩关杜·瓦·扎·邦加，意为"扎伊尔河边一位不可战胜的勇士"。

蒙博托的母亲原是一位扎伊尔大酋长 60 多个妻子中的一个，后与天主教堂厨师阿尔贝利克相爱，并生了 4 个孩子，长子便是蒙博托。10 岁那年父亲病逝后，蒙博托随祖父种田打猎。一次野猎时，突然蹿出一只猎豹。蒙博托回身紧抱祖父，吓得抖成一团。祖父则将他一推，喝道："你真不是个男子汉！"自尊心受到伤害的蒙博托听到这一呵斥后怒火中烧，愤起搭箭弯弓，向猎豹迎头一记猛射，那豹竟负伤落荒而逃。从此，他对豹子有近乎偏执的酷爱：他在总统府内养豹子，常常静听豹吼；扎伊尔国徽中央是一只豹头，国家最高勋章为豹章，国家足球队为豹队，更不用说蒙博托出门时头上斜戴的那顶豹皮帽。1948 年，18 岁的蒙博托被送到比利时学习了一年，回国后开始了军旅生涯。蒙博托在军队中似乎如鱼得水，1954 年 4 月，晋升为中士军衔后一路腾达，至 1983 年 5 月 19 日，他已晋升为元帅。他不仅会开车，还能驾驶飞机，跳伞，还得过以色列伞兵徽章。他还在 20 世纪 50 年代当过 3 年《非洲现实报》总编辑，1958 年，又到比利时进修了一年的新闻专业。20 世纪 60 年代，扎伊尔政局动荡，战乱频仍，蒙博托在战场上数度出生入死，并多次险遭暗算。1965 年 11 月 24 日，身任国民军总司令的蒙博托将高级军官们召到自己家中一番商议后，便发动政变夺取了政权。

在此后 30 多年的政治生涯中，蒙博托以"一个国家，一个政党，一个民族"的口号牢牢地独掌大权。他一方面与美国、法国和比利时等西方国家极力周旋，另一方面对反对派亦打亦拉，度过了一道道险关。然而，蒙博托对扎伊尔 30 多年的统治早已受到越来越多的批评。没有人能够说清蒙博托本人到底有多少财产，美国外交官私下估计蒙博托个人财产至少有 125 亿美元。仅就不动产而言，蒙博托除在国内拥有多处庄园、别墅、种植园、官邸外，法国首都巴黎凯旋门附近还有一处豪宅；在法国南部蓝色海岸边的尼斯有座山庄；在西班牙巴伦西亚有座 16 世纪的城堡；在瑞士、葡萄牙和一些非洲国家均有不动产。对蒙博托而言，乘坐包租的法国"协和"超音速客机来往于非洲与欧洲间是重要生活内容之一。如今，走下手术台的蒙博托又戴上了豹皮帽。有人说，不管你愿意不愿意，只有强人蒙博托能够镇住局面。你可以不喜欢他，但你必须要同他打交道。

二

当扎伊尔东部局势引发整个中部非洲大湖地区陷入危机、120万难民四处大流亡之时，一个本应在舞台中心的人物却始终在瑞士洛桑一家五星级宾馆和法国尼斯利维拉山庄内静养，他就是因前列腺癌不久前刚动过手术的扎伊尔总统蒙博托。

扎伊尔东部反政府的图西族武装"解放刚果-扎伊尔联合民主力量"领导人卡比拉曾扬言"要打到金沙萨去"，此后，这位反政府武装领导人却表示"在继续抵抗"的同时，也愿意"停止军事进攻，回到同政府的谈判桌上"。人们不难明白，导致这一反差的重要原因是：蒙博托已经回到了金沙萨，而且又挥起了权杖。

国内闹翻了天，而总统却在国外五星级宾馆内静养，这很使一些人感到气愤。于是，瑞士洛桑那家五星级宾馆外面不断出现针对蒙博托的抗议示威。洛桑市市长最终以蒙博托的存在"已对公共秩序形成威胁"为由对他下了逐客令，又不知经过了多少幕后活动，这位66岁的总统终于决定于1996年12月17日回国。

蒙博托离开扎伊尔已有4个月了，他返回扎伊尔的那天，被东部局势搅得人心惶惶的金沙萨出现了罕见的欢腾景象。一支长达30千米载歌载舞的欢迎队伍从机场一直排到市内。在机场的欢迎队伍中，有人举着一块写有"蒙博托就是解决办法"的标语牌。机场上那些神气的总统卫队更是给人留下了深刻印象，他们的精良装备和严明纪律与那些在东部战场因数月领不到薪水牢骚满腹的政府军形成对比。当头戴豹皮帽、身着鲜花图案上衣、手舞一根银头黑檀木手杖的蒙博托走出专机时，他面对的是一片欢呼的黑色海洋。一位外国商人却对此不以为然："看看这些老百姓有多么贫穷，他们肯定是收了钱后才来这里的。"

刚果河边的查奇兵营是扎伊尔总统卫队的大本营，蒙博托有一处别墅也在其中。蒙博托离开机场后在这里举行了大型自助餐聚会。挥舞着权杖的蒙博托在会上发表了10分钟讲话。他说："我是违背医生的命令回国的，我决定中止我在法国的休养，我将不会使你们失望。在过去，每一次我们的国家受到威胁时，我都没有退却，这一次我也不会退却。"

蒙博托的返国令许多扎伊尔人欣喜若狂。他们说，蒙博托一回国便意味着被反政府军占领的东部地区将被"解放"。一位年轻的扎伊尔人望着眼前的狂欢场面说："对人民来说他可能是一个很不成功的总统。但对敌人来说他可能是一位强人。"

三

与嘈杂脏乱的金沙萨街头不同，蒙博托居住的总统府内一派安宁。数只花孔雀在花园内栽植的热带灌木中悠然穿行，不时展开美丽的花屏。带着金肩章的卫兵们面色肃穆地把守在一个石制豹雕两边。与豹子结下不解之缘的蒙博托身着一件豹斑装，手中不断摆弄着一支乌木杖。这是一个与世隔绝的世界。多年来，蒙博托就生活在这样一个与现实极为遥远的世界里。

但此刻他必须对现实作出反应。1997 年 4 月 9 日，反政府武装攻入第二大城市卢本巴希，那个圆头圆脑的卡比拉随即发出最后通牒：停火 3 天，蒙博托必须在此期间辞职，否则反政府武装将直捣金沙萨。最后通牒所规定的期限即将到来之际，蒙博托于 4 月 12 日在总统府内终于开口说话。他说："如果他（指卡比拉）很有礼貌地提出要求，我不能拒绝同一位扎伊尔同胞谈话。"但蒙博托拒绝了让自己辞职的要求，他说："我发现那是一个很糟的笑话，我是国家元首，让我们进行严肃的谈话，他（指卡比拉）在戈马，他说给我 3 天时间，如果我不回答的话，就如何如何，这不是我的作风，这不是我的性格，我不能依照（最后通牒）做出回答。"在谈到乱麻一般的国家局势时，这位当政约 32 年的总统若有所思地说，在扎伊尔"发生的所有这一切全是因为我在生病"。

蒙博托拒绝了辞职的威胁，却表示同意与卡比拉直接面谈，在 30 多年的政治漩涡中，蒙博托多次运用谈判这一手法，也多次奏效，这至少可以赢得一点时间，令世人关注的是，这一次的招数会不会仍旧灵验。

　　面对最后通牒，蒙博托有所改变，半年前，他还在称卡比拉是"土匪头子""叛徒"，现在他开始称卡比拉为"同胞""爱国者"，但蒙博托还是蒙博托。面对金沙萨一片混乱和反政府武装几乎兵临城下的局面，蒙博托将被任命为总理仅一周的齐塞克迪一巴掌打下去，任命自己的心腹将军博隆戈接任总理。博隆戈将军一上任便宣布成立一个有着 28 名成员的"救国政府"，政府内国防部、内务部等重要职务均由将军们担任。正如蒙博托自己所说，按照反政府武装规定的时间表辞职不是他的作风与性格。32 年来，蒙博托早已习惯那分尊严。在外界压力加大时，这分尊严有时会使这位崇尚猛豹的人态度更为强硬。

　　外界的压力确实与日俱增。反政府武装停火 3 天的决策具一箭双雕的功效：给蒙博托出一份试卷，看他如何接住这一角度极刁的皮球；同时反政府武装长途奔袭，实在应该休整一下。利用这个时间，卡比拉在刚刚占领的城市抓紧了地方政权稳固工作。开赛省省会姆布吉马伊是钻石生产重地，在反政府武装的组织下，这个城市的人们被召集到一个体育场内，用当场举手表决的方式选出该省省长、副省长和市长。在国际舞台上，那些西方老盟友们已经公开敦促蒙博托下台。

　　蒙博托已四面楚歌。在蒙博托传奇色彩颇浓的一生中，这或许是最后的一章实在有些凄凉。蒙博托的崛起离不开美国中央情报局的扶持。1959 年，美国中央情报局特工人员劳伦斯·德夫林在巴黎遇见 29 岁的蒙博托，对蒙博托强烈的反共言论留下了极深印象，也因此认定他便是美国在扎伊尔的"自己人"。在美国的扶持下，蒙博托登上权位，冷战期间，为遏制苏联在非洲的扩张，蒙博托被用来充当美国在非洲的代理人。20 世纪 70 年代，美国对撒哈拉沙漠以南非洲国家的援助中约一半送给了蒙博托。美国前总统里根曾将蒙博托赞为非洲大陆"良知的声音"。而今天，当美国人公开抛弃蒙博托，并说他只是"历史的产物"时，不少扎伊尔人报以难言的苦笑。

人人心中一杆秤。如今的蒙博托之所以众叛亲离，最不得人心之处便是 32 年来他个人的腰包越来越鼓，而国家和人民则越来越穷。1984 年，蒙博托曾在美国某电视节目中声言，他在瑞士银行中有 80 多亿美元存款，是世界上第二大富翁。另有研究者说，在整个 20 世纪 80 年代，蒙博托每年从扎伊尔铜、钴等矿产的出口中侵吞 1—3 亿美元。与此同时，扎伊尔的人均收入自 1960 年以来下降 60%，有三分之一的孩子活不到 5 岁便夭折。

一位正在金沙萨的南非记者说："有着 400 万人口的金沙萨就像一个用人堆成的干柴，正在等待一粒引起燃烧的火星。"

蒙博托拒绝反政府武装的最后通牒后，反政府武装于 1997 年 4 月 13 日宣布重新开战，直至蒙博托走下权位。

四

"欧坦尼夸号"破冰船 1993 年被南非从俄罗斯廉价买来时，谁也不会想到它今天会被派上这样重要的用场。

扎伊尔的战火从东向西烧得如此迅猛，仅 7 个月的时间便烧到了首都金沙萨的大门口，令人感到卡比拉几个月前发出的 1997 年 6 月底前打到金沙萨的预言并非夸口。蒙博托大厦将倾，西方大国各怀心思，谁也不愿火中取栗；联合国望着战火自感道义难辞，但提出的建议大多如水漂。世界上有一国在此危机中表现格外积极，那就是曼德拉领导的新南非。原因不外是新南非总算有个机会在上场不久的国际舞台上表现一下，更何况扎伊尔丰富的矿产似乎正等着南非矿业巨头前往开采。在战场上早已招架不住的蒙博托不得不屈尊同意与卡比拉举行面对面会谈，但仅一个会谈地点问题就费尽了周折。到南非，蒙博托说"飞行时间太长，我不去"；到刚果，卡比拉说"那是蒙博托的好朋友，我不去"；到加蓬，卡比拉说"那还是蒙博托的好朋友，我还是不去"。万般无奈之中，有想象力的外交官们将目光盯上了 166 米长、21 025 吨重的破冰补给舰"欧坦尼夸号"。知情人说，该舰是目前南非海军中最新、最大也是长得最丑的舰只，因其常被派往执行国际人道主义援助任务，早在此间被人们戏称为"灰色外交家"。

1997 年 4 月底 5 月初，围绕扎伊尔局势的外交活动令人眼花缭乱，一直不大作声的美国突然派常驻联合国代表理查森为特使到扎伊尔进行了旋风般的访问，在 4 月 29 日和 30 日两天两次会见蒙博托、一次会见卡比拉后，理查森宣布说，蒙博托与卡比拉将于 5 月 2 日在扎伊尔境外国际海域一艘南非船上举行首次面对面会谈，并说这次会谈将是"一个有望促进扎伊尔和平过渡的历史性时刻"，美国为能对此"发挥促进作用表示自豪"。美国特使的这一手立即引起南非的不悦，一些人纷纷嘀咕，曼德拉几月来一直尽力为蒙博托与卡比拉之间的会谈撮合，正当老曼耐心地等待蒙、卡双方敲定会谈地点和时间时，美国人在最后一刻突然占据了舞台中央，一些南非人因此愤慨地说美国"偷窃"了曼德拉的外交成果。

在位 32 年、现在不得不拖着病体、屈尊会见那个半年前还被他称为"土匪头子"的人，这对蒙博托来说是何等郁悒，又何等无奈。自 20 世纪 60 年代始为反抗蒙博托几度浮沉的卡比拉，深知他的老对手亦非等闲之辈，他所敬重的长者卢蒙巴的遇害一直像警钟一般提醒着卡比拉对蒙博托不可不防，这一对政敌的势不两立此时就表现为最终会面前夕的翻来覆去、一波三折：5 月 2 日，抖擞精神准备主持这一历史性会谈的曼德拉首先登上停在刚果黑角港的"欧坦尼夸号"。蒙博托当日上船时间比预定时间晚了 5 个小时，出于安全考虑，蒙博托拒绝像曼德拉那样乘坐直升飞机上船，严重的病体又使他无法攀登船边那 31 级台阶，最后是一个临时升降梯将蒙博托载上船头，此时正在安哥拉首都罗安达的卡比拉突然提出，他对船上的安全状况感到担忧，蒙博托带去的那 11 名武装警卫更是吓人，卡比拉要求，必须解除船上所有扎伊尔人的武装，蒙博托的家人不能上船，那位美国特使理查森也不能在场。由于卡比拉缺席，"欧坦尼夸号"于 2 日晚从国际海域驶回黑角港，以便蒙博托离船上岸过夜。

充当调解人的南非总统曼德拉耐着性子将自己的贴身警卫配备给了蒙博托，又将理查森叫到自己的船舱密谈一番。自舱中出来的理查森立即无言地离开了大船，然后飞往加蓬首都利伯维尔静观事态发展。尽力满足了卡比拉的各项要求后还不见卡比拉的身影，已在船上等了近 2 天的曼德拉 3 日晚终于发怒说，如果蒙博托与卡比拉 5 月 4 日上午 9 时前还不开始会谈，他本人将打道回府。一直待在罗安达的卡比拉此时才在南非副总统姆贝基的陪同下乘坐直升机于 3 日晚 11 时上船。第二天上午 10 时 50 分，蒙博托也再次登上"欧坦尼夸号"。

蒙博托与卡比拉终于坐在一条船上开始谈了。谈些什么呢？卡比拉早就说过，他与蒙博托见面只谈一件事，那就是蒙博托下台。蒙博托作何反应？在曼德拉的主持下，蒙博托与卡比拉 5 月 4 日面对面谈了约一个半小时。在会谈结束后举行的新闻发布会上，身着花衬衣的曼德拉坐在中间拧着眉头，身左的蒙博托头顶豹皮帽一脸凝重，只有右边那位卡比拉露出轻松的微笑，联合国特使萨农念了一份会谈声明，宣布蒙博托同意辞职后将权力交给经大选产生的一位新总统。曼德拉随后补充道，8—10 天后，蒙博托与卡比拉仍将到这条船上二度会面，以便缩小双方分歧。卡比拉已向他的部队发出命令，在这期间暂停前进。请注意，这暂停前进之意并非停火，曼德拉告诉在场的人们："停火并不是他（指卡比拉）的词汇。"在这咬文嚼字的文字游戏背后到底是怎么回事？再一打量，这分歧已经集中到一点：蒙博托现在同意下台了，但我这权力不交给你卡比拉；而卡比拉说，你这权力必须交给我。

卡比拉心里明白，他今天能与蒙博托坐在一起，那完全是打出来的。现在，他的人马已兵临金沙萨城下。曼德拉的话刚说完，卡比拉已对目前局势做了更为直白的表述："蒙博托要求我给他 8 天时间来考虑我们要他辞职的要求。我对此表示同意。我们将在 8 天以后在这条船上再次见面。但我告诉他及调解人说，在他考虑我们的要求期间，我们不会停火。"

"欧坦尼夸号"冰船终于打破坚冰，让两位宿敌坐在了一起，下一次，它又将驶向何方？

1997 年 5 月 17 日，"解放刚果－扎伊尔民主力量同盟"将扎伊尔改名为"刚果民主共和国"，卡比拉宣布就任国家元首。此前一天，当政 32 年的扎伊尔总统蒙博托已于 5 月 16 日离开金沙萨，开始了流亡生活。

历史真是开了一个巨大的玩笑：曾几何时，自比雄狮的蒙博托给自己安了一大堆诸如"国家之父""人民大救星""超级战士"
"大战略家"之类的称号。扎伊尔国内对蒙博托的个人崇拜登峰造
极，狂热无比。卡比拉一声怒吼，势如摧枯拉朽，"雄狮"最终惶
惶如丧家之犬。

　　1997 年 9 月 7 日，蒙博托客死北非国家摩洛哥。

埃博拉病毒肆虐扎伊尔

那是 1995 年 4 月里极为平常的一天。扎伊尔首都金沙萨以东 530 千米处的一个有 50 万人口的城市基克韦特。

在实验室当技术员的金夫姆拖着病体来到了基克韦特城的综合医院。几天来，36 岁的金夫姆一直在腹泻和发烧。在常规检查后，医护人员认为他得了痢疾。但金夫姆入院后不久开始七窍出血不止，身体各部位陆续出现紫斑和水肿。震惊的医护人员目睹极为痛苦的病人竟无计可施。4 天后，已全身腐臭的金夫姆死在了医院。

这只是一场浩劫的开始。就在金夫姆死去的当天，曾护理过他的护士和一位意大利修女同时病倒了，不久后痛苦地死去。另外 3 位修女又在数日内以同样悲惨的情形先后死去。此外，距基克韦特 250 千米的亚萨邦加医院内，也出现了同样的病例。

可怕的病魔在基克韦特最为嚣张。那所综合医院的医护人员一个接一个地倒了下来。魔爪接着伸向城市中的普通居民，每日可闻的死讯幽灵般传遍四方。恐慌的人们开始逃向城市周围的村庄避难，一些逃亡者的身上已经携带了病毒。

　　已在扎伊尔呆了13年的英国修女索菲亚说，她看到一具尸体在一处草屋内停放了3天，家人生怕染病，竟无人敢去敛尸。法国一电视台的记者组在基克韦特城外的卡普村草屋内拍摄到一具数日无人料理的尸首。村民们说，死者的第二个妻子也已死去。村里现在没人敢与他还活着的第一个妻子接触。"如果你们在5分钟之内还不回去的话，我可就自己开车走了！"司机冲着专门赶到综合医院采访的电视记者们叫着："要是让这些人摸你们，你们肯定会死的！"

　　基克韦特城的噩耗震动了设在日内瓦的世界卫生组织总部。敏感的医学家们掂量得出此事非同小可。在世界卫生组织的协调下，国际一流的热带疾病专家、微生物学家和其他医学研究者们携带着必需的实验室设备和特制防菌服，十万火急地赶往基克韦特。

　　当专家们赶到基克韦特综合医院时，除了那些病得实在走不动的人员外，整个医院已经空空如也。"这是一块死亡之地，"院长姆加拉医生指着一片新插着木制十字架的坟场说，"那里全都埋葬着本院的护士们。"风尘仆仆的国际医学专家们立即夜以继日地工作起来，16份血样被急送美国亚特兰大疾病控制与预防中心进行化验。1995年5月11日，世界卫生组织发言人在日内瓦宣布说，这是一种病毒的暴发传染，它不是一般的病毒，"我们现在可以肯定地说，这是埃博拉病毒"。

埃博拉病毒，这是许多人闻所未闻，但令不少医学界权威谈虎色变又无可奈何的致命杀手。现代医学第一次知道这种病毒是在19 年前。扎伊尔和苏丹曾分别在 1976 年和 1979 年流行过这种病毒，400 多人被夺去生命。埃博拉是扎伊尔北部一条河流的名字。时至今日，埃博拉病毒仍是一个可怕的谜。没有人知道这种病毒原生何处以及人类如何染上这种病毒。人们只知道这种病毒可通过人体血液、唾液、汗水及其他分泌物接触传染；这种病毒的潜伏期为 3 周；发病后 3 天内必然出现高烧、腹泻等症状；病毒在体内大量繁殖后，坏死的血块会将病人的毛细血管堵塞，导致皮肤出现紫肿和水疱；一般到第 6 天时，病人开始七窍流血不止，并不断将已在体内腐烂的内部组织呕吐出来；患者多在发病 9 天前后死亡；死亡率高达 90%。

世界卫生组织 1995 年 5 月初宣布，所有曾在扎伊尔逗留过的空中旅客在到达任何国家时，都必须通知该国卫生检疫部门。扎伊尔前殖民地宗主国比利时立即对从金沙萨飞来的航班加强了海关卫生检疫。欧洲联盟发言人 5 月 19 日宣布，禁止继续从扎伊尔进口医学实验所用的猴子。埃及除对所有从中部非洲飞来的乘客进行检查，还对所有飞机机体进行喷药消毒。南非、肯尼亚、津巴布韦、赞比亚等国卫生部先后采取紧急措施，责令各航班机组人员必须在飞机着陆前向地面报告机上是否有病人；劝告人们不要再到扎伊尔旅行；陆路边界海关对来往扎伊尔的运输车辆严加检查。津巴布韦最大的报纸《先驱报》专门发表社论"扎伊尔病毒大暴发是地区大事"。津巴布韦和扎伊尔两国足球队原定6月4日在金沙萨进行非洲杯足球赛中的一场较量。连日来,津国内不断发出呼吁,要求暂时取消这场球赛,或者易地举行。坦桑尼亚等扎伊尔的邻国更是通过各种措施严加防范,并同世界卫生组织保持着密切联系。同时,不少国家告诫人民不必惊恐。津巴布韦卫生部部长斯坦普斯5月17日宣布了各种防范措施后说:"在正常情况下,人们染病的可能性极小,我们在这里就像在英国和日本的人们一样安全,人们完全可以继续正常地生活。"

国难当头,扎伊尔政府1995年5月初成立了危机委员会,协调与世界卫生组织和"无国界医生"等非政府组织的合作。5月10日,扎伊尔卫生部宣布,政府已将基克韦特隔离起来,并实行宵禁。5月14日,扎伊尔政府又成立了金沙萨城市委员会,专职预防、监督和处理可能在首都发生的疫情。为阻止潮水般的难民涌入首都,政府派军队把守在从基克韦特通往金沙萨的大小路口,并设置了重重路障。

惊恐万状的难民被堵在了通向金沙萨各个路口的路障前。他们在荒芜的道路两旁搭起了草棚,形成了一个又一个新的难民营,面临食品和饮水告罄的危机。3000多名被阻截在距金沙萨东北150千米处蒙加塔的难民情况格外紧急。5月19日,扎伊尔卫生部部长恩布卡、金沙萨市市长迪阿卡和世界卫生组织官员到蒙加塔视察。饥饿的人们闻讯后愤怒地扬言，如果这些官员来时不带着救济食品的话，他们将对官员们"处以私刑"。官员们只得避开这些难民，在一个狩猎营地过夜。官员们担心，如果情况继续下去，难民们最终将冲破路障，拼死也要向金沙萨涌来。

与此同时，金沙萨市谣言四起，一片惊恐，粮价及各种生活必需品的价格成倍陡涨。

埃博拉病毒正在无情地夺去不幸者的生命。据世界卫生组织宣布，至5月10日，死亡28人；5月18日，确诊染病者114人，死亡者79人；仅仅一天之后，上述数字又分别上升至124人和89人；5月24日，死亡人数达到101人。世界卫生组织发言人莱克莱尔说，在为期3周的潜伏期后，"死亡人数将在今后几周不断增加"，但埃博拉病毒的流行趋势似乎已开始减弱。

15年前，当艾滋病病毒刚刚在撒哈拉沙漠以南非洲国家初露狰狞时，很少有人会想到它竟会以如此惊人的速度在世界范围内传播。预计到20世纪末，全世界艾滋病毒携带者接近4000万人。尽管人类至今已花费了数十亿美元用于艾滋病的科研，但其至今仍是不治之症。

一段时间以来，新的不治之症将要毁灭人类的话题正在成为西方电影制片人和作家们热衷的题材。继电影《罗宾·库克的病毒》之后，20世纪福克斯电影公司推出了新片《极度恐慌》。影片描写一只携带埃博拉病毒变种的非洲猴子被运到美国加利福尼亚一个城市后引起疫情大暴发，威胁到整个国家的人民生命安全。劳里·加勒特所著《瘟疫的到来》和理查德·普林斯顿的《疫区》等书关注的正是埃博拉病毒。《疫区》一书以文学笔法描写了埃博拉病毒第一次暴发时的情景。此书出版不到一年，已再版 21 次。这些都反映了人们对自身生存环境的关注和忧虑。

尽管现代医学对埃博拉病毒的认识还极为有限，但医学家们指出，病毒与细菌不同，它本身没有细胞结构，即没有生命，但有遗传、复制等生命特征。作为微生物，不同病毒只能在不同种类的活细胞中繁殖。埃博拉病毒也必然会有某种生物作为载体才能复制繁殖。只要人们能有效地对疫区进行隔离，埃博拉病毒的传染势头是可以被遏制住的。

不少专家认为，埃博拉病毒时隔近 20 年后再次在扎伊尔逞威绝不是偶然的。在扎伊尔 4300 万人口中，约 44% 的人住在城市，其中许多人聚居在卫生条件极差、极易传播疾病的棚户区内。全国只有 14% 的人能够享用干净的饮水。即使是在金沙萨的大医院中，一次性注射针头也常常缺货；金沙萨大学医学院的病房中，常常是几个病人分享一张病床。因为缺乏资金，有的医院停尸房中堆积的众多尸体竟长达几个月得不到处理。

埃博拉病毒的流行绝不只是扎伊尔的事情。一些专家指出，当初艾滋病刚刚开始在非洲肆虐时，如果能采取更有力的措施，或许它不会成为一场代价沉重的灾难。前事不忘，后事之师。世界卫生组织等国际机构和众多国家的医学工作者正在千方百计为消灭埃博拉病毒努力工作。

（1995 年 6 月 4 日）

第三编

难忘津巴

1991 年 8 月 10 日下午 2 时 30 分，我乘 CA931 航班离开北京，23 个小时之后，抵达地处南部非洲的津巴布韦首都哈拉雷，当天便向北京编辑部发回了第一篇稿件《南非政治斗争转向制宪谈判》。从此开始了我在非洲大陆任人民日报驻外记者的生涯。

　　一个人在国外的日子里可以有很多种活法，我选择了我的活法。我的活法是以亲情的巨大牺牲做抵押，以 20 余年的风风雨雨做抵押，以渗透在骨髓中、带有浓重悲壮色彩的理念做抵押，我几乎无法作出别的选择。否则，我将会强烈地感到无颜面对那一双双眼睛，我将会对我无谓地浪费生命中最富活力的一段光阴感到强烈自责。

花园般的炼狱

　　赴津巴布韦工作之前，曾到过津巴布韦、时任钓鱼台管理局副局长的孙国桐大使笑告："那里美得简直就是一个天堂！"另一位同龄人则肃然相嘱："你要把那里当成一座炼狱！"言者谆谆，听后胸中怦怦然。

　　飞抵哈拉雷后，在从机场到住所的路上，令人印象最深的便是道路两旁蓝天白云下那些高大的棕榈树，这一种在中国北方城市中绝对没有的景色成了最具特色的标志：非洲，这就是非洲！

　　津巴布韦景色真美！那不是一种堆满亭台楼阁小家碧玉般的秀美，而是苍茫旷荡、雄浑瑰丽的壮美。领略过维多利亚大瀑布、马托帕斯山和平衡巨砾群的壮观之后，才更惊叹于大自然的神奇，也更有助于去除胸中块垒，蔑视平日为名利之事锱铢必较的狭隘。

　　地方再好，日子却要一天一天地过，努力尽职自不必说，单是这每天三顿饭便成了记者站新来的两个光棍必须首先正视的问题。照顾好肚子的情绪是件既躲不过去、又不能凑合的事，为这事连两口子都免不了时常怄气拌嘴。为此，我们曾坦率地交换过意见，最后约法三章：采取同吃一锅饭的承包负责制，你做一、三、五，我管二、四、六；手艺有限须相互理解，口味不同应彼此迁就；我忙时你帮，你忙时我上。在以后的两年里，大家心照不宣地尽力实践着自己的诺言，虽比不上我大使馆、经参处和其他中国机构内专业厨师的各式大菜，但烙饼面条也还算做得认真，见了照片的家人都说俩人吃胖了。

其实，在这段时间里，做饭的手艺并没练得有多大长进，"炼"得更多的是一种能够互谅互让的气度。就像是魔鬼靡非斯特暗中在这个天堂般美丽的地方布下一座炼狱一样，这段生活中接踵发生的事情真是把人从各个方面"炼"了一个够：为了尽快开展工作，上任伊始便在没有驻在国正式驾驶执照的情况下冒着风险、出着冷汗将那辆黄色奔驰汽车驶入市中心，汇入来来往往的车流之中；忙得不可开交之际，又在市中心中了黑人犯罪团伙"调虎离山"之计致车内遭窃，于是往警察局和保险公司跑了个够；平白无故让非洲马蜂蜇得左眼黑紫肿痛，仍咬牙坚持四处采访；每天一大堆等待处理的杂务不知牵扯了多少精力，但又都得耐着性子妥善处理；自认为下了苦功的稿件最终未被采用，于是尽力抛开免不了随之而来的沮丧，重新凝神于下一个题目；更有那因与家人天各一方而时受煎熬的相思苦与离别恨。在这一座五味俱全的"炼狱"中，你别无选择：或在炼中升华，或被炼得败垮。

在这花园般的"炼狱"内走了一遭之后，我更不相信世上真有"心想事成""万事如意"的天堂，倒是那曾将人百般锤打的"炼狱"却留下了些许耐人咀嚼的余味。

相思始觉海非深

在国外工作期间与友人交往时，最难回答的问题是："你的妻儿为何没跟你一起来？"有一次，面对津巴布韦新闻部一位高级官员的同样问题，我极力从中国的经济基础、文化背景等方面详加解释，结果对方脸上的疑惑神情始终未能消散。她的观点始终如一："长期分离会使夫妻感情淡漠，而且你也没能看到自己孩子的成长过程。"

妻是微笑着把我送出国门的，我知道那笑的背后交织着多么可敬的深明大义和刻骨铭心的离别之恨。在新的工作岗位上高速运转了近一个月的时候，我接到了第一封家书，但我没敢立即拆信，我知道那里面充溢着自己日夜企盼、但又不能当众领受的满纸亲情。待到杂事处理完毕后，我急忙将自己反锁在屋内，妻那熟悉的笔迹迫不及待地映入眼帘，"你走的头一天，孩子出奇地乖，好像一下子就长大了。我问他想爸爸吗？他说：'想，但爸爸说，想爸爸不乖，我就不想爸爸了。'说得我好难过。"捧着这薄薄的几页家书，我竟如同20多年前入伍后第一次接到家书时那样哽咽得难以自制。

此后，每10日一班的飞鸿便成了聊慰相思之苦的企盼。妻性率真，来信中浸透着生活中的苦辣酸甜和对我工作的直言鞭策与劝诫。这个看似瘦弱的女子在这段非常时期表现出了令人难以置信的坚忍，在坚持做好本职工作的同时，她独立承担起了抚老育小的重担，还咬牙挺过了孩子在幼儿园食物中毒的变故和搬家的劳苦。在外工作的"游子"饮孤泪、熬长风固然不易，但更可敬的是这些任劳任怨的"思妇"。

万里之外，只有通过家信、照片和录音带了解孩子的成长过程，妻在信中告诉我，有一次，儿在路上遇到几个黑人时竟看得发了呆，他说："爸爸就去了这样的黑人国家吗？他也要变成这样黑吗？"当看到一张我抱着一个黑人孩子的合影照片时，他像受到极大刺激一样委屈地说："爸爸不要我了，快叫他把那个小孩放下来抱我。"当他得知我曾被马蜂蜇得眼睛青紫时，便极富想象力地编开了故事："一大群蜜蜂追着爸爸，咬了他一个大包，结果蜜蜂说，'哟，我还以为是一朵花呢！'"

孩子开始学画以后，积极性挺高，一次晚上下课后在家中画了一张头上三根毛、小眼大脸的肖像，边画边自言自语道："爸爸怎么长得这么丑？"从此后，这张"丑爸爸"的肖像便挂在了我的床头。一次，妻看过来信后嘀咕了一句"怎么写得这么少"时，儿说："妈妈，等我长大，也上津巴布韦，写好多好多的字，让你看也看不完，行吗？"渐渐长大的孩子开始用好奇的目光打量世界时，也着实干了些玄事。一次，他悄悄地将洗羊毛衫的洗涤剂喝了下去，当家人时隔半日才察觉时，他解释说："我想尝尝什么味道，不好喝，苦的。"又一次，他磨蹭着不肯去吃饭，妻过去一看，才发现他已用小剪刀将毛裤剪开4个窟窿，说是要试试那把剪纸用的剪子能不能剪动毛裤。

经过两年的奔波劳碌，我带着兴奋与激动，惆怅与茫然的复杂心情踏上归程。途经香港的那个夜晚，两年来第一次看到了来自祖国的电视节目，那里面正有一位歌手深情地唱着一首名为"说句心里话，我也很想家"的歌，一向将乡愁和思恋深埋心底的我竟一时百感交集、眼睛模糊了起来。

黑人花工莫泽斯

在南部非洲那方土地上，我除了感到自己从未有过地贴近大自然外，日复一日的生活经历更加深着自己对别种人类生活方式的观察和体验。那是一块主要生活着黑色人种的天地，打交道最多的自然是黑人。但在这各式人等之中，至今经常浮现在脑内的却是一个极为卑微的黑人：人民日报驻津巴布韦记者站雇佣的黑人花工莫泽斯。

一脸木讷的莫泽斯曾是所有中国驻津巴布韦机构黑人雇员中的第一"元老"。自20世纪80年代初期人民日报记者站在津巴布韦始建之时起，他便受雇于这家"外企"式机构，到我在任上时已历经了4任记者的轮换。然而就体力劳动而言，他又是最不能干的一个。上任伊始，便不断有人劝我们将他辞退。但事情又不那么简单，不少黑人雇员都有小偷小摸的情况，甚至中国人圈内还流行着"不偷不摸不是黑人"的说法，而莫泽斯却似乎是个例外。权衡利弊之后，我们还是选择了安全第一，莫泽斯被留了下来。

没有人知道莫泽斯的确切年龄，从那走起路来摇摇摆摆的老态和满面褶皱来看，他起码在 55 岁以上。但每次问起他的年龄，或许是担心被辞退的缘故，他忽而答三十七八，忽而说四十五六。在一次续签合同之前，我决意在受雇人出生年月日一栏确切地填写清楚，便要求莫泽斯出示他的身份证之类的文件。两天之后，他颤抖着双手捧来一张公民证，那上面依然没有这位公民的出生年月，关于他年龄的探究只好从此作罢。

莫泽斯每天运作得像钟表一样准确。每早一听到他挥帚清扫庭院的第一阵"哗哗"声，那时准是 5 时 45 分。接下来便是将当天报纸悄悄地塞在窗下、擦汽车。早饭后，如没有交待做别的事，他总是搬来一个小木墩，坐在草坪中央，在周围一尺见方的地上挖起野草来，那点活儿他能干上一个小时，然后又移动一下木墩，开始在下一个平方尺内待上一小时。午休时分，他时常是坐在记者站门外的草地上与其他院子里工作的黑人雇员一起聊天。下午 4 时 30 分，他准在给花儿浇水。一到节假日，你不安排，他肯定不会出工。

莫泽斯沉默寡言，唯唯诺诺。他平时总是身穿一套破肘露膝的连裤工装，但节假日他也会西装革履，打扮得很像样。随着物价不断上涨，他的生活日见拮据。有一年多的时间，他每月常常是还不到发工钱的时候，便在院内拦住我支吾着说："家里过不下去了，请提前发点钱。"我们自然是全力救济，还常常馈赠些食品。莫泽斯则多次把他自种的嫩玉米悄悄地放在门口作为回报。

随着当地社会治安不断恶化，我每次赴外地采访时，都对莫泽斯一再叮嘱确保记者站万无一失。我每次返回记者站时，他都会带着一种不负重望的神情喃喃地说："一切正常，什么事儿也没发生。"但有一次，我于星期日从外地返回住所时，竟意外地发现莫泽斯正在门口与其他几个黑人喝啤酒。同样感到意外的莫泽斯见我后连忙起身开门，但已醉得找不着大门锁眼。"你喝得太多了！"我呵斥着他的这一渎职行为。莫泽斯一声不吭，只是报之以如痴如呆的一脸憨笑。

莫泽斯和妻子平时就住在院后一所平房内。每日工作结束后，莫泽斯的妻子就在房外的草地上架锅烧火做饭，莫泽斯则坐在一旁一支接一支地抽着自己卷成的纸烟，他们的身后映衬着不断变幻色彩的绚烂晚霞，这一场景倒也别有一番情致。一天半夜，莫泽斯的妻子突然急敲后门嚷道："莫泽斯病了！"我赶到那间从未进过的平房内时，看到神志不清的莫泽斯正口吐白沫，便急忙赶往中国医疗队请来了医生。此时，我才第一次环顾这位记者站"元老"的家：大约 10 平方米的屋内，没有一件可称为家具的东西，屋内打着地铺，绳子上挂着那些出门时才穿的好衣服，墙角内竖着一块梳洗时用的破镜片。

此后，我对莫泽斯更多了几分无言的照顾，一些登梯上高的活儿干脆自己上。望着莫泽斯愈发步履蹒跚的背影，一种复杂的心绪常常油然而生，不知那是出于怜悯慈悲，还是对一种别样人类的别样人生的慨叹。

1994 年年底我第二次到津巴布韦记者站就任。虽仅时隔一年多，再次见到莫泽斯时顿觉他一下子又老了 10 岁：步履东倒西歪，几近失明的眼睛中已毫无光泽可言。但见到我时，他仍努力地笑笑说："你是个好人，你回来就好了。"要当好人就得做好事。似乎是为了证实这一点，在此后的半年中，莫泽斯家中不断出事：先是他的小女儿被记者站的大黑狗咬伤，随后是他的妻子双腿溃烂，最后是他自己发病，于半夜中撕心地嚎叫。每次都是我或开车将他们送往中国医疗队治疗，或将中国医生请到住所内为其诊治。

1995 年 5 月 15 日下午，人民日报记者站迁往南非前夕，已在那里生活了 10 余年的莫泽斯一家人不得不搬走了。他们将全部家当（包括数个旧轮胎、几片石棉瓦和一把镐）装上一辆小卡车。指着当花工时天天推着的那辆小推车，莫泽斯颤抖着声音问："我能不能……""拿走吧！"没等他说完，我便痛快答应下来。随后，我将按规定补发的 2400 津元薪水和几听中国罐头食品送给了他。他们一家人最终是怀着感激离开那里的——莫泽斯这一生或许也未曾一次就拿到那么厚厚一叠钞票。

在世界的这个小角落如此近距离地观察了人类中像莫泽斯这样的别样个体后，我对别样人类及其生存状态似乎更增添了一份理解和宽容。

穆加贝表示：
津中友好合作将进一步加强

人民日报哈拉雷 1993 年 5 月 5 日电（本报记者 温宪、新华社记者 陆建鑫、中国国际广播电台记者 刘广聚）津巴布韦总统穆加贝访华前夕接受中国记者采访时，盛赞津中两国人民之间的友谊和两国的友好合作关系，并表示要通过这次访问进一步加强两国间的友谊与合作。

穆加贝定于 5 月 7 日至 11 日对中国进行国事访问，这次是他就任总统后首次访华。

穆加贝说，在津巴布韦独立前，中国人民曾全力支持津巴布韦人民为独立而进行的解放战争。津巴布韦人民永远不会忘记在最困难的时候中国人民对他们的帮助。津巴布韦独立后，中国政府和人民又帮助津巴布韦建成了体育场、医院、公路、训练中心等许多优质的经济和社会服务项目。这说明，中国人民一直是津巴布韦人民伟大、可靠的朋友。

穆加贝说，他这次访华是为了寻求加强两国人民的友谊和扩大两国经贸合作的新途径。他特别希望有更多的中国公司参与津巴布韦的经济建设，由双方合资创办新的工厂、企业，引进中国的技术，使中国成为津巴布韦牢固的合作伙伴。

穆加贝说，他这次访华的另一个目的是了解中国经济建设取得成功的经验。他说，中国坚持走自己的道路，很早就开始进行改革开放，试办经济特区，并不断完善社会主义制度，使中国的经济建设取得了奇迹般的成就。这再次证明了社会主义制度优越于资本主义制度。他说，作为一个年轻的国家，津巴布韦可以从中国的经历中学到不少东西。

穆加贝批评一些西方国家对中国政治制度的攻击。他说，任何人都不能把自己的政治制度强加给中国人民。中国人民正在不断完善自己的政治制度。只要中国人民认为社会主义的政治制度是有益的，别人就无权对此说三道四。

在谈到津巴布韦独立 13 年来取得的成就时，穆加贝说，津巴布韦政府为了提高人民的生活，着重抓教育、卫生和为人民生活服务的基础设施建设，同时，正在解决殖民统治遗留下来的土地问题。政府重视发展农业和建设社会服务设施，并通过实施"经济结构调整计划"，加快工业改造和发展步伐，大力吸引外资，加速经济发展，增加国民生产总值，扩大就业机会。从今年下半年起，"经济结构调整计划"将以更大的势头向前推进。

"会见总统"

　　1995 年 2 月 1 日下午 2 时，津巴布韦第二大城市布拉瓦约市政大厅内热气腾腾。台下坐满了近千名来自各行各业的男男女女，其中包括盲人和坐着轮椅的残疾人；台上端坐着总统穆加贝和政府中的多数部长们以及各省的主要负责人。

　　"请问总统，我们国家的残疾人数到底有多少，政府打算怎样解决他们的就业问题？""为什么至今仍有一些只准白人参加的俱乐部和团体组织？""我国工业徘徊不前，是不是与去年工商部部长因车祸去世后部长一职始终空缺有关？"台下的人们不断发问，大到国家经济改革政策，小到商贩何处经营，但全是关乎国计民生的事情。总统认真地记下问题后又认真地回答，答不上来的就请身后的部长们做补充。一时间，整个大厅简直成了坦诚商讨国事的内阁扩大会议。这是津巴布韦举行的第四次"会见总统"活动，但这一活动在布拉瓦约举行还是第一次。这次"会见总统"活动的主题是"人民、增长和发展：津巴布韦独立 14 年之后"。

　　在回答关于经济改革政策问题时，穆加贝告诉大家，津巴布韦将不允许国际货币基金组织和世界银行支配国家经济改革政策，"我们比 3 年前明白多了。在国际货币机构面前，我们再也不会唯命是从。"

一位妇女起身提问，为什么在一些领域黑人妇女至今不能同男人一样"拿皮包"主大事？穆加贝笑着答道，政府一直主张妇女应当同男人一样平等地"拿皮包"，但更重要的是，黑人妇女不能仅仅满足于形式上同男人一样"拿皮包"，还要勇于投身于制造业、矿业、高科技和农业等行业，闯出一片新天地。

布拉瓦约是津工业重镇，但多年来一直受到旱灾的威胁。自 1912 年开始，便有人主张引赞比西河水南下布拉瓦约，以便一劳永逸地驱除旱灾幽灵。这时，有人走到话筒前问总统，政府对这一工程态度如何。穆加贝说，政府一直在致力于形成这项 450 千米的管道工程计划，一批瑞典工程师正在就此进行考察并将提出可行性报告。但是，津巴布韦必须同赞比亚、莫桑比克等国商量，"因为，赞比西河并不属于我们一国，我们必须征得别国的同意。"

又有人向总统发问，为什么住在首都以外的人难得有机会与总统和政府部长接近？穆加贝环视了一下身边的部长们之后说，看来今后应在布拉瓦约和其他城市举行内阁会议，以便多多体察民情……

（1995 年 2 月 2 日）

萨莉·穆加贝：一位加纳人的故事

　　她本可以在家乡舒适的环境中度过青春年华，却选择了在异域他乡为那里人民的解放斗争历经磨难；在幼子夭折、丈夫被囚的巨大打击面前，她仍然不屈不挠地工作和斗争；她失去了自己的孩子，却将一片爱心献给了全国的孩子，为使他们有着幸福的童年不倦地奔走呼吁。她被人民尊称为"阿妈伊"（意为"国母"）。当她于1992年1月27日晨因病不幸去世后，成千上万的人连续几天聚集在她生前的住所前，用传统的歌舞形式寄托哀思。她就是津巴布韦总统穆加贝的夫人萨莉·穆加贝。

　　萨莉·穆加贝原名萨拉赫·弗朗西斯卡·海弗恩，1932年6月生于加纳的塞康第地区。自中学起，人们就亲昵地称她"萨莉"。早年的萨莉受家庭进步思想的影响，经常参加反殖民主义的群众集会等政治活动。她曾回忆说，她最喜欢听恩克鲁玛在政治集会上发表的雄辩演讲。加纳于1957年成为英国在非洲殖民地中第一个获得独立的国家。许多非洲国家的青年都慕名来到加纳，用欣喜的目光打量这个新的国度，其中就有从当时的南罗得西亚赶来的穆加贝。他在加纳塔科拉迪教师培训学院谋得一职，萨莉正巧也在这里任教。两个有才智、勤奋、且都矢志于非洲解放事业的青年很快就成了好朋友。

穆加贝于 1960 年回到南罗得西亚，决定在那里进行反对种族主义和殖民主义的斗争。在致萨莉的一纸飞鸿中，他表白了自己的志向，同时流露出了对她的爱慕之情。萨莉当时的生活是平稳和舒适的，她知道独自一人在数千里外的异国与一位革命者结合意味着什么，但她毫不犹豫地回信接受了那一份感情，并很快动身走进了对黑人充满屈辱和艰难的南罗得西亚，与穆加贝结为伉俪。倔强的萨莉可以忍受婚后蜗居斗室的艰苦生活，却忍受不了种族歧视。一次，她随丈夫上街买衣服。她要试新装，白人店主竟冷冷地阻止说，黑人不能试。愤慨的萨莉当即怒喝："你们真是太粗鲁、太愚蠢！"然后昂然而去。

萨莉曾在哈拉雷一社区学校任教，后被校方以"教授政治"为由解雇。此后，她便全身心地投入反种族歧视的斗争。1962 年，她组织妇女举行反对种族歧视宪法的示威游行，事后被抓进监狱。在狱中，她不顾身孕，坚持进行绝食等斗争。穆加贝则将反映黑人斗争的剪报巧妙地夹在玉米片里辗转送给她，极大地鼓舞了她的斗志。萨莉被当局宣判监禁 2 年、缓期 5 年执行后，穆加贝帮助妻子涉水攀山逃到了坦桑尼亚。在达累斯萨拉姆，萨莉生下一个儿子，取名恩哈莫德赞伊卡，意为"我们的国家有问题"。

由于国内斗争的需要，穆加贝返回南罗得西亚，萨莉则带着孩子回到了加纳。穆加贝回国后即遭捕，其后的铁窗生涯长达10年之久。他们的儿子在3岁多时就被病魔夺去了生命。面对厄运，萨莉拭去眼泪，坚毅地挺了下来。她于1967年到伦敦学习，并当过夜校教师、职员、机械工人、售货员和护士。期间，她不断向英国议会中的有关议员呼吁释放在南罗得西亚的政治犯。狱中的丈夫也没有中断学习，他想增加法律方面的知识，劳累了一天的萨莉便每晚到图书馆抄写冗长的法律教科书寄给他……

津巴布韦独立后，萨莉从不养尊处优地享受和炫耀"第一夫人"的桂冠。在家中，她常常系上围裙为丈夫炒几个他爱吃的加纳菜。在外面，她将满腔慈爱献给了儿童、妇女和残疾人。听说穆托科地区有麻风病患者，她便立刻赶赴那里探访，随后，又组织集资改善麻风病人的困境。为了帮助在解放战争期间流失莫桑比克的津巴布韦孩子，她参与创建了"津巴布韦少年之家"。尔后，又倡议为聋哑孩子建立一批"少年之家"。萨莉最了解失去孩子的痛苦，她常说："要让每个孩子都活下去，不能夭折"。1988年，她主持创办了"津巴布韦儿童生存和发展基金会"，还热心地促进基金会与南部非洲国家的相应组织联合起来，将温暖送给更多的孩子。

萨莉去世后，津巴布韦政府授予她民族英雄的称号，并将她安葬于哈拉雷的英雄墓地。她是在这块圣地长眠的第17位津巴布韦民族英雄，也是第一位获此殊荣的女性。

异域的中国同胞

在国外工作的一个特点是，外交官、公司代表、建筑工人、医生、军事专家等在国内很可能"老死不相往来"，但到了异域他乡，彼此逐渐熟识以后常会高兴地聚在一块儿喝二两，连呼"真有缘分"。

"老乡见老乡，两眼泪汪汪。"在中国驻津巴布韦各机构人员之间还真有一种互相走动、彼此帮忙的同胞情谊。凡住所院内有地的中国人，都自己种菜以便省点伙食费，并常常互相送菜尝鲜。我们记者站种的冬瓜个儿特大，因此被誉为"冬瓜专业户"，每当收获季节，不少人都能吃到我们种的冬瓜。记者站院里的几棵芒果树、桑树和柑树丰收时，常常引得一群同胞乐不可支地前来摘果。大伙儿在大桑树下摘吃桑葚的情景最有趣，每个人都吃得像嘴上抹了一瓶紫药水似的。不少人也对记者站的两个光棍汉表现了关怀。

互相帮助的背后是因为大家都知道迢迢万里来到非洲工作不容易，每个人都为此作出了这样那样的感情牺牲。我问中国医疗队一位医生接到第一封家信时的感受时，他说："落泪了。爱人信上的第一句话就是'盼星星，盼月亮，终于盼来了第一封来信。拿到这封信，比拿到一万元奖金心里还舒服。'"听到这话，我连忙低下头去，以防止发生触景生情的连锁反应。一位公司代表在思乡心切得无法排解时，便独自驾车到哈拉雷国际机场外，仰望着轰鸣起飞的飞机聊解乡愁。

在外生活最不容易的恐怕是搞承包或援建的普通工人。问及他们出国工作的动机时，这些朴实的人们回答得很坦率：一为开眼界，二为赚点钱。但事实总不如想得那么好。不少搞工程的工人两年下来，只能在工区内活动，开眼界因此打了折扣。为了如期完成承包任务，工人们往往加班加点。语言不通是许多人的最大困难，但他们又得带着黑人干活，于是硬着头皮记住些简单的英语词汇，辅之以各种手势，活也都干下来了。奇妙的是，有的师傅几年下来，能用流利的"英语"与黑人劳工交流，把他们指挥得团团转，但科班出身的中方专业英文翻译却一句也听不懂。

就外语来说，在津巴布韦的第一奇人当数中国华陇建筑公司的普通瓦工刘克功。刘克功来自中国甘肃省，至1995年，45岁的他在津巴布韦一干就是10年，人称"老津巴"，这位同胞竟通晓当地民族语言，还与津巴布韦总统穆加贝建立了亲密的个人友谊。

华陇公司驻地后院一块硕大岩石上建有一座小木板房，房内陈设极简朴，那里就是刘克功的"家"。1984年7月，还有些怯生生的瓦工师傅刘克功一来到津巴布韦，便投入了建造哈拉雷体育场的宏大工程。这项被称为"中津两国人民友谊丰碑"的工程结束后，刘师傅又先后在图书馆、师范学院、医院、地方政府办公楼、住宅小区、钢铁厂等建筑工地上抛洒汗水。风来雨去一晃就是 10 个年头，刘师傅的工友们换了一批又一批，而他却一直留了下来。

刘克功说："刚到津巴布韦工作时最大的困难就是语言障碍。我是瓦工领班，每天要带几十个黑人干活。早上分工时，黑压压一片工人等着我分配工作，我只能用手比划着做示范，结果又误工又费劲，领导和我都着急。"绍纳族是津巴布韦最大的民族，刘师傅带领下的当地工人多操绍纳语。"于是，我就下决心学说绍纳语，"刘克功说，"我是碰到啥问啥，走到哪儿学到哪儿。词汇积少成多之后，就把它们像珠子似地串成一句话，有时也串错了，哈哈一笑之后，再重新按正确的说法串。"语言沟通立即缩短了人际间的距离。不少当地工人一见刘克功就愿意和他亲亲热热地拉家常，说点心里话。

津巴布韦总统穆加贝也是绍纳族人。1991 年的一天，穆加贝在他的家乡视察由华陇公司承建的一处工程，工程建设负责人正是刘克功。总统一样一样地问，刘师傅操绍纳语有板有眼地答，这使得穆加贝大为惊讶。在穆加贝同众多中国朋友的交往中，刘克功是直接以绍纳语同他交谈的第一人。一向庄重的穆加贝如遇久别重逢的好友，亲热、随和地同刘师傅拉开了家常，最后，干脆将"刘先生"改称为"塞苏卢"（绍纳语意为"老乡"）。每次穆加贝到这个工地视察时，总是愿意把"塞苏卢"刘克功叫到身边说说笑笑聊一聊家常。总统常常一边视察，一边对这位普通的中国建筑工人说，他非常希望看到中国公司能够在津巴布韦设计和建造更多富有中国特色的建筑。刘克功在总统面前也出过"洋相"。绍纳语中的"老鼠"与"骨头"发音差不多。一次，刘克功想要告诉总统"屋里有老鼠"，但错说成了"屋里有骨头"。穆加贝捧腹大笑之后，告诉了他如何正确发音，并告诉他在绍纳语中，野地里的老鼠与在屋中的老鼠是两个不同的词，这一点与中文不同。这一段以语言为媒介的特殊友谊使得穆加贝总统也不愿这位普通中国工人离去。

悠悠十载，刘克功只回过两次家。70多岁的老父亲思儿心切，特意差人从兰州打国际长途电话询问归期；已入大学读书的儿子来信诉说从小极少感受父爱的酸楚。刘克功理解家人的心情，但他也掂量得出自己身上的重担。他常常被派出去一个人全面负责一个工程。因为除了瓦工活计外，只有他还能同时胜任翻译、司机、木工、油工、抹灰工等多种角色。就是他，以及像他一样众多而普通的中国建筑工人，正在异国他乡和当地人民心中建造着一座座有形、无形的高大建筑。

在津巴布韦还有数百名当地华人，尽管不少人已是第二代或第三代华人，但他们对中国文化的依恋仍很强烈。津国华人领袖李玄的三公子菲利浦是位很有成就的年轻人，他经营的工商管理咨询公司办得很红火。问其经营之道时，他捧出的却是一本《孙子兵法》。不过，这位精明能干、长得很帅的小伙子当时为没能找到合适的生活伴侣犯愁。那天晚上，他在烛光下透露说，准备回中国找个好姑娘。"祝你好运！"我说。

中国医生的 24 小时[1]

1995 年 2 月 26 日，星期天。中国医疗队的医生王茂武、李青峰又该轮值每周一次的 24 小时昼夜班了。

上午 7 时 59 分：黑人司机乔治将中国医生从住地送到了 29 千米外的奇通圭扎综合医院。这家位于哈拉雷南郊黑人聚居区的医院是个二级医院，规模不小，但医生只有 14 名，其中临床医生 10 名，且多为外国医生。这个医院的特点是没有严格分科，人才奇缺，要求每个临床医生都是"全能"医生。

李青峰是麻醉医生，一位瘦小但不羸弱的女子。一到医院，她便匆匆赶往诊室接班。王茂武医生走进中国医疗队值班休息室时手里提着一个篮子，篮内装着生玉米、苦瓜、黄瓜、莴笋叶，还有湖南人餐餐难离的红辣椒。自 1985 年开始，在津巴布韦的 5 批中国医疗队都来自湖南。篮内的东西除了那根黄瓜外，全是医疗队的自种产品。一进屋，王医生便忙着张罗做饭。

〔1〕 载《人民日报》1995 年 3 月 2 日第 6 版。此文获中国国际新闻奖通讯类二等奖。

8时35分：急诊室来电话，请王医生前去看病人。偌大一个医院今天只有他一个临床医生。值班休息室距急诊室约200米，王大夫换上白衣急急赶去。他在国内是神经外科医生，急诊室内却有着各式各样的病人在等着他：艾滋病、疟疾、肺结核、儿科急症……

9时30分：一连诊治了9个病人后，王医生回到休息室。操手术刀的手重又拿起菜刀。一会儿，李医生、王医生和记者围坐在一盘湖南风味的辣椒炒鸡蛋、一锅小米粥和几张葱花饼前，把早饭和午饭一并打发了。

10时25分至13时：不断打来的电话将中国医生一次次召唤到急诊室和各科病房；从患肺炎的3个月婴儿、不幸遭强奸的3岁女孩到浑身发出恶臭的晚期艾滋病人，一一被值班护士带到医生面前。对中国医生最为了解的就是这些本地护士。记者向一位已在此工作10年的护士询问对中国医生的看法时，她笑着说："非常好。"

午间，有约40分钟的闲暇，大家谈起了往事：第二批医疗队外科医生戴松成功地完成不完全断手再植及大面积烧伤植皮手术直至现在还被传为佳话；功底深厚的陈剑雄教授曾被聘为津卫生部顾问，津方设立了"中国医疗队陈剑雄奖"，每隔两年向成绩优异的护校毕业生授奖一次。

14时至15时25分：王、李医生进入手术室，一口气做了6

个妇科和外科手术。"今天算是少的，最多的时候一下子做了 25 个手术。"头上已沁出汗滴的王医生说。手术期间，从传染病房和急诊室又不断打来电话催他前往。

15 时 30 分至 18 时 40 分：王医生走马灯般地在传染病房、妇产科、急诊室、儿科和观察室诊疗了 21 名患者，其中在产科做子宫缝合手术 1 次。这位 30 岁出头的神经外科医生曾在此赶鸭子上架似地做过一个子宫全切的妇科大手术，并独立完成了在国内会有两三个医生合作的胸骨后甲状腺切除术。"刚开始碰到很多困难，有什么办法？只能尽快适应。"他说。其间，大家忙里偷闲地解决了肚子问题。一盘又是湖南风味的苦瓜辣椒炒肉丝吃得大家咂舌不已。

18 时 45 分至 20 时 10 分：李、王医生再次进入手术室，为一位因交通事故手指开放性骨折的小伙子做手术。术后喘息未定，产科又打来电话，必须立即为一位孕妇实施剖腹产。李医生一面利索地做着麻醉准备工作，一面介绍说，"这种气管插管全身麻醉是最要认真的，要由我来控制病人的呼吸，弄不好病人就有生命危险。"这台剖腹产手术进行得很顺利，一个体重 3060 克的女婴哇哇问世。"把一个危重病人抢救活了的时候，我还真有股子自豪感。"李医生说。

20 时 43 分至 21 时 19 分：又是一轮从急诊室、产科到小儿科的奔忙。"有好几次值班时，我的脚跑得都肿了起来，"王医生说，

"有时累得要命，刚一坐下，电话又来了，烦得我直想摔电话。"

22 时 15 分直至 27 日凌晨 4 时：忙了整整一天的医生们刚刚钻进蚊帐准备睡觉，电话铃又响了起来，如此一连三次。"今天夜里没有大手术，算是轻松的了。"李医生说。就在这算是轻松的一昼夜中，两位中国医生一共诊治了 89 位各科病人，其中做手术 10 次。截至 1994 年 11 月，一年中，中国医生仅在这家医院外科和妇产科的门诊人次就达 13 218 人。

27 日上午 8 时：两位中国医生查房后，终于松弛了紧绷 24 小时的神经。明媚的晨光中，黑人司机乔治驾车来到医院。车上走下接班的医疗队队长、妇产科吴医生，放射科周医生和厨师小王，他们又将在这里度过救死扶伤的新一天。

中国援建的津巴布韦奇诺伊医院工程

　　津巴布韦西马绍纳兰省省会奇诺伊，位于首都哈拉雷西北115千米处。这座小城东郊山岗上有一排简易工棚：大门处挂着两个自制的中国大红灯笼，客厅内挂着自画的桂林山水和北京颐和园的美景。这些都寄托着中国的建设者在遥远的非洲对祖国的眷恋之情。

　　就在这个简易工棚的对面，一座现代化医院已在一片荒野中建立起来。这项总投资约5700万美元的工程是中国政府援助津巴布韦的一个大型项目。自1991年5月16日开工以来，来自甘肃省建筑总公司的建设者们已为这一工程抛洒了近5年的汗水。

　　"在别人眼里是一片新房，而在我的眼里，它就像一个令人疼爱的新生儿。"58岁的项目经理王瑞萱指着正准备交工的医院说。这位1962年毕业于南京工学院工业与民用建筑专业的专家，自1991年3月12日来到这里后还未曾回国探亲。"我们都有一股激情，"他说，"既然在这里干，就要为国争光，拿出一流的建筑来。"

　　"严格、认真、高质"，这几个常挂在嘴边的字，经过近5年的实践，王瑞萱和他的同事们真切地掂出了其中的分量。在国内搞工程那么多年，谁不会浇灌混凝土？谁不会砌墙？但这项工程要求建筑物表面不抹一点灰、不贴一块饰面砖。412 根八角形外柱、828 根半圆弧形或矩形内柱要浇灌得表面极为光滑、没有气泡，并且要一次成功。由中心走廊连接的 15 座建筑分处 3 个水平线上，周长达 2048 米。所有房屋都是每砌 3 层红砖后加砌 1 层混凝土裂石砖，每一道砖缝都要确保水平笔直，任何一道砖缝的任何一点弯曲都会使那条水平直线无法交圈。高质量来自严格和认真，除此别无他途。为了保证清水混凝土柱的质量，中国建设者们每天将 400 吨左右的沙石原料一磅一磅地按配方称过。每根柱高 2.8 米，他们每浇灌 40 厘米混凝土后，就带领当地工人震动密实不少于一小时。在模板设计、安装、清理和石柱的清水养护等每一道环节上，他们都十分精心细致。为了所有墙面的质量，中国领班先砌了一面样板墙，然后手把手地教会当地工人。经过半年左右的磨炼，当地工人们渐渐掌握了要领。

如今，走在这座新医院的房前屋后，人们看到的是一座外表没有任何饰物的建筑群体。高质量的浇灌使得普通混凝土柱竟具有大理石花纹的质感，排排高柱不仅承重，也起着装饰功能。中国建设者们用心血和汗水在这里构筑了一幅砖石砌就的美丽图画。

"在这里干了好几年，总想留下一点有中国特色的东西。"王瑞萱指点着说。记者顺着他的手指望去，只见医院大门和每栋建筑的屋脊上一边装有钢制的津巴布韦国鸟的造型饰物，另一边则是面向东方高高昂起的中国龙头。医院大门的造型也采用了中国古牌楼的建筑风格。在原设计中本来没有这些东西，是津巴布韦设计师在中国专家的建议下改变设计的。津巴布韦国鸟与中国龙昂首而立，这正是中津两国人民友好合作的生动写照。

（1996 年 4 月 17 日）

那时，中国人在津巴布韦买什么

20世纪90年代上半叶，我在津巴布韦工作期间，曾饶有兴趣地观察过中国人来到这个南部非洲国家都买些什么。结果发现中国人乐于掏腰包买回的商品极其相似：钻石或祖母绿宝石戒指、鸵鸟蛋、大象皮包、鳄鱼皮带。这些东西在中国没有或是不多，买个稀罕；还买石雕、木雕、邮票、铜版画。除了买个稀罕之外，还透着几分雅趣；也有商店大甩卖时瞄准10津元一条裤子，70津元一双阿迪达斯运动鞋的，那是买个便宜。

单说这阿迪达斯运动鞋，我就见过有人一买就是几十双。原因不外乎阿迪达斯是个名牌，在中国国内或许要花二三百元，而在津巴布韦买折合人民币还不到100元。

津巴布韦的阿迪达斯由"巴特"鞋厂生产。巴特厂是一个跨国的鞋类生产大厂。这家工厂很懂得信誉的分量，质量水准一直相当高。巴特鞋店提供的服务也相当周到，其中之一便是凡是在巴特鞋店买的鞋，如果顾客觉得有什么毛病，可以在全国各地任一巴特鞋店换货。这对于当时的中国人来说，还是很新颖的经营理念。

　　或许是因为天气适宜的缘故，津国烟草种植业很发达，已有上百年的历史，烟草质量名列世界前茅，被人们美称为"黄金叶"。世界最大的烟草拍卖市场就坐落在哈拉雷西部郊区。也还是因为宜人的气候，津巴布韦一年到头草木葱茏，各色鲜花竞相怒放。鲜花成了津国市场上的重要商品。在素有"花都之城"的哈拉雷市中心，有一个全国最大的户外鲜花市场。此外，各类花店在城内随处可见。除零售外，花店还提供预约定货、送货上门等各类服务。每逢情人节、母亲节、圣诞节等日子，各个花店的业务格外繁忙，街上到处奔跑着上门为顾客送鲜花的汽车。对于20世纪90年代初的中国人来说，这种送货上门的外卖业务也还属于很超前的服务。

　　津巴布韦自1985年开始将鲜花捧向了国际市场，主要目标是好些挺喜欢鲜花、但在冬季又苦于难得见到鲜花的欧洲人。津巴布韦出口的鲜花中80%为玫瑰花，其次为百合花等20多个品种。在世界最大的荷兰国际鲜花市场上，津国的玫瑰花价格平均约每吨2000美元，成了创汇的"花魁"。

　　采购菜蔬，最有吸引力的去处是哈拉雷东部近郊的"蜜露农庄"。一个典型的非洲茅草大屋内，各样时鲜菜蔬分门别类、干干净净地摆放在架子上，架子旁备有装菜的篮子和塑料袋。农庄内的雇员还会主动帮你提篮，装车。每天清晨，雇员先从菜地采回各色蔬菜，然后立即由另一些人去泥、洗浆、包装、上架。整个过程运转得如行云流水般紧凑、流畅。在哈拉雷的各外交使团的人们都愿意到那里购物。我曾就其经营之道询问过农庄老板麦克先生，这位农场主答道："我卖的就是个新鲜！"

情人节中人情浓

　　2月14日情人节，哈拉雷的鲜花市场格外红火，使这座本来就有"花树之城"雅称的城市平添几分绰约。

　　除了赠送各种内容风趣的贺卡外，在情人节向心上人赠送鲜花已成为津巴布韦人的时尚。记者今晨驾车刚一出门，就见一辆送鲜花的汽车正停在邻居门前。送花的兰森先生说，情人节本来是他的休息日，但他夫人开的花店接到了许多的鲜花订货，必须按顾客提供的地址将鲜花送到客户家中。除了店里原有两部车外，他和岳母今天都要加班送花。兰森先生的车内是一盆盆的红玫瑰。红玫瑰是爱情的象征，因此也是情人节中最受钟爱的鲜花。

　　莫约大街与第二街拐角处有着哈拉雷市最大的鲜花市场。来这里购花的人接连不断。一位丈夫精心地挑选了两把鲜花后转身送给了身边的妻子，妻子立即回报一个热吻。当地报纸今天报道说，根据14日进行的一项调查，情人节期间买花的男士多于女士。记者向一位卖花人问及此事时，他说："很难说谁多谁少。但常常是女士可着心地挑花，然后由站在一边的男士付款。"那边4个身着中学生校服的女生正在与摊主讨价还价，难道她们也在为"情人"购花？走过去一问，才知道她们是受学校捐款委员会之托，想低价买进一批鲜花，借情人节之际高价卖出，赚到的钱用来为学校购书。摊主说，一束红玫瑰平时价钱约为 2 津元，今日价格为 10 津元。

　　据统计，哈拉雷 10 家大饭店中有 8 家的情人节午餐和晚餐客满；在过去一周内，大约每天有 1000 封情人节贺卡自哈拉雷发出；5 个男人中有 3 个除了鲜花外还要给心上人买些礼品，大多数礼品为珠宝饰物和香水；20%的男人在报纸的分类广告栏上登出他们对心上人的致词；在情人节期间，电台 3 台用 80%的时间播出爱情歌曲；哈拉雷最大的肯辛顿书店还专门为情人节贺卡设立了专柜。

（1993 年 2 月 15 日）

鸵鸟养殖业的魅力

　　青山绿水之间，一群群鸵鸟正在草地上悠闲地游荡。这里不是野生动物园，而是哈拉雷以北约 90 千米处的津巴布韦最大的蒙哥马利鸵鸟养殖农场。这类农场在津巴各地有 200 多个，共养殖了约 1.5 万只鸵鸟。鸵鸟是世界现存最大的鸟，它浑身是宝。成熟的雌鸟每年可产蛋 60 至 80 个，产蛋期长达 30 年，孵化率可达 80% 以上。一只养殖 14 个月的鸵鸟屠宰后可得肉 40 千克。鸵鸟肉是一种很有吸引力的"健康食品"。每 3 盎司鸵鸟肉中，胆固醇的含量为 58 毫克，而同样重量的牛肉和猪肉中胆固醇的含量分别为 77 和 87 毫克。同样重量的鸵鸟肉中脂肪含量为 2 克，而牛肉和猪肉则分别为 16 和 18 克。由鸵鸟肉烹制而成的各种菜肴已成为津巴布韦各大饭店中最受游客欢迎的新菜品。此外，鸵鸟皮可制成各种精美的皮包和皮靴。去年，津巴布韦向美国、日本和新加坡等国出口鸵鸟皮 700 张，每张皮可赚外汇约 400 美元。鸵鸟的羽毛可制成各类装饰物。即使是没能孵出小鸟的死蛋，人们也可以将里面的蛋液抽干，然后在鸵鸟蛋壳上雕画出各种图案作为精美的工艺品出售。

养殖鸵鸟是一项需要投入大量劳动的工作。蒙哥马利农场是津巴布韦最大的鸵鸟养殖场，1990 年开始养殖鸵鸟。在这家农场里，300 只正值繁殖期的鸵鸟被放养在一个个 50 米见方的栏圈里，每个圈内放养着一只雄鸵鸟，两只雌鸵鸟。据介绍，这是到目前为止经过反复试验后所采取的最佳养殖方法。孵化室内的温度为 36 摄氏度，鸵鸟蛋被放在整齐排列的架上，每 4 小时转动一次角度。在 42 天的孵化期中，管理人员对每只蛋都有着由计算机管理的详细资料。最初的 3 个月是刚孵出的雏鸟能否成活的关键时期。农场除了为每只雏鸟注射两种疫苗外，还专门修建了 22 间喂养雏鸟的水泥圈房。

津巴布韦政府通过国家公园和兽医服务局对鸵鸟养殖业给予了大力扶持。鸵鸟养殖者还成立了鸵鸟生产者协会，此后，他们又建立了专事鸵鸟产品购销的贸易公司。瑞士、荷兰等不少国家已经对进口津巴布韦鸵鸟肉表现出很大兴趣。目前，津巴布韦鸵鸟生产者正在集资建立一个符合欧共体市场卫生标准的鸵鸟屠宰场。屠宰场建成后，预计每周可向国外市场提供 15 吨鸵鸟肉，每年可赚取外汇约 8000 万美元。在接受记者采访时，津巴布韦鸵鸟生产者协会贸易公司经理布拉德肖先生说，津巴布韦的鞣皮和皮革制作技术还不先进，他知道中国在这些方面有很多长处。他真诚地希望能够在不远的将来与中国有关方面在这一新的领域进行合作。

（1993 年 8 月 21 日）

"黄金叶"拍卖市场

　　津巴布韦烟草质量闻名世界，素有"黄金叶"之称。其烟草可向 80 多个国家出口，每年 4 月至 10 月开市的哈拉雷烟草拍卖市场世界第一，早已成为吸引游客的哈拉雷一景。

　　一进入占地近 3 公顷的哈拉雷烟草拍卖市场大厅，就像到了一个自动化程度很高的流水作业的大车间。因为电灯光影响买卖者对烟叶颜色的判断并对烟叶质量有不良影响，所以整个大厅内没有一盏电灯，全靠透过白塑料屋顶的自然光照明。厅内分为 4 个卖区，每区 20 行，每行排列着 40 包烟叶。津巴布韦烟草销售委员会每天都根据全国烟叶产量、烟农在规定时间内的打包能力和拍卖市场的销售能力，安排第二天的销售计划。烟农们首先将一包包最多 115 千克、最少 35 千克的烟叶运到拍卖市场收货处，经过计算机处理后，他们会立即收到一个回执，并被告知他们的烟叶将在第二天的某区某时卖出。进入拍卖大厅的烟包首先被打开，上面摆着从烟包 4 个角和中间抽出的 5 把烟叶供检验员过目。经过检验的烟包上放有一个标签，上面标有烟草的产地、颜色、质量等级等。

　　大厅内最引人注目的，便是在 4 个区同时进行的拍卖交易。每个区内，站在卖方行列最前面的是一位经验丰富的报价员，他必须具有向面前的烟包望一眼便可立即报出其基本价格的本领。跟在他后面的依次是反应敏捷的拍卖员和两名记价员。与卖方面对面的是由 8 人组成的买方行列，分别代表着在津巴布韦注册登记的 8 家烟草公司。报价员报出价格后，拍卖员便站在这包烟前开始像说绕口令似地高声唱价，同时两眼左右不停地观看着买方的动静。买方的人或借手势，或以眼神，或用咳声及其他只有拍卖员才懂的语言暗示自己的出价。拍卖员认为已经得到最后价时，就唱出买方的名字和每千克合多少津巴布韦分的最后价格。随后，两名记价员便在标签上记下买方公司的代号和价格。这里每 15 分钟卖出 150 包烟叶，每天平均卖出烟叶 16 000 包。

　　拍卖价格确定后，只有烟农自己才有卖或不卖的最后决定权。每个烟农都有由拍卖市场聘用的代表。如果烟农认为价格不合理，经过和烟农代表协商，他可决定取消刚刚进行的买卖。反过来，如果买者发现已买烟叶中有疵品，可将烟叶提交销售委员会仲裁。拍卖后的烟包很快被缝口拉走，通过传送带运到不同公司所在的货场。电瓶车又将待卖的烟包一行行地拉进来。卖后烟包上的标签即刻被送到计算机房进行数据处理，人们很快就可以拿到各种最新交易资料。这一套程序进行得紧凑迅速，有条不紊。

　　一般情况下，烟农们总是先卖好烟叶，最后卖的是烟梗。因此，在半年的拍卖期中，烟叶的质量呈弧度下降。在去年 27 周的拍卖活动中，哈拉雷烟草拍卖市场以平均每千克 11.6 津元的价格共卖出 166 000 多吨"黄金叶"，再一次为津巴布韦赚取了大量外汇。

鬼斧神工的平衡石

　　哈拉雷市东南郊外的埃普沃斯有一处令人叹为观止的奇景：莽莽苍苍的原野上兀立着一片巨大的砾石。形状各异的每尊巨石上面又或纵列、或层叠、或斜堆着大大小小、数量不等的石块，并都独具奇妙地保持着一种平衡态。这些形态千奇百怪的平衡石一步一景，当地人据形将其分别取名为"修女帽""纪念碑""变色龙""战列舰"等。最著名的一组平衡石被取名为"飞舟"，它是由5块大小不等的巨石左右相衡地层叠组成；另一组著名的平衡石由3块石砾相叠而成，津巴布韦现行纸币正面的图案便取材于此；还有一块巨石的头部看似惊险、实则衡稳地斜顶着另一块扁形巨石，这一组平衡石有一个很现代化的名字："卫星天线"。大自然何以在这一方原野上集中造就了如许数量的巨砾？它们是经历了怎样漫长的冲撞挤压、分化组合和风雨侵蚀后才形成了这样一种鬼斧神工的平衡态？……徜徉于平衡石之间，不禁深感大自然的神奇。

观维多利亚大瀑布

　　1992 年 5 月初第一次观维多利亚大瀑布时，但见水雾蒸腾，轰然震响，急流似雪崩般迸射，彩虹如仙境般幻出，其磅礴大势令人深感大自然的伟力神功。"雄浑""壮美"之类的词汇在此景前显得格外苍白无力。同行刘君戏称，此景只有请李白现世，且需多喝几大碗酒后方能逮意传神。据说发现这一瀑布的第一位白人利文斯敦是个极少动感情的人，但当他于 1855 年 11 月 16 日第一次见到这个被当地黑人称为"莫西奥图尼亚"（意为"发出雷鸣的水雾"）的大瀑布后，禁不住惊叹道："看到这般壮丽的景色，在空中飞行的天使也一定会驻足凝视。"

　　那年 9 月初再次观瀑时，眼前的景象令人大失所望：曾极尽刚烈的大瀑布一下子变得文静了许多，气势大不如前，人们尽可以在原来根本无法接近的崖边探头俯视怪石嶙峋的涧底。转念一想，失望是没道理的。大瀑布的性格中既有伟烈张扬的一面，也有退隐含蓄的时候。如同世间万物一样，大瀑布也有着自己的兴衰节律。

大瀑布的急流砸入最大落差为 108 米的深涧后，顿时激起最高时达 500 米的大片水雾，落下来的雨滴滋育了一片植被独特的"雨林"。这片满是奇花异草、藤树相缠的雨林是自然界自生自灭、适者生存、生生不息的生动缩影。在这里，可以见到一棵"树中树"：一棵树被一名为"扼杀者"的无花果树紧紧包住，与之长在一起。这种无花果树是在种子偶然被鸟或虫子叼到一个树洞里或枝杈上后，在独特的气候条件下生长起来的。其根须先沿着寄生树干向下延伸扎根入土，随后又围着整个树干向上攀援，最终长成一棵把寄生树吞在肚中的参天大树。

在离大瀑布上游不远的赞比西河河边，有一棵高 20 米、周长 16 米的巨大猴面包树，其历史据说已有 1000—1500 年。这棵巨树有着奇形怪状的鳞茎状树干和似树根的粗大树枝，总使人感到树是倒着长的。当地人对此有一传说：一次，恶魔与猴面包树的魂灵发生争执，一气之下，恶魔将所有的猴面包树连根拔起。事后恶魔对自己的急脾气非常后悔，又把拔起的树重新种上，但在情急之中把树种倒了。其实，这种树是为了适应非洲大陆的旱象并经长期变异后生成的。树干中有着能够存水的海绵状组织，口渴难耐的旅人常常割开树皮吮吸流出的汁液。这棵不寻常的大树因而成为早期探险者跨越赞比西河之前的宿营地和集合地。

大瀑布周围独特的植被养育着种类众多的飞禽走兽，锤头鸟便是其中一种。似鹳非鹳、似鹭非鹭的锤头鸟，因其头上有一撮似锤子头的羽毛而得名。锤头鸟通常用 6 个月的时间才能完成筑巢。尽管其巢从外表看去很不整洁，但内部结构相当复杂。巢内有一圆顶孵化室，还有一个能将各种废物倒到外面地下的通道，入口处的选择和结构使得任何入侵者都难以进入。锤头鸟这种筑巢的智慧，加之其独特的外貌和似吹口哨般的叫声，使它成为非洲大陆许多部落的迷信物，有些部落至今仍有必须将锤头鸟飞经的泥草屋拆除改建在别的地方的习俗。

大象、羚羊和河马等动物也常出没于这个地区，最有趣的还是颇有灵性的狒狒。它们常常在一只雄狒狒的带领下出现在各种场合，甚至出现在旅馆的院内，大摇大摆地参观它们的远亲人类的居住设施。它们对安分守己的人类从不伤害，有时甚至傲慢得对周围的人看都不看一眼。但它们又是极有自尊心的灵物，如果有谁过分好奇，对之有"挑衅行为"，它们便会毫不客气地咬他一口。

山韵悠悠

津巴布韦首都哈拉雷是一座不甘守旧的城市。时隔一年多，市中心兀立起数座高层大厦，散溢出浓厚的现代化气息。北郊的博罗戴尔一带是富裕的白人区，令人恍然不觉身处非洲，难怪这里被众人称之为"小伦敦"。顺着博罗戴尔大道再往前走，就分明是另一个世界：一脉巨大的花岗岩石山下，星星点点地散落着黑人的圆形或方形茅草屋；旷野中一片片金黄色的野菊花开得正艳；田野中漫游着被当地人视为财富象征的牛群；水井边的几个黑人妇女很利索地将重重的水桶顶在头上，轻扭着腰肢嬉笑着向家中走去。这里距哈拉雷市中心仅 27 千米，但人们却一下子从现代化都市进入原始风情之中。

此地名为"栋博沙瓦"。在当地绍纳族黑人语言中，"栋博"意为岩石，"沙瓦"意为赤褐色。站在山顶上观看落日真是一种奇妙的享受。残阳将整个天空当成了一个任意挥洒的画板，始则泼上灿金，继而抹成橙红，随后饰以赤褐。这时，"栋博沙瓦"的含义便令人恍然大悟。

在当地百姓心中，海拔 1637 米的栋博沙瓦山是一座有魔力的神山。哈拉雷市的海拔约 1500 米，因此，爬上栋博沙瓦山顶并不费太大气力。然而，栋博沙瓦山的奇处在于它似乎只是由寥寥几块巨大的花岗岩石堆砌而成，于是雄壮中便显出威严。逢遭旱灾时，当地黑人会不约而同地来到山上一棵被称为"姆哈查"的大树前。他们用树叶做成盘状，跪着将盘子小心地放在树根下，轻声祈祷后便转过身去。他们相信神灵会在凡人转身的一刹那将食物放在盘中。

从栋博沙瓦山顶望下去，可见一座形状怪异的小石山，当地人称其为"查瓦罗伊"，意为"男巫之地"。敬畏神灵的当地人似乎是亲近女巫但憎恶男巫。据他们说，当年有许多男巫曾趁夜色向睡梦中的人们施魔。人们捉住这些男巫后，就把他们杀死在那座山下，至今当地人对那块"男巫之地"仍避而远之。

从山的左路沿陡峭的斜坡穿过荆棘、迈过小溪，远远望见半山腰处的茂密丛林掩映着一个巨大的岩洞。拾级攀登，曲径尽头竟别有一番天地：深深凹进的花岗岩顶恰成一个理想的挡风之地；相当平展的石面上有一幅长十余米、高三四米的巨幅岩画。尽管部分岩画已经剥落，但仍可清晰地见到扇耳扬鼻的大象、摇头摆尾的犀牛、奔跑如飞的羚羊和手扬长矛跃跃欲投的狩猎者。这就是栋博沙瓦山最具文化价值的布须曼人岩画。布须曼人（意为

"丛林人") 是南部非洲极古老的以游猎为生的黑人部落, 至今在卡拉哈里沙漠深处仍闪动着布须曼人射猎的身影。一支茹毛饮血的黑人土著竟在距今 1.3 万年的时候便在这座岩洞内留下了如此精美的画卷, 这实在有些令人难以置信。

在当地人看来, 这个岩洞更是神奇之地, 成为祭神的庄严场所。岩洞右面有一个螺旋形上升直通岩顶的大洞。很久以前, 当地人便在这里举行求雨祭礼。在求雨巫师的主持下, 人们在大洞里架柴烧烤一头作为祭品的公牛, 伴之以载歌载舞和大吃大喝。其实, 那个大洞有两个出口。一个圆形的出口被人们认为是"善道", 如果烧烤出来的浓烟从那里冒出, 人们便欣喜若狂, 因为那意味着甘雨将至; 但如果烟柱从另一个哑铃形状的"恶道"冒出, 巫师便会宣布神灵怪罪祭物质量太差, 近日不会降雨, 只好待贡献出更好的公牛后才能求得雨来。从岩洞向外眺望, 风光如画。黑人长者的声音又在耳边响起: "你看到那片树林了吗？它被称作拉姆巴·库里姆瓦, 意思是不能耕种的土地, 因为本地人发现那里的树木都是砍不死的。头一天被伐去的树木第二天又神奇地全长出来了。曾经有人到树林中砍柴, 但他无论如何也寻不到归途, 树林外的亲友们明明可以听到他的呼救声, 却怎么也找不到他的身影。"

听着这些近乎荒唐的迷信和传说, 我没有嗤之以鼻, 只是报以会意的一笑。因为，站在这高高的山顶上，面对着劲吹的山风，我的确感到了一种山韵的魔力，那是一种令你顿觉渺小的博大，那是一种令胸中垒块顿消的酣畅，那是一种使你得以摆脱焦躁的宁静。

走进非洲农家小院

　　非洲大陆的夕阳景色像迅即变幻的七彩调色板，令我神怡。车行至距津巴布韦首都哈拉雷北郊约 40 千米，窗外出现了星罗棋布的一片片原始风韵的黑人圆顶草屋。蓦地，一幢粉刷成天蓝色的平房闯入眼帘，房前的一排破铁桶内，栽培着各样鲜花。它在圆顶草屋群中显得别具一格。

　　我停下车来打量这处院落，一位黑人少女上前搭讪："这是我奶奶家。""我能进去看看么？""当然能！"少女跳着叫着向一位在收拾晒晾衣物的黑人妇女通报，那位妇女转身疾步回屋。一位打着赤脚坐在屋边搓玉米粒的男子对不速之客的到来却显得平静。这位身着一套红色工作服的男子便是本院主人塔非尼卡。刚刚跑进屋中的妇女此时又出来了。她头上多了一条花头巾，身上披了一件花坎肩，还忙不迭地整理着胸前的花结，然后又手忙脚乱戴上一只表盘极大的电子手表。她就是塔非尼卡的妻子。

　　模样憨厚的塔非尼卡 63 岁，妻子较他年轻 10 岁。自 1965 年以来，塔非尼卡一家就在这里居住。主人在距此百余千米以外一座矿上当司机，每周回家一次：星期五下午回来，星期天下午就又赶去上班。妻子除了在家中操持农活外，还饲养着4牛3羊3驴3鸡。"每逢周末回来，我都帮着妻子干点农活，"塔非尼卡指着脚下的一堆玉米棒说。"我也常到矿上帮他收拾屋子、洗衣做饭，"妻子说，"我把他照顾得很好。"一月700津元收入的塔非尼卡说，现在的日子过得紧紧巴巴的，"20世纪50年代时我的月收入是2元钱，相当于1个英镑，那时买条短裤只要2毛钱，现在花20元也买不了。"塔非尼卡夫妇育有5男5女，老大37岁，最小的才11岁；另有13个孙辈子女。谈起这一大堆孩子，这对夫妻一肚子苦辣酸甜。"我对孩子的教育就是想让他们有头脑、有理智，教会他们怎样生活，"塔非尼卡说，"孩子们一般长到25岁就结婚。可一旦有了自己的家，就不管我们了。儿女们有时回来给我们拿点钱，但那也就是供零花，别指望拿它养老。"

好在家里还有9公顷农田。说起种田，塔非尼卡的妻子忽然起身离去，随后捧来几个硬皮大本，一看竟是她家"1993年至2000年农事记录与规划"。那上面按年份分门别类将树如何栽、粮如何种、田如何改造、牲口如何买进卖出等记录得整整齐齐，既有文字又有图表。塔非尼卡说，上过7年学的妻子比他的文化水平高，这账本和规划都出自她的手笔。翻看着这几本大账，我一下醒悟了为什么从外表一看这家的日子就比其他人家红火得多。

塔非尼卡打着赤脚带着我四处走了一圈。今年的雨水不错，大田内一茬玉米已熟透待收，另一茬又苗壮地长了起来。田边错落长着芒果、桔子和香蕉树，田间种着土豆、西红柿等蔬菜。田头一口辘轳井，主人说所有权属于他，但谁来打水都行。3 辆又旧又破的拖拉机横在田头，主人说"虽不中看但照样干活"。小院内除住房外，工具屋、车库、储藏室一应俱全。最有趣的是那座"洗澡间"，那是一个用水泥砌就、外表粗糙的露天小屋。一般的浴室是男女有别，这座分为两部分的洗澡间一边标明"双亲"，另一边写着"孩子"，分明是以辈分划分。其实，洗澡间只是在墙面上有一放置香皂的凹处。"我们是拎水到这儿来洗澡。"塔非尼卡解释说。

进得屋来，收拾得很干净的客厅内挂满彩条，已露出一圈破絮的沙发对面是一架"巨人牌"22 厘米黑白电视机和一台四波段收音外带双卡录音机的音响设备。墙上醒目处挂着一张"津巴布韦种子公司 1986 年奖状"和"1982 年种田能手证书"，这都是塔非尼卡妻子的光荣历史。屋内一角耷拉着几根没有灯泡的电线，主人说，这里至今没有通电，估计今年可以盼来光明。

塔非尼卡的妻子又忽然转身离去，不一会儿捧来一张用透明塑料袋包着的旧照片。"这是我们 1957 年的结婚照。"塔非尼卡又是那样憨憨地一笑。照片上的他西装革履，不到 20 岁的新娘则一脸羞涩。"我第一次见到她是在她的姐姐家，"塔非尼卡追忆着他们的浪漫史，"自打那以后，我就穷追不舍……"

在这间充满融融夕阳的小屋内，我们都笑了。

大山中的"全球 500 佳"

听说津巴布韦尼亚霍迪联合集体合作社学习中心获得了联合国环境规划署大奖，该中心主任萨科去中国参加世界环境日纪念大会暨"全球 500 佳"个人和单位颁奖仪式，那天一大早，我慕名前往这个远离城市的偏僻山沟采访。

尼亚霍迪联合集体合作社学习中心靠近莫桑比克的边境。一到目的地，一位热情的黑人青年带领我们沿着山间土路穿过一片丛林，来到几座典型的非洲圆形尖顶砖泥草屋前：这就是学习中心创始人和主任萨科先生的家。出人意料的是，出来迎接我们的是一对打着赤脚的白人夫妇。

42 岁的萨科对到中国去领奖激动不已。他和夫人利萨尔在圆草屋内一边张罗着招待我们，一边介绍说，他们因反种族主义而遭到南非当局的迫害，被迫于 1982 年迁居津巴布韦之后定居在尼亚霍迪山谷。津巴布韦独立前，这里曾有一座白人农场，但独立战争爆发后，这里成了一片废墟。津巴布韦独立后，政府在这个山谷中重新安置了一些无地农民。萨科夫妇一家是生活在这远离哈拉雷约 500 千米的偏远山谷中唯一的白人家庭。

生活在这个山谷中的人们先后建立起了 10 个从事各种生产活动的合作社和两所小学。但小学毕业后的孩子渴求继续学业，曾因战乱成为文盲的成年人也期望接受文化教育。1985 年，萨科夫妇在破败的农场旧址上建起了包括一所中学和若干成人教育项目的学习中心。在这所校舍简陋的中学内，孩子们接受着正规教育大纲所规定的数、理、化知识。成人教育则安排有会计、文秘、汽车修理和文化等课程。这个已经得到津巴布韦教育部和成人教育中心正式承认的学习中心，几年来培养出了几百名学生。一位来自德国的姑娘苏珊娜也自告奋勇来到这里执教。

我们沿着起伏的山坡参观中心时，萨科和苏珊娜介绍说，中心除了教授书本知识外，更重视教授生产技能，并运用所学的知识自力更生地改善周围的自然环境。除了课堂知识外，学生们必须选修木工、建筑、服装设计或金属加工等技能训练课目。每个学生都有一小块用于耕作的土地，学生要对农作物生长过程做记录，教师要对学生的这一课目评分。学习中心建有木工车间、苗圃。苏珊娜小姐就在这里讲授木工课程。作为校长，萨科根据保护周围自然环境的原则制定了后来引起联合国环境规划署很感兴趣的"土地利用计划"，并根据这一计划鼓励学生们自己组织了修建水坝、鱼塘、校舍和果园的生产组。通过这种有组织的劳动，学生们既改善了自然环境、提高了劳动技能，又能取得自食其力的经济收入。

　　站在一个已被修整成足球场的山头上，整个尼亚霍迪山谷一览无遗。望着这条炊烟缕缕、现已有约 1 万人口的美丽山谷，萨科兴致勃勃地谈到了未来的培训、动植物养殖、果园、乳品、水利、道路和建筑等计划。在一片荒野的废墟上，萨科和这里的人民依靠自己的劳动，既保护大自然又利用大自然，促进了生产的发展，从而全面改善了这里的人文环境。这就是这个学习中心的成功之处。

酋长访问记

在距津巴布韦首都哈拉雷约 40 千米的北部丘陵地区，我登门造访了当地的酋长。

酋长名叫姆亚威伊。得知有客来访，他连忙开门迎接。客厅三面摆着沙发，墙角处放着一架老式音响，墙上布置着主人年轻时着西装打领带的照片、各种花鸟工艺品和耶稣受难画像等饰物。酋长面容清癯，言语温和。面对着来自遥远东方的不速之客，他显得有些激动："哦，中国，中国是我们的老朋友。"

我们像老朋友一样一见如故地谈起来。"我管辖的地方和人口很大很多哩，"酋长说，"在我的属下共有 58 个头人。"每个头人又通常管辖着约 20 户人家，保守地估算起来，姆亚威伊酋长属下至少有着上万人口。"我们这儿的总统是民选的，但酋长是世袭的。"

当地酋长的权力已不像过去那样包罗万象，而主要是负责审理一般的民事纠纷和主持传统仪式。姆亚威伊说他的"法庭"就在附近，随后便打着赤脚带领我们前去观看。那实际上是一间用石棉瓦铺顶的简陋平房，房子的一端是用水泥砌就的一个一尺多高（约 0.3 米）、五六平方米见方的高台，高台对面是一个类似 A 型的水泥座，房间另外三边墙根下建有同样的水泥座。酋长解释说："比如在审理一个女孩未婚先孕的案件时，我和另外两名助手就坐在高台上，被告的男人就坐在 A 型水泥座中的横杠处，原告的女孩和其他证人坐在两边的斜杠处，观众则坐在墙边的座上。我要严厉地讯问那个被告男子，如果真是由他惹出的麻烦，我要对他罚款 500 津元（当时约合 100 美元），然后把这些钱交给女孩的父亲。那些出了麻烦的人都愿意在我这里把事情了结，因为如果事情闹到地方法院去，他们可能被罚 1000 津元。但我只管这类民事纠纷，犯罪或流血案件就只能交由地方法院处理了。"

酋长还讲述了当地红白喜事中的一些风俗。传统的婚礼其实很简单：新人与亲友欢聚一堂，从早聊到晚，只需备些啤酒和肉。新人要当场给所有过去有恩于己的人发"份子钱"，其中给双方父母的钱 1000—3000 津元不等。所有在场的人都要千方百计找出理由说明自己与新人的关系非同一般，由此讨得一份喜钱，也因此生出许多话头和趣事。在这种场合中，新娘的父母总会向新郎追问一个问题："你是怎么偷偷看上我美丽的女儿的？"招架不住的新郎则只好用更多的喜钱设法堵住老人们的嘴。"这里青年男女的婚姻决定于媒妁之言还是自由恋爱？"我问，回答是自由恋爱。"如果我的妻子亡故，我还可以娶妻子的妹妹为妻，"酋长说，"为的是照料留下的孩子，但这一定要她本人愿意。"

姆亚威伊酋长一年中所主持的最隆重的仪式便是每年雨季开始前的求雨仪式。届时四方百姓要在传统圣地集资酿造啤酒，伴之以载歌载舞和宰牲。宰牲仪式上的牺牲者通常是一只羊。如果羊在受宰过程中安静无声，则标志着来年风调雨顺，否则便不是好兆头。那是为什么？"因为耶稣受难时就一声未吭。"酋长解释说。

天色已晚，只好打断话头与酋长依依告别。酋长连连挥手说："我真希望有一天能到中国去！"

隽永的装饰板

津巴布韦最大的肯辛顿书店坐落在首都哈拉雷市中心，与这个城市中最大的鲜花市场隔街相望，书香与花香相伴，足以令人陶醉。忙里偷闲时，我常到这家书店来逛逛。除了琳琅满目的图书、多彩多姿的贺卡和式样精美的各类纪念品外，书店的东北角处摆着大小不一的50多块装饰板。板上印制着各种或谐或庄、或激奋或平和的隽言秀语，使这一方小小的角落弥漫着睿智的魅力。

人生中不如意事常八九，烦恼与生俱来。但这里有一块题为"为什么要烦恼？"的装饰板上说："世上只有两个烦恼：或安康或生病。如果你安康，那就没什么值得烦恼；但如果你生病，那么只有两个烦恼：或康复或死亡。如果你康复，那就没什么值得烦恼；但如果你死亡，那么只有两个烦恼：或上天堂或下地狱。如果你上天堂，那就没什么值得烦恼；但如果你下地狱，你将会忙着与老朋友们握手致意，你将没时间烦恼。因此，你为什么要烦恼？"荒诞中不乏启迪，调侃中透露着洒脱。

还有不少警人向上的言论。一块题为"请记住，你能行！"的板上写着："扪心自问，你能行！你能达到你的目标、实现你的理想，而不必因循守旧。请记住，你能行！你所有的希望将与你同在，只有你自己的怯懦才使你后退，也只有你自己才能同怯懦诀别。请记住，你能行！告诉你自己，相信你自己，使你的每一天都是一个新的开始，明天更多彩，将来更美好。请记住，你能行，你真的能行！"另一块题为"成功者的信条"板上说："如果你觉得自己被打败了，那你就真的被打败了；如果你觉得畏惧了，那你就真的畏惧了；如果你觉得你注定要失败，你其实已经失败了；如果你想成功，但总觉得自己不行，那你就肯定不能成功。成功始于意志，体格上的强者并不总能赢得生活中的战斗。只有那些相信'我能行'的人才会成功。"

还有一块题为"花时间"的板上说："花时间于思考，因为那是力量的发端；花时间于娱乐，因为那是青春的秘丸；花时间于读书，因为那是智慧的源泉；花时间于友谊，因为那是人生的畅感；花时间于欢笑，因为那是心灵的乐篇；花时间于工作，因为那是成功的铺垫。"

大多数家庭中都有孩子，对孩子的教育从来都是大事。一块题为"孩子将学会什么？"的板上这样说："如果一个孩子生活在批评中，他将学会指责；如果一个孩子生活在敌意中，他将学会愤恨；如果一个孩子生活在嘲弄中，他将学会胆怯；如果一个孩子生活在羞辱中，他将学会内疚；如果一个孩子生活在宽恕中，他将学会容忍；如果一个孩子生活在鼓励中，他将学会自信；如果一个孩子生活在公平中，他将学会公正；如果一个孩子生活在友谊中，他将学会温情。"

这些文字下面又多饰以海边落日、棕榈椰风、情侣相偎、顽童嬉戏等各种充溢着自然美和人间情的图案，使这些隽永的装饰板更平添了一种美感。

办公室内的箴言

在津巴布韦，我常常因工作需要到各方人士的办公室接洽事务，发现不少人的办公室里都放着抒发心志的箴言。这些或娓娓动听、言近旨远，或诙谐滑稽、巧发微中的妙论精言读来颇耐人寻味。

与津巴布韦政治事务部负责妇女事务的副书记恩佑妮接触不久，便感到这是一位爽朗泼辣、精明强干的妇女干部。她在办公室的书架上，摆着一篇她所钟爱的箴言："生活是什么？如果生活是挑战，就迎接它；如果生活是赠予，就接受它；如果生活是风险，就承担它；如果生活是悲伤，就战胜它；如果生活是悲剧，就直面它；如果生活是责任，就完成它；如果生活是神秘，就揭开它；如果生活是金曲，就歌唱它；如果生活是旅程，就走完它；如果生活是允诺，就履行它；如果生活是壮美，就赞颂它；如果生活是奋斗，就抗争它；如果生活是目标，就实现它；如果生活是困惑，就解决它；如果生活是爱情，就爱恋它！"

津巴布韦新闻和邮电部高级官员玛格丽特负责管理驻哈拉雷的

外国记者。这位为人平和热情、乐于慷慨相助的"新闻官",在办公室墙上贴着这样一则箴言:"官僚驱使下属,领导激励下属;官僚依仗权力,领导依赖善举;官僚引起畏惧,领导传播爱意;官僚言必称'我',领导总说'我们';官僚穷究何人出错,领导指出错在何处;官僚只晓结果,领导明了过程;官僚强求人们尊重而不得,领导赢得人们尊敬而不倨。因此,要做领导而不要当官僚。"

　　乔伊夫人在巴克莱银行负责公共关系,她的办公桌就置放在银行大门内进口处的右边。她总是面带微笑,不厌其烦地解答顾客遇到的各种问题。在她的办公桌上,有一篇用镜框镶起来的题为"一个微笑"的箴言:"一个微笑不费分文但给予甚多,它使获得者富有,但并不使给予者变穷。一个微笑只是瞬间,但有时对它的记忆却是永远。世上没有一个人富有和强悍得不需要微笑,世上也没有一个人贫穷得无法通过微笑变得富有。一个微笑为家庭带来愉悦,在同事中滋育善意。它嫣然地为友谊传递信息,为疲乏者带来休憩,为沮丧者带来振奋,为悲哀者带来阳光,它是大自然中去除烦恼的灵丹妙药。然而,它却买不到,求不得,借不了,偷不去。因为在被赠予之前,它对任何人都毫无价值可言。有人已疲惫得再也无法给你一个微笑,请你将微笑赠予他们吧,因为没有一个人比无法给予别人微笑的人更需要一个微笑了。"乔伊夫人笑着说:"许多人一进门看了这篇东西后都笑了。"

在马尼卡海运公司的办公室内，墙上的一幅招贴画对因懒怠而失业的人给予了辛辣的讽刺："广而告之：失业的好处，有人一谈及工作便嫌恶之极，此类诸君不妨将失业的好处悉数如许：不纳税，无账记；没上司，不出力；免流一身淋漓汗，只是免费午餐无处觅。为获上述益处，一个人必须具备以下条件：懒惰、极不负责任、不懂礼貌、不遵守规矩、对生活无任何进取之心、没有一天是在诚实地工作、一无所能因而毫不利人。符合上述条件者保证会拥有一个享有全部失业好处的无趣人生。"

贫穷把孩子抛向街头

阔违一年多后，津巴布韦首都哈拉雷的一切显得既熟悉又陌生。驾车赴市中心办事时，一群群衣衫褴褛的街头儿童在人流车流间格外引人注目。他们主动为寻找停车位置的人们指示着方向。汽车停稳后，他们又蜂拥上来自报姓名，抢着要求守护汽车。汽车离开时，赢得守护权的孩子就伸出手来向车主讨得一二文钱，然后再去别处游荡。

哈拉雷市政税务部门曾抱怨说，街头儿童的这一新行当使本应由路边停车计时器收取的政府税收大打折扣。然而，街头儿童大量出现的弊端远不只是截流政府税收，它已成为困扰整个非洲的严重社会问题。

街头儿童这一社会现象最早出现于二战后的拉丁美洲。据联合国有关机构估计，目前世界上共有 1 亿多名儿童游荡于街头。在过去 15 年中，非洲大陆街头儿童问题愈发严重，目前这一畸形社会群体的人数大约为 500 万。

贫穷是将这些本应在教室中学习的孩子们抛向街头的祸首。一些国家连年不断的内战、经济发展的步履艰难、人口过速增长等原因都使得贫穷的幽灵殃及儿童。冷酷的经济窘境肢解了传统的社会和家庭结构。贫穷的父母无可奈何地默认或者迫使孩子们自谋生路。一个饥肠辘辘的孩子可以干出任何事情。贫穷困扰着他们，他们困扰着社会。

非洲街头儿童的状况已成为人们极为关注的社会问题。联合国教科文组织最近在哈拉雷召集东部和南部非洲教育工作者就这一问题举行了专题研讨会。联合国教科文组织特殊教育专家阿尔方斯说："街头儿童是一场没有硝烟的战争的牺牲品。他们的出现表明社会组织中出了问题。与贫穷宣战应表现为一种政治意愿，每个国家都应为此制定战略。"

不少非洲国家已经或正在采取措施解决街头儿童问题。1990年纳米比亚独立之时，努乔马总统便指示地方政府将收管街头儿童作为重要工作。南非总统曼德拉去年6月明确表示，解决街头儿童问题将是新政府经济重建和发展工作中的重要内容。埃塞俄比亚、肯尼亚、坦桑尼亚、赞比亚、津巴布韦等国的政府机构、慈善组织和志愿者组织近年来也以多种形式为解决这一社会问题献力献策。

为了最终使街头儿童各得其所，非洲大陆仍需千方百计地"向贫穷宣战"。

（1995 年 1 月 26 日）

津巴布韦产供销一条龙

威尔科克斯先生的自豪是有道理的：本国人不用说了，常驻哈拉雷的外国使团人员都愿意到他的"蜜露农庄"来买菜，旅哈的中国人更是把"蜜露农庄"爱称为"小菜场"。

乍一听"蜜露农庄"可能会觉得是个种庄稼的地方，"小菜场"之称又让人感到是个卖菜的市场。其实，它的独特之处恰恰在于既种又卖、产供销一条龙。一说菜，谁不愿意吃个新鲜？记者曾在"小菜场"内就"为什么愿意到这里来买菜"这个问题先后询问过约 20 位不同肤色的各国顾客，众口一词的回答首先是"新鲜"二字。

"蜜露农庄"占地 45 公顷，菜场的后面就是绿莹莹的菜田。农庄主威尔科克斯先生介绍说，别人的菜地一般一年只种一茬，而他要种三至四茬。菜地旁的几排平房内就是一条紧张运作的流水线：从地里刚采摘下的各类蔬菜在这里立即分类分级、清洗加工、称重包装、贴签标价，随后一路小跑送上菜场内的货架。顾客在此选购的各色蔬菜或许在半小时前还长在地里。蔬菜重要的质量标准之一是新鲜。菜一新鲜，加上价格合理，那买卖就会做得又多又快。

威尔科克斯先生说，这里出售的蔬菜有 50 种左右。没有一家超级市场可与这里相比。由于气候的原因，有些菜不适于在哈拉雷生长。他们就与外地菜农联系供货，逐渐形成了一个货源充足、品种多样的供销渠道。此外，他还千方百计种植新品种蔬菜。在哈拉雷，只有他家种有蕨菜、香菜和中国大白菜，本地人从不问津的韭菜现在也摆上了货架。

这里不光卖菜，还出售菜籽。菜籽密封在香烟盒大小的口袋内。口袋正面印着这种蔬菜的图样，反面则是一篇简短的介绍。"中国大白菜"的介绍是这样写的："一种桶状、坚实、平均每棵 2 千克、适应性强的杂交菜；播种时间：春末或夏末；播种方法：首先播种在苗床上，待其长至 10 至 15 厘米时成行移栽；播种深度：20 毫米；行距：60 厘米；间距：35 厘米；成熟期：自移栽之日起 70 天"。通欲易懂、一目了然。

"小菜场"内开架购物的环境令人怡然。厚厚的草顶、粗壮的木柱、吊垂的干麦穗伴以轻飘的乐曲；菜场门口横着的木栏上挂着两排菜篮，供顾客提菜用；每组货架边都放有塑料袋供顾客自选装菜；菜果明码标价，因此少了许多讨价还价的喧嚷；同样的蔬菜有的囫囵个地卖，有的切成细丝装在小盒内制成半成品；由各种水果装成的礼品篮争奇斗艳。身着花裙的女工常主动上前帮助顾客提篮，帮着将东西送到汽车后备箱内；带孩子的母亲们可以把孩子寄放在场外的儿童游乐场内，那里有专人照管孩子；去年年初，菜场与儿童游乐场间又新建了一个既可观赏、又可出售的花园，近千种草木鲜花令人赏心悦目。

细细观察一下，"蜜露农庄"处处流露出经营者的精明。菜场内的一块公告牌上写道："请不要打开果酱瓶，因为那里没有防腐剂"，真是一纸巧妙的"健康食品"广告。儿童游乐场旁还有一个小动物园，鹦鹉、兔子、豚鼠、鸽子、鸡鸭等孩子们喜欢的小动物在里面欢蹦乱跳。原以为那纯粹是为了让孩子们高兴，走近一看，笼子上还挂着一张出售这些小动物的价格表——看来如果哪个孩子喜欢上了什么，大人便只好掏腰包了。4 年前，记者第一次来到这里时，"蜜露农庄"只有一个几十平方米的露天菜场，如今生意越做越红火了。那利润一定很可观吧？面对这个有些敏感的问题，威尔科克斯先生笑而不答。

（1995 年 3 月 15 日）

麻醉师案与种族关系

前不久一桩白人麻醉医师过失杀人案在津巴布韦社会中引起了强烈反响，并对这个国家黑人与白人间种族关系问题产生了微妙的影响。

58 岁的苏格兰人麦戈恩是哈拉雷市埃韦纽斯私人诊所的资深麻醉师。1979 年，他从一本医学杂志中得知以色列正在研究一种"简易、安全"但施药量大的麻醉新技术。从 1980 年开始，他在没有得到批准、没有通知病人的情况下，擅自决定对一些手术病人施用过量的吗啡。自 1986 年 5 月至 1992 年 3 月，经麦戈恩诊治过的病人中先后有 5 人因吗啡用量过大而死亡，其中 4 名为黑人，另一名是有希腊血统的尼日利亚人，5 人中有 3 名儿童。

此事于 1992 年下半年曝光后，在津巴布韦议会中引起了轩然大波。一些黑人议员指责麦戈恩利用黑人，特别是用孩子做吗啡耐药量的试验，这是赤裸裸的种族主义行径。经过议会调查后，麦戈恩于 1993 年 3 月被捕，法庭于同年 7 月开始就上述 5 桩命案进行审理。在经过一年多的调查审理后，津巴布韦高级法院于

1995 年 1 月 10 日宣布确认，麦戈恩 1988 年 7 月对一名做切除包皮手术的 1 岁零 8 个月的男孩施用过量吗啡导致死亡；1990 年 8 月对一名做阑尾切除手术的 10 岁女孩施用过量吗啡后没有进行及时护理导致死亡。麦戈恩在上述两桩命案中有罪，但在另外 3 桩命案中被宣布无罪。1 月 25 日，高级法院判决麦戈恩 6 个月监禁和 1 万津元（当时约合 1200 美元）的罚款。

麦戈恩案审判引起津社会各界的关注。审判期间，位于哈拉雷市萨莫拉大街的高级法院门前不断爆发黑人群众团体的游行示威。他们举着"白人种族主义者回家去！""为什么法庭上只有白人证人？""绞死麦戈恩！"等标语牌。记者在示威群众中向一位津巴布韦大学学生询问对此案的看法时，他激动地说："把黑人当作进行医学实验的豚鼠，完全是法西斯行为。"一位黑人警察说："麦戈恩应该在 5 桩命案中都被宣判有罪，现在的判决太轻了。"记者在征询一对白人夫妇的看法时，他们嗫嚅地说："麦戈恩是个医生，谁都会犯错误……"

麦戈恩案所触动的是津巴布韦 8 万白人和 1100 万黑人间种族关系这一根极为敏感的神经。一段时间以来，津巴布韦的种族关系状况再次成为此间舆论的热门话题。1 月 5 日，一些黑人群众团体在哈拉雷市中心组织了有数百人参加的示威游行，抗议在一些大银行、大房地产公司内实行"制度上的种族主义"，他们对国家经济命脉至今仍掌握在白人手中表示强烈不满。示威者还要求取缔专供白人使用的体育俱乐部、私立学校和夜总会。麦戈恩案等待宣判之时，有人扬言如果判决不公，将对白人施行报复。代表大多数白人观点的《金融报》则以读者来信的形式反唇相讥说："白人被当作了社会和政治灾难的替罪羊。"

独立 15 年来，津巴布韦政府奉行民族和解政策，黑人与白人总体上说还是能够和睦相处的。一位西方记者也承认，"在哈拉雷的大街上可以很容易看到民族和解政策的成果，那里的种族关系远远不像在南非城市中那样紧张和棘手。"近年来，津巴布韦实行以紧缩政策为重要内容的经济调整，通货膨胀率和失业率大幅度上升，大多数黑人的生活水平不同程度地受到影响。与此同时，不到全国人口 1% 的白人至今仍掌握和享有大部分国家财富也是无可争辩的事实。

目前，津巴布韦种族关系的老话重提有着深刻的经济原因。津巴布韦不久将举行 5 年一度的大选。如何在新的形势下妥善处理种族关系将成为执政的津巴布韦非洲民族联盟（爱国阵线）及所有参选政党面对的重要议题。

（1995 年 3 月 28 日）

"犀牛姑娘"

津巴布韦首都哈拉雷市劳森大街 10 号门口置着一尊原样大小的泥塑黑犀牛。它的脚下立着一块白色纸板,上面用醒目的红笔写着:"请帮助抢救犀牛——津巴布韦仅剩下不到 300 头犀牛了!"

进入房内,只见墙上贴满了各种招贴画、照片和呼吁书,呼唤人们注意保护环境。这里就是津巴布韦家喻户晓的"环境 2000年"组织所在地。"嗨,是你呀!"随着一声热情的招呼,飘然走来了查莉和朱莉。这是我时隔两年后与她们的再次相逢。一头金发的查莉仍是那样快人快语、充满热情;显得有些文弱的朱莉默默地听着,不时露出会意的笑靥。她们正是"环境 2000年"组织的创始人,而且还共有一个称号:"犀牛姑娘"。

说起这个称号,还有着一段传奇般壮举。

犀牛是目前在非洲受到灭绝威胁最大的大型哺乳类野生动物。19 世纪时,非洲犀牛多达 100 万头以上;1970 年的统计数字为 7万头左右;到 1988 年降至不足 4000 头!疯狂的偷猎者偷猎犀牛的事件屡禁不止。自 1986 年以来,在津巴布韦死于偷猎者刀枪之下的犀牛数约 1200 头。这一状况令查莉和朱莉心急如焚。这两位从小在津巴布韦乡间农场长大的白人姑娘对大自然及其野生动物有着一种特殊感情，"一些人有意破坏的恰恰是使人类得以生存的大自然，"她们说，"每当想到人类生存环境的未来时，我们的心中便火燎般焦虑。我们真的应该做点什么。"最后，这两位同样喜爱体育运动的姑娘决心为抢救犀牛做一次从欧洲到非洲的自行车远征募捐活动。她们辞掉了待遇优厚的工作，走向了她们人生中一段用炽烈和坚韧铸就的辉煌。

那是 1987 年的事。当时查莉 24 岁，朱莉比她年轻 1 岁。她们首先搭乘一架货机飞往伦敦。当货机飞越撒哈拉大沙漠上空时，她们也曾产生过退缩的念头，"望着下面这片我们将骑车穿过的无边无际、干旱贫瘠的撒哈拉大沙漠，我们的脑子里闪现过为什么要到这里来的疑惑。"但她们最终还是坚定地开始了自行车轮上的远征。那年 9 月 8 日，她们从英国苏格兰的格拉斯哥出发，途经挪威、丹麦、荷兰、比利时、德国、法国、瑞士、意大利、埃及、苏丹、肯尼亚、坦桑尼亚、马拉维、赞比亚，最后于 1988 年 9 月 6 日回到津巴布韦首都哈拉雷。在这漫长的 22 000 千米行程中，最艰难的一段路程是从苏丹的瓦迪哈勒法开始穿越撒哈拉大沙漠。姑娘们在进入大沙漠后第一天的日记中写道："我们曾设想过进入沙漠后的艰辛，但是只有真正面对这一望无际的沙海时，我们才知道它到底是什么样子。我们一方面惊恐得目瞪口呆，另一方面又充满了好奇。我们感受到一种奇特的自由。今天我们甚至裸露着上身在沙漠中骑车，因为这里不会有任何偷窥的眼睛。只有女人才会理解这种自由自在的快乐。奇怪的是，我们不再排汗了，这是因为在这种高温下完全没有湿度的原因。"在第三天的日记中她们写道："每过一天，身体就更为疲乏，但精神却恰恰相反。我们知道我们将会征服沙漠，但我们不仅要穿越它，还要努力打破骑自行车穿越大沙漠的世界纪录。朱莉自行车的轮胎爆了，但这个小麻烦与我们的整个目标相比真是微不足道。我们自己修好了车，就连我们的双手也似乎有了一种神奇的魔力。"经历千辛万苦后，查莉和朱莉为拯救犀牛募集了约 22 万英镑，"犀牛姑娘"的美名就此传扬开了。时任英国首相撒切尔夫人曾在伦敦唐宁街 10 号会见了这两位坚毅过人的姑娘，并称赞她们的壮举说："'犀牛姑娘'的努力提醒我们，保护人类共有的野生动物是我们的共同责任，这是一种不分国界的共同责任。"

查莉和朱莉不仅着眼于保护犀牛。1990 年 10 月，她们和另外两个津巴布韦年轻人一起创建了"环境 2000 年"组织。几年来，这一群充满热情的青年人为了保护生态环境四处奔波；他们在乌祖巴地区筹建了非洲第一个犀牛禁猎区；他们在全国各地组织了"打扫津巴布韦"的大规模环卫清洁活动；他们还在各地学校中建立"环境 2000 年"俱乐部，进行环境保护的宣传教育；他们在全国各地进行废物回收和建立废物处理中心；为了促进企业更加关

注和参与环境保护，他们开展了"环境保护标识活动"。凡是达到
环境保护标准的企业，他们的产品上都将印有"环境 2000 年"组
织的标识，鼓励消费者们购买这些被证明"与环境友好"的产品；
两位"犀牛姑娘"多次受邀到有关国际会议上演讲，美国、英国、
荷兰等国的一些志愿者纷纷来到津巴布韦同她们一道为环境保护
奔走操劳。

　　"肯定有人会问你们，这一切都值得吗？你们到底怎样看待你
们的工作？"我问查莉和朱莉。"我觉得这是我的使命，"查莉郑重
地答道，"我热爱我的国家，她是世界上最美的国家之一，我们必
须保护她。"抬眼望去，墙上有一块不大的风景装饰板画，那上面
印着这样一句话："明日所有的鲜花都孕育在今天的种子里"，下
面有人用钢笔手写补言："所以要播撒这些种子，我将所有的爱献
给'环境 2000 年'组织全体成员。"

（1995 年 4 月 1 日）

孩子眼中的世界

　　一踏入津巴布韦首都哈拉雷市立图书馆的大门，便似蓦然洗去了尘嚣，浩瀚的知识海洋使心灵变得圣洁起来。从一楼大厅向左拐，更是一片孩子们的净土：一排排书架上摆放着 65 869 本专供儿童阅读的各类图书；穿着各种校服的孩子们坐在数十张小桌旁个个入神地捧读着。已在这里工作了 28 年的朱纳先生说，3 月里孩子们从这里借走过 3368 本书。"你看那台录放机，"他指着一个小方桌说，"孩子们还可以在那里一边听配乐录音，一边看手中的图书。"

　　在这方专为儿童开辟的天地里，处处流溢着稚趣和纯真。图书馆常为孩子们组织一些开启心智的活动。不久前，他们曾以"我怎样改变世界"为题组织了一次儿童书画活动。然后，主办者将这些书画作品张贴在一面墙上，冠之以大字标题"一个孩子眼中的美好世界"。

　　一幅幅构思质朴的画面，一行行书写歪扭的话语，活灵活现出了一颗颗无瑕的心灵："我要种好多树，使每个人都享有一片绿荫""亲爱的世界，我要帮助你制定一条爸爸妈妈每天必须拥抱我们一次的法律""不论什么宗教和文化，我们都是一样的人，难道我们不应关心别人吗？""我要使全世界的人都手拉手，一起唱歌""如果我能改变世界的话，我就把所有武器都丢进垃圾桶"……

一名叫阿沙克的孩子有着这样的愿望："如果让我改变世界的话，我就在每个城市都建造 2 个水上乐园。我将把所有的害虫杀死。我将规定学校每年 10 月 1 日开学，1 月 1 日就放假。我还要让花 5 毛钱就能买一张电影票，买一桶玉米花也是 5 毛钱，让所有的东西都不超过 20 块钱。我还要用热水器把海水变得很暖和。我要让天总是蓝的，海水也总是蓝的，让人们总感到愉快和自由，如果是这样，那么世界有多好呀！"现实中的小阿沙克或许也感到了学习负担的沉重和物价上升的烦恼。

年仅 10 岁的帕塔尔脑子里却想着世界和平的大问题："因为我们生活在核时代，能够改变这个世界那可真是个奇迹！如果让我来干的话，我就先扔掉所有的杀人武器。接着我要干的事就是把世界上所有的领导人叫到一个屋子里去。屋子里有一个长桌和椅子，椅子背后有每位领导人的名字，桌子上放着笔和纸。他们必须写出将为改变世界做些什么。在他们写完以后，我就把他们的所有办法归纳成一个真能拯救世界的大计划。然后我就把这个计划发给世界各国领导人，问他们喜欢不喜欢。如果他们喜欢，那我就会特别高兴；如果他们不喜欢呢，我就叫他们每人必须再想一个比我的计划还好的主意。如果他们有人喜欢，有人不喜欢，并且开始打起架来，我就只好把他们关在屋里，直到我们最后把这个世界改变得好起来。"

11 岁的玛姆塔毕竟年长 1 岁，为了实现世界和平，他提出的办法更高一筹："这个世界上让人着急的事儿真多，比如说战争吧，现在世界上就至少有 50 场战争。嗯，这就是为什么我要改变这个世界的原因。我将把所有国家的总统集中到一起，把他们送到另一个星球上去，在那里，他们愿意怎么打就怎么打，跟我们这个世界一点关系也没有。然后有那么一天，我就到那儿去看望他们，瞧瞧他们在干些什么。如果他们不打了，我就把他们带回家来，看看他们表现得怎么样。如果他们真的不打了，我就不管他们了。如果他们又继续打开了，我会再把他们送回去。这样，这个世界就什么问题也没有了。对那些坏家伙，我会教训他们的，让他们再也不敢做坏事。这样，我们这个世界就会变得特别好，好得连人们每次离家的时候都不用锁门。"

(1995 年 5 月 28 日)

反腐有法可依严加防范

　　不久前，津巴布韦司法部和交通能源部从银行、群众举报等几个渠道得知，在中央机械设备局供职的高级职员卡沃姆暴富得令人生疑：他近期先后在国内 3 家银行和南非分别开立了 4 个账户；购进了 8 辆豪华汽车，并分别注册在妻、儿名下。接着，他用 4.5 万津元现金购置一处住宅后，又用 20 万津元购买一套公寓，同时另一处价值百万元的宅院也即将完工。他所供职的公司每月盈利不足 20 万津元，但总有来路不明的大宗款项存入他的账户。根据这些情况，司法部和交通能源部立即成立联合调查小组对此案进行彻底调查。随后卡沃姆的所有账户被冻结，与此案有关的 13 人和 1 家公司的名字也通过新闻媒介曝了光。

　　1994 年 10 月，津巴布韦审计部门依法对全国社会安全局进行财务和资产审计时发现，这个国家行政机构主要负责人加茨及其副手哈丁在购置设备和办公用具时没有遵循财务制度。此外，加茨还违反了公车只能公用的规定，不仅将公车用于个人旅行，还用公车送妻子上班和送孩子上学。他的副手哈丁在任该机构录用委员会主席时，曾录用了一名不符合基本条件的女士，并批准拨给她 26 万津元的购房贷款。审计结果上报到该机构主管机关政府公共服务、劳工和社会福利部后不久，部长恩科莫随即宣布暂停加茨和哈丁的职务，并指令成立包括警方反经济犯罪专家在内的调查小组，对全国社会安全局内腐败、欺诈和管理不善等问题进行深入调查。

以上两个案例反映了津巴布韦在反腐败斗争中监督机制和有关法律日益完善。

1985 年津巴布韦除制定《防止腐败法》外，还出台了《银行法》和《政府公务员行为准则》等法令，都对防止、调查、惩治各种腐败行为做了明文规定。近来，对违法者严刑、严罚的呼声日高。在审计监督方面，津巴布韦各行各业每年至少进行一次全面审计。议会专门设有监督政府财政运转情况的政府账目委员会，政府各部均有义务向他们汇报财务收支情况，自觉接受财务监督。国家审计办公室则对政府各部审计局进行指导，并负有监督职责。穆加贝总统曾表示，政府高级官员一旦卷入腐败丑闻，应受到法律审判。

为了防止腐败者利用规章中出现的漏洞作案，津巴布韦金融机构特别从制度上对个人权力的运用进行监督和制约。各大银行内现均有"安全顾问"一职，其职责主要是堵住银行内部可能导致腐败行为的漏洞。记者在津巴布韦巴克莱商业银行一家支行中曾注意到，所有柜台上的职员每隔几个月便有一次大换班。渣打银行津巴布韦总部经理苏珊女士解释说，不仅巴克莱银行，几乎所有津巴布韦银行都有类似的人员流动措施。原因很简单，那便是为了防止银行内部发生监守自盗现象。

（1995 年 10 月 30 日）

从苏哈托宣布辞职说起

　　1998 年 5 月 21 日，77 岁的苏哈托总统在各方压力下宣布辞职。印度尼西亚的危机虽远未结束，但苏哈托的去职多少减轻了政坛风暴的烈度。自 1968 年 3 月以来，苏哈托连续 7 次担任总统。在他统治下，印度尼西亚经济发展取得了很大成就。然而，就在经济发展的同时，各种矛盾也在发展，在激化。我觉得，苏哈托若能早几年退下来，或至少不再参加今年 3 月的总统选举，于国、于民、于己都是一件好事。

　　窃以为那些懂得"月盈则蚀"而急流勇退的政治人物是有些令人敬佩的。在非洲国家众多的领袖中，坦桑尼亚原总统尼雷尔堪称楷模。作为坦桑尼亚独立元勋，尼雷尔的那个总统本来可以一直当下去，但他于 1985 年主动宣布卸去总统职务。坦桑尼亚政局近年来相对稳定，不能不说与尼雷尔此举有关，他本人也因此博得了"非洲贤人"的美名。南非总统曼德拉也是相当明智的长者。曼德拉成为第一位南非黑人总统后，就说他将不再谋求 1999 年的竞选连任，老曼也没有一会儿对这个不放心，一会儿对那个不满意，而是早早地将副总统姆贝基推到前台，让他挑起重担。南非民主政权得以顺利交接，与曼德拉宣布即将隐退不无关系。

与此形成鲜明对比的是曾自命为马拉维"终身总统"的班达。想当年，班达在国内巡视时一路手摇狮尾毛拂尘，草民只有跪拜仰视的份儿！然而，被百姓轰下台后的老班达最终形单影只，病死南非。比班达更惨的是原扎伊尔总统蒙博托。头戴豹皮帽的蒙博托当年炙手可热，待到去年客死摩洛哥时又何等凄凉！前两年，我还真为赞比亚原总统卡翁达捏一把汗：当了27年总统，让百姓选了下去，怎么就那么不情愿？70多岁的人了为什么还非要再次竞选总统？

现在非洲国家领导人中有两位也特别让我为他们感到着急。一位是津巴布韦总统穆加贝，一位是纳米比亚总统努乔马。自国家独立以来，穆加贝就是最高领导人，上次津巴布韦总统大选时，那里的老百姓对穆加贝再次当选已经表现得极为冷漠，这对一个国家的前途来讲可不是什么吉兆。努乔马也是自国家独立以来就当总统，现在执政党中还有人酝酿着要修改国家宪法，让努乔马再当一任总统。这种做法对于纳米比亚到底是福还是祸呢？

人都是有私欲、贪欲的，所以从制度上对当政者设有限制就特别重要，别老让一个人在那个位子上20年、30年地干下去。把一个人的作用吹得神乎其神，好像离了他或她地球真可能倒着转，那八九不离十是制度上有毛病。在制度不大健全的地方，只好寄希望于当权者的明智了。回过头来再说，苏哈托要是能主动地早退下几年，也就会免掉眼下的这许多尴尬。

（1998 年 7 月 19 日）

替穆加贝捏把汗

遥远的南部非洲国家津巴布韦不久前发生了一件不大不小的事情：政府搞了个新宪法草案，然后拿着这个草案付诸全民公决，结果遭到大多数参加投票者的拒绝。对于已经执政 20 年的穆加贝总统来说，遇到这种事情还是头一遭。

穆加贝总统一向受到人们敬重。加纳于 1957 年成为英国在非洲殖民地中第一个获得独立的国家后，年轻的穆加贝便从当时的南罗得西亚（今津巴布韦）慕名来到加纳。1960 年回到南罗得西亚后，穆加贝献身于自己国家的民族解放斗争，并因此曾在监狱中被关押 10 年之久，3 岁的儿子也被病魔夺去了生命。他的奋斗终于赢得硕果。1980 年津巴布韦独立后出任首任总理的就是穆加贝，1987 年出任总统后，他在国家最高领导人的职位上一直干到今天。穆加贝在国际舞台上的表现也不俗，有着很高的威望。

津巴布韦是个很不错的国家，到过那儿的中国人常感叹说以前还真没想到非洲还会有这么好的地方。但津巴布韦这几年的情况有些不妙，政坛局势、经济发展和社会稳定都让人感到在走下坡路。津巴布韦现在的通货膨胀率高达 60%，燃料奇缺。两年前向内战正酣的刚果（金）派兵 11 000 人，本欲在地区事务中充显强者，孰料至今难以脱身，反倒成为国家重负。

20 年来最让津巴布韦政府头痛的一直是土地问题。全国 1250 万人口中，人数只有 8 万的白人拥有全国 70% 的土地，4000 名白人农场主占据着三分之一最肥沃的土地，贫富悬殊显而易见。白人支撑着这个国家的经济支柱，政府虽一直允诺土地改革，却始终不敢真的釜底抽薪；黑人总在听着美好的许诺，却又总见不到实惠，对执政党的政治支持便大打折扣。在公平与效率这对矛盾之间，穆加贝苦无良策，备尝两难忧愁，从黑白两方同时发出的民怨日见响亮。

这次未能获得全民首肯的新宪法草案中至少有两点值得关注：一是政府将采取强硬措施将白人的土地无偿重新分配给黑人；二是为穆加贝再多当两任总统网开一面，每任 5 年。

放下政府经济政策未能获得多数百姓认同不提，单说再让穆加贝再多干 10 年就真让人替他捏着一把汗。上次津巴布韦大选时，在只是象征性地与二三位候选人竞争的情况下，穆加贝获得连任，但当时全国选民整体表现之冷漠早就令人感到前途堪忧。有道是："明者远见于未萌，而智者避危于无形。""祸固多藏于隐微，而发于人之所忽。"刚刚度过 76 岁生日的穆加贝应该能够咂出这次新宪法草案搁浅中隐寓的意味。

权力可以令人敬畏，但并不与威望和福祉成正比。尼雷尔那个坦桑尼亚总统要想再干下去谁也没说不行，但他早在 1985 年便主动退下，推出新人，至今让人们对这位已经过世的"非洲贤人"赞不绝口。凭借其个人魅力，曼德拉要想再干一任南非总统谁又能说"不"?! 但他该放手时便放手，含饴弄孙之余还跑到布隆迪去调解冲突，余势发挥得恰到好处，至今享有盛誉。

津巴布韦全民公决后，穆加贝坦然地表示接受这次公决结果，其风度赢得了国际舆论一片赞誉。真的希望穆加贝总统一路好走。

（2000 年 3 月 21 日）

红皮采访本内珍藏的故事

2021 年 6 月 17 日，赞比亚"国父"卡翁达辞世。闻后心中一震，随即翻找出那个印有"人民日报社"字样的红皮采访本。

这个已有 30 余年历史的采访本之所以值得珍藏，原因之一便是其中有卡翁达的亲笔签名。

1991 年 10 月 15 日晚，参加第 28 届英联邦首脑会议的各国领导人齐聚津巴布韦首都哈拉雷市中心的希尔顿大饭店。忽然，人们的目光一齐投向门口，原来是列席这一会议的曼德拉来了。身高 1.83 米的曼德拉刚刚出狱，他当时是以南非非国大领导人的身份列席这一首脑会议。虽然峥嵘岁月已使他头发花白，满脸褶皱，但腰板仍然挺得笔直。他迈着稳健的步伐，与拥上来的人们握手致意。那是我第一次见到曼德拉，也是第一次同他握手。

那是一个群星闪耀的夜晚。我拿着那个红皮采访本在各国政要间穿梭着观察、采访，猛然间看到了人群中的卡翁达。

那时候曼德拉在中国还是个传说中的人物，但赞比亚的卡翁达和坦桑尼亚的尼雷尔在中国早已是家喻户晓的人物。

20 世纪 60 年代非洲大陆国家独立、民族解放浪潮汹涌。1964 年 10 月 24 日，原北罗得西亚正式独立，改称赞比亚，卡翁达出任总统，但国家仍留在英联邦内。

卡翁达之所以在中国格外知名，重要原因在于他长期致力于赞中两国友好。他首创的"全天候朋友"一词对中赞关系进行了准确而生动的定位。卡翁达多次访华，人们熟知的"三个世界"理论就是毛泽东主席于 1974 年会见卡翁达时提出的。坦赞铁路的修建也是中赞友好关系的有力例证。

2021 年是中国重返联合国 50 周年。1971 年 10 月 25 日，联合国大会就"恢复中华人民共和国在联合国组织中的合法权利问题"，即第 2758 号决议，进行表决。该决议以 76 票赞成、35 票反对、17 票弃权的压倒多数通过。在投出的赞成票中，有包括赞比亚在内的众多非洲国家，也因此就有了中国是被非洲国家"抬着"重返联合国的说法。

在那个人头攒动的夜晚，卡翁达的辩识度很高。他身材魁伟，头发花白，两眼格外有神。当他听说我是中国记者后，顿时有"自来熟"的热情。他应邀欣然在我的采访本上签名。有趣的是，他将落款写成赞比亚首都卢萨卡。

1993 年 2 月 21 日，反种族隔离国际声援大会在南非约翰内斯堡举行。这是新南非诞生前的一个重大活动。我从津巴布韦赶往南非现场进行采访。在那里，我再次见到坐在主席台上的卡翁达。

为了实地了解和认识坦赞铁路，1996 年 4 月 9 日至 13 日，我从位于坦桑尼亚首都达累斯萨拉姆的坦赞铁路起点处一直抵达位于赞比亚境内标有"坦赞铁路终点　1860+543.69 千米"字样的标识牌处，完成了对坦赞铁路的全程采访。这是一次历经千辛万苦的采访。其间，我专程拜谒了位于坦桑尼亚和赞比亚境内两处因修建坦赞铁路光荣牺牲的中国同胞墓地。此情此景，也令我对卡翁达何以称中国为"全天候朋友"有了更为真切的理解。

除了卡翁达的亲笔签名外，那个采访本内还留有时任津巴布韦总统穆加贝、纳米比亚总统努乔马、博茨瓦纳总统马西雷、马拉维总统班达的亲笔签名。他们都是非洲大陆具有传奇色彩的领袖人物。

较之赞比亚，地处南部非洲的津巴布韦和纳米比亚都独立较晚。津巴布韦于 1980 年 4 月 18 日独立，穆加贝为开国领导人。纳米比亚则于 1990 年 3 月 21 日实现独立，成为非洲大陆最后一个获得民族独立的国家，努乔马为开国领导人。都曾长期执政的穆加贝和努乔马奉行对华友好政策。我在非洲工作期间，曾屡屡与他们近距离接触。

与津巴布韦接壤的博茨瓦纳于 1966 年 9 月 30 日脱离英国宣告独立，卡马出任总统，后来马西雷继任。在非洲大陆上，博茨瓦纳的政治稳定和经济发展一直令人瞩目。我早在 1991 年 9 月 8 日便曾在博茨瓦纳首都哈博罗内专访过时任总统马西雷。他性情开朗，常常爆发出开怀大笑。在那次专访中，马西雷说："中国是一个伟大的国家，中国人民是最文明的民族之一。"

与以上国家不同，马拉维迟至 2007 年才同中国正式建交。马拉维于 20 世纪 60 年代获得独立后，班达为开国领导人。他深居简出，做派十分威严：出行时手持一只狮毛拂尘向百姓挥舞；内阁开会时他坐在有着一只豹子头标本的桌前。

1991 年 10 月 15 日的那个晚上，我突然被一个场面吸引住了：在会场一角，有两个人毕恭毕敬地跪在那里，在他们身后一张椅子上坐着的便是身为世界上最不发达国家之一的马拉维总统班达。我请这位"终身总统"签名留念，旁边立即有人过来挡驾。在我说明来意后，这些仆人们倒也客气，他们捧着我的采访本，拿到班达总统眼前。班达将采访本横转过来，在那里签上了自己的名字。

这个采访本上还有两个亲笔签名。一个是时任巴基斯坦总理谢里夫，另一个是曾长期执政的时任马来西亚总理马哈蒂尔。

这个采访本的故事似乎还嫌不够刺激，紧接着加演了一场失而复得的戏码。那几天真是忙得不可开交，我还需开车到哈拉雷市中心办理杂务。车未停稳，车前挡风玻璃处突然扑上几个人，他们很夸张地指手画脚嚷个不停。我还在很努力地辨听他们说些什么时，有人突然将汽车后门打开，将放在后座上黑包抢走便跑。我立即意识到这是一场"调虎离山"的抢劫案。下车一通猛追，终于无果。

这个黑包内除了一个钱包外，还有一个照相机，那里面的胶卷上有我于 1991 年 10 月 17 日拍摄的曼德拉记者会现场情景。此外，便是这个红皮采访本。

为了这个案子，我多次与当地警方和保险公司打交道。一日，忽接警方电话。见面后，他们告，当地环卫工人在一垃圾桶内拾得一包。警方根据包内名片找到了我。包内钱包和照相机已经失踪，但这个红皮采访本还在！

一时间，我竟有些喜出望外。

第四编

浪迹天涯

在我难以释怀的梦想中，乞力马扎罗山占有独特的一席之地。与好望角、维多利亚大瀑布和大津巴布韦遗址一样，海拔5895米的乞力马扎罗山曾是激励我走进非洲的神奇召唤。岁月悠悠，蓦然回首，却只有这非洲第一高峰始终无缘登临，常常引以为憾。

　　然而，在那段难忘的岁月中，我曾历险全程采访坦赞铁路，我曾涉入没膝的污水、钻入监押奴隶的地牢，我曾在独特的桑给巴尔岛上采风，我曾深入非洲大陆的德属殖民地纳米比亚（原西南非洲），我曾踏访当时仍未同中国建交的马拉维、斯威士兰和莱索托，我曾浪迹天涯……

坦桑尼亚：乞力马扎罗山的召唤

上午看录像片《坦赞铁路在建设中》，在专家组院内寻游。

下午闻坦赞铁路赞比亚段工人罢工。杨总问是否仍前往。我答仍前往，如列车停开见机行事。

下午5时34分乘"乞力马扎罗号"快车离达市（达累斯萨拉姆），一路尽力采访。住一等厢。

闻昨日达市中国一专家组出车祸，一人死。

此时（21时37分），车晃剧烈，写字极难。

——摘自作者1996年4月9日日记

从坦赞边境到姆皮卡

对一个在 20 世纪中叶出生、又得以在非洲大陆任驻外记者的人来说，我一直想对坦赞铁路全线进行一次实地采访。自 1968 年 5 月第一支中国勘探队踏上千里莽原选路定线，到 1976 年 7 月坦赞铁路正式通车，共有 5 万多人次的中国工程技术人员苦战在近 2000 千米的建设工地上，其中一些中国同胞为此捐躯，永远地留在了那片遥远的土地上。

1996 年 4 月 9 日至 13 日，我从位于坦桑尼亚首都达累斯萨拉姆的坦赞铁路起点处一直抵达位于赞比亚境内标有"坦赞铁路终点 1860+543.69 千米"字样的标识牌处，完成了对坦赞铁路的全程采访。

1996 年 4 月 9 日下午，我乘"乞力马扎罗号"快车从达累斯萨拉姆出发前往赞比亚，开始给坦赞铁路全线采访。出发之前就听说赞比亚段的铁路工人正在酝酿罢工。果然，4 月 10 日下午，当列车接近坦赞边境时，赞比亚段铁路工人已开始罢工，列车只能抵达边境小城顿杜马。

至此，只有两个选择：打道回府或改道前行。坦赞铁路毕竟也坐了一段，就现有采访素材成文也并非难事；但如称之为"实地采访坦赞铁路"终感气短——你毕竟没有身临赞比亚亲睹另外一段长达883千米的铁路和中国坦赞铁路专家组的驻地姆皮卡。不到那里，坦赞铁路的采访便有缺憾。权衡再三后，我决定只身陆路前往赞比亚。

烈日灼人，我两手提着行李，沿着铁路线走过坦赞铁路两国交界处的最后一处隧道，拐入一片玉米地，向坡上的两国海关走去——身前背后围追着一支庞大的换外汇的黑人队伍。

办完入境手续后，我便急着赶车。路上结识了有着一头狮毛般蓬蓬乱发的瑞士人让阿让。看起来50岁开外的让阿让说他只有32岁，此时正在浪迹非洲大陆。在这个骄阳似火、熙攘嘈乱的坦赞边境，我们竟成了配合默契的合作伙伴。我在汽车上照看行李，他跑到木板搭的售票棚购买汽车票。过了许久，他才气喘吁吁地跑了回来，连叫："在那里买票就如打仗一样！"

因坦赞铁路列车的停开，前往赞比亚的人们都涌向了这班唯一当晚发车的汽车。从火车上卸下的货物都抢着被塞入汽车。身着制服的海关人员车上车下一通盘查，所有货物一会儿被搬上车厢，一会儿又被卸了下去。一批批乘客推搡着挤入汽车，放在通道上的行李被人毫无顾忌地踩来踩去。我的那个软皮行李箱就是这样被踩得支架断裂，再也无法修复。

在沙丁鱼罐头般拥挤的车内一直等到晚上 8 时 50 分，汽车终于在夜色中开动了。身边的让阿让刚刚因别人从座位上方悬空移动时踩痛了他的"狮子头"与人吵了一架，此刻又忽而法语忽而英文地大声乱叫，很有点借机起哄的味道。

两夜未眠的我此时已极为疲惫，显然早已严重超载的汽车行驶在坑坑洼洼的公路上，车身时而左倾，时而右倒，像一个醉汉一样向赞比亚腹地驶去。此时的我虽已昏昏欲睡，但心中十分清楚：这是一辆充满事故风险的长途公共汽车；这也是一次既来之，则安之的危险旅行。汽车在夜色中颠簸了 5 个小时以后，终于停了下来。车上几个人高叫着"姆皮卡到了！"我腾地一下从座位上跳起身来，极为艰难地从人粥般乘客的肩头穿越到车门口，又从几个黑人的屁股底下费力地提起早已被压坏的两个行李箱，跌跌撞撞地挤出了车门。

汽车司机指着远处的一盏红灯说："那里是旅馆，你可以到那里住宿。"随后，这辆汽车重新发动起来，红色的汽车尾灯渐渐消逝在远方。等到一切重新寂静下来之后，两天来的极度疲惫突然被一股强烈的情感震撼得无影无踪：此时是当地时间凌晨 2 点，就在这浓浓的夜色之中，我被孤身一人放置于这块完全陌生的非洲土地上了！

定了定神，喘了口气之后，我两手提着愈显沉重的行李箱朝那处灯光走去。近前一看，原来那里是个黑人城镇中卖饮料的小店，与旅馆毫不搭界。我又喘了口气，再提着行李向另外一处灯光走去，刚刚接近那处房屋，几条看家恶狗一阵狂吠，令人身上顿时发紧。退至一个昏黄的路灯下时，见一对黑人男女正醉醺醺地晃着走过来。我问他们是否知道中国专家组的驻地，是否能找车前往那里。那黑人男子称他的朋友有车，我可以跟着他一块到朋友家去。

于是，在极度疲惫的状态中，又打起精神跟着这对男女向黑暗深入走去。两边是没人的蒿草、玉米地和水塘，天空中所有星斗似乎都在屏住呼吸等待着一场什么事情的发生。走了很远，那男子终于拐入一处草屋前，先向里面高喊一声"有顾客来了！"随后便走进去低声交谈。在路边等候的我并没有看见草屋旁停有汽车，此时又见他们长时间交谈，顿时感到情形有些不妙。且不说我的人身安全会有何碍，万一手中装有现金的行李被人抢去，也是一件令人很烦的事情。脑内一番快速的掂量之后，我忽感还是走为上策。于是再次提起沉甸甸的行李箱拐入一条小路踮脚疾行起来。

头顶着时见流星的夜空，脚踩着坎坷的土道，身边是高高的玉米田，全然不知东南西北，只是朝着远方一处灯光奔去。抵达那处灯光时，见一铁网大门挡路，墙内有一火盆烧得正旺，一位身着保安服装的黑人青年正在看守着大门。我向黑人青年说明情况后，黑人青年告，此处为一建筑工地，只能等到明晨6时后，工地才有卡车可以搭乘。好心的黑人小伙儿移动铁门，将我让至墙内。

坐在那个火盆前,心中感到踏实了许多。火盆旁另有一位年老的保安人员低头昏睡着,时不时醒来伸个懒腰,随后又一声不吭地低头睡去。

天色终于放亮,一辆载重卡车发动起来。黑人小伙儿招呼我搭上卡车,年老的保安人员也坐了进来,非要领着我去中国专家组驻地。卡车停住我们下车后,年老的保安手握一把砍刀,一声不响地走在前方领路。步行约两千米后,一片蒿草地的尽头出现了一处院落,门前挂着一块写有"中国铁路专家组"的木牌,院内正有一位同胞逗狗。我的心一下子放松了下来……

亲身体验坦赞铁路

"乞力马扎罗号"快车从坦赞铁路起点站达累斯萨拉姆驶出后，便一路呼啸向西，穿山越岭，最终到达赞比亚境内的新卡里皮博什。在新卡里皮博什火车站一个站台信号灯下的杂草丛中，一块不高的白色界碑上标注有"坦赞铁路终点 1860+543.69千米"字样。这就是中国工程技术人员与当地非洲人民一起克服无数艰难险阻铺就的坦赞铁路。至1996年7月14日，这条被坦桑尼亚和赞比亚人民誉为"自由之路"的钢铁大动脉已正式通车20周年。

由中国四方机车车辆厂制造的"乞力马扎罗号"快车车厢内舒适、整洁，乘客中不仅有大批坦桑尼亚和赞比亚公民，还有许多来自扎伊尔、肯尼亚、乌干达、马拉维等邻国的商人，显见这条铁路对该地区经贸发展起着何等重要的作用。正在非洲大陆观光的各国游客也说，他们乐意选择这条铁路从东非转往南部非洲。20年来，坦赞铁路使以往人迹罕至的荒野变通途，共运送旅客2800多万人次，货物1950万吨。

　　"这条铁路对坦、赞两国社会和经济发展的贡献是巨大的，"坦赞铁路总局局长姆文巴在接受我采访时说，"正如你所看到的，铁路沿线原是一片丛林，现在到处是村落，农业发展很快。现在，坦桑尼亚境内建起了许多造纸厂、水泥厂、糖厂和煤矿，赞比亚80%的铜产品是通过坦赞铁路出口的。赞比亚北部省原来没有农业生产，现在那里已成为赞比亚全国商品粮生产基地，矿业也发展了起来。坦赞铁路不仅对坦、赞两国意义重大，还同时促进了扎伊尔、马拉维及整个南部非洲发展共同体地区的经贸往来。"

　　坦赞铁路沿途景观证明姆文巴先生所言非虚。坦桑尼亚境内的曼古拉、马坎巴科至姆贝亚地区原是一片荒野，现在是块块农田，车窗外不时闪过厂房。距赞比亚首都卢萨卡约700千米的姆皮卡是坦赞铁路赞比亚分局所在地，原是赞比亚北部地区的一片荒地，如今已开发成一个工业小区，新的建筑工程四处可见，数百个摊位在约一里开外的道路两旁连接成一个颇为繁荣的集贸市场。好几家店铺的墙面上赫然书着"新上海五金店""新上海影视中心""新上海音像商店"，以至于人们亲切地称此地为"小上海"。

　　在向姆文巴局长询问坦赞铁路所面临的挑战时，他说，目前铁路运量不足是最大的挑战。除了赞比亚铜矿产量下降、扎伊尔和马拉维等邻国进出口货物运量有限外，近年来随着整个南部非洲局势的缓和，通往南非、莫桑比克和安哥拉等几条入海通道相继打通，使得原来经坦赞铁路运送的物资渐渐分流；与坦赞铁路平行的公路干线路况改善后增强了陆路运输能力，也形成了与坦赞铁路竞争的态势。此外，"一条铁路，两国共管"的管理机制也带来了一些问题。

在新的形势面前，坦赞铁路正在寻求着适应市场经济发展的新的接轨点。当时已在坦赞铁路供职 11 年的姆文巴说："我们克服困难的主要措施是对坦赞铁路实行商业化。"据他介绍，商业化的具体做法是加强分局、工厂等下属机构的经济核算；加强对坦赞铁路的广告宣传；与坦桑尼亚港务局、马拉维货运中心等联手积极开发新市场；机车工厂开发生产新产品，转向多种经营；在货运中采用通票办法，尽量减少客户的不便，提高服务质量；对全体员工实行与超额发送货物吨数挂钩的奖金鼓励制度；加强对各个岗位员工的业务培训。展望未来，姆文巴先生说："坦赞铁路目前虽然遇到一些困难，但这是暂时的，只要我们努力经营，坦赞铁路是有前途的。"

为"塔扎拉"奉献的中国人

在坦桑尼亚和赞比亚两国，无人不晓坦赞铁路的英文简称"塔扎拉"。提起"塔扎拉"，人们忘不了近 30 年来为这条铁路抛洒了无数汗水甚至牺牲生命的中国工程技术人员。

铁路正式移交坦赞两国共管后，中国以技术合作的形式对铁路运营提供技术指导、经营管理和咨询服务。至 1996 年，已有 2600 多人次的中国专家参加了 8 期的坦赞铁路技术合作。

在我采访的坦赞两国工作的中国铁路专家组成员中，有不少人曾长期为"塔扎拉"的建设和运营呕心沥血。中国铁路专家组现任组长杨德瑞 1968 年 10 月便来到坦桑尼亚，参加坦赞铁路的勘探设计。当年仅 32 岁的他至今仍记得"过去外国人给我们修铁路，现在我们帮朋友修铁路"的那份自豪，也记得在沼泽中跋涉时一双胶鞋一穿就是一个月的那份艰难。在赞比亚的中国铁路专家组组长刘锡臣 1970 年便参加了坦赞铁路的施工建设，他至今忘不了中国工程人员顶着酷热、冒着暴雨在荒野丛林中宿营，白色帐篷第二天清晨变成了一团漆黑——上面爬满了非洲大蚂蚁的情景。时年已 60 岁的韩存有自 1968 年 5 月参加坦赞铁路的勘探设计以来，当时已在这块土地上先后工作了 16 年。他说："我当时是一步一步从达累斯萨拉姆走到通杜马（坦赞边境小城）的，那时生活非常艰苦，每人每月才 40 块人民币，但大家心情很愉快，真是一种奉献精神呀！"

这种奉献精神仍处处可见。帮助坦赞人民修建了 1860 千米铁路的中国专家，在其总部驻地门口当时还有一条约 500 米长的坑洼泥水路。每日，他们在这条路上乘车颠簸着上下班。58 岁的工务专家蒋全生等 5 人 1996 年 3 月底沿坦赞铁路进行了全线线路检查。行至偏远小站鲁西瓦西时，宿营车因故没有跟上，他们只好在蚊虫不断叮咬下饿着肚子在轨道车上坐了一夜。第二天一早，他们向当地人买了一些玉米充饥后又继续向前走。达累斯萨拉姆机车厂的天吊、淬火炉等设备坏了好几年，来自中国四方机车车辆厂的专家们上任不久便想方设法将其修复，使坦桑尼亚朋友由衷地翘起了大拇指。负责运输的专家罗维一告诉我，他上任后在办公室内发现，历任中国专家为坦赞铁路留下了极为系统、完整、详细的文字资料和各种外语学习书籍。他说："望着这些东西，我感动极了""这是中国专家为坦赞铁路呕心沥血的结晶啊！"

在相当艰苦的环境中，中国专家们表现出强烈的使命感和乐观精神。在姆皮卡的中国铁路专家组驻地饭厅内，一个"积极、主动、创造性地完成第八期技术合作任务！"的横幅赫然在目。驻地周围是一片荒野，平时无处可去。每日黄昏时节，七八名中国专家便围着院内一条被戏称为"二环路"的小道散步。院内蚊虫多，专家们用破旧的编织袋纤维条绑成一个个俗称"甩子"的白色拂尘，一边散步，一边甩来甩去用它驱赶蚊虫，专家们笑谈为"八仙游走二环路"。

多年来，这些来自中国各地的工程技术人员以他们的汗水、心血乃至生命，与坦赞人民一起，成为支撑着这条钢铁大动脉的脊梁。坦赞铁路局赞比亚分局局长马坦蒂洛在接受我采访时，对中国专家的工作予以高度评价，总局局长姆文巴更是赞不绝口。他说："中国专家对'塔扎拉'的贡献是巨大的，他们对我们的帮助任何人无法与之相比。如果没有中国专家，我们今天所遇到的困难会多得多。坦桑尼亚和赞比亚人民会永远记住他们。"

巴加莫约的奴隶城

碧蓝的天空中翻滚着造型奇特的大块白色云团，透过树影婆娑的排排棕林，远处的印度洋水逐波堆起的浪花也如层层云团向岸边翻滚而来。从坦桑尼亚首都达累斯萨拉姆北上约 60 千米，便来到了印度洋边的巴加莫约。一番踏访之后，我的心绪竟如滔滔的印度洋水般翻卷难平。

似火的骄阳之下，一座座已成废墟的白色建筑物显得那样刺目和凄凉。当年阿拉伯商队的大客店、由阿拉伯巨贾赛瓦哈吉捐建的医院和学校早已人去楼空；1888 年由德国乌萨加拉公司盖起的大货栈只剩下一排排水泥方墩；德国殖民者于 1895 年在印度洋边建立的海关大楼已满目疮痍。只有那株撑着巨伞般枝叶的"拍卖树"，仍旧郁郁苍苍。仅仅在 100 多年前，达累斯萨拉姆还是一个小渔村时，巴加莫约就已是东非海岸线上最为繁华的市镇之一。韶光何在，如今只落得一番如此衰败景象！

巴加莫约这一地名又是何意呢？一位当地黑人长者解释说："它有两个含意，其一为'放宽你的心'，那意思是说到了这个繁华之地，你尽可丢掉所有烦恼，享乐人生；后来，当这里成为奴隶城后，它的含意就变成了'死了你的心'，那意思是说到了这里的奴隶就别想逃跑或得救。"

地名的演变包含着一段令人眼花缭乱的历史发展。历史上来自阿拉伯、印度、葡萄牙、德国和英国的商队、航海家或军队曾相继出现在巴加莫约，乱哄哄你方唱罢我登场。1832 年，阿曼苏丹国将王宫迁至桑给巴尔岛，与桑给巴尔隔海相望的巴加莫约便作为重要港口和贸易中心日渐繁荣起来。带着衣物、枪支弹药和各种饰品的阿拉伯商队接踵来到巴加莫约，他们运走了象牙、干鱼、盐巴和树胶。后来，他们的贸易货单上又多出了一个特殊的项目：黑人奴隶。

自 18 世纪上半叶始，法国殖民者在毛里求斯和留尼汪大面积开垦甘蔗田，在桑给巴尔和奔巴岛上的阿拉伯人也争相办起了丁香种植园。劳力的大量匮乏促成了东非奴隶贸易的迅速兴起。桑给巴尔岛上出现了东非地区最重要的奴隶市场，而巴加莫约便成为从东非腹地到桑给巴尔奴隶市场之间的奴隶贸易转运中心。仅 1860 年至 1870 年，从巴加莫约转运的奴隶就有约 50 万人。

从巴加莫约向西行 1200 千米便是乌吉吉地区，这是一段充满血腥的路。为了得到当地黑人奴隶，深入至东非腹地的阿拉伯奴隶贩子或者以衣服、火枪、弹药等物与部落酋长交换奴隶，或者干脆利用手中的武器直接对当地黑人村落进行突袭猎捕。在遭到大规模猎捕奴隶的武装突袭之后，黑人村落所在的大片地区变得荒无人烟。阿拉伯商队将捕获或交换来的奴隶先暂时集中在乌吉吉和塔波拉两地，待收集到足够的象牙后，他们便让众多奴隶搬运着成堆的象牙开始向巴加莫约进发。在这个要用 3 至 6 个月才能走完的漫长路途中，不知有多少奴隶因再也无力向前迈进而被杀死或被遗弃在路边。历史统计表明，每 5 名从东非腹地出发的奴隶中，仅有 1 人能够活着到达巴加莫约，1200 千米长的贩奴路边堆积着无数黑奴的白骨。活着的奴隶一到巴加莫约，便被奴隶贸易商人在那株古老的"拍卖树"下和老市场等地进行拍卖。剩下的奴隶被装在独桅三角帆船上运到桑给巴尔奴隶市场。

至 1873 年，巴加莫约的奴隶贸易发展到了最为疯狂的程度。但此时，英、法等国相继通过立法制止奴隶贸易，并在东非沿海一带加紧了抓捕贩奴船队的行动。英国还要求阿曼苏丹国关闭桑给巴尔奴隶市场和取消阿拉伯商队在印度洋沿岸地区从事的奴隶贸易。当时将整个坦噶尼喀地区划入自己势力范围的德国也不得不在巴加莫约采取若干废奴行动。奴隶贸易受到遏止后，巴加莫约开始衰落。1891 年，德国决定将其在东非的殖民统治中心移至能够停泊深水汽轮的达累斯萨拉姆，那里的铁路、公路建设相继破土动工。此举对巴加莫约更是致命的打击。巴加莫约失落了，衰败了，最终被人遗弃了。

然而，已成鬼城的巴加莫约不应被人遗忘。眼前的这片废墟，恰如一部生动的历史教科书，它在无言地警示着世人：不要忘记过去，不要忘记这里曾经有过贩卖黑奴的罪恶勾当。

桑给巴尔岛采风

没想到距坦桑尼亚大陆东海岸仅隔 72 千米的桑给巴尔岛竟是一幅如此不同的风情画：在湛蓝的印度洋海水中箭刺般行进了两个小时的渡船刚一停靠码头，抬眼便见一座座气势恢宏的古老建筑，这与难见高楼大厦的首都达累斯萨拉姆恰成鲜明的对照。

位于赤道以南 150 千米的桑岛不仅以丁香闻名于世，她的亚非合璧的人文景观更为引人入胜。约 70 万岛民中大多混杂着阿拉伯人、印度人和非洲大陆各地黑人的血缘，这是 19 世纪初在这 2000 平方千米海岛上曾盛行奴隶贸易的印迹。桑岛人大多信奉伊斯兰教，因此在狭窄的街道上，不时迎面走来以黑袍遮面的黑人妇女；几处修葺一新的清真寺内人流不断；每日五次《古兰经》的唱颂响遍全岛上空。

桑岛首府石头城荟萃了桑岛的文化精华。在这座石城中徜徉，恍如漫游在 19 世纪的历史之中。这里的建筑式样、街道布局几乎完全保留着 100 多年前的模样。细狭处仅为两三米宽的街道不规则地向前延伸着，且多无街名道号。街道两旁的各式宅院和店铺，分明构成了一座露天的建筑艺术博物馆。最令人流连的便是各处宅院外那扇精镂细刻的木制大门。这种阿拉伯风格的大门取上等厚重木材为料，两端门柱和门楣极宽，上面雕满瑞兽祥云、彩花香草；左右两扇门板上各饰有五排门钹；木门下方常为数级石阶，赏门常须仰望，端详间不由得生出无限赞叹。

更能体现桑岛历史风云的是阿拉伯古城堡、苏丹王宫、珍奇宫等载满轶事的高大建筑。19世纪初，萨伊德·赛义德成为阿曼苏丹国统治者后，便挥师南下，在东非沿海进行了一番征伐，最终于1840年将王宫从阿曼的马斯喀特迁到了桑给巴尔。在他的统治下，原来只是散落着一些小渔村的桑岛，凭借着天然良港和战略位置，迅速发展为印度洋上重要的贸易枢纽。在已经改造为博物馆的苏丹王宫内，几处宫屋内都摆放着彩绘着山水、花鸟或人物的巨大中国古瓷瓶。这些来自遥远国度的珍品，无声地诉说着源远流长的中非贸易往来。

然而，桑岛历史中最为沉重的一章是，这里在20世纪曾因是东非贩奴中心而发生过许多人间悲剧。最令我惊心动魄的是对奴隶市场遗址的探访。石头城中姆库纳兹尼街区曾是桑岛最大的奴隶市场。19岁的黑人导游乔治指着一块圆形大理石说，过去这里曾立有一根"鞭笞柱"。即将被拍卖的黑奴先被缚在这里进行鞭笞，贩奴者以黑奴忍受鞭打能力的强弱，验证他们的身价。在教堂旁边一所房子内，乔治指着一个浸在水中的地下室门洞说，这里就是黑奴被拍卖前被关押的地方。口头解释终感空洞，趟着污水猫腰钻进地下室后，才体验出心灵的震颤。那是分为左右两间的地下室，室内靠墙三面为距地一米高的石炕，石炕环绕着一米宽的槽道。炕与屋顶之间仅约一米，一些屋顶木梁上至今仍拴着早已锈蚀的铁链。"这间屋中曾关着 75 名妇女和儿童，你可以想象他们是怎样挤在这里，"乔治指着右边大约 20 平方米的屋子说，"那边更小的一间要关 50 名男奴隶。奴隶们在这里得不到吃喝，死就死了，拖出去一扔了事。你可能会奇怪中间这个槽道是怎么回事，所有奴隶的大小便都撒在这里，然后由外面通进来的海水顺流冲走。后来由于通道淤塞，水就积在这里了……"赤脚曲身立在水中，我登时感到愕然。

离开桑岛时，一场大雨如注，似洗刷掉人类发展史中奴隶贸易这一罪恶。但世界上还有多少丑恶现象有待消除？难怪有人意味深长地在奴隶市场故址上埋下一根方柱，上面用英语、斯瓦希里语等几种文字写道："愿世界和平永驻！"

尼雷尔深情悼念邓小平

中国领导人邓小平的逝世在非洲朋友中引起了极大悲痛。作为伟大的外交家，邓小平生前为推动第三世界的团结和全世界的和平与发展事业作出了巨大贡献，也为中国赢得了许多好朋友，其中之一便是当代非洲和第三世界国家的杰出政治家、坦桑尼亚前总统朱利叶斯·克·尼雷尔。

1997 年 2 月 20 日，正在南非常驻的我通过坦桑尼亚驻南非高专署得到尼雷尔在坦桑尼亚首都达累斯萨拉姆的办公室电话号码后，立即联系采访这位中国人民的老朋友。尼雷尔的新闻秘书桑加先生告诉记者，尼雷尔此时正在坦桑尼亚北部重镇穆索玛的布蒂亚马山村。那个至今仍很落后的小村是尼雷尔的家乡，尼雷尔每年都要在那里住上一段时间，同乡亲们的关系像鱼水般融洽。桑加说，那个小村的电话极难接通，但他在向本报记者对邓小平逝世表示哀悼后，允诺尽力与尼雷尔取得联系。经过一番周折，尼雷尔于 2 月 21 日在他的家乡以书面形式接受了我的采访。

尼雷尔对邓小平仍以"同志"相称。他首先表示，在这一悲痛时刻，他请以江泽民同志为核心的中国领导人和中国人民接受他最沉痛的悼念，"此时此刻，我与中国人民站在一起。"

多次访问过中国的尼雷尔说："我曾多次见过邓小平同志，每一次与他见面时，他敏锐的头脑、致力于中国的团结和统一的决心，以及他为不断改善人民生活所做的种种努力都给我留下了深刻印象。近年来，邓小平年事已高，但他也从未放弃这些努力。直至生命的最后一刻，他仍有着一颗年轻的心。中国在这个不断变化的世界中曾饱受欺凌，邓小平为提高中国的国际地位、改善中国人民的生活奉献了一生。"

尼雷尔在多次访华中曾亲眼目睹中国改革开放后的历史性变化。他说："近 20 年来，中国在邓小平的领导下实行了促进经济现代化和工业增长的改革开放政策，其目的在于提高中国人民的生活水平。中国所走的道路是既要发展经济，又要保持国家统一和政治稳定。这一政策使中国近年来工业化程度大幅度提高，中国的经济增长速度令世人瞩目。"他接着说："经济的快速增长无论在世界何地总是引来一些新的问题，但邓小平身后留下了一个团结、稳定的中国共产党和中国政府。我对中国朋友们妥善处理这些问题充满了信心。"

尼雷尔于 1985 年 11 月主动辞去总统职位后，于 1986 年 8 月被推选为南方委员会主席，致力于第三世界的团结与发展事业。他对邓小平促进第三世界的合作与发展所做的努力给予了高度评价，他说："随着中国的发展，中国在国际事务中的影响日益扩大。发展中国家对此充满信心。我相信中国将会继续与 77 国集团在国际事务中努力合作，继续向愿意学习中国的发展中国家提供经验。"

尼雷尔最后表示："作为中国人民的老朋友，我对中国在以江泽民同志为核心的领导集体领导下继续保持稳定并取得更大进步充满信心。"

（1997 年 2 月 26 日）

乞力马扎罗山"没"雪

　　在我难以释怀的梦想中，乞力马扎罗山占有独特的一席之地。与好望角、维多利亚大瀑布和大津巴布韦遗址一样，海拔 5895 米的乞力马扎罗山曾是激励着我走进非洲的神奇召唤。岁月悠悠，蓦然回首，却只有这非洲第一高峰始终无缘登临，常引为憾。

　　心仪这座高峰多少缘于海明威的影响。在那篇名为《乞力马扎罗的雪》的短篇小说中，海明威一开头寥寥几笔便勾勒出一种神奇的意境："乞力马扎罗是一座海拔 19 710 英尺（约 6007.6 米）的常年积雪的高山，据说它是非洲最高的一座山。马基人称西高峰为'鄂阿奇-鄂阿伊'，意为上帝的庙殿。在西高峰的近旁，有一具已经风干冻僵的豹子尸体。豹子到这样高寒的地方来寻找什么，没有人作过解释。"

　　乞力马扎罗山坚靠赤道之南，它的诱惑力很大一部分来自赤道与雪山的强烈反差。然而，不久前一批科学家聚会美国旧金山时呼出惊人之语：乞力马扎罗山的雪正在融化，并可能在 15 年内完全消失。这些科学家说，乞力马扎罗山的"雪帽"不仅越来越小，而且越来越薄。自 2000 年 2 月以来，山上有些地方雪的厚度减少了近一米。从历史上看，自然界中雪山及冰山增长或消融的时间单位通常以万年计。现在则不然，仅与 1912 年相比，乞力马扎罗山的"雪帽"就已经缩小了 82%。

这些科学家还告诉人们，即将摘掉"雪帽"的不仅仅是乞力马扎罗山，从阿尔卑斯山到喜马拉雅山，都正在发生着类似的故事：至 2025 年，阿尔卑斯山的"雪帽"较之 100 年前将消融 90%；1998 年至 2000 年间，秘鲁的库里卡利斯冰川每年消退近 155 米，较之 1963 年至 1978 年首次测量时的消退速度快了 33 倍。

回溯 20 年前，如果有谁大谈"温室效应"，听众的反应多半会很漠然，甚至可能会被讥为杞人忧天。而如今，水灾旱灾的频繁发生已让人类真真切切地尝到了"温室效应"的恶果。乞力马扎罗山上雪的融化就让坦桑尼亚的旅游业面临厄运。一想到再过短短 15 年，人们再读《乞力马扎罗的雪》时那份恍如隔世的茫茫然，难免令人一叹。

其实，为乞力马扎罗山一叹也是在为整个人类一叹，而这一叹之中又充满了无奈。就连发出上述危言的科学家都说，诸峰"雪帽"变小正是由于人类大量消耗能源所致，其中不能不提及的便是：只占世界人口总数 5% 的美国却消耗着全球四分之一的能源。又恰恰是美国在全球气候变暖问题上常常顾左右而言他，引来不少公愤，结果是参加 2000 年全球气候会议的美国代表被人当场扣了一脸蛋糕。

乞力马扎罗山的雪要没了，假设海明威在世，不知他又将做何感想……

（2001 年 4 月 3 日）

马拉维：一位中国记者的"破冰之旅"

兑换 100 美元旅行支票，计 1481.49 克瓦查。

昨夜半腹痛难忍，大汗淋漓，疑为香港大酒店辣椒所致。

晨起后感觉稍好，至布兰太尔市街头一游。后至新闻部，遇乔尔，联系马国茶及烟叶生产情况，彼甚热情，先后带我至出口委员会、茶业协会等地收集情况。

午前吃黄连素 3 片。

午后小休后继续在布兰太尔街头漫游。

购 10 个小木雕、1 块黄木，共计 110 克瓦查。

——摘自作者 1997 年 1 月 13 日日记

同"终身总统"的一面之交

位于非洲东南部的马拉维长期以来与中国没有建立正式外交关系，来自中国的新闻记者曾多次被马拉维"拒签"。1997年1月2日，我来到马拉维驻南非大使馆申请签证。等待半小时后，对方告约需一周时间办理签证，同时告我办签证"没问题"。1月10日，我终于拿到马拉维签证，心头涌起的是一种喜忧参半的感觉。

这是多年来第一位中国记者能够亲身感受马拉维，但也正因为是第一次，其中有着诸多不测。长期的隔绝使得中国人对马拉维感到很神秘，而许多年间曾为马拉维"终身总统"的班达的身世又为之平添了更多的神秘感。也曾喝过洋墨水的班达自1966年担任马拉维总统后，实行的是一套极为严酷的铁腕统治。他深居简出，做派十分威严：出行时有些怪异地手持一只狮毛拂尘向百姓挥舞；内阁开会时他坐在有着一只豹子头标本的桌前。

我曾与这位神秘的"终身总统"有过一面之交。1991年10月15日晚，津巴布韦总统穆加贝在哈拉雷为参加非统首脑会议的元首们举行招待会。在那个招待会上，英国首相梅杰、马来西亚总理马哈蒂尔、巴基斯坦总理谢里夫、赞比亚总统卡翁达、刚刚出狱的南非黑人领袖曼德拉等人相继出场。穿行在这些名人之间，我不断用镜头捕捉着各种场景。突然我被一个场面吸引住了：在招待会场的一角，有两个人毕恭毕敬地跪在那里，在他们身后一张椅子上趾高气扬坐着的便是马拉维总统班达。我打开一个红色笔记本，想走上前去请这位"终身总统"签名留念，旁边立即有人过来挡驾。在我说明来意后，这些仆人们倒也客气，他们捧着我的笔记本，拿到班达总统的眼前。老班达将笔记本横转过来，在那里签上了自己的名字。1994年5月，在各方压力下，这位"终身总统"黯然走下权位，不久便撒手人寰，死时人们竟不能确切说出他到底活了多大年纪。

1997年1月12日，我自南非飞往马拉维，开始了一位中国记者对马拉维的"破冰之旅"。

马拉维首都利隆圭分新、旧两城。老城内建筑破旧，市面嘈杂。5千米外绿荫中点缀着数座稍具现代气息建筑的地方便是新城，但徜徉在被人告知是新城市中心的地方，怎么也感受不到闹市的气氛，倒像是身处一所大学园区。政府各部办公大楼全都集中在"首都山"上。除了在山上的位置不同外，各部大楼全是那种一模一样的白色建筑。1975年1月1日，当马拉维首都从松巴迁到利隆圭时，有人曾说这意味着马拉维迈向新生。不过，20多年来，马拉维的历史进程似乎被"定格"了，整个国家发生深刻变化还是近几年的事情。仅从社会生活现象看，越来越多的妇女敢于穿长裤便是一种甚至在几年前都不敢想象的变化。对于一个曾严格规定妇女必须穿过膝长裙的国家来说，妇女穿长裤曾是一种不容饶恕的罪恶。

1994 年 5 月 17 日，马拉维首次举行多党制选举。在那以前的近 30 年间，自称"马拉维雄狮"的班达总统发誓将所有敢于反对他的人扔到河里喂鳄鱼。在对外关系上，马拉维曾是整个非洲大陆唯一与南非保持外交关系的国家。1994 年，一度被奉为"终身总统"的班达大选失败，不得不黯然下台。此后，90 多岁的班达便因人命案等多项指控被法庭传唤。取得大选胜利的联合民主阵线与争取民主联盟组成了联合政府，曾在班达政府中任部长、后又反戈一击的穆卢奇出任马拉维总统。

此后，穆卢奇政府的政策使封闭多年的马拉维有了些许生气。面对大选后部族分裂的危险，来自南部地区的穆卢奇总统一再呼吁消除部族主义，在全国实现和解与团结。针对全国人口中 65%为文盲的现实，新政府自 1994 年始在全国实行免费初等教育，并为此聘用了 2 万名教师。一向在社会底层默默忍受艰难的妇女开始发出了自己的声音。至 1997 年年初，马拉维仍没有自己的电视台，马拉维新闻部负责影像制作的高级官员姆西瓦告诉我，第一家马拉维电视台有望于 1997 年下半年正式开播。

然而，马拉维当时正在经历着的是一个十分艰难的转变过程。

马拉维因袭着沉重的贫穷负担，它既是全世界最不发达国家之一，又是一个贫富悬殊的国度，80%以上人口年平均收入不足 180 美元，平均每 4 个新生儿中有一个活不过 5 岁，国家外债达 18 亿多美元。马拉维迫切需要引入外资，但经济基础设施极差。根据国际货币基金组织和世界银行的要求实行经济调整政策后，1994 年开始，自由浮动的马拉维克瓦查从 1 美元兑换 4.4 克瓦查跌到 1：15.2。当年的国内生产总值下降 12.4%，而通货膨胀率却达到 350%。1995 年，哥本哈根世界社会发展首脑会议前夕，穆卢奇总统宣布因开销太大而取消与会，贫穷使得这位国家元首失去了与其他国家领导人共商消除贫穷的机会。

这种转变也使马拉维社会付出代价，以前可以夜不闭户的街头现在不断发生各种恶性犯罪案件。人们对新政府的不满情绪日益增多，关于政府部长贪污腐败的报道时有所闻，两党联合政府内也出现了裂痕。已成为反对党的马拉维大会党批评现政府未能兑现竞选诺言，而把时间花在忙着重新命名曾以班达名字命名的机构、设施等细碎琐事上。

在谈到国家当务之急时，穆卢奇总统曾讲过一个故事。他说，他本人有一个已生了 13 个孩子的侄女。有一次总统以批评的口吻问她怎么生这么多孩子时，这位本来以为应该受到赞扬的妇女不解地望着穆卢奇反问道："你这是怎么了？"然后，穆卢奇总统分析说，马拉维政府面临着 4 个严重问题：人口猛增、土地奇缺、环境破坏和艾滋病的流行，而所有问题的根子又都在于人口激增。孩子生得越多越好至今仍是马拉维妇女中一种根深蒂固的传统观念。1966 年，班达上台时马拉维全国人口为 400 万，现在约 1000 万人，此后仍以每年 3.2%的幅度增加。

马拉维远未摆脱贫穷所造成的恶性循环。穆卢奇总统说，政府为此正在实施一项"减贫计划"，其内容可分两方面：一是继续建设学校、道路、医药卫生等基础设施；二是尽力创造就业机会，使更多的马拉维人具有基本谋生手段。

开掘更多"绿金"

位于南部的布兰太尔是马拉维最大城市，也是这个国家的经济、贸易活动中心。那里有两个对国家经济起着举足轻重作用的市场，一是每年 4 月至 10 月的烟草拍卖市场，二是每周二搭台叫价的茶叶拍卖市场。

马拉维是一个得天独厚的农业国。无论是在从布兰太尔至首都利隆圭沿途，还是在马拉维湖沿岸地区，我到处见到在绿油油的田野中弯腰耕作的农民，再加上散落在远处山坡上的一片片圆顶茅草屋，眼前俨然呈现着一幅幅气韵生动的非洲大陆农耕风情画。马拉维既有几乎与海平面相齐平的希雷河带状平原，也有 3000 米高的梅兰杰高原，不同的地形与气候几乎适合所有农作物的生长。多年来，三种农作物出口商品支撑着马拉维的整个经济结构，那就是烟草、茶叶和蔗糖。这三种农产品被称为马拉维的"绿金"。

马拉维已有 100 多年的烟草种植历史，烟草是马拉维出口创汇的第一商品。1995 年，马拉维向全世界 60 多个国家出口了 1.06 万吨烟草，创汇约 3 亿美元，占整个国家出口创汇的 77.34%。马拉维烟草协会首席统计师卡文亚告诉我，马拉维的烟草种植区分布在北部和中部，分为小农种植和大种植园种植，其中大种植园的产量在总产量中占90%。马拉维全国劳动力中有24%的人依靠烟草种植业谋生。但是，马拉维烟草行业中现有几大隐忧，一是马拉维人口激增导致耕地减少，使得扩大烟草种植面积余地有限，乐观的估计是有可能再开出2万公顷土地种植烟草；二是政府对烟草业征税过重，影响了烟农的生产积极性，1995年烟草业向政府交纳的出口税占整个国家出口税收的84%；三是这一行业受气候条件和国际市场价格影响太大，且世界性禁烟活动的大力开展使进口商对马拉维烟草的需求量减少10%，再加上坦桑尼亚、莫桑比克等邻国的烟草生产大幅增加，使马拉维烟草业面临着更为严峻的挑战。

马拉维的茶叶出口曾为国家带来外汇最多，烟草业赶上来后，茶业产品曾在约10年中稳坐出口创汇第二把交椅，但近年来受国际市场需求变化的影响，这第二把交椅也逐渐让给了蔗糖产品。马拉维茶业协会执行秘书班达先生对我说，马拉维茶叶种植方式也分大种植园和小农种植两种。除了在南部梅兰杰地区和乔洛地区有24个大的茶叶种植园外，北部也有2个大种植园，全国茶叶种植土地总面积约3万公顷，提供就业机会4万个，1996年的茶叶产量达3.5万吨。班达先生说，马拉维的茶产业所面临的困境与烟草业大同小异：种植面积难以进一步扩大；世界市场供大于求，来自肯尼亚的竞争对马拉维茶产业形成极大压力；政府对茶产业收税过重。被英国大公司控制的马拉维制糖业也存在着国际市场份额减少的忧虑。

马拉维政府已经认识到被这三种传统"绿金"支撑着的经济结构是相当脆弱的。两年来，新政府一直在实行一种经济多样化政策，其内容为一方面在工业上开辟新路，重点扶植汽车、制造和采矿业；另一方面在现有耕地上多种供出口的棉花、大豆、稻米、干果、咖啡等农产品，以开掘出更多的"绿金"，其中棉花1995年出口额为570万美元，比前一年增加了407.5％。

让马拉维湖熠熠闪光

形如一把利剑的马拉维，北部横亘着令人叹为观止的东非大裂谷，南面挺立着3000米高的梅兰杰山峰，但与任何一位马拉维人聊起来，他们异口同声地说这个国家最足以夸耀的当然还是马拉维湖。

集雄奇与秀美于一身的马拉维湖是大自然赐予马拉维人民的一块无价瑰宝。这个长580千米、最宽处80千米的世界第十一大湖和非洲第三大湖约占马拉维全国土地面积的25%，大湖中有500多种鱼类，其中很多品种为马拉维湖独有。迄今为止，马拉维湖尚未受到工业污染，晴空之下，湖水清澈浩淼，令人心旷神怡。马拉维旅游部官员说，如果将非洲大陆拟人化，马拉维正好在心脏这一位置，加之马拉维人民纯朴、友善、平和，于是，马拉维旅游部门向全世界推销自己的口号便是"马拉维——非洲一颗温暖的心"。

然而，马拉维湖的旅游开发存在着诸多制约因素。首先便是道路交通状况。从首都利隆圭乘车向湖边小镇萨利马进发时，不到

100千米的道路上坑坑洼洼，又逢阵雨迷蒙，令人不时发出路难行的慨叹。从萨利马再向南前往著名湖边胜地"猴湾"时，最后70千米就完全是在一个个泥水大坑中剧烈颠簸过来的，这样的交通基础设施又怎能吸引更多的游客？另一个严重缺憾便是住宿设施不足。现在马拉维全国旅馆床位数不足1000个，在马拉维湖边的旅馆床位数只有约200个。在全国25家旅馆中，超过国际标准三星级服务水准的旅馆寥寥无几。

马拉维穆卢奇政府成立后不久，组建了国家旅游部。近两年来，新成立的旅游部首先为大力发展旅游业制定政策和规划蓝图：前政府不仅规定马拉维妇女必须穿过膝长裙，不许穿长裤或短裙，而且要求外国女人亦不例外，这就吓住了许多想来马拉维旅游的人们。新政府破除了这一陈规，向所有游客伸出双手表示欢迎；全面改善包括马拉维湖在内的5个国家公园内的道路、通信、住宿等基础设施。除了准备在一些旅游胜地建造新的旅馆外，原有全国各地主要旅馆交由南非普奥蒂旅馆集团经营管理；尽管面临着周边国家旅游业的激烈竞争，马拉维政府仍计划到2000年前每年吸引35万游客，使马拉维旅游业成为继烟草业之后的第二大创汇行业。

事实上，马拉维已经在吸引着越来越多的人到这个一度封闭的国家一游。1988年，马拉维接待的各国游客人数不足10万，1996年这一数字上升到约25万。马拉维这一国家名称因马拉维湖而得名。"拉维"在当地奇切瓦语中意为"反射之光","马拉维"意为阳光照在湖上火焰般反射。现在,马拉维人正在争取让马拉维湖光真如火焰般闪耀。

纳米比亚：西南非洲的变革

上午至努乔马（纳米比亚总统）家乡奥卡豪（Okahao），但警方挡驾未能一睹其屋；至翁巴兰图（Ombatantu），观大树教堂，其结果亦恍惚；至纳米比亚、安哥拉边境处鲁阿卡纳瀑布（Ruacana Falls）一游；下午至纳米比亚、安哥拉边贸地区奥希坎戈（Oshikango）一游。

——摘自作者 1997 年 10 月 19 日日记

独立后的新挑战

　　纳米比亚首都温得和克市中心的主要大街名为"独立大道"。独立以前，这条横穿闹市的大道名为"德皇大街"。尽管这个城市的一些街名已被改为"努乔马"、"曼德拉"或"穆加贝"等，但更多的街头上仍竖立着用德文标明的街牌。这是1884年德国殖民者入侵当时被称为西南非洲的纳米比亚后留下的痕迹。第一次世界大战中，南非又出兵占领了这一邻国，并于1949年通过立法吞并了西南非洲。1960年成立的西南非洲人民组织（简称"人组"）进行了长达30年的民族解放斗争，终于在1990年3月赢得了国家独立。

　　纳米比亚独立后，"人组"作为执政党面临着巩固政权、发展经济和推动社会进步等各方面的巨大挑战。南非白人政权曾在纳米比亚长期推行的种族隔离政策为这个国家种族间留下了仇恨、不信任和分裂的创伤。努乔马总统领导的新政府坚定地奉行民族团结与和解政策，以"纳米比亚人同为一个民族""互相尊重、容忍和团结"的精神积极化解旧时代遗留下来的种族矛盾，鼓励不同肤色的人民共同为国家重建献力。在对旧的国家机器进行改造后，现行的议会两院制度和中央、地区及地方三级政权运转良好。努乔马总统曾自豪地说："90%的纳米比亚人接受了我们的民族和解政策。最重要的是，我们享有和平与稳定。"在1997年的独立日庆祝活动讲话中，努乔马再次以世界上发生的冲突与战乱为例，告诫国人维护来之不易的和平与稳定。在纳米比亚南部海滨小城路德里茨采访时，一位名叫阿妮塔的白人妇女说："独立前的纳米比亚在世界上很孤立，很少有人到我们这里来，就因为那时实行种族隔离政策。现在不同了，仅1997年一年，我们这个小城就接待了1.9万名各国游客。白人和黑人之间没有大的问题，我们都是纳米比亚人。"

然而，今日的纳米比亚并非可以高枕无忧。贫富悬殊的鸿沟短期内很难填平。在温得和克市郊有一处被称为"小温得和克"的豪宅区，那里聚居着少数富人，而在城市另一端的卡图图拉地区，则是一番贫穷破烂的景象。纳米比亚外长古里拉布曾指出，纳米比亚国家经济和资源的所有权至今仍控制在外国和本国少数利益集团手中。这种贫富悬殊的社会结构加之高达50%以上的失业率，使社会稳定受到了威胁。温得和克曾被誉为是一座"比奥斯陆还干净，比伦敦还安全"的城市。然而，在这座精巧秀雅的小城中，恶性犯罪的案件如今也时有耳闻。一些从丛林中走出的解放战士坐进政府办公大楼后，经不起物质享受的诱惑，政府高官腐败的丑闻不断见诸纳米比亚报端。

　　对在政治上已取得独立近 8 年的纳米比亚来说，如何进一步赢得经济上的真正独立已成为最大的挑战。努乔马总统对此深有感触地说："取得政治独立当然是一个伟大的成就。然而，政治解放本身并不能够确保国家的稳定和经济发展。为了确保稳定和经济发展，我们所有人需要携起手来共同奋斗。"

为了赢得经济独立

　　时至 20 世纪末，纳米比亚对南非的经济依赖仍很严重：多达 80% 以上的进口商品来自南非，其中包括许多日常生活必需品。南非矿业巨头德比尔斯公司等仍控制着纳米比亚的经济命脉，南非货币兰特也可以等值地在纳米比亚各地流通。位于比勒陀利亚的南非中央储备银行中的一举一动和约翰内斯堡股票交易所内兰特币值的升降，直接牵动着温得和克的金融市场。"我们摆脱南非取得了政治独立，但经济上还在依赖南非，"纳米比亚矿业和能源部长托伊沃在接受我采访时风趣地说，"我们是自己吃的东西不能生产，能生产出来的东西又不能吃。"

　　纳米比亚地广人稀，国土面积 82 万多平方千米，相当于中国人口最多的四川省、山东省再加上一个江苏省，但纳米比亚的全国人口仅有 160 多万。我在纳米比亚采访期间，常常是几十千米内难见一个人影。矿业、畜牧业和渔业为纳米比亚经济的主要支柱，尤其盛产钻石、铀、锌、钨、铜等矿产品，素有"世界战略金属储备库"之称。

　　纳米比亚独立后，经济虽有发展，但经济增长率起伏不定。1991 年的增长率为 7.4%，1993 年跌到 1.9%，1994 年回升至 6.5%，1996 年约为 2.5%。努乔马总统曾预计 1997 年的经济增长率约为 7%。纳米比亚经济波动的原因主要是几大经济支柱多为自然资源型产品，既受制于国际市场价格风波，又受制于天气。作为经济支柱之一的渔业因近年来的大西洋海域环境变化大受影响。厄尔尼诺现象使得纳米比亚西部沿海水温上升，沙丁鱼、鳕鱼等喜冷鱼群因之大幅减少。1994 年，纳米比亚沙丁鱼的捕获量为 11.6 万吨，1996 年的捕获量仅约 1000 吨。在农业生产中，干旱缺水被纳米比亚农业部长安古拉称为"生死攸关的问题"。"这里 3 年一小旱，7 年一大旱，"安古拉在接受我采访时说，"为了解决缺水的问题，我们除了大规模建坝、打井和在各地建立水源合作网点外，还计划引来与安哥拉、博茨瓦纳交界的河水，此事正在谈判。"

　　为了进一步赢得经济独立，纳米比亚政府在 1996 年至 2000 年国家发展计划中制定了大力发展制造业、旅游业、能源业，促进贸易多元化，鼓励发展出口加工区和工业园区等方针。沃尔维斯湾市市长卡斯特罗对我说："我们不能总是出口初级原料型产品，我们要发展增加产品附加值的加工制造业。我们出口了不少大理石石材，为什么不能出口加工后的大理石建材？我们仍在向南非出口活畜，为什么不能出口加工后的皮革和肉制品？"据纳米比亚发展公司的博兹先生介绍，目前除鱼类加工外，纳米比亚制造业在整个国内生产总值中的比重仅约占 4%。纳米比亚将通过吸引外资发展出口加工区和工业园区，今后制造业在国内生产总值中的比重可望达到 16%。

矿业和能源部部长托伊沃说："在那些与外国合资的矿业中，纳米比亚人参与管理的水平也越来越高，这也是为了赢得经济独立。"托伊沃部长是纳米比亚民族解放斗争的元老，他于 1958 年同努乔马一起创建了民族解放斗争组织。如今，这位老战士正在为国家的经济发展构想着另一幅蓝图。"我们已经在沿海发现了天然气资源，但还没有找到石油，"托伊沃边说边在纸上画了一张沿海地区草图，"我们有着 1600 千米长的海岸线，与我国沿海地质情况类似的加蓬、刚果和安哥拉都找到了石油。我坚信纳米比亚也能找到石油。另外，纳米比亚的地下矿藏资源还远未勘探完毕，潜力还大得很哩！我真心希望中国公司能够前来和我们一起进行合作勘探。"

沃尔维斯湾新貌

纳米比亚于 1990 年 3 月 21 日宣布独立后，南非迟迟不肯将位于西海岸中部的一块飞地沃尔维斯湾归还纳米比亚。直至 1994 年 2 月 28 日午夜，这块战略要地才回到纳米比亚的怀抱。

沃尔维斯湾占地 1124 平方千米，意为"鲸湾"。它是纳米比亚唯一的深水港。1487 年 12 月，葡萄牙航海家迪亚士率领的船队在寻找东方的探险中首次在那里靠岸。本来那里并不是一个安全的港湾，但因为寒冷的本格拉海流所带来的大量浮游生物将大批鲸群吸引到那里，大批捕鲸者便尾随而来，海湾设施遂逐步完善。1878 年，英国殖民当局曾占领此港，1910 年，沃尔维斯湾又被划为南非联邦开普省的一部分，成为南非一个军事基地。南非当局之所以迟迟不愿将沃尔维斯湾归还纳米比亚，就是因为那里的战略位置十分重要。仅就海上运输而言，由于沃尔维斯湾港位于非洲大陆西海岸，南部非洲众多内陆国家的出口货物由这里起运，运输时间可比从东海岸出口缩短大约 12 天。

沃尔维斯湾是被纳米布大沙漠三面包围着的大西洋边一块难得

的绿洲。深水港处一派繁忙景象，新的集装箱码头正在加紧建设之中。沃湾归属纳米比亚后，沃尔维斯小城的规模日益扩大，人口从 1994 年前的不到 3 万增加到 1997 的 5 万。现在那里鲸群已不多见了，但沃尔维斯湾已成为 50 种海鸟的栖息地，其中多达 5 万只的火烈鸟群已成为沃尔维斯湾的一大奇观。

沃尔维斯湾原是南非的一个军事要塞，过去人们在那里不能拍照，也不能随意走动，如今沃尔维斯湾正张开臂膀，欢迎来自世界各地的投资者、旅游者。时任沃尔维斯湾市市长卡斯特罗告诉我，他们要将这里建成一个充满经济活力的国际大港，建设出口加工区便是其中的重要一环。他说，他 20 世纪 90 年代初访问中国经济特区受到很大启发。

在沃尔维斯湾出口加工区管理公司办公室内，年轻的总经理韦塞尔先生告诉我，建在出口加工区内的企业享有多种优惠政策，除了无限期地免交公司税、中间产品及生产资料进口关税、销售税、印花税和转让税外，企业还可在工资补贴、技术培训及投资选点等方面享有鼓励措施和周到服务。他说，目前已有 10 家公司在加工区内投资，其中 5 家已开始生产，投资总额约合 2000 万美元，直接创造了 300 多个就业机会。

谈起沃尔维斯湾的前景，时任市长的卡斯特罗说，一条横穿纳米比亚、博茨瓦纳和南非三国的高速公路即将建成。公路建成后，自经济发达的南非约翰内斯堡地区到沃湾的路程将比原来减少 400

多千米。另外一条从沃尔维斯湾直通博茨瓦纳、津巴布韦、赞比亚和刚果（布）南部的高速公路也即将竣工。沃尔维斯湾的发展前景迷人，卡斯特罗市长紧握着我的手说："我们欢迎中国朋友来出口加工区投资建厂。"

"沙漠玫瑰"

纳米比亚得名于"纳米布","纳米布"在当地霍屯督黑人语中意为"大平原",意指大西洋沿岸那片浩瀚无垠的大沙漠。经过长达亿万年的风雨剥蚀,纳米布大沙漠中出现了一个奇观:沙中的石膏类晶体利刃般长短不齐、大小不一地连接在一起,其形状美丽得像盛开的花团,纳米比亚人称其为"沙漠玫瑰"。这种沙漠玫瑰多生成在斯瓦科普蒙德市附近的沙漠地区。其实,斯瓦科普蒙德本身又何尝不是纳米比亚的一朵沙漠玫瑰呢?

由于沃尔维斯湾曾是纳米比亚与南非发生领土争端的焦点,人们大多知道沃尔维斯湾,却对距沃尔维斯湾以北 35 千米的斯瓦科普蒙德市知之甚少。自首都温得和克出发向斯瓦科普蒙德途中,道路两旁刚开始还是泛着绿色的浓密灌木丛,越向西行,灌木丛变得越来越低矮稀少,一座座黄黄的沙丘渐次扑面而来。在进入茫茫沙海尽头之时,举头远望,前方海市蜃楼般突现了一座如诗如画般的小城,那就是斯瓦科普蒙德市。

斯瓦科普蒙德市人口不到 3 万,有 105 年的历史,满城多为德国古典式建筑，洋溢着典雅、怡人的异国情调。在 1884 年，德国殖民主义者宣布西南非洲为其"领地"，将其据为德国在非洲大陆殖民地。由于这块新殖民地的唯一深港出海口沃尔维斯湾已被英国占领，德国殖民者不得不另外寻找合适的出海通道。1892 年 8 月，他们最终选定了紧连斯瓦科普河入海口北部那块地方，这完全是一座在茫茫沙海之中一砖一瓦堆砌起来的小城。除了部分物资从南非开普地区运来之外，多数建筑材料、生活必需品是从万里之外的德国运来。斯瓦科普蒙德作为港口的重要性仅昙花一现，此后便是长期的停滞萧条。20 世纪 70 年代后，纳米比亚在斯瓦科普蒙德以东 70 千米处开发了世界上最大的露天铀矿，这又为斯瓦科普蒙德带来了生机。纳米比亚独立以后，在日益繁荣的纳米比亚旅游业中，风格独特的斯瓦科普蒙德已成为各国游客的必游之地。

其实，纳米比亚全国有不少这种诱人的"沙漠玫瑰"。南部沿海小城吕德里茨同样精巧、典雅，而大漠之苍凉壮美更是有过之而无不及。161 千米长、27 米宽、近 550 米深的鱼河峡谷令人叹为观止，其规模仅次于美国的大峡谷。占地 2.2 万平方千米的爱淘沙国家公园是撒哈拉沙漠以南非洲国家中最著名的野生动物园之一。它的中心地区原为一汪大湖，千百年后的今天，大湖变为一片沼地，各种野生动物在一望无际的沼地中繁衍生息。纳米比亚北部沿海的"骷髅海岸线"更是一派未遭人类活动破坏的天然美景。就连占全国土地面积 15% 的大沙漠内也有独特的魅力。记者看到不少外国游客专程赶到纳米布大沙漠内游览。他们中的一些人驾驶着一种宽胎三轮沙地摩托车在数不清的沙丘间游走，倒也别具一番情趣。一朵朵"沙漠玫瑰"正在为独立后的纳米比亚旅游业带来勃勃生机。

纳米布沙漠中的"鬼城"

　　纳米比亚南部小城吕德里茨美得苍凉寂寥：她的北、东、南三面紧围着浩瀚的纳米布大沙漠，西面则是巨浪排天的大西洋。半小时前在小城内徜徉时，扑面而来的全是怡人的暖意，一到大西洋边，惊涛和劲风顿时使人寒冷得战栗起来。其实，这本来就是一块充满风暴的海岸。1488 年 1 月，葡萄牙航海家迪亚士为探索通往东方航路带领的那支船队就是在这里遇到强风暴，被风暴裹挟了十几天后，于不知不觉间绕过了好望角，在人类地理发现史上写下了传奇的一笔。1488 年 7 月 25 日，迪亚士返航途中再经吕德里茨时，在登陆处竖立了一块以"圣詹姆斯"命名的十字架形石碑。

　　葡萄牙人来也匆匆，去也匆匆，西南非洲（纳米比亚）最终成为迟到的德国殖民帝国在非洲大陆的殖民地，吕德里茨城内满眼尽是古典的德式房舍。作为纳米比亚最大钻石公司纳米德比公司的客人，我们被引领到山腰间一座写有"格尔克博物馆"字样的白色石砌房屋前。主人说，这里便是你们的下榻处。这不是一座博物馆吗？是的，主人回答说，这座德式风格的房产属于纳米德比公司，它在白天是供人参观的博物馆，夜晚便是本公司的贵宾客房。随后，主人便将整个博物馆的钥匙交给了我们。在笔者风风雨雨的赶脚生涯中，夜宿博物馆尚属首次。

500 多年前的迪亚士曾经历怎样的风暴才奋力航海到这里？德国移民们曾费尽多少心力才在茫茫大漠之中垒起这样一座美城？这些怀古幽思竟很快让位给另一处更为令人惊心的大漠景致，那就是距吕德里茨以东仅半小时车程的"鬼城"。

"鬼城"的雅称是科曼斯库普博物馆。其实，这座博物馆就是一群零星点缀在无垠沙海中的残败建筑物，颓垣断壁多已被黄沙掩埋，但室内的酒吧台、九柱戏球道、宽绰的大舞台仍在顽强地诉说着一段由人类贪婪追求财富催化的盛衰兴亡史。

20 世纪初，德国人已将铁路修到了吕德里茨。一个名叫莱瓦拉的黑人铁路工人于 1908 年发现了一颗奇石。曾在南非"钻石之城"金伯利待过的莱瓦拉认定这就是钻石，随后将它交给了作为上司的德国人施坦茨。铁路管理员施坦茨悄悄地对钻石进行鉴定后，又一声不响地将发现钻石的那片沙漠土地所有权买了下来。几周以后，经专家鉴定，那颗钻石被确认为质量等级上乘。施坦茨随即办妥开发证书，在吕德里茨的德国人尚未醒悟之前，他早已将一块新的世界钻石产地据为己有。

消息传开后，一场新的钻石风潮骤起。为筹集开发资金，施坦茨于 1901 年在德国柏林成立了股份公司，他本人持有 20% 的公司股份。往日的荒冷沙漠成为趋之若鹜的宝地，第一次世界大战之前，全世界 20% 的钻石产量来自这里的矿井。随之而来的便是施坦茨本人的暴富和奢靡。财富为施坦茨带来了诸多机遇，他首先引进了紫羔羊畜牧业，又一度成为德国驻南非联邦贸易专员。那个最初发现钻石的黑人莱瓦拉则被施坦茨雇为马车夫，一战期间被送回南非开普地区，从此后便再无消息。

　　人类对钻石的狂热追求神奇地使一片大漠变成了伊甸园。酒吧、剧院、赌场、邮局、健身房纷纷在沙漠中建起；剧场内常常一连 3 天举行舞会，专程从欧洲赶来的歌舞团时常光顾这里；人们追逐着欧洲最流行的时尚，香槟酒和鱼子酱成为每日必需品，未切割的细碎钻石常被用来充任赌物和货币；房屋和水电的供应是免费的，人们还可以每天免费得到一小口袋冰块。小城中甚至建起了一座配备着先进 X 光设备的医院和一个矿泉水生产工厂。

　　然而，第一次世界大战和随之而来的经济衰退使这里遭受了第一轮沉重打击。奥兰治河以北发现新的钻石产地的消息更加重了这一打击，到 20 世纪 40 年代，纳米比亚所有钻石矿业活动都集中到了科曼斯库普以南 250 千米的地方。至 1956 年，科曼斯库普已完全被人抛弃，成为一座杳无人烟的沙漠鬼城。那个借钻石建起一个财富帝国的施坦茨的命运更为独特：20 世纪 30 年代一场大衰退过后，他的全部财富仅剩一个农场。1938 年，拖着病体的施坦

茨回到德国，在布雷斯劳大学致力于物理学和哲学研究。1947 年
5 月，69 岁的施坦茨在贫困中病死，身后仅遗下 2 马克 50 芬尼。

　　站在茫茫的纳米布大沙漠之中，再瞥一眼身后的鬼城，风从大
西洋那边吹来，黄沙自远方漫卷而来。此时竟想起辛弃疾的《水
龙吟》："千古兴亡，百年悲笑，一时登览……"

辛巴女郎四处游荡

那日，我在纳米比亚北部与安哥拉交界处奔波采访后，来到纳米比亚总统努乔马的家乡。本想瞻仰总统故居，再与总统的老母话话家常，无奈警卫百般阻拦，未能如愿，只得沿鲁阿卡纳漠布返回下榻处。路上，汽车在一个路口拐弯时，前方的情景不禁令人诧异：大路上正款款走来三位不同寻常的黑人女性。

说是黑人，但她们的肤色没有南部非洲常见的诸部落人种那般黝黑，而更显深红褐色，其实那是因为她们从头到脚都涂着一种红赭色的混合颜料。她们袒露着上身，头上梳着牛角状发髻，脖子上绕数圈骨质项链，胸前垂着一骨质尖角饰物，腰围牛皮裙，用七堆八落的布头腰带松松地束着，踝部以上膝盖以下系着十数道金属饰圈，手腕处亦然。她们手提装有饮用水的废旧塑料桶，手臂上夹着御寒用的粗陋衣物。周身上下，唯有那废旧的塑料桶还能稍显 20 世纪末的现代社会气息。

她们便是辛巴人。辛巴人现仅存 1 万人左右，人们只能在纳米比亚与安哥拉接壤的库内内河一带寻到她们的踪迹。

辛巴人是游牧民族，主要靠放牛羊为生。他们在库内内河一带走到哪里便吃住在哪里。他们在旱季将牛羊赶到河边，雨季时再回到丛林。与南部非洲属班图语系的其他黑人不同，辛巴男女均身材修长，嘴唇也不那么厚突。人们从男性辛巴人的发型可看出其婚姻状况：满头留发者为已婚男人，头部只留一撮头发者则为单身汉。

不要以为辛巴人是顽钝的原始人类，他们在某些方面显现出强烈的现代商业意识。四处游荡的女性辛巴人早已是纳米比亚北部旅游地的一大景观。外国游客常常为辛巴女子那迷人的身段所倾倒，惊叹游荡着的辛巴人有着"塑像般美丽的身影"。在外国游客面前，辛巴女人会主动提供合影拍照机会，不过要付费。

近年来，辛巴人的命运再次受到威胁，因为纳米比亚政府要在辛巴人赖以生息的河上建大坝。这一计划将淹没辛巴人视为神圣之地的祖先坟场，将改变那一地区的生态环境，也势必破坏辛巴人的传统生活方式。辛巴人对这一现代化建设计划极为反感，纷纷喊出"除非把我们全都杀了，否则谁也别想建坝"。事情闹大了，总统努乔马不得不出来做说服工作。他说，国家需要能源，建坝能够发电。在国家利益与辛巴人利益发生矛盾之时，辛巴人应该顾全大局。这位总统还说，辛巴人必须"提高他们自己"，不能仅仅成为吸引游客的活人。

即使是在非洲大陆上那个遥远的角落，传统与现代也撞击得如此猛烈。当我重新翻开相册，看着照片中的三位辛巴女郎，心想：她们如今又在何方游荡？

博茨瓦纳：说得少，干得好

在博茨瓦纳的第一天。

换了一个地方，又打破了心理和生理的平衡，昨夜处于半失眠状态。

早饭在使馆餐厅见到了代办，随之意外地遇到了当兵时的战友、老同学徐碌安，惊喜不迭地叙起了旧情。这也是世界的奇妙之处。

上午随使馆人员参观博茨瓦纳1991年国际博览会，希求从中了解博的发展状况。但展品多为工艺品，不能反映其发展变化的实际情况，其铁路发展倒是可以捕捉些线索。

晚上蒙款待，一同到哈博罗内云雨中学观看为博独立25周年举办的国际晚会，极有情趣：亚美尼亚人的哀怨；西印度群岛四位姑娘的狂放舞姿；荷兰人满场自行车满场歌；两位俄罗斯女孩的诙谐舞蹈；德国民乐合奏的和谐；英国舞蹈、文学的幽默；印度、斯里兰卡的优柔；中国功夫的意境；津巴布韦国歌的庄严；博茨瓦纳民族歌舞令人振奋的节奏；恍兮惚兮的寓意；呼呼的手鼓；唰唰的脚套；最后那25根蜡烛和满场欢如潮、情如海的人类大融合，更加使人感到我们活得太压抑、太古板。

第一次在非洲大陆上观赏地道的非洲文化，开始品味其中的风韵。

——摘自作者 1991 年 8 月 31 日日记

不事张扬，稳步发展

南部非洲的博茨瓦纳是整个非洲大陆一个不多见的说得少、干得好的国度。

南回归线穿越其中的博茨瓦纳国土面积相当于咱们的四川省，但人口只有 200 多万。从大地方第一次来到博茨瓦纳的人，大多数人的第一印象都多少有些失望。有些从津巴布韦首都哈拉雷到博茨瓦纳出差的中国人将博国首都哈博罗内形容为"一个大骡马市"。也难怪，要说哈博罗内也是一国之都，但整个商业区也就是市中心的那一条大街，整个城市只有一家电影院，总统府不过是个二层小楼。

再一沉下心来细看，才发现这第一印象很有些偏颇。哈博罗内市中心虽然仅有一条商业大街，但街两旁的商店档次相当高，橱窗设计精美，商品种类繁多，东西质量上乘。一些邻国的外交使团驾车赴博国首都采买生活和工作必需品，就很耐人寻味。商店中的许多商品来自邻国南非。博国从政治上反对南非的种族主义制度，但在经济政策上却相当务实，从未断绝与南非互通有无。

津巴布韦也濒临南非，但在津国订阅的南非报纸一周后才能看到，而在哈博罗内则能读到当天的南非报纸。

博茨瓦纳是世界最大的钻石生产和出口国之一，但就钻石质量而言，博国是世界第一，被美称为"钻石王国"。博国还被称为"牛的国度"，牛群到处可见，在靠近南非的洛巴策还有一个非洲最大的屠宰厂，产品主要向欧洲出口。钻石业和畜牧业成了带动整个国民经济大发展的火车头，这个国家10余年来的年平均经济增长率在10%以上，为非洲大陆所仅见。在博国基本建设市场上，政府采取开放、优惠、竞争的政策。一位中国承包公司的经理说，在博国搞项目，材料有保证，资金能兑现，外汇拿得回去，投资环境好。我曾到中国公司承建的金融大楼、博航总部、医院和兵营考察过，无论是设计水平，工艺标准，施工要求和监理制度都让人感到甲方真有一股子要么就不干，要干就要一流水平的劲头。

更给人以深刻印象的是博国人民居安思危的长远眼光。钻石固然珍贵，但总不能靠生产钻石吃一辈子。于是，博国又因地制宜，在一片盐碱滩上建起了一个生产苏打灰的联合企业，尽量采用自动化程度颇高的最好设备，请的都是国外专家。博国还与加拿大合作，从地下挖掘出了石油，正在加紧开发。塞莱比-皮奎地区是博国重要的铜镍矿生产基地，但那里的铜镍矿资源只够开发到2003年。博国政府未雨绸缪，大刀阔斧地在那里建起了一个以优惠政策吸引国外公司投资建厂的经济开发区，但条件得先说明白，那就是企业必须雇用规定数量的本国劳力，产品必须打入国际市场。一个由比利时、英国、马来西亚和荷兰合资的运动衣厂1990年上马后，一年以后便达到了150万件的生产能力，而管理那厂子的则是一个27岁的荷兰小伙儿。

　　所有这一切，博茨瓦纳人都没有大事张扬，而是在那里静悄悄地干着。

博茨瓦纳总统：
加强博中友好，开拓合作新领域

人民日报哈博罗内 1991 年 9 月 8 日电（记者 申明河、温宪、陈启民、张永兴）"中国是一个伟大的国家，中华民族是最文明的民族之一。"这是博茨瓦纳总统马西雷访华前接受中国记者采访时对中国人民的赞扬。

马西雷总统应杨尚昆主席的邀请，将于 13 日访问中国。

马西雷总统在谈到访华目的时说，博中两国关系一向很好。前总统卡马和一些部长都曾访问过中国，他本人也曾两次访华。这次访问中国的主要目的是加强现有的友谊和进一步促进两国和两国人民之间的交往与合作，开拓合作新领域。

在谈到两国关系的现状时，他说，博中目前的关系非常好，两国相互尊重。正在这里的中国专家和工程技术人员以及各种代表机构的成员与博茨瓦纳人民相处融洽，毫无芥蒂。

马西雷总统预期他的访问会收到积极成果。他说，博中两国的友好合作是卓有成效的，两国在各方面的合作前景是广阔的。几年来，两国在铁路、建筑、医疗卫生等领域里进行了很好的合作，今后应开拓更多的合作领域。

马西雷总统在回顾博茨瓦纳所走过的道路时说，自 1966 年 9 月独立以来，博茨瓦纳在各方面都取得了很大的进步，所以今天能以崭新的面貌出现在非洲和国际舞台上。"我们这个南部非洲的内陆国家始于一穷二白，走过了漫长的历程。到 1972 年我们已实现财政自给。我们过去和现在都需要国际社会的援助，尤其需要诸如中国这样一些国家的物质和技术帮助，但总的来说，我们是自力更生走过来的。这正是我们博茨瓦纳人引为自豪，并对未来充满信心和鼓舞之处。但愿我们能更上一层楼。"

在谈到南部非洲形势时，马西雷总统说，南部非洲已发生巨大变化。安哥拉对立双方已达成了和平协议并将进行大选。博茨瓦纳希望莫桑比克也能尽快摆脱僵局，达成政治解决协议。南非的种族隔离支柱已土崩瓦解，现在的问题是如何为一个民主的新南非打下基础，进而推动整个地区的和平与发展。

在谈到南南合作时，马西雷总统说，他支持南南合作委员会。他认为，南南合作领域宽广，潜力很大，有很多事情可做。我们必须做大量工作，进一步发展南南合作。作为南部非洲发展协调会议主席，马西雷总统希望这一组织注重加强并扩大内部联系，使其成为一个经济合作的实体。

　　结束采访时，马西雷总统热情地祝贺勤劳智慧而又纪律严明的中国人民取得更大的成就！

访博茨瓦纳苏打灰厂

　　博茨瓦纳被誉为"钻石王国"和"牛的国度"，人们很少知道它还盛产苏打灰，并且还是国民经济的第三大支柱。苏打灰的生产是博茨瓦纳利用地下资源和外资，开拓工业生产新领域取得的成就之一。在博茨瓦纳独立 25 周年前夕，我们访问了博茨瓦纳苏打灰厂。

　　苏打灰厂坐落在博茨瓦纳北部马卡里卡里盐沼东端的苏阿盆地，"苏阿"在当地语中是"盐"的意思。在古代，这里是一个内陆湖，经过数百万年的变迁，成了"千里盐碱烈日熏，荒无人烟草不生"的不毛之地。今天，一座现代化的苏打灰厂就在这里拔地而起，方圆 200 平方千米的盐沼地上 55 口井在工作。盐水通过水泵从井中喷出，接着通过 100 千米的管道被输送到 25 平方千米的池子里，经过加工合成就变成了像漂白粉一样的苏打灰。这个厂年生产苏打灰 30 万吨、工业用盐 65 万吨、食用盐 10 万吨。据介绍，苏打灰是冶金、化工、玻璃制品和清洁剂的重要原料。工厂的产品绝大部分销往国外。为加强运输能力，博茨瓦纳铁路局还专门修建了由第二大城市弗朗西斯敦直通苏打灰厂的 174 千米长的铁路线。因此，当地工人风趣地说，只要盐水滚滚流，外汇保证源源进。陪同我们参观的苏打灰厂总经理劳森先生自豪地说："我们为本地区的发展带来了活力。"我们亲眼看到，随着苏打灰厂的建成投产，苏阿市正在崛起，投资 100 万普拉（约合 50 万美元）的市政建设正在进行。可以想象，这里不久将成为一个新型的工业区。

苏打灰厂给我们印象最深的有两点：一是采用高技术；二是高度自动化。据劳森先生介绍，他们在工艺上吸取了美、日和西欧一些国家的最先进技术。在总控制室，我们见到 3 位外国专家在工作，他们利用电子触摸屏幕监测系统对全厂的运行状况进行控制指挥，然后通过步话机对各道工序的值班人员进行指挥调动。由于工厂高度自动化，我们在参观时只见机器转动，而很少看到操作人员。目前全厂工作人员包括外国专家，共有 554 人。

苏打灰厂是一个合资企业，从 1988 年签约到 1991 年投产只用了 1 年多的时间，全部投资 7.3 亿多普拉，政府股份占 48%，外资占 52%。充分利用外资、外国先进技术开发本国丰富的自然资源，是这个企业迅速发展的一个重要因素。它标志着博茨瓦纳人民在发展国民经济道路上不断迈出新的步伐。

（1991 年 11 月 12 日）

在博茨瓦纳的中国建设者

　　记者在博茨瓦纳第二大城市弗朗西斯敦采访时，当地人民对我们表示热烈欢迎。一位新闻界同行动情地说："在博茨瓦纳独立 25 年来所取得的成就中，也有中国人的一份贡献。"

　　博茨瓦纳铁路铁轨更新工程对博茨瓦纳经济发展关系重大，第三期工程今年 2 月开工后，曾因机械故障等原因，一再拖延工期。担任总工程师的英国人无奈回到伦敦。中国土木工程建筑公司铁路组接手承担了这项艰难任务，他们边干边修，从未因故障停工一天，日工程进度由原来的 150 米跃为 300 米、450 米，一直突进到 600 米。一次，机器上坏了一颗螺丝钉，本地又无法加工解决，中国专家连夜驱车 400 多千米赶到哈博罗内。为了不影响第二天的进度，他们拿着加工后的螺丝钉又顶着满天星斗赶回工地。铁轨更换后，人工回填道砟石劳动强度大，如租用一台道砟车一天需付 1000 普拉（约 500 美元）。3 位中国专家在工余时间利用报废材料，只用了几百普拉就自制了一台效果良好的简易道砟车。在博茨瓦纳铁路部门备受尊重的朱荣波工程师笑着说，中国铁路组在博茨瓦纳给人留下了这样一个印象："有了问题不要担心，中国人肯定有办法。"

来自中国建筑工程总公司和中国成套设备出口总公司的建设者们，在博茨瓦纳有着良好的口碑。当地报纸说："中国人的信誉是靠高质量、快速度干出来的。"北京项目组承包的哈博罗内金融大楼工地在闻名的钻石大楼东面，是这个城市在建的最高建筑。30多名平均年龄30岁的中国工人，个个都是多面手。工作需要时木工也打混凝土，翻斗车、搅拌机人人会开，别人起码要用一年才能完成的6层结构建筑，在他们的努力下半年内就完成了，从而声名大震。设计复杂而又新颖的博茨瓦纳航空公司总部大楼是一个地道的"国际性工地"，20多家外国公司分别承包了这座建筑的不同项目，而总承包者则是来自中国的公司。这个"项目管理型工程"的现场经理易成说："这对我们还真是第一次。刚开始，不少人怀疑中国人的总体协调和指导能力。最后他们都很服气。"

在博茨瓦纳的这支中国建设队伍中，挑大梁的有些是30岁左右或刚刚走出大学校门的年轻人。他们把自己的滴滴汗水浇灌在远离祖国的土地上。在荒僻的苏阿镇，山东小伙子李瑞亮望着刚刚竣工的小学说："原来这里是一片灌木丛，现在学校建起来了，又开学上课了，建设者们共同的劳动成果一点也不抽象。"

中国建设者们的津津汗水在博茨瓦纳结出了丰硕果实，也赢得了友谊和尊重。穆西副总统曾数次到工地看望中国工程技术人员。

马西雷总统最近又赞扬同博茨瓦纳人民融洽相处的中国建设者是"中国人民在这里的最好使者"。

(1991 年 9 月 19 日)

访博茨瓦纳钻石大楼

　　小小钻石，对人总透着几分诱惑。在"钻石王国"博茨瓦纳，严格的审批手续、周密的保安措施使人获准参观钻石大楼的机会格外难得。

　　矗立在哈博罗内主要干道上的钻石大楼本名为"奥拉帕大楼"，由于这座 11 层高、镶满茶色玻璃的建筑物内集中了全国生产的所有钻石，因此人们经过这里时，总要多看它几眼。在经过一系列的登记、查询后，负责接待我们的艾伦先生客气地解释说："我们并不怀疑绝大多数人的品德。但为了万无一失，不得不实行最为严密的保安措施，我们自己每天上下班也都要被搜身。"对此，我们表示完全理解。通过楼内的各道大门时，艾伦先生必须先用佩带的电子识别卡对准门边的电子识别装置，得到认可后，大门才自动打开。作为来访者，我们则由一名保安人员带领，使用另外一种电子识别卡才能通过各道大门。在会客室内，艾伦先生和公关女士特拉梅罗介绍了博茨瓦纳的钻石生产和钻石大楼的主要情况。

　　钻石被人们视为最华贵的装饰品和收藏物之一，多半是因为它的珍稀难觅。千万年来在火山的剧烈运动和高温高压作用下结晶而成的钻石，深深地躲藏在地球的筒状火成烁岩中。1955年，南非德比尔斯公司便开始在博茨瓦纳寻找钻石。加文·兰蒙特率领的一支由地质学家组成的队伍在卡拉哈里沙漠南部寻找了很长时间，最后在属林波波河支流的蒙特劳茨河季节性干涸的河床处找到了二三粒小小的钻石。在这一发现的鼓舞下，他们继续沿着河床向上游寻找筒状火成烁岩。1967年，他们终于在马卡里卡里盆地发现了表明有钻石存在的红色石榴石。数周之后，人们终于揭开了这个已有9000万年生成历史的大型钻石原生矿的面纱。当时荒芜的地面上，一只孤零零的牛群界桩上标明着那里的地名——"奥拉帕"。

　　此后，人们又在博茨瓦纳发现了品位极高的吉瓦嫩矿和莱特拉卡内矿。现在，博茨瓦纳是继澳大利亚、扎伊尔之后的世界第三大钻石生产国，但就高质量的钻石产量而言，博茨瓦纳位居世界第一。博茨瓦纳全国生产的钻石要先集中到钻石大楼，由博茨瓦纳钻石估价公司根据设在伦敦的中央销售组织提供的样品，对所有钻石进行严格的分类拣选和估价，然后运往伦敦统一销售。

　　我们参观了4楼和11楼的工作现场。4楼的钻石精选车间内，一个长条工作台边坐着十几名拣选工人。每个人都戴着特制的工作镜，面前是一小堆初选后有待精选的钻石。借助工作镜和工作台下的灯光，他们用手中的镊子将米粒大小的钻石一粒粒地察看后分类存放。只有经过训练的眼睛才能察觉同类钻石在色泽、形状、纯度和重量方面的细微差别。特拉梅罗说，钻石大楼内共有520名工作人员，其中200人在做这种精细的拣选工作。他们是从全国各地的高中毕业生中经过挑选并培训6个月后才正式上岗的，以后还要不断地接受业务培训。在中间的一张工作台上，一个个小方格中放满了不同种类的钻石。每个方格边反放着一张标明产地、重量、等级、初选估价的小卡片。已有24年工作经验的高级质量管理员戴维正在将小卡片翻过来，拿起方格内的钻石眯起眼睛一粒粒地仔细察看。他说，他的任务除了检验经过初选的各类钻石外，还要根据每一颗钻石的形状特点，提出如何加工的具体建议。

那一块块视线穿不透的茶色玻璃，使钻石大楼外的人们对其平添了几分神秘和好奇。而在大楼内工作的人只要抬起头来，眼前便是一览无余的怡人景致：远处的山边横亘着一条大坝，坝内是泛着金辉的一湖清水。然而，他们的生活并不像人们想象的那样富有诗情画意。除了必须遵守的安全措施外，一般工人在工作时间内不允许到别的楼层去。为了减轻和驱除他们经年累月坐在三尺工作台前一粒一粒数米粒般的枯燥乏味感，工作台的右下侧都配备了一台播放音乐的收音机。他们面前那堆未经加工的钻石也并不如常人见到的那样"晶莹璀璨"，乍看起来与玻璃碴和碎石子相差无几。一阵友好的攀谈后，在钻石大楼已工作了 11 年的工人克罗内维指着一堆钻石诙谐地问道："你觉得它们美丽吗？"我对此报以会意的一笑。"贵珠出乎贱蚌，美玉出乎丑璞。"较之人们佩带钻石饰物所显露出的华丽富有，我觉得，钻石大楼里的人们所付出的艰辛劳动更加可贵可敬。

（1991 年 11 月 23 日）

博茨瓦纳如何办开发区

位于非洲南部的博茨瓦纳，自 1966 年独立以来政局一直比较稳定，年均经济增长率为 13%左右，是非洲国家中的佼佼者。矿业，特别是钻石业带动了整个国民经济的发展，在国民生产总值中约占 50%，而农业和制造业的比例则分别只占 10%和 6%左右。为避免单一经济的不利影响，博茨瓦纳政府十分重视经济发展多元化，自 1988 年 3 月开始在塞莱比-皮奎地区创办了经济开发区。

塞莱比-皮奎位于博茨瓦纳东部。20 世纪 60 年代初，人们在那里发现了丰富的铜镍矿藏，并建立了全国最大的铜镍矿联合企业。如今的塞莱比-皮奎，已发展成为有 5 万人口的全国第三大城镇。据铜镍矿联合企业副总经理朱利安介绍说，当地的铜镍矿资源可开采到 2003 年。2003 年以后怎么办？博茨瓦纳政府决定将这里辟为实行特殊优惠政策的经济开发区。

开发区的规划者们首先根据这一地区的内、外实际情况制定经济发展目标及实现这一目标的近、中和远期开发措施。基本目标是促进非矿业经济活动的发展，以保证为本地铜镍矿停产后的经济发展提供新的动力。实现这一目标的主要途径是发展制造业和农业。发展制造业的具体办法是：从国外引进新的大、中型工业项目；促进本地原有企业扩大或创建新的工业项目；鼓励小型企业的发展。塞莱比–皮奎经济开发区决定在从国外引进时着眼于服装、鞋类和电子元件等劳动密集型出口工业项目。

博茨瓦纳政府为外国投资者制定了一整套优惠政策，但同时附带条件：投资项目必须定点在塞莱比–皮奎；投资项目的全部产品必须出口国际市场；投资项目自开工之日起，两年内必须雇用 400 名博茨瓦纳公民，此后应保持和增加这一雇工数目；项目必须由现有国际大公司资助，并至少在 10 年内承担这一项目总投资的 25%。对投资者的优惠政策包括：对工业项目固定成本投资提供一定比例的资助；政府在前 5 年内对非熟练工人的费用实行"递减"的资金偿还；在前 20 年内只征收 15% 的公司税，在前 10 年内对税后利润的分红予以免税等等。

为了给外资创造更好的投资环境，博茨瓦纳政府努力完善塞莱比–皮奎地区的交通、水电、通信、住房、医疗保健、教育、娱乐和商业服务等基础设施。除了原有的 35 公顷工业用地外，政府还准备再开发 60 公顷的工业用地，并分成从 1000 平方米到 1 公顷面积不等的 100 个厂区，其中一半配有铁路支线。这些工业用地的所有权在国家，对在此建厂的外国企业家的租借期限为 50 年。

在上述政策指导下，塞莱比–皮奎经济开发区已红红火火地发展起来。自 1988 年 3 月至 1991 年 6 月，已有 47 个工业项目在开发区定点，其中有 8 个项目已于同期投入生产，为大约 3000 人提供了就业机会。一家由比利时、荷兰、马来西亚和英国合资的运动服装厂 1990 年 8 月正式上马后，次年 10 月已达到年产运动服装 150 万件的生产水平，最终可为本地提供 2500 个就业机会，经济效益的确令人称道。

（1992 年 12 月 15 日）

趋利避害，直面挑战

——访博茨瓦纳前总统马西雷

"在我们的国家博茨瓦纳，因特网也已发展起来了。他就每天上网，"75 岁的博茨瓦纳前总统马西雷指着身边的助手笑吟吟地说，"这也算是经济全球化带给我们的一个积极变化。"

刚刚在比利时首都布鲁塞尔参加了一个解决刚果（金）问题的国际会议后，马西雷先生便风尘仆仆赶到北京，参加定于 2000 年 6 月 14 日在京举行的 "21 世纪论坛" 2000 年会议。我曾于 9 年前在位于南部非洲的博茨瓦纳首都哈博罗内采访过时任总统的马西雷。光阴荏苒，马西雷先生还是那样机敏、风趣，笑起来还是那样爽朗。

那天我特意穿了一件印有 "博茨瓦纳　非洲" 字样的衣服，这一下拉紧了我们之间的距离，立刻像老朋友一样交谈了起来。

马西雷先生是在国际舞台上颇有声望的非洲国家领导人。他当过中学校长兼老师，做过记者和编辑，自 1980 年起，马西雷任博茨瓦纳总统，1998 年 3 月 31 日主动辞去总统职务。马西雷 1983

年当选为南部非洲发展协调会议主席，1990 年发起"非洲事务全球联盟"并任联合主席之一，1992 年至 1996 年他任南部非洲发展共同体首脑会议主席。

由中国全国政协主办的"21 世纪论坛"2000 年会议的主题是"经济全球化——亚洲与中国"。谈到经济全球化问题时，马西雷先生首先分析说："从长远的发展目标看，经济全球化是应该得到肯定的。但在经济全球化的进程中则利弊相兼，有很多值得深入探讨的问题和吸取的经验教训。经济全球化进程推动了各国间资金、货物和人员的流动，创造或分享了市场，这当然为各国经济发展提供了新的机遇。但不能不看到，在经济全球化的浪潮中，对于传统民族经济的保护不复存在，那些曾着力发展民族工业的发展中国家会发现他们在全球经济中处于更加不利的地位。我曾不止一次地说过，如果发展中国家在经济全球化进程中的不利状况得不到应有的重视和切实的扭转，这些发展中国家势必进一步落伍。因为他们的产品无法在世界市场上竞争。"

此次是马西雷先生自 1980 年以来的第四次访华。"我十分钦羡中国这些年来发生的变化，"马西雷说，"我也对亚洲国家通过自己的努力摆脱三年前爆发的那场金融危机感到高兴。""谈到那场亚洲金融危机，这恰恰证明经济全球化进程中存有重大缺陷，"他笑着比喻说，"那些想要混水摸鱼从中渔利的人就像是国际金融界的病毒。三年前东南亚国家传染上的这种病毒差点给整个地区带来无法挽回的灾难性后果。幸运的是，这些亚洲国家凭借着自己的努力最终摆脱了困境。我认为，总的说来，包括亚洲国家在内的所有发展中国家一方面应在经济全球化进程中勇敢地迎接挑战，另一方面要懂得趋利避害。"

近年来，一直有人认为，在经济全球化进程中，非洲大陆是一块被遗弃的角落。鉴于塞拉利昂、埃厄两国和刚果（金）等国战乱的升级，2000年以来对非洲大陆局势摇首叹息的悲观议论愈发响亮。"我不同意那些认为非洲大陆没有希望、没有前途的说法，"马西雷说，"非洲大陆的确是世界上最贫穷的大陆，我们的确面临着很多困难。我们的发展还需要时间。我们正在努力使战乱国家内的对立双方坐下来讨论解决办法，以便为非洲大陆的发展创造有利条件。"

（2000年6月14日）

斯威士兰和莱索托：原汁原味的记录

1993 年 7 月 21 日　莫桑比克（马普托）—斯威士兰（曼齐尼）

上午刘大龙（新华社驻莫桑比克记者）夫妇赴使馆开会，我开始整理行装。

与刘大龙结账，付 200 美元（食宿、文传），70 900 梅蒂卡尔（交通费）。

中午刘大龙夫妇专为我备莫桑比克海蟹送行。下午又将我送至马普托机场。10 余天来，他们为我提供许多照顾和帮助，我亦注意客随主便，自感所处关系尚好，留下一段难忘的经历。

下午 2 时后赴马普托机场。原定下午 4 时零 5 分起飞的飞机晚点半小时，直至 4 时 40 分才起飞，且机上只有两名乘客，除我外便是一位曾访问过台湾的斯威士兰人。

起飞 25 分钟后，飞机抵达斯威士兰这一袖珍小国的唯一机场——马特萨帕机场，随即转乘出租车至曼齐尼，在 The George Hotel（乔治旅馆）落脚，由此开始了一段久已向往，亦有些忐忑不安的观览。

1993 年 7 月 22 日　曼齐尼—姆巴巴内—曼齐尼

昨夜遭蚊扰，一夜不得安宁，精神欠佳。

早饭后步行至公共汽车站，乘车于 8 时 30 分前往斯国首都姆巴巴内。一路青山绿水，所遇之人极友好，暗感中国台湾人在此地影响之大。较之战乱后脏乱的莫桑比克，这里是一派国泰民安的景象。到姆巴巴内后（45 分钟车程），见彼处店门关闭，一问方知今日为斯国老国王生日，为全国假日，商店关门，但工艺品地摊却开张，被一纹路精美的面具吸引，反复讨价后以 70 兰特价格购下（原价 95 兰特）。

在姆巴巴内全城游览期间，看到颇有中国文化特色的台湾当局驻斯威士兰"使馆"。在一教堂见姑娘们正在为参加一竞赛作准备。这一小国之都建筑大半已经西化，没有太多个性。

在一名为"华利"的中国餐馆吃午饭，其间与一原台湾地区"农耕队"队员、后留在这里开了两家商店的中国人闲谈，增加了一些对本地的了解。

下午乘公共汽车返回曼齐尼，想睡一觉不成，起身洗一热水澡，出外散步，偶遇在酒吧内端盘两黑人小伙，恳请我教其功夫，我亦假戏真做，并问其如何知道我有功夫，彼称自己有眼力，我只感到自己外观想必颇有些唬人。

1993 年 7 月 23 日

颇具历险色彩的一天。

上午首先赴银行兑换 200 美元旅行支票。后赴公共汽车站，上午 10 时后乘坐一辆除我之外均为黑人的公共汽车上路。

在大烟山村（Smokey Mountain Village）附近下车，步行进入山路，抵一专卖工艺品处（Mantenga Craft），后抵蒙坦加旅馆（Mentenga Hotel）。在一片美丽山景之中以两份三明治抵午餐，较从容地休息了一小时左右。

还有不到一个月的时间，我将回到那个喧闹、既熟悉又陌生的世界（故土）。然而今天我仍在这遥远非洲的山国漫游。眼前是一派难得的清静：右前方为一奶头状山峰，面前红花绿树，一非洲长颈鹿木雕，一青蛙钓鱼木雕，桌上是一粗瓷茶壶和茶杯。我想在这里尽可能多坐一会，也许是太累了——两年来始终未能得闲地忙碌着。今后又将是令人应接不暇的交接、应酬、新的挑战和压力。让我暂且在这南部非洲山国的山沟里，清静地坐上一会。

下午近 2 时继续上路。沿大路边走边观两边景色。路经一片黑人村落，后抵王室村（Royal Village），明知无望，仍试图说服门卫进去参观，理所当然地遭到拒绝。

后步行至斯国王为已逝老国王修建的纪念园地（内有台湾当局为老国王铸造的铜像，尚未揭幕）。赴国家博物馆，后向彼处工作人员讨得一份民俗介绍的复印件（帮助颇热情）；后又赴议会大厦处一游。

下午4时后向曼齐尼返程，但未等到公共汽车。只好像以往多次见到的游子一样，打出拦车搭坐的手势。久等不遇，后与一传统部落酋长打扮者同行，分三程（三次）搭车，于5时后返抵曼齐尼。最后一程搭乘一小皮卡车，坐在货厢中，凉风飕飕，令人回忆起20余年前在部队乘"解放"卡车的情景。

1993年7月24日　斯威士兰—莱索托

此时正在马塞卢维多利亚旅馆餐厅的烛光餐桌上。

经历了劳累、极不舒适、麻烦和挣扎的一天。

昨晚照例未得安眠。不知是否是地势较高的原因，在斯威士兰连续3夜均未能在12时前入睡，以致白天精力受到影响。

上午11时，旅馆退房，乘出租车抵机场。因到时尚早，观看了一会飞行表演，这在山国斯威士兰亦算一大景观，引来了众多百姓前来观看。

下午2时，乘机离斯国前往莱索托。登机前，惊异地发现所乘飞机是一极小型飞机，登机后又惊异地发现，机上乘客含我共3名。或许是由于心理作用，或许是由于连日来休息不好过度疲乏，或许是由于飞机小颠簸厉害，乘坐约半小时后大感不适，后冒虚汗（令人回想起 20 余年前在部队服役时数度昏倒的感觉），乃至呕吐。好在飞行时间共约 1 小时 45 分钟，难受不久后便抵达有"非洲瑞士"之称的国度。

在莱索托国际机场，所见是一派清冷景象：落日余晖之中，只有我们这一架飞机孤零零地停在机场上，下来的是 3 名乘客。机场建在群山之中，四面环山，清清冷冷，空空旷旷，加之此前的身体不适，好一番戚戚惨惨景象。

然而，就因为这 3 名乘客中有一位来自中国，在过海关时竟发生了意想不到的耽搁。只因我来自"中华人民共和国"，海关人员竟将我护照扣下，并通知我下周一赴移民局认领。我当即提出异议：我知道在莱国有许多非法移居的中国人，但他们所持为私人护照，我一则持公务护照，二则只是旅游数日，应区别对待。但对方反复称这是法律，是上面的规定。如违反，则将丢掉饭碗，触犯法律。我则一再申说没有护照将给我造成极大不便，并问为何如此不礼待中国人。对方解释"这是上面的规定"时，将一份被打入"黑名单"的国家清单指给我看，其中有加纳、尼日利亚等，最后一个为"Red Chinese Passport"（红色中国护照）。我曾窥见其桌上有两份中国人护照复印件，其一为中国山东省外办签发，可以想见中国人在此遇麻烦者不少。

在我反复申说下，两位海关工作人员亦几次商量解决办法，但仍坚持由我下周一赴移民局领护照，我亦只好打定主意如此办理，并另填写一份入关单作为办理旅馆手续证明。后海关人员要求我填写职业（此栏我此前未填，因虑及或许过于敏感）。但在此情形下，我亦理直气壮填上"Journalist"（记者），这之后情形发生了微妙的变化。海关人员在叫我等待片刻（因另有一班从内罗毕飞机落地）后说，你可将护照拿走。我颇有些喜出望外，表示将送些小礼物，但海关人员说要送就送3份，因共3人。我只找出两盒清凉油，表示已尽我所有，海关人员看来对此物并不陌生，称之为"中国药"。

后本想在机场办理回哈拉雷机票确认，但已下班，工作人员允我明日再办，并留下名字和电话号码，还热心地提醒我尽快乘机场班车进城。

乘机场班车进城后，又有热心人建议我乘出租车赴旅馆处（自机场至市中心路上，只见苍山、荒野、陋棚，到处是裹着毯子的黑人，路况尚好）。在出租车车站处，一片肮脏、杂乱、嘈杂景象。令人想起此地不久前曾发生的排华事件，于是更为警觉。

乘坐一辆典型的出租中巴到达维多利亚旅馆，本提出要车票或单据，但黑人司机称无单据（车票尚便宜，应为0.75兰特，但对方欺生，收我1兰特）。

在维多利亚安顿后，且松了一口气。稍事休息后来到一间餐厅，叫了一份土豆条、童子鸡和一杯啤酒（土豆条和鸡放在一草编小篮内），希望一日的不适和劳累因此得以减轻和缓解。

1993 年 7 月 25 日

昨夜仍时醒，但精神有所恢复。

晨 8 时后起身，在饭店餐厅吃早餐。胃口一直不佳，但虑及体能，仍尽量多吃。

上午较从容地开始参观这个"山国之都"。首先给人深刻印象者便是"索托帽"，街上行人寥寥，多披毯。街上不时走过一小群中国人（其中一位女子与印巴人模样者亲昵）。

星期日的街头冷清。有几座草顶建筑有特点。一些具现代特点者不过是大连锁店在这里的分店。后抬头望见"莱索托太阳旅馆"（在山顶），决定步行前往参观，边沿路观景。在阳光下（云常遮日），远处山影层叠，山风颇凉、硬。

莱索托太阳旅馆为本地最豪华旅馆，内有赌场，见几个中国人模样者在内玩赌，一组赌机上有"China Town"（唐人街）字样，问当地人 China Town 在何处，彼迷惑答曰"In China"。后问一中国人，称本地无 China Town，在南非有。

1993 年 7 月 26 日

极为紧张地奔波了一天。

赴银行兑换 100 美元旅行支票；赴王宫国王办公室询问可否参观王宫。彼处人员称王宫已属政府，应到总理办公室处询问。在赴政府大楼路上，顿悟何不直接寻莱国新闻部，索要自大选后有关资料，借机了解莱国有关情况，以探虚实。

在一宪兵警察指点下，来到莱国新闻和广播部。在新闻局处，与一女士说明来意，彼热情地提供有关资料，后又应我要求（我请其简介大选后局势）将我介绍给代局长，同我谈莱国大选后变化，又提供一些材料。谈话间提到莱国有一世界最大水利工程之一。直觉告知我这是一重大线索，立即提出务必到现场采访，彼除为我提供有关莱国政策资料外，亦与水利部门联系此事。

下午 2 时后来到水利管理部门联系索要资料和采访事。为资料付款 16 兰特，后又随人到位于马塞卢太阳旅馆内的另一工作地具体联系参观事，彼处人员与大坝处人员通话，通知对方我将于明日前往，对方应允。至于我如何赴彼处，却称是我自己的事。对方提出我可租一辆车去。回到旅馆后，首先要求与一出租车公司联系租车事宜。后旅馆管理人提出他将负责找人驾车前往，"因为你是我们旅馆的客人"，并约定晚 8 时派一人到旅馆与我交谈具体事宜。

晚等待车主前来洽谈明日出车事宜。前允晚8时，但一直等到近9时30分，对方才来。然后便是提出"宰人"价格670兰特，与之苦苦谈判杀价，自650兰特至550兰特。尽管仍与脑内原想价格有差距，但虑及此行为长途山中旅行，且时不再来，只有如此。说定明晨6时30分自此处出发。我再三向其申明：一要准时；二要保证安全；三要天黑前赶回。

昨晚仍入睡很晚，翻来覆去。虽身在南部非洲软腹部的山国莱索托，脑内已在不断盘绕回哈拉雷后乃至回国后诸般事务，充分体验了"归心似箭"之感。

晨6时，被人敲门叫醒（昨晚我告前台今晨6时将我叫醒），6时30分预订车辆如约准时抵达，未耽搁地匆匆上路，迎着迷蒙的晨曦……

25岁的黑人司机姆拉博令人放心，一路观山景，借此了解索国腹部山区情形，相继经过 Teyateyaneng（泰亚泰亚嫩）、Leribe（莱里贝）、Ha Lejone（哈勒琼尼），于10时抵 Katse Dam（凯茨大坝），路程并非极远，但进入山区后，险弯、陡坡、急拐处重重，好在道路很好。

在大坝工程中心处等待片刻后，与负责接待的人取得联系，与另外几名参观者一起赴大坝工程工地参观，索得有关资料，后又与负责施工的加拿大籍经理交谈片刻便结束了这一经百般努力，且路费昂贵的旅行。

下午 4 时前返抵马塞卢，先赴新闻部，闻执政党政纲仍不可得后回旅馆。稍事休息后，步行寻原中国大使馆处。抵彼处后，见一中国宫廷般建筑原尚未完工，现更显衰败。漫步其间，心情复杂。3 名中建公司人员进彼处拉料，我直言自国内来，彼问是否持私人护照，我又言为人民日报记者，彼等似不知晓人民日报为何物，且眼光中流露出疑虑和勉强，我只好识趣离开。

中国人在国外，似乎如同在国内一样，有着说不清、道不明的微妙，有时是那样亲切，有时又那样遥远，令人心寒。

晚仍赴"汉宫"吃饭，仍点了家常豆腐、什锦汤面和中国茶，但侍者误端上一盘铁板牛肉，我亦不多加计较，照样消灭，一顿狼吞之后，感觉尚好。

回到住所后，洗澡、换衣，感觉又好一些。

至此，此次出行的正戏已结束。时间和心情已不允许我再逗留下去，毫无疑问的是，这将是一次难忘、珍贵的经历。

——摘自作者 1993 年 7 月 21—26 日日记

台湾死保"外交"孤岛

当时任南非总统曼德拉宣布将同中国正式建交后，与南非比邻的斯威士兰便成为台湾当局极力保住的"外交"孤岛。

1997 年 1 月 16 日至 19 日，时任台湾"外长"章孝严一行来到斯威士兰进行活动，斯威士兰外交事务与贸易大臣和企业与就业大臣赴机场迎接。

斯威士兰国王姆斯瓦蒂三世于 1 月 18 日会见了章孝严。这位国王表示，斯威士兰与台湾同为"小国"，今后的双边关系要更为加强。他称，一些国家与台湾"断交"是搞"外交种族隔离"，斯威士兰将继续与台湾站在一边。斯威士兰《时代报》抱怨，国王在接见章孝严时将所有斯威士兰记者全部"踢了出去"，却与随行台湾记者逐个合影留念，章孝严也称未想到会受到如此大礼。在此之前，章孝严分别会见了斯威士兰政府首相、副首相、经济大臣和卫生大臣。

在斯威士兰活动期间，章孝严先后向斯威士兰宪政研讨委员会捐款 50 万美元，向首都姆巴巴纳政府医院捐赠 35 件急救设备，价值 50 万美元。章孝严还参观了在斯威士兰的台湾农技团和手工艺团，并在各种活动中一再允诺将继续鼓励台湾商人到斯投资。

莱索托老国王复位

1995 年 1 月 25 日，非洲莱索托王国又一次经历了王权的更迭。与王子接任国王的一般常情不同，此次莱索托的王位交替却是国王换下王子。被迫下野近 5 年的老国王莫舒舒二世再次成为这个山地小国的合法君主，而他的长子、曾在王位 4 年多的莱齐耶三世则再次退位为王位继承人。

1966 年 10 月莱索托独立以来，57 岁的莫舒舒二世已经历了四上三下的王位浮沉。这位老国王再次复位的背后映衬着莱索托近 30 年来王权与政权纠葛相争的历史。莱索托实行君主立宪制，宪法规定国王不得介入政治活动，实权由政府掌握。莫舒舒二世正式登基后不久，便设法争掌更多权力。以乔纳森为首的巴苏陀兰国民党政府看到王权对政权的威胁，便借机将国王软禁起来。1970 年 1 月，莱索托举行首次大选期间，莫舒舒二世想借重反对党在大选中的胜利重振王权，但执政的国民党政府宣布大选无效，取缔一切反对党。国王因"参与政治动乱"被认定为自动放弃王位，被流放到荷兰。同年 12 月，莫舒舒二世表示不再过问政治后获准回到莱索托。1986 年 1 月，一场军事政变推翻了执政 20 年的国民党政府。新上台的军事委员会假以莫舒舒二世的名义统治国家，并宣布国王拥有立法和行政权，但他必须根据军事委员会的决议行事。莫舒舒二世极力扩大王权，与军政权的摩擦越来越大。最后，因国王不同意将王侄排斥出内阁而与军政府爆发冲突。1990 年 2 月，军政府宣布剥夺莫舒舒二世的一切权力，同年 11 月，莫舒舒二世被废黜，其长子被加冕为莱齐耶三世。

1993 年 3 月，莱索托举行了 1970 年以来的首次多党大选，巴苏陀兰大会党以绝对优势重返政坛，资深的政治家莫赫勒出任政府首脑。伴随着废除君主制的呼声，新政府对王室财产进行了多次调查。1994 年 8 月 17 日，34 岁的莱齐耶三世发动政变，宣布解散议会和政府，任命临时过渡政府，并成立一个独立的选举委员会准备安排新的大选，还提出恢复莫舒舒二世的王位。王室借重军警和主要反对党国民党的力量推翻民选政府的行动遭到了国内外一片谴责。国内抗议浪潮不断升级，西方国家停止对莱经援，周边的南非、津巴布韦和博茨瓦纳三国领导人亲自出面联手向莱齐耶三世施压。最后，莫赫勒首相与莱齐耶三世签署了和解协议：恢复巴苏陀兰大会党政府的合法地位；尽快使老国王莫舒舒二世复位。在整个南部非洲发生历史性积极变化的背景下，这一段企图以王权推翻民选政府终遭败北的插曲从一个侧面说明了历史潮流势不可当。

　　莱索托是南非的国中之国，南非及南部非洲所发生的巨大变革不能不促使莱索托发生变化。莫舒舒二世国王的复位是莫赫勒政府在外界调解下所做出的妥协。在今后的政局发展中，莱索托王室与政府的关系仍然是局势稳定与否的关键。在 1 月 25 日莫舒舒二世重新登基仪式上，莫赫勒首相重申：宪法规定王室无权干预政治，政府不容许王权反对政府。他希望老国王的即位能使"怀疑和不信任的阴云消散"，使莱索托进入"和平、稳定和发展"的新阶段。满眼热泪的莫舒舒二世国王以"希求得到宽恕者必须学会恕人"这一名言作答。他说："当此困难时期，我们应走向团结……现在是实现团结和真正和解的时候了。"和平、稳定和发展既是莱索托人民的热望，也是整个南部非洲地区人民的心愿。

（1995 年 2 月 5 日）

两个王国同受危机困扰

1997 年 2 月 13 日，南部非洲发展共同体主席、南非总统曼德拉先后同津巴布韦、博茨瓦纳和莫桑比克三国总统就南部非洲和大湖地区一些国家政治危机问题举行了会谈，其中正在发生政治动荡的斯威士兰和莱索托的局势是他们关注的重点。

自 1993 年 10 月全国大选以来，为南非和莫桑比克两国环抱的斯威士兰王国不断发生政治动荡。1973 年，斯威士兰政府曾发布法令，宣布取缔所有政治党派。1995 年，成员总数约 8 万名的斯威士兰工会联合会在一些被宣布非法的政治党派的支持下，向政府提出废除 1973 年法令、实行多党制和重建宪政等 27 项要求，并为实现上述要求举行了罢工等一系列抗议活动。在国内外压力下，姆斯瓦蒂三世国王一再表示将对斯威士兰宪法进行复审，并为此于 1996 年成立了宪法复审委员会。但斯威士兰工会联合会等反对派批评说，反对派在该委员会中席位太少，且宪法复审过程极为缓慢。为了进一步迫使政府接受 27 项要求，斯威士兰工会联合会于 1997 年 2 月 3 日在全国发动了大罢工。

斯威士兰政府在此次罢工伊始便表现强硬。政府首相德拉米尼在罢工开始前宣布，警方将不惜使用武力保持国家秩序。罢工开始后，警方对反对派领导人进行了一系列逮捕和拘留，被捕者中包括被取缔的人民联合民主运动主席马苏科、斯威士兰民主联盟主席诺吉和斯威士兰工会联合会总书记希托利等人，其中诺吉的女儿还是姆斯瓦蒂三世国王众多妻子中的一位。2月6日，斯威士兰政府在召开了特别会议后宣布，同意与工会联合会举行谈判，但双方立场仍处于僵持阶段。2月10日，包括斯威士兰工会联合会总书记希托利在内的4名罢工领导人被指控强迫公共汽车司机参加罢工而被送上法庭受审。

斯威士兰的局势一直受到南部非洲邻国的密切关注。一直公开支持斯威士兰工会联合会行动的南非工会大会于2月6日在斯威士兰驻南非外交机构前举行集会，要求斯威士兰政府释放4名工会领袖，并抨击斯威士兰政府的行动对整个地区构成了威胁。姆斯瓦蒂三世于2月8日在比勒陀利亚向曼德拉和莫桑比克总统希萨诺通报了国内局势。2月13日，南非工会大会又提出将对斯威士兰实行一天的边境封锁，以声援斯威士兰罢工工人。连续两周的罢工已使这个内陆小国的蔗糖、木材、旅游和电力供应等行业损失严重。据斯威士兰商会执行主任伯德估计，罢工已使斯威士兰蔗糖和木材这两项支柱性产业损失了8000万兰特。同一天，曼德拉在与津巴布韦总统穆加贝会谈后说，斯威士兰的局势"几乎是爆炸性的"。

同样，四面为南非环抱的莱索托王国近年来政局时起波澜，而军警势力的倾向则对政局有着微妙的影响。2 月初发生的一件事情再次使莱索托陷入动乱。

2 月 6 日，8 名莱索托皇家骑警警官带着部下闯进首都马塞卢的警察总部，宣布解除警察总监马库巴少将及其他一些高级警官的职务。这 8 名警官曾于 1995 年 10 月一场有着党派背景的争斗中杀害了 3 名警察，他们因畏惧被捕便采取了上述行动。这些警官要求政府对他们的行为给予赦免，并派人就此与莱索托政府进行谈判。与此同时，由这 8 名叛乱警官带领的约 400 名警察一直占据着警察总部大楼，另有数百名全副武装的警察被部署在首都各主要地段。

面对这些叛乱警官的要挟，莱索托政府表示不与反叛警察和他们的调解人举行谈判。有报道称，政府于 2 月 12 日暗示，将要求有着 2000 人的莱索托政府军干预这一危机，并要求南部非洲发展共同体派团前来调查真相。代表反叛警官的调解人威胁说，军队的干预可能导致 1994 年不同派系间火并事件的重演。2 月 13 日，莱索托全国 10 个区的警察局全部举行罢工，以示对反叛警官的支持。同日，莱索托执政的巴苏陀兰大会党、宗教界人士及反对党领导人在一个联合记者招待会上呼吁政府与反叛警察就目前危机举行紧急谈判，以寻求一项"和睦的解决办法，避免流血和内乱"，否则莱索托将发生内战。南非外长恩佐于 2 月 9 日曾表示，南非将全力支持莱索托民选政府，愿意为解决莱索托危机提供帮助。2 月 13 日，曼德拉再次表示，如果莱索托要求帮助，南非乐于提供。

在 1993 年举行的全国大选中，获胜的巴苏陀兰大会党上台执政，从而结束了自 1986 年以来的军人统治。但在此后数年的政治风波中，莱索托军警力量一直起着左右形势的作用。此次警察叛乱再一次暴露出莱索托的民主进程仍处于脆弱的过渡阶段。

（1997 年 2 月 18 日）

"为了打响第一炮"：
中国万宝公司斯威士兰供水工程

　　位于非洲大陆东南部的斯威士兰是一个人口不足百万、面积不足 2 万平方千米的小国。这个北、西、南三面为南非所环抱的高原王国是一个缺水的国度。在有着 6 万人口的首都姆巴巴纳，居民饮水问题一直困扰着斯威士兰政府。为了解决姆巴巴纳的城市供水问题，世界银行决定贷款修建新的供水工程。在来自中国、法国、德国、南非等 7 个国际投标商的激烈竞争中，中国万宝公司于 1996 年 7 月一举中标。这是来自中华人民共和国的公司按照国际招标方式第一次在斯威士兰争得世界银行贷款承包项目。

　　经过一番紧张准备工作后，这项总投资 200 万美元的工程于 1996 年 10 月 2 日正式开工。这一工程包括建造一座容积为 3200 立方米的高位水池、一座扬程 230 米的加压泵房和近 11 千米的引水管道。姆巴巴纳是一座依山而建的小城，引水管道位差达 208 米，工程艰巨。中国工程项目组在世界银行贷款的这一承包工程中没有任何先例可援，而且他们对于当地工程运作规范、施工现场管理、工艺质量标准等也很陌生。但他们知难而进。为了第二天的施工，他们必须在头一天晚上做好各项技术资料和施工材料准备。管道作业要在野外露天进行，斯威士兰天气多变，此时还是烈日灼人，转眼便是一阵冰雹，这给施工造成了很多困难。为了尽快掌握工程管理主动权，项目经理于德伟以身作则，顶着烈日四处奔波，几个月下来，他的脸上已被阳光灼得满是斑痕。曾在国外工作多年的项目副经理邵伟春说，他"从来没有这样累过"，夜以继日的工作已使他消瘦了许多。他说，这一切都是为了在斯威士兰打响第一炮。

打响第一炮的关键在于质量过硬。项目组专家组长周家范介绍说，为了保证质量，他们首先对原材料进行把关，对陆续到货的管材及部件从规格、公称压力、产品标志、密封圈到产品合格证等进行认真检查，凡是不符合要求的材料一律不采用。在管道施工过程中，他们分段对已埋设的管道进行严格的水压试验。他们在施工过程中，发现原有设计中疏漏了一种止水装置。为了严格保障质量，他们决定多花些钱也要改变原设计，补上可能出现质量问题的漏洞。这些中国专家还告诉记者，他们在这一承包工程中也学到了不少新东西。有着30年专业经验的周家范说，此地管道施工中使用了部分高强度塑料管，管道安装时只需先将插口用细砂纸清洗再涂上润滑剂连接即可，大大提高了施工速度。此外，钢管管道的连接方法也与传统的焊接和法兰连接方法不同，这里使用一种更为先进的连接器，方便快捷。这些走出国门的中国专家一方面为斯威士兰人民贡献着自己的聪明智慧，另一方面也在不断开阔眼界，向当地人民学习了许多值得借鉴的新东西。

对斯威士兰供水工程中国项目组而言，新的一年充满新挑战。工程全面展开后，他们要学会与更多的当地分包商和施工队伍打交道。这一工程建成后将成为斯威士兰最大的高位水池，其设计为计算机自控，技术水平先进，质量要求也更高。"我们有完成任务的信心，"周家范说，"大家都知道这个工程是第一炮。我们只能团结一致，共同努力打一个漂亮仗。"

（1997 年 1 月 14 日）

斯威士兰、莱索托市场一瞥

斯威士兰和莱索托都是南部非洲的小国，二者有着不少相似之处：一个夹在南非与莫桑比克之间，面积不到 2 万平方千米，一个是位于南非境内的"国中之国"，面积仅 3 万平方千米出头；两国的经济和市场都严重依赖南非，南非的货币兰特在两国通用；两国又都是那样充满了与东、西方文明反差极大的原始神秘色彩。

妙就妙在这个反差。斯威士兰和莱索托的物质文明程度其实并不像有人想象的那样落后。在两国首都的大街上走一趟，两旁也尽是些挺像样的店铺。但细一看，却都是 OK、TM、EDGARS 等南非大型商业公司在那里的连锁店。连锁店固然有诸般好处，但见多了便不再感到新奇。

在斯威士兰首都姆巴巴纳的艾里斯特·米勒尔大街上，有一个斯国最大也最现代化的购物中心。我赴彼处观览时正值斯国国民因老国王诞辰日而在放假，购物中心内游客寥寥，但举目一看，街对面却有一个热热闹闹的场所。那就是斯威士兰最大的工艺品市场。偌大的市场内摊位一个紧挨一个，摆放着各种草编、布织、石雕、木雕工艺品。摊前晃动着许多游客，有不少是从南非专门驾车而来。在市场上来回走动了一番之后，发现那里的许多东西颇具特色，特别是木雕工艺品尤其引人注目。赞比亚的木雕造型拙朴，莫桑比克的木雕雕琢精细，而斯威士兰的木雕工艺品则将上述长处合二为一，显得更胜一筹。别以为这个小国国民是不识市场为何物的原始部落人，他们对讨价还价那一套其实很在行哩！在一个摊位上我被一个纹路奇绝、造型独特的木雕面具所吸引，但一看价，95 兰特（当时的市价约为 3 个兰特合 1 美元），觉得挺贵。于是开始与摊主——一位黑人妇女砍起价来。对方一点不含糊，坚持"一口价"不迭声地争说着："你看看这木质，你看看这做工，这价钱一点也不贵呢！"。

为了更多地招徕国外游客，斯威士兰还充分利用了本国地理环境的独特之处。斯国仅有的一个国际机场在曼兹尼市市郊，从曼兹尼市到首都姆巴巴纳的道路两旁，都是海拔在 2000 米以上的山地。沿途山区自然别有一番美景，而为游人修建的木屋旅馆则更添韵味。这种木屋旅馆建在依山傍水的山谷内，环境幽雅、静谧。每座木屋内卧室、厨房、卫生间、会客处一应俱全，干净整洁，价格又极便宜，是一家人出外旅游最理想的下榻处。

莱索托也是一个全境均在海拔 1500 米以上的高山之国，其东北部矗立着南部非洲最高的山峰，一到莱索托，便令人感到一种苍凉。莱索托国民中多数为巴苏陀人。无论在深山中还是在城市内，莱国国民的形象多为鞭策一匹骏马，身披一领毛毯，头戴一顶巴苏陀帽。对一个外国游客来说，最吸引人的便是这种巴苏陀帽。巴苏陀帽多为草编，与我国一般常见的草帽相比，巴苏陀帽除了帽檐编有各种花纹外，其最大特点就是在帽子顶端编有一个王冠状的饰物，看起来别具一格。莱索托人懂得有特点才能吸引人的道理，他们在南非商品充斥市场的环境下，希望能用这种最能体现莱索托人文化传统特征的东西来招徕顾客。在莱索托首都马塞卢的街头，到处可见贩卖大小不一、纹饰各异的巴苏陀帽的摊点。马塞卢市维多利亚旅馆的对面，还有一个造型为巴苏陀帽的大草屋，草屋内则专卖各种有特色的莱索托工艺品。对于一个来自遥远东方的人来说，这座巴苏陀帽似的建筑至今仍深印在我的脑海里。

风格独特、个性突出才能令人印象深刻。要想在千变万化的市场上始终占有一席之地，就必须拿出点别人没有的东西来。

卢旺达：“千山之国”

　　3月24日，中国路桥公司驻基加利办事处如约派车将我送到卢旺达西部边境，并派快人快语的候巧凤医生同车前往。曾在北京301医院工作的候大夫已在卢旺达工作约6年。一路上，她与黑人司机用一种由汉语、法语和卢旺达语混合而成的特殊语言交谈甚欢，煞是有趣。途中，候大夫还带领我瞻仰了一个在卢旺达牺牲的中国人公墓。在此之前，我曾在坦桑尼亚和赞比亚分别瞻仰过两个中国人公墓。想一想这些不远万里来到异国他乡努力工作、竟至最终长眠此地的同胞，心中甚感酸楚。

——摘自作者 1997 年 3 月 25 日日记

苦战在"千山之国"的中国路桥公司

　　地处非洲腹地的卢旺达素有"千山之国"之称。对卢旺达的经济发展和人民生活而言，道路建设的重要性似乎怎样强调也不过分。截至 1997 年，卢旺达公路干线共有 1125 千米，其中 640 千米约占 60%的公路干线为中国公路桥梁建设总公司（简称"路桥公司"）援建或承建。

　　一到卢旺达，当地人对中国路桥公司的夸赞便不绝于耳。1972 年，作为中国政府经援项目的基加利至鲁苏姆长达 181 千米的公路建设正式开工，承担此项建设任务的便是中国路桥公司。这第一条公路建设得如此出色，乃至 20 多年后仍是公认的"质量样板路"。"中国人的路"在卢旺达几乎成为家喻户晓的专有词汇，人们一提起来便要竖起大拇指。

　　路桥公司第一炮打响后，又先后承建了 7 条干线公路和一些支线道路、市区道路、机场建设、供排水工程建设。中国人修的路不断在千山中蜿蜒伸展，两国人民之间的友谊也日益增厚。然而，

1994 年发生在卢旺达的部族冲突，中断了正常的公路建设进程。那年 4 月，路桥公司在万不得已的情形下全部撤出卢旺达。局势稍平静后，第一批路桥人返回卢旺达，却发现路桥公司的办事处遭到了洗劫，凡是带"胶皮轱辘"的机车和设备都被抢走。基加利街头仍不时枪声大作，街上仍有尸体。没有电、没有水、没有粮。这些路桥人硬是打定主意要在这恶境中重新开始。他们一边没日没夜地四处寻找那些被抢走了的机车和设备，一边修复现有的设备，为开工做准备。已在卢旺达工作 10 年的胡新光为找设备追踪到了扎伊尔。51 岁的女医生侯巧凤为了找到那位技术熟练的电器修理工，连夜带领 6 名当地人翻越 3 个山头摸到了那位电工的草屋。最后一批撤出卢旺达的山东大汉曾庆德不惧风险，最先回到自己的工作岗位。一辆辆被拆得不像样子的汽车在他的妙手下又都很快发动了起来。

"那是最苦的一段时间，" 43 岁的刘德正副经理尽量语气平和地叙述着往事，"我们每天都是早上 6 点出去，晚上 10 点以后回来。先得找设备、修设备，然后再找点小工程自己养活自己，最后是全面恢复工程建设。" 1994 年以前，在卢旺达共计有中国、法国和意大利三家大的承包公司，而现在只剩下中国一家。百废待兴的卢旺达在最困难的时候又看到了最可信赖的中国人。新政府将一个又一个新项目托付给了路桥公司，而路桥公司的人们又以那一份充满奉献精神的苦干回敬所有对他们的信赖和赞誉。很不巧，我在对基加利进行采访期间，曹茂勋总经理正又一次乘车颠簸在基特拉玛至吉布耶的公路建设现场的路上。在接受电话采访中，曹经理操着浓重的川音告诉记者，世界银行非洲事务局局长曾动情地对他说："中国人在卢旺达的恢复建设中，再一次表现了不怕困难、顽强苦干的精神。在卢旺达的中国人值得称赞，你们真是了不起！"

（1997 年 4 月 2 日）

中卢合作的马叙塞水泥厂

"在这儿，就得以厂为家。"赵成华普普通通一句话，听起来却不由得令人心动。

这里是在远离祖国的非洲"千山之国"卢旺达。赵成华现任卢旺达马叙塞水泥厂总经理，该水泥厂位于与扎伊尔和布隆迪交界的一个山沟内，目前有 28 名中方管理人员在这个卢旺达最大的支柱性企业中工作。

设计能力为年产 7.5 万吨普通硅酸盐水泥的马叙塞水泥厂是中国政府援建项目，1984 年 7 月 16 日正式投产后移交给了卢旺达政府。自 1986 年 7 月始，中国建材工业对外经济技术合作公司与卢旺达商业、工业和手工业部相继签订了两期共 10 年的水泥厂代管合同。在这期间，工厂的预算和发展计划等重大事项需由中卢双方人员组成的管理委员会决定。自 1986 年至 1993 年的 7 年中，水泥厂利润已达原投资的 3 倍。1996 年 6 月，卢旺达总统比齐蒙古在访华前夕提出，卢方愿就水泥厂的经营与中方续签一个新的合同。在这个新的合同中，除坚持部分原有条款外，须做一项修改，那就是取消管理委员会，其目的是让中方人员更好地发挥经营管理和技术方面的作用。这个新的合同赋予中方人员更大的权力，同时也使他们负有更大责任。

"这既表明了卢旺达政府对中卢两国关系的重视，也表明经过10年的友好合作后，卢旺达政府确实感到中国是他们真正的朋友。与中国朋友合作他们感到放心。"已在水泥厂工作5年多的总经理助理徐江说。马叙塞水泥厂在中方的代管下，早已成为卢旺达最大的盈利企业。该厂水泥产品不仅占领了卢旺达国内的全部市场，还出口至周边国家，逐渐创出了名牌。1993年，这个厂的产品相继在法国和西班牙获得了"非洲杯奖""产品质量奖"，1996年，在西非获得了"企业领导奖"。

"完全由中方代管经营是对我们的信任，我们也因此感到责任重大。"赵成华说。这种新的管理方式要求妥善处理代管者与企业所有者之间的关系。尽管中方总经理可以一锤定音，但由于代管的中方总经理不具备法人地位，因此，在管理决策、人事安排、预算开支等方面都很注意首先征得卢方的意见和建议。工厂的主要管理人员均来自中国建材工业对外经济技术合作公司，他们也要处理好本公司与代管工厂之间的利益关系。此外，中方管理人员还要处理好本工厂与当地政权机构等方方面面的关系。

10多年来，中方管理人员与卢方人员真是同甘共苦，彼此尊重，厂内洋溢着一种特别友好的合作气氛。诚然，马叙塞水泥厂也曾经历重重困难。1994 年，卢旺达发生的内战打乱了工厂的正常生产秩序，但战后不久中方人员便返回工作岗位。1997 年年初，尽管水泥厂所在地区接连发生武装骚扰事件，但中方管理人员一直坚守岗位。这一切都赢得了卢旺达政府和人民的赞誉。1997 年 1 月 19 日，卢旺达副总统兼国防部长卡加梅对工厂进行了视察，他对中方人员在战后迅速使工厂恢复生产予以高度赞赏。3 月 17 日，卢旺达总理塞莱斯坦、工商部部长希吉罗和两名议员又来到工厂视察，再次对中方人员在不利的条件下坚守岗位表示赞扬。

马叙塞水泥厂的经营方针是以销定产、薄利多销。随着卢旺达国内和平建设的逐渐展开，水泥厂的经济效益日见好转。1996 年每月水泥销量平均为 3000 多吨，而近半年来，水泥月销售量均超过 4000 吨。"目前的困难是由于燃料、包装材料等需进口的原材料价格上扬，生产成本上涨，但销售价格不能再涨，"赵成华说，"此外便是设备渐趋老化，而工厂本身更新能力不足。"在此情况下，他们采取了提高混合材用量、充分利用电收尘窑灰、尽量修旧利废、加强管理等降低成本措施。

马叙塞水泥厂曾被卢旺达各界赞为"中卢合作的典范"。今天，中方管理人员正在为两国间的友好合作谱写新篇章。

（1997 年 4 月 17 日）

毛里求斯：印度洋上的伊甸园

又趴在了这张桌子上；又回到了这个房间里；又返回了哈拉雷；又重游了毛里求斯；又夜窥了香港夜色；又见了诸多熟悉的面孔。

——摘自作者 1994 年 12 月 1 日日记

物华天宝，和而不同

非洲大陆以东 2200 千米的印度洋上，缀饰着翡翠般的岛国毛里求斯。

有人说，毛里求斯是上苍在印度洋上为疲惫的人类所建造的海上伊甸园。空中俯视，毛岛周围湛蓝的海水冲过环岛的珊瑚礁奔涌成一圈白练，轻拍着岛边金色的细沙滩，就像是这颗"印度洋上的明珠"所迸射出的耀眼光环，海面上白帆点点，沙滩上游人如织。毛里求斯未遭污染的海水，洁净的海滩和明媚的阳光每年都吸引着大批来自世界各地意欲暂时摆脱闹市尘嚣的人们。毛岛中央为奇峰突兀的山地，峡谷内挂满飞瀑。北部的潘普利莫塞斯花园内花木葱葱，百鸟啭啭，令人恍如身入仙境。每百年才开花一次的高大王棕随风摇曳，清池内飘荡着巨大的睡莲。在众多珍禽中，时而可见世界上仅存的毛里求斯茶隼和粉鸽。神奇的大自然在为毛岛装点上满目秀美的同时，也没有忘记显露其性格中恢宏伟烈的一面。毛岛中部鸠必市附近小山上有一个 200 米宽、深达 85 米的火山口，告诉人们这个面积只有 1865 平方千米的小岛上也曾有过山崩地裂的时候。1896年4月15日，美国作家马克·吐温携妻远渡重洋来毛岛忘情地游览了两周后，这位以幽默见长的大师在自己的书中诙谐地写道："毛里求斯被创造于天堂建成之前，并为上帝创造天堂提供了一个原型。"

其实，创建进化论的英国生物学家达尔文，法国作家贝尔纳丹·圣皮埃尔，英国航海家、小说家康拉德等人都曾到过毛里求斯。其中最为痴情的要数圣皮埃尔。1768年7月，30岁出头的圣皮埃尔随一艘法国舰只抵达当时已被法国占领的毛岛。在结识了地方行政长官波伊维尔后，圣皮埃尔身不由己地与波伊维尔夫人产生了悱恻的感情纠葛。数年之后，圣皮埃尔发表了倾满真情的小说《保尔和薇吉妮》，描述了一对青梅竹马的男女青年在一个田园诗般美丽海岛上堕入情网的恋爱经历。人们说，小说中的保尔身上就有着圣皮埃尔本人的影子，而薇吉妮则酷似波伊维尔夫人。

毛岛现为英联邦成员国，但这小小岛国的历史，竟也生动地折射出数百年来世界列强的兴衰。1505年，一个名叫马斯克林的葡萄牙人首先来到这里，或许这个荒岛给他留下最深印象的莫过于无数被惊飞的蝙蝠，于是小岛被取名为"蝙蝠岛"。1598年，荷兰人来到这里，以莫里斯王子的名字命其为"毛里求斯"，并统治它百多年。法国于1715年占领毛岛，并改称它为"法兰西岛"。又过了百多年，英国打败法国，并于1814年正式将毛岛划属英国殖民地，岛名又改回毛里求斯。

　　伴随着数百年间外国殖民者对毛岛的垦殖开发，大批奴隶和契约劳工被从美洲、非洲和印度运来，一些华人也漂洋过海来到毛岛。其结果是，如今的毛岛上聚居着各种肤色的人们，他们有着各自的宗教信仰，承袭着不同的文化传统。令毛里求斯人感到自豪的是，在这个万花筒般的多元文化社会中，各种族人们之间难能可贵地保持着友好交往和融洽相处。笔者在毛岛鸠必市"文华酒家"下榻时，恰逢当地人在那里举行婚礼。一对新人是克里奥人（即欧洲和非洲人的混血），几百名来客中除克里奥人外，还有白人、南亚人和华人。在充溢着喜庆气氛的婚礼舞会上，肤色各异的人们舞得格外狂放尽兴。

　　美景怡人的毛岛还有着足以夸示的物华天宝。在首都路易港市中心的一个大市场内，鳞次栉比的店铺里摆满了各种珍稀的工艺品，其中最有特色的当数海底椰子壳，它与一般呈圆球状的椰子不同，果实像是两个椰子合在了一起。据说，这种独特的椰子树只生长于邻国塞舌尔的普拉兰岛一个山谷内，需 100 年才成熟，寿命可达千年。于是，这种极为罕有的海底椰子壳便成了宝贵的天然工艺品。

　　制糖业是毛国经济的主要支柱，在毛岛处处可见青翠的甘蔗田。然而几乎每块蔗田里都有一大堆黑黝黝的石块。它们是当地人几个世纪以来搬开一块块石头，垦出一方方土地，植下一片片蔗林的见证。细细品味一下，原来即使是这个风光无限的岛国，也并非不劳而获、坐享其成的人间天堂。

附：

那一份使命铸就的"非洲情结"

——记"七一勋章"获得者刘贵今

　　1995 年年底，中国驻津巴布韦大使馆后院内，作为人民日报常驻南部非洲记者的我，第一次见到刚刚就任大使的刘贵今。黑黑瘦瘦的他戴着一副镜片厚厚的眼镜，左眼近视 1500 度，右眼近视 2000 度，下身穿着一条褪了色的牛仔裤，笑的时候习惯性地歪着头，甚至有些腼腆。如此朴实，低调，谦逊，我脑中迅速闪出他与人们通常认为的大使相差甚远的第一印象。

　　再次见到刘贵今是 21 世纪的 2008 年 3 月，他的身份已是中国政府达尔富尔问题特别代表。头发已经花白的他仍然戴着镜片厚厚的近视眼镜，仍是那样低调，谦逊，友善，只是更加清瘦，但在论及苏丹达尔富尔问题时，他又是那般雄辩。

　　2021 年 6 月 29 日，北京人民大会堂金色大厅内，中共中央总书记、国家主席、中央军委主席习近平将一枚"七一勋章"颁授给刘贵今，刘贵今轻轻地说了一句："这是集体的荣誉。"

　　2021 年 7 月中旬，我在刘贵今的家中再次坐在了他的身边。

他的头发已经全白。他向我展示了 20 世纪 70 年代初他第一次到非洲时与几位非洲孩子们的合影。在这张黑白照片中，非洲孩子们好奇地拉扯着这位从中国来的叔叔。深度眼疾使得刘贵今在看老照片时需将照片举得离眼极近，家中石雕、木雕等诸般摆件存放着浓浓的非洲记忆。年过七旬的他愈发清癯，但头脑依旧敏捷，声音很是响亮。走过千山万水，留得坦荡平和，岁月在他的口中恰如涌起无数浪花的奔流，雄浑而悠然。

六字箴言　终生受用

位于山东省西南部的郓城县历史悠久，具“千年古县”美名。郓城文化底蕴丰厚，是闻名全国的“戏曲之乡”“武术之乡”“书画之乡”“古筝之乡”。这里还是水浒故事的发祥地，素有“梁山一百单八将，七十二名在郓城”之说，也因此被称为“中国好汉之乡”。

梁山好汉多在郓城，恰证当年民不聊生。多年前，距郓城县城 32 里的那个村庄是一方多为盐碱地的穷乡僻壤。1945 年 8 月 1 日，贫农老刘家添一贵字辈长子，取名为金。

刘贵金有三弟一妹。20 世纪 60 年代三年自然灾害时期生活的无比艰辛给刘贵金留下了深刻记忆：为了一家的生计，父亲曾不得不如同祖辈那样走上闯关东的老路。

艰苦的生活中，读书成为照亮刘贵金灵魂的明灯，他是家中最愿意读书的孩子。他人生中最早阅读的是5分钱一本的《农家历》和同样5分钱一本的《孙悟空大闹天宫》，这两本小书几乎被他翻烂。村中唯一的小学在村东头，家住村西的他从不旷课，暴雨天也坚持打着一把破伞前往上学。摇曳的油灯下，母亲在纺棉织布，刘贵金在凝神读书，其代价是从小害眼疾的他视力越来越差。直到上初中，一遇阴天，坐在前排的他看不清各种公式，数理化学习受到影响，也因此愈发偏向文科。在中学图书馆内，包括高尔基在内的诸多苏联文学家的作品深深吸引了刘贵金。

1965年，上海外国语学院（现为上海外国语大学）第一次在华东6省招生。想着南方的天气暖和，为了给家里省点钱，刘贵金考取了上海外国语学院。从山东来到上海，刘贵金曾坐反了公交汽车，他的山东口音曾招来哄笑，也曾为能看到电视感到新奇。中学便学习俄语的刘贵金改学英语，浓重的乡音曾成为他初学英语的障碍，被人笑称"山东驴子学马叫"。

年轻的刘贵金笃信"有志者事竟成"和"笨鸟先飞"，"我就是那样像山东驴子叫了一年。"他说。每天晚上，他拿着手电筒把老师白天教的几句英语过电影一样一遍遍背下来。第一学期还处于中等水平的他到了第二学期已有很大进步。"我的天资并不好，主要是笨鸟先飞，比较努力，下苦功夫。上海有时来寒流，钢笔墨水都结冰了。学校还给我助学金，给我买一条薄被，给我很多温暖，我为此还写过一篇作文，就是把老师的关怀比作党的阳光雨露在宿舍里喷洒。当时是一种很朴素的阶级感情，觉得能有这个机会读书很不容易。"

十年动乱打乱了专注的学习生活，刘贵金经历了一段痛苦的彷徨与困惑。乱潮汹涌中，刘贵金从上海来到唐山军垦农场。在那里的一年是他这一生吃苦最多的一年。严格的军训，艰苦的农活，极限般的摔打。在距海滩不远的烂泥地里，冰碴刺破皮肤，刚开始是剧烈的刺痛，随之便是全然的麻木。就是在这样的摔打中，刘贵金悟出了"自觉、虚心、刻苦"六字人生箴言。"苦难或者吃苦是一笔终生受用的宝贵财富。"他说。

他于 1971 年 8 月加入中国共产党。随后，他进入北京外国语学院（现为北京外国语大学）进修一年。这时的刘贵金已改名为刘贵今。

以勤补拙　成功密码

"一万年太久，只争朝夕。""贵今"贵在夙兴夜寐，只争朝夕。

读了两个外语学院，但真正读书只有两年的刘贵今一到北京外国语学院立即看到了差距：时任中国外长乔冠华在第 26 届联大会议讲话英文版中竟有上百个生词。刘贵今在学业上开始了新一轮的奋力拼搏。

1972 年，刘贵今进入外交部，他的第一份工作是在信使队担任信使，一干就是 9 年。

中国外交部的信使联接着北京与世界各地的使领馆。在通讯条件不发达的年代，在世界各地穿梭的信使不仅携带着高度机密的外交文件，还有中国驻外人员的往来家书。长期因公驻外人员像盼亲人一样盼望着每班信使的到来。

刘贵今作为信使飞往非洲国家时，不管飞机晚点到多晚，使馆内从大使到工勤人员，还有各地中国专家组的人员，包括修建坦赞铁路的中国工程技术人员，都在迎候信使。分发信件时，经常是在一个大厅里摆开乒乓球台，使馆各个部门和各个专家组各占一台，都在急切地盼望着收到家书。

"每当看到这种景象，我就感到自己这份工作很有意义。我们这一代人在成长过程中都有一种螺丝钉精神。不管党组织把你安排到什么岗位上，你都要把这份工作做好，工作没有高低贵贱之分。"刘贵今说。

信使工作的经历使刘贵今有了不一样的国际视野。非洲大陆 54 个国家中，他去过 52 个国家，其中不少国家就是在当信使时到访过的。当一些人盲目地将非洲大陆等同于饥饿、贫穷、疾病、战乱时，刘贵今看到 20 世纪 70 年代非洲大陆一些国家和其他一些发展中国家发展水平高于中国。肯尼亚首都内罗毕的城市天际线、泰国超级市场内琳琅满目的商品都给他留下深刻印象。

刘贵今是一位爱读书的信使。"在国外交接信使件的空闲时间中，我就找书来看。出一趟差，看完一本书，这对于提高素养，开阔眼界，增强分析判断能力都有好处，也为做好将来的工作打下好的基础。"他说。在外交部信使队，刘贵今逐渐成为一位"笔杆子"，后作为人才被"挖"到非洲司。

以勤补拙是刘贵今一生的成功密码。1981年，刘贵今的夫人袁小英被派驻中国驻肯尼亚使馆工作，刘贵今同时前往肯尼亚使馆从事调研工作，从此开始了40余年涉非外交生涯。

36岁才开始研究非洲，刘贵今的起步显然不算早，但他足够努力。中国原驻非洲国家外交官舒展介绍说，在肯尼亚工作时，刘贵今自我加码，每周完成一篇调研报告。

急于熟悉业务的刘贵今像海绵一样汲取养分，创刊于1980年的《西亚非洲》杂志成了他的最爱。他对《西亚非洲》杂志上有关肯尼亚的文章认真阅读，从中了解肯尼亚的党派斗争、民族矛盾、土地问题、英肯关系、"茅茅运动"等。

1986年，刘贵今结束在肯尼亚的5年任期回到北京。当时他面临着几个选择，但最终选择去了非洲司综合处。他当时的家住在美术馆后街，与中国社会科学院西亚非洲研究所只隔一条马路。《西亚非洲》杂志每一期出版后，他都在第一时间骑自行车到西亚非洲研究所去取并带往非洲司。4年时间，刘贵今在西亚非洲所和外交部之间当起了杂志"搬运工",风雨无阻,乐此不疲。他对每期《西亚非洲》上有关非洲政治经济、地理历史、民族宗教、对外关系方面的论文都认真阅读。当时他的住房很紧张,一家三口挤在一间 13 平方米的平房内,为了保存《西亚非洲》杂志,他将床腿垫高,把读过的杂志收拢存放在床底下,搬家时都没舍得扔掉。

爱上非洲　坚守奉献

"实事求是地讲,并不是我选择了非洲,而是非洲的工作岗位选择了我。我离开肯尼亚时,应该说对非洲已经有所了解。我爱上了肯尼亚,爱上了非洲。"刘贵今说。

埃塞俄比亚,这个有着 3000 年文明史的东非国家历经磨难。1991 年年初,刘贵今作为参赞赴中国驻埃塞俄比亚大使馆工作。他刚刚到任,以"提格雷人民解放阵线"为主的埃革阵军队于 1991 年 5 月 28 日攻入首都亚的斯亚贝巴,门格斯图政权宣告瓦解。刘贵今亲身经历了这一场新的战乱。当年 6 月 4 日,中国使馆附近一个弹药库发生大爆炸,中国使馆内也落下飞弹。第二天早上,刘贵今才发现距自己枕头约一尺(约 0.3 米)远有一枚流弹弹壳。

在这场战乱中,刘贵今作为留守外交官担任了 1 年零 1 个月的中国使馆"临时代办"。这是一场战乱中的锤炼。一日复一日,他不仅处理日常外交事务，还将思索的目光投向整个世界格局中的非洲大陆。1991年年底，苏联解体后，埃塞俄比亚、索马里、布隆迪、卢旺达等国家相继出现动乱，其背后是否意味着大国不再重视非洲，进而出现权力真空？这番群雄并起，乱象纷呈的格局对非洲大陆意味着什么？在刘贵今的主持下，一份以非洲为何大乱为主题的调研报告发往北京，引起国内关注。

1995年年底，刘贵今首次作为大使出使津巴布韦。在这个自从独立后便与中国保持着友好合作的南部非洲国家，刘贵今的工作重点主要集中在如何深化两国各领域合作，并为此全力以赴予以推动。

2001年，刘贵今再次出使非洲，这一次来到了非洲大陆最南端的南非。在6年多的任期内，刘贵今曾有过一次选择去发达国家出任大使的机会，但他放弃了，最终选择留在非洲。他说："我也可以去加拿大、澳大利亚、北欧一些国家，但我搞了一辈子非洲工作，南非也挺好，我就在这里画句号了，一辈子就搞非洲工作了。在非洲，我交了那么多朋友，有这么多的积累，情况更加熟悉，心中有数，也会更得心应手。我们那一代人有时候开玩笑说这是一条道上走到黑。"

此时的中国和中非关系早已今非昔比。20世纪70年代，当中国人走在非洲大街上时，当地人见到会叫"Japanese"，以为他们是日本人。如今，日本驻南非大使几次向刘贵今提及，当日本游客到南非旅游，当地人却把他们当做中国人。

在新中国的外交史上，中国与南非的建交过程有过极具戏剧性的章节，其背后是费尽移山心力的外交谋略，是峰回路转一波三折的大悲大喜，是冷酷理智与炽热感情间的剧烈冲撞，是以经济发展和国际地位为后盾的实力拼搏。刘贵今的历史使命是如何在南非防止台湾问题反弹和深化中国与南非各领域的合作。夙兴夜寐的努力最终结成了累累硕果。

"在南非要办成一件事情很不容易，必须要有'四皮精神'：硬着头皮，厚着脸皮，磨破嘴皮，跑烂脚皮。"刘贵今笑称。

"刘大使的工作特别讲究务实，"曾在南非与刘贵今同事的舒展回忆说，"他强调一件事出来后，不能光看白人办的报纸怎么报道，还要走出去广泛听取各方真实的看法，通过分析研究，进而得出自己的结论，这样的调研才能有深度，有新意，有决策参考价值。"

在对整个世界格局的分析中，"多极"是一个常用的说法。刘贵今到了南非后，发现南非总统姆贝基常讲"多边"。在经过充分调研后，他向国内建议在发展中国家应多讲"多边"，这个意见后来被集思广益形成"多边是舞台"的新提法。

刘贵今大使的工作得到了南非方面的高度认可，他也成为南非领导人的好朋友。南非领导人曼德拉多次向刘贵今表示对长征等中国革命历史的敬意。

三天三夜　没有合眼

"青铜的阿非利加呵

对亚洲东方古大陆的我们

远得像天边的星

或一片不散的云

却又是我们的近邻

我时时总听见你的

鼓点、铃声和歌唱……"

诗人李瑛吟出了中国与非洲大陆虽远却亲的真情。中非之间交流的点点滴滴可以追溯到汉唐年间。明代郑和七下西洋，更是中非交往史中灿烂一章。成图于公元 1389 年（明洪武 22 年）的《大明混一图》是中国已知尺寸最大、年代最为久远、保存最完好的古代世界地图。那上面清晰地标注着南非的好望角，海陆线条优美，形制一目了然。

2002 年 11 月 12 日，"南非国民议会千年项目地图展"在开普敦隆重开幕。在这个持续数月的展览中，最为引起轰动的是首次与世人见面的《大明混一图》闪亮现身。这幅珍贵的古地图得以在南非展出，是刘贵今大使多次向国内建议和争取的结果。时任南非国民议会议长金瓦拉女士是世界古地图迷。她参观展览时，刘贵今大使专程陪同并向她讲解《大明混一图》。金瓦拉女士对这一珍品大加赞赏。

新千年将至之时，中国在变，非洲在变，整个世界在变。如何在新的历史形势下为中非关系建立一个集体对话和合作机制？这成为自 1998 年开始担任外交部非洲司司长的刘贵今脑海中萦绕的重大课题。

非洲朋友首先破题。1999 年 5 月，马达加斯加女外长拉齐凡德里亚马纳来华访问时，向时任中国外长唐家璇提出，当前国际形势发生很大变化，非洲国家迫切希望同中国建立伙伴关系，就共同关心的和平与发展问题进行磋商。她建议成立一个"中国-非洲论坛"。唐外长随后请刘贵今立即就此组织调研。

在这个重大决策问题上，内部争论相当激烈，有人觉得可以进行，有人感到没有把握；即便推动进行，不能办成一个"清谈馆"，实质性举措又是什么？面对 50 多个非洲国家，一旦决策实施、协调、组织、实施起来又将是怎样巨大的工作量！

在刘贵今的脑海中，也有过办与不办的纠结。不办会轻松许多，办则意味着大量的工作。经过充分讨论，他与同事们建议选择积极进取，开拓创新，因为这关乎着新世纪中非关系长远大计，这将是一个新的历史丰碑！

在繁杂事务中，刘贵今思考的是如何办出特色，能够拿出什么样的务实举措，如何能够实现可持续发展。经过反复商议、权衡，刘贵今和他的同事们提出了适当减免非洲涉华债务、设立人力资源合作基金、进一步对非开放市场等具体建议。

2000 年 10 月 10 日至 12 日，中非合作论坛——2000 年部长级会议在北京人民大会堂举行，44 个同中国有外交关系的非洲国家都派代表与会，会议通过了《中非合作论坛北京宣言》和《中非经济和社会发展合作纲领》两个文件，从而为新世纪中非在各个领域的合作勾画出一幅新蓝图。

这是历史性的三天。刘贵今为此工作了三天三夜，三天三夜没有合眼，最终累得因胃出血住院。

刘贵今与同事们积极推动和参与建立中非合作论坛，也见证了它的茁壮成长。2006 年 11 月 4 日至 5 日，中非合作论坛北京峰会隆重举行。这是新中国外交史上到那时为止规模最大、级别最高、出席国家领导人最多的一次盛会。时任中国驻南非大使刘贵今专程陪同南非总统姆贝基来到北京。

姆贝基是一位学者型领导人。峰会期间，他提出要到北京的书店看一看。刘贵今陪同他来到王府井新华书店。除购买了一系列有关中国经济和社会建设经验、农村改革等方面的图书外，姆贝基还购买了一本被翻译成"The Scholars"（学者们）的《儒林外史》。在随后举行的南中企业家午餐会上，姆贝基说，我们都在讲要学习中国，学习中国首先要了解中国。

在台下聆听此言的刘贵今由衷一笑。

临危受命　坦诚沟通

非洲是片生机勃勃的热土，也是冲突频发和大国博弈的多事之地。在 20 世纪第一个 10 年内，苏丹达尔富尔问题被反复炒作，各种观点和信息像滚筒洗衣机一样不停地搅拌和扭动。最耸人听闻的偏见是：中国帮助苏丹开采石油，使苏丹政府有了石油美元，从而可以从中国或其他国家购买武器，用于在达尔富尔地区滥杀平民，因而要求中国政府对苏丹政府施压，以尽早结束在达尔富尔的"大屠杀"。在一片鼓噪之中，一些别有用心之人更是将达尔富尔问题与 2008 年北京奥运会挂起钩来。

2007 年年初，刘贵今刚刚从南非卸任。此时，达尔富尔问题急剧升温，急需一位外交官出面劝和促说，让外界了解真相和中国的立场。2007 年 5 月 10 日，年近 62 岁的刘贵今受命担任首位中国政府达尔富尔问题特别代表、中国政府非洲事务特别代表。

在此后 5 年间，刘贵今风尘仆仆，20 余次亲赴苏丹访问，频繁飞赴美国、主要欧洲国家和非洲有关国家的首都，多次出席达尔富尔问题国际会议，利用各种机会同安理会常任理事国、非洲联盟、阿拉伯国家联盟进行沟通，会见有关欧美国家政要、议员和非政府组织代表，应邀发表演讲，只要有可能，尽量多地接受包括西方媒体在内的各类媒体采访。"我变得非常 eloquent（雄辩的、口才流利的、有说服力的）。"刘贵今说。

此时将自己定位于职业外交官和专家的刘贵今与包括美国特使、美国学者在内的各类人物的交往不仅仅是横眉冷对的怒怼，更多的是不卑不亢的友好交往、心平气和的理性沟通和理直气壮的阐述。

面对各种偏见，刘贵今从不回避。在中国援助苏丹问题上，他直言："西方媒体说中国就是为了保护在苏丹的石油利益。我承认你这话说对了一半，但是保护一个国家的正当利益何错之有啊？哪个国家的外交不是保护本国的正当利益？！而且我们不仅保护中国的石油利益，石油造福于苏丹人民，我们也是在保护苏丹人民的利益，保护非洲国家利益，在一定意义上也是在保护包括发达国家在内的世界人民的利益。除非你不想看到苏丹和平，除非你想让这个国家永远处于战乱状态，你想让这个国家的人民永远忍饥挨饿。我不相信你们国家的外交是这样的。你们总说要保护人权，难道苏丹人民的人权就不该保护？！"

在作为特别代表四处奔波之时，刘贵今也看到了中国非洲问题研究的短板。一些西方国家专家对于非洲国别热点问题研究之深和专著出版之快给他留下了深刻印象。

刘贵今的工作得到了国际社会的关注与肯定。一位欧洲青年学者在一篇文章中说，中国在达尔富尔问题上取得了外交胜利，其重要原因在于中国从刚开始的观察者转变为发言者，进而又成为调解者。

刘贵今大使认为，中国的外交政策之所以获得非洲各国广泛认可，这与中国不干涉其内政有关系，中国并不像别的国家一样寻求地缘政治利益，也没有历史包袱。

曾于 2010 年 1 月率队赴达尔富尔进行调研的中国非洲研究院执行院长、中国社会科学院西亚非洲研究所所长李新烽回忆说："当时在和当地酋长们交谈时，一名年轻的酋长特意问我是否认识刘贵今大使。他说刘大使曾到访达尔富尔，风尘仆仆为和平奔忙，他平易近人的态度、和蔼可亲的形象、替他们着想的真诚以及标准流利的英语，给他们留下了平等坦诚、相互尊重的美好印象，使他们深受感动。他让我回国后一定转达他们对刘大使的真诚问候和衷心感谢！正是刘大使辛勤努力的工作，为我国赢得了声誉，也拉近了我们和当地酋长的距离，使得我们的调研进展顺利。"

"非洲情结" 刻骨铭心

如同无数为使命默默奉献的中国外交官一样，在表面光鲜的背后，刘贵今也经历了与家人聚少离多、忠孝难以两全的漫长岁月。刘贵今的夫人袁小英也是一位资深外交官。回首往事，已是满头银发的袁小英深情地说，中国外交官承载着的是使命，他们人生的关键词是"忠诚"。

刘贵今说，荣获"七一勋章"是一个巨大的、沉甸甸的荣誉，但同时又感到不安和忐忑。他反复强调说，这是一份属于所有中国驻外人员的集体荣誉。

除了在埃塞俄比亚遭遇战乱之外，刘贵今还在非洲国家三次遭遇政变、暴乱的险情。刘贵今说，一代又一代中国外交官集体坚守着耕耘与奉献，"我的经历总的来说还算顺风顺水"。

无论曾经有着怎样的艰辛，凡是在非洲有过一段工作经历的中国人，内心深处多有一份刻骨铭心的"非洲情结"。刘贵今也不例外。

"非洲情结首先就是一种本能的牵挂和惦念，"刘贵今说，"还有就是一种包容和理解。对非洲发生的事情，我知道它的前因后果。同时又有一种恨铁不成钢的期许，我总是希望非洲好。对于非洲的任何进步和成就，我感到由衷的高兴，对非洲国家的任何困难挫折，我感到发自内心的担忧。"

刘贵今至今仍在为促进中非关系的发展奔波，仍在关注着风华正茂的中非合作论坛。2021 年 8 月 1 日，时值刘贵今 76 周岁生日，他在延安举行的"延安精神与中国脱贫国际研讨会"上发表演讲时，回应了关于中非关系的种种议论。他说，非洲国家出现的问题应从发展角度来看。看待中非关系更应有大格局。随着中国的不断发展壮大，在中国整个外交棋盘上，中非关系的作用不是下降了，而是越来越大。

"国之交在于民相亲。我已七十有六，视力越来越差，但总觉得身上还有一份责任：我愿用我一生的积累向年轻一代讲讲非洲故事，力所能及地增进中非相互了解和理解，希望中非友好薪火相传。"

透过刘贵今厚厚的眼镜，我看到了他真诚的目光。

（2021 年 8 月 5 日）

后　记

　　21 世纪第一个甲申年的最后一日显得格外静寂。窗外的天空阴沉着，整个北京城街头车辆一下子少了许多，远处隐隐传来三两声闷闷的爆竹声，预示着农历乙酉年已按捺不住狂欢的期盼，张扬着又一个鸡年带给世人的喜怒哀乐。

　　在这难得的静寂之中，我的思绪又飞回了遥远的非洲。那是一片我曾经如此陌生且如许多人一样对其抱有成见的土地；在亲历了近 2000 个日日夜夜后，那又是一片令我每每动情的土地。在 5 年多的时间里，我的足迹遍及乌干达以南所有非洲大陆国家。孤寂、苦斗、坚忍、自勉、欣慰、兴奋，在这一段浓缩了高质量磨炼的人生岁月中，个中况味难以尽言，却也因此成就了一份问心无愧的独特经历。

　　历史是由一个个真实镜头组成的。反之，这一个个镜头便又真实地再现着历史。本书所载便是一位中国记者在一个特定的时期对那片遥远土地分镜头的记录。为了重整这份记录，我翻出了尘封多年的日记，其中许多已经淡忘的往事今日读来仍令人生出诸多慨叹。虽难免敝帚自珍之嫌，但我还是愿意竭尽所能，将我亲见的另一个大陆上的别样人类生态真实地告诉读者。

　　一个渴望真实了解外部世界的民族体现着一种富有包容精神的进取心态。所有为更好地了解、认识非洲发挥推动作用人们的努力，无疑都值得赞誉。

温　宪
2005 年中国农历除夕于京东一隅

图书在版编目（CIP）数据

非洲岁月 / 温宪著. -- 北京：当代世界出版社，
2022.12
ISBN 978-7-5090-1692-3

Ⅰ. ①非… Ⅱ. ①温… Ⅲ. ①随笔-作品集-中国-
当代 Ⅳ. ①I267.1

中国版本图书馆 CIP 数据核字（2022）第 189739 号

书　　名：非洲岁月
出 品 人：丁　云
策划编辑：刘娟娟
责任编辑：刘娟娟　姜松秀
装帧设计：王昕晔
版式设计：韩　雪
出版发行：当代世界出版社
地　　址：北京市地安门东大街 70-9 号
邮　　编：100009
邮　　箱：ddsjchubanshe@163.com
编务电话：(010) 83907528
发行电话：(010) 83908410（传真）
　　　　　13601274970
　　　　　18611107149
　　　　　13521909533
经　　销：新华书店
印　　刷：北京新华印刷有限公司
开　　本：710 毫米×1000 毫米　1/16
印　　张：35.5
字　　数：339 千字
版　　次：2022 年 12 月第 1 版
印　　次：2022 年 12 月第 1 次
书　　号：ISBN 978-7-5090-1692-3
定　　价：118.00 元